UM FELIZ PARA SEMPRE (IM)POSSÍVEL

JULIE MURPHY e SIERRA SIMONE

UM FELIZ PARA SEMPRE (IM)POSSÍVEL

Tradução
Guilherme Miranda

HARLEQUIN
Rio de Janeiro, 2024

Copyright © 2023 by Julie Murphy e Sierra Simone. Todos os direitos reservados.
Copyright da tradução © 2024 por Editora HR LTDA. Todos os direitos reservados.

Título original: Holly Jolly Ever After

Todos os direitos desta publicação são reservados à Casa dos Livros Editora LTDA. Nenhuma parte desta obra pode ser apropriada e estocada em sistema de banco de dados ou processo similar, em qualquer forma ou meio, seja eletrônico, de fotocópia, gravação etc., sem a permissão dos detentores do copyright.

PRODUÇÃO EDITORIAL	*Cristhiane Ruiz*
COPIDESQUE	*Sofia Soter*
REVISÃO	*Thais Entriel e Mariana Bard*
DESIGN DE CAPA	*Farjana Yasmin*
PROJETO GRÁFICO E DIAGRAMAÇÃO	*Abreu's System*
ADAPTAÇÃO DE CAPA	*Maria Cecilia Lobo*

Dados Internacionais de Catalogação na Publicação (CIP)
(Câmara Brasileira do Livro, SP, Brasil)

Murphy, Julie
 Um feliz para sempre (im)possível / Julie Murphy, Sierra Simone ; tradução Guilherme Miranda. – 1. ed. – Rio de Janeiro : Harlequin, 2024.
 368 p. ; 23 cm.

 "Um romance de Christmas Notch".
 Tradução de: Holly jolly ever after
 ISBN 978-65-5970-412-5

 1. Romance americano. I. Simone, Sierra. II. Miranda, Guilherme. III. Título.

24-92087   CDD-813
                 CDU: 82-31(73)

Índice para catálogo sistemático:
1. Romance americano   813
Bibliotecária responsável: Gabriela Faray Ferreira Lopes – CRB-7/6643

Harlequin é uma marca licenciada à Editora HR Ltda. Todos os direitos reservados à Editora HR LTDA.

Rua da Quitanda, 86, sala 601A - Centro,
Rio de Janeiro/RJ - CEP 20091-005
Tel.: (21) 3175-1030
www.harpercollins.com.br

*A nossas Ashleys (Lindemann e Meredith)
por serem as Addisons de nossas Winnies.
(E a Joey Fatone, por ser o Joey de nosso Fatone.)*

Sim, eu sou o papai.
— Graham Simpkins, *O amor não tira férias*

Seja uma boa menina e diga ao Papai Noel do que precisa. Neste Natal, o Papai Noel quer agradar.
— INK, "All BeClaus of You", Merry INKmas (Bootcamp Records)

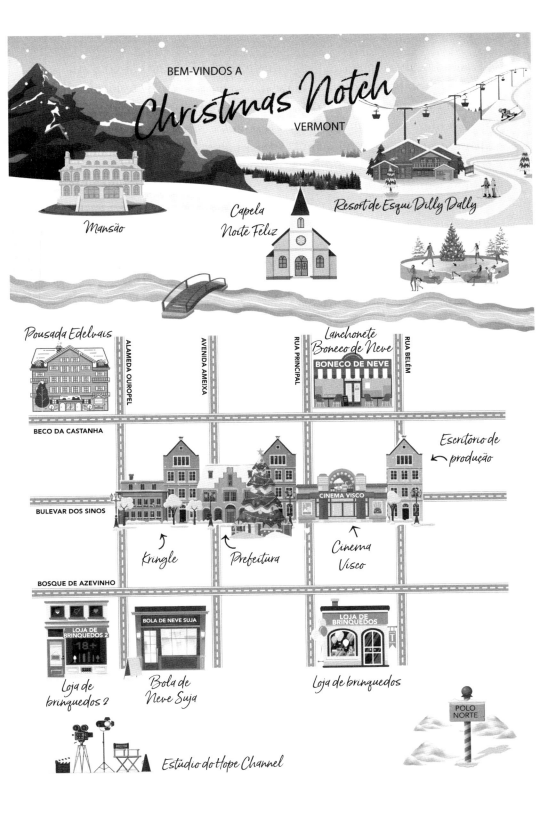

PRÓLOGO

Teddy Ray Fletcher

Quando os filhos de Teddy Ray Fletcher eram pequenos, a geladeira dele era coberta de pinturas a dedo, colagens de macarrão e mosaicos de papel emoldurados com palitos de picolé. Ele expunha as obras-primas no escritório e as pendurava nos corredores de casa; fazia mousepads e canecas com os desenhos e os exibia com orgulho para amigos, atores e completos desconhecidos.

Teddy quase nunca sabia o que aqueles desenhos infantis *significavam* — às vezes, dava para identificar uma flor ou um gato, mas, em geral, ele tentava ver os desenhos da mesma maneira que sua então esposa falava da arte abstrata nas galerias para as quais sempre o arrastava: como uma manifestação de movimento e cor.

Ou coisa parecida. Teddy odiava arte abstrata.

Mas ele não odiava a arte dos *filhos* e, como pai, prometeu a si mesmo que, ao receber uma porcaria fofa daquelas, nunca perguntaria: *Hum, o que é isso aqui?* Ele apenas os elogiaria por serem gênios perfeitos, dizendo que eram tão bons quanto Picasso ou Monet. Ou as pessoas que faziam o desenho animado *Os Thornberrys*.

Por isso, quando sua filha de 20 e poucos anos entrou no escritório dele e largou em cima da mesa um retângulo brilhante — um retângulo com um cilindro fixado por um cordão enroscado —, Teddy nem perguntou o que era. Ele só reagiu:

— Astrid, que demais! Você fez isso sozinha?

A luz do sol cintilou no piercing logo acima do lábio superior quando ela revirou os olhos castanho-escuros. Ela tinha puxado os olhos, os cachos e o tom quente de sépia da pele da mãe. (A intolerância à lactose e o gosto por modificações corporais meio lamentáveis tinha puxado de Teddy mesmo.)

— É um protótipo, pai. Óbvio.

Ele o ergueu, fazendo a melhor cara de pai sábio.

— É um ótimo protótipo, filha. É bem proto.

— Você por acaso sabe o que é?

Teddy baixou os olhos para o objeto em suas mãos — mãos que estavam queimadas de sol depois de ele ter filmado uma cena ao ar livre de uma coroa na região de Big Bear. A geringonça de Astrid parecia um walkman com um minimicrofone, exceto pelo detalhe de que tudo era feito de um plástico opaco que ele desconfiava ter algo a ver com a ausência de ftalato.

— É para... — Ele revirou a mente, tentando pensar onde tinha visto microfones minúsculos antes. — O TikTok? Você vai virar uma estrela do TikTok?

— *Pai*. É para a Vênus!

Vênus era a startup de sex toys ecológicos de Astrid — e um dos motivos para Teddy ter ampliado a produtora no ano anterior, que passou a fazer filmes inocentes de Natal além da pornografia não tão inocente de sempre. (O outro motivo era a mensalidade da faculdade de arte do filho, em que tentava não pensar sem um copo de uísque na mão.)

— Ah — disse Teddy.

Ele ainda não fazia ideia do que era.

Astrid sorriu.

— É um vibrador movido a energia solar!

— Pensei que você fosse fazer o prendedor de mamilos primeiro — comentou Teddy, apoiando o protótipo na mesa e erguendo os olhos para a filha sorridente.

Ele era um péssimo investidor, não porque não acreditasse na visão ambientalista de Astrid, mas porque, quando ela começava a falar de polivinil e termoplásticos, a atenção dele começava a divagar para coisas como a nova loja de donuts em Westwood, ou se devia mandar mensagem para uma certa agente artística que sempre usava terninhos e em quem ele não conseguia parar de pensar.

— Ainda estou atrás de um fornecedor de aço-carbono neutro para os prendedores. — Astrid suspirou. — Mas estou pensando em talvez fazer alguma coisa mais no estilo de borlas com couro vegano... Ah, oi, Sunny!

O olho de Teddy tremeu quando Sunny Palmer entrou no escritório. O gato dela, sr. Tumnus, tinha comido algum fio vital do computador dela no mês anterior e, desde então, ela vinha usando o equipamento da Tio Ray-Ray para editar seus vídeos solo. O que não era um problema para Teddy, mas ter Sunny ali era como ter um filhotinho de gato no escritório. Ela se metia em tudo, gritava com objetos inanimados e, às vezes, pegava no sono sob raios de sol antes de acordar de repente e ir pentelhá-lo enquanto ele forçava a vista para acabar de ler a nova edição do estatuto sindical dos artistas. Ela era uma figura e tanto. E Teddy preferia *tanto* quando não estava ocupado com as pataquadas de filmes de Natal, como naquele dia.

— Ah, chegou seu protovibrador! — Sunny deu um gritinho, esticando a mão tatuada para afanar o objeto da mesa de Teddy, como se fosse o Raposo de *Dora, a aventureira*. — Que demais! Dá para carregar em dias nublados? Você acha que funcionaria no espaço? Aliás, Teddy, tem uma pessoa aqui querendo te ver. Ela está terminando uma ligação e já vai entrar.

— Se for uma entrega, fala para deixar na porta — disse Teddy automaticamente, voltando a atenção para o notebook, que ligou com um zumbido irritante de quem diz: *Sou um computador antigo, por favor me deixe morrer.*

— Não, não — comentou Sunny, distraída com o sex toy movido a energia solar. — É aquela lá de Christmas Notch. A gostosa malvadona. Steph qualquer coisa.

O tempo pareceu desacelerar; o coração de Teddy disparou. O sangue martelava em seus ouvidos no ritmo dos batimentos.

Steph.

Steph estava ali.

Steph estava ali e a camisa dele estava suja de migalhas de sanduíche.

Em pânico, ele tentou limpar a camisa — assim como o bigode — ao mesmo tempo que arrumava a mesa e fazia barulhos para enxotar a filha e a atriz... o que elas ignoraram, como era típico.

E então aconteceu.

Steph D'Arezzo, agente artística e a mulher mais perfeita do mundo, entrou pela porta da sala dele como se fizesse isso todos os dias.

Teddy não a via desde que eles haviam transado sete meses antes, num churrasco no Dia da Independência, mas isso não tinha importância. Seu corpo se lembrava do toque dela como se fosse ontem. E, caso não se lembrasse, o terninho impecavelmente ajustado que ela vestia — vermelho-cereja com uma blusa preta por baixo — o teria recordado. A roupa ressaltava o quadril farto, os seios ainda mais fartos e as pernas compridas, que terminavam em saltos pretos tão afiados que cortariam o bolo de casamento de cinco andares que aparecia em suas fantasias mais piegas e secretas. Um único colar de pérolas envolvia a base do pescoço comprido e pálido dela, e o cabelo escuro estava solto em ondas. Ela usava um batom da mesma cor do terninho, o que fez Teddy se remexer na cadeira.

Diga oi, instruiu ele a si mesmo. *Diga oi e diga que sentiu saudade dela. Talvez ela esteja aqui para um repeteco do sexo no churrasco. Diga oi. Diga oi.* Ele conseguiu abrir a boca.

Naquele momento, porém, Sunny, que tinha chegado perto de Steph e admirava a agente com um olhar de fascínio e tesão, falou primeiro:

— Você é minha mamãe?

Steph parecia ter se acostumado com a família do Tio Ray-Ray no set de *O salão do duque*, porque ignorou Sunny e foi direto para a mesa de Teddy, na qual apoiou as mãos. Como se ele fosse um aluno malcriado e ela, uma professora, a professora mais gata do mundo.

O coração dele foi parar na boca.

— Ouvi dizer que você está com o roteiro — disse Steph.

Ah.

Ela não estava ali para um repeteco. O coração de Teddy voltou a se afundar, aos choramingos.

— Ficou pronto ontem à noite — conseguiu responder.

A empresa de Teddy estava produzindo o primeiro filme do selo Hope After Dark — um filme que combinaria a alegria não irônica que o Hope Channel sempre oferecia com a safadeza softcore a que ele assistia no Skinemax quando era novinho. Melhor ainda, seria um filme de Natal! *Papai Noel, baby* era sobre um futuro Papai Noel curtindo a vida adoidado antes de assumir as rédeas do trenó. O jovem Papai Noel seria representado por um cliente de Steph, Kallum Lieberman, ex-astro do pop (e atual astro de uma *sex tape* vazada).

— Kallum deve receber o roteiro na semana que vem, se ele está com medo de não ter tempo suficiente…

— Não é essa minha preocupação — interrompeu Steph. — Estou aqui porque você ainda não arranjou uma Mamãe Noel, né?

— Ah.

Teddy se contorceu. A verdade era que, apesar do sucesso viral de *O salão do duque* e sua fusão de diversão natalina familiar e protagonistas cheios de tesão, ele e o novo diretor de elenco ainda não tinham encontrado um par romântico para Kallum em *Papai Noel, baby*. Ou, melhor dizendo, não tinham encontrado alguém de quem a diretora, Gretchen Young, *também* gostasse.

— Estamos trabalhando nisso.

— Gretchen ainda não encontrou a pessoa ideal — argumentou Astrid, indo em defesa do pai. — Não é que ele não esteja tentando.

— Eu acredito — replicou Steph. — E é por isso que estou aqui. Porque tenho uma ideia de quem deveria ser nossa Mamãe Noel.

— Sou todo ouvidos — falou Teddy. — Não exatamente — acrescentou. — Sou só dois ouvidos.

Todas na sala soltaram um "argh".

— Agradeço a disponibilidade — disse Steph, com um brilho de tubarão no olhar —, porque não é uma ideia muito convencional…

Parte Um

CAPÍTULO UM

Winnie

Meu nome é Winnie Elizabeth Baker e, exceto por aquela vez que deixei uma amiga furar meu umbigo, sempre fiz tudo certinho.

Quando meus pais quiseram que eu passasse todo fim de semana fazendo testes para comerciais locais, fiz exatamente isso.

Quando quiseram virar minha vida do avesso aos 10 anos de idade e nos mudar para Los Angeles com o objetivo de que eu estrelasse uma sitcom familiar inocente, fiz isso também.

Escondi tão bem minha narcolepsia que os tabloides ainda não fazem ideia.

Eu me casei aos 18 anos com meu namoradinho de infância, e o beijei pela primeira vez no dia do casamento.

Fui uma filha exemplar, uma esposa exemplar: doce, amável, bem--comportada. Um ícone para jovens no mundo inteiro que escolheram esperar.

Então por que eu estava sentada no consultório de uma terapeuta, erguendo o celular e apontando para o que estava na tela como se eu fosse a apresentadora de TV mais cabisbaixa de todos os tempos?

— Daí Dominic Diamond desenterrou essa foto antiga, e agora o único assunto é, de novo, como Winnie Baker adora fazer um escândalo.

Deixei o celular cair no colo, sem querer olhar para a foto nem para pontuar meu argumento. Eu já a tinha visto milhares de vezes: eu, aos 17 anos, desmaiada no carro na frente do Chateau Marmont depois do Teen Choice Awards. Com a cabeça apoiada no encosto, as bochechas coradas, em vez de pálidas como de costume, e a boca aberta.

Eu parecia bêbada e, ainda pior, *desleixada*. Promíscua, até, segundo meus pais. Em muitos sentidos, a foto tinha sido o ponto de virada para mim. O começo do fim.

— Dominic Diamond é um sociopata da sarjeta — disse Renata, com calma. — Ele não tem o direito de mudar como você se vê.

Como terapeuta de atores, modelos e, se os boatos forem verdadeiros, um certo príncipe residente na Califórnia, Renata está mais do que familiarizada com Dominic Diamond. Ele era um blogueiro de fofoca que virou influencer de fofoca e não poupava ninguém em suas atualizações maldosas. Sem dúvida ele foi o assunto de muitas sessões no consultório dela.

— Mas a questão não é só Dominic — respondi, deslizando a foto para mostrar a imagem seguinte do post.

Era uma captura de tela de uma manchete em um grande site de notícias. "Ex-atriz mirim é hospitalizada depois de festival de música regado a drogas no Texas, segundo uma fonte anônima." E depois outra captura de tela, dessa vez de um artigo publicado no dia anterior: "Atriz problemática, antes conhecida por promover valores familiares, agora oficialmente divorciada".

— Todos acham que estou descontrolada. Que me divorciei à toa, sem nenhum motivo. Que sou hipócrita. Que sou... que sou doida.

— Não gosto dessa palavra — interveio Renata com a voz branda.

— As pessoas nas redes sociais gostam — resmunguei.

Meu ex-marido também gostava, embora *preguiçosa* fosse seu insulto de preferência. *Se você não fosse tão preguiçosa, teria trabalhos melhores do que esses filmes do Hope Channel. Se não fosse tão preguiçosa, seria mais saudável; e, se fosse mais saudável, já teria engravidado a esta altura.*

E assim por diante. *Preguiçosa* era uma palavra que magoava duplamente: primeiro, porque eu me considerava disciplinada, diligente e controlada o tempo todo; segundo, porque, por causa da narcolepsia, havia momentos em que disciplina e controle eram impossíveis, por mais que eu me esforçasse.

— Fiz tudo certinho — falei por fim, repetindo o que vinha dizendo para mim mesma o dia todo. — Eu achava que era uma boa filha, uma boa esposa, uma boa atriz. Mas não fez diferença, não é? Michael me traiu mesmo assim. Meus pais ficaram do lado dele mesmo assim. E, na *única* vez que fiz algo por mim, algo que era para ser divertido, acabei vomitando as tripas num deserto do Texas, a trezentos quilômetros de um aeroporto decente. Perdi a filmagem do meu projeto seguinte, o Hope Channel me substituiu e agora o mundo inteiro acha que sou irresponsável. E não tenho trabalho, não consigo pagar o que devo ao Hope Channel e tudo acabou e explodiu em cima de mim… e nem era um festival de música qualquer! Era o DesFestival, uma experiência exclusiva no deserto, muito além de um festival comum!

Inspirei fundo depois desse monólogo surpreendente, piscando para conter a ardência nos olhos. Eu queria chorar, mas tinha sido criada para não chorar; havia aprendido bem, nos catorze anos de casamento. Perder o controle não fazia parte da minha vida, e nunca fizera.

— Pode chorar se quiser — falou Renata, quase como se soubesse o que eu estava pensando, mas, antes que eu respondesse, um alarme baixo soou no relógio dela.

Nossa sessão acabou.

Ela suspirou, olhando para o punho, e silenciou o alarme.

— Na próxima vez, vou lembrar você mais cedo que não precisa esconder seus sentimentos aqui. Mas, agora, quero que pense no que me disse durante nossa segunda sessão, depois que pedi para você encontrar um objetivo para nosso trabalho juntas. Lembra?

— Lembro — respondi, ansiosa para ser uma boa aluna de terapia. — Toda a minha vida, todos definiram quem era Winnie Baker, mas, agora, quero definir Winnie Baker por mim mesma. Quero ser uma nova Winnie.

Renata concordou com a cabeça.

— Talvez seja bom pensar no que isso significa em relação ao que as pessoas estão falando na internet, não é? E no que podemos e não podemos controlar.

— Certo — concordei, cheia de confiança, porque uma nova Winnie não se importaria com o que as pessoas diziam na internet.

Assim como uma nova Winnie nunca, jamais, cometeria os erros da velha Winnie.

E olha que a velha Winnie tinha cometido erros de sobra, hein.

Sair do prédio de Renata sempre dava a sensação de sair do útero, e precisei piscar por alguns minutos até conseguir enxergar de novo sob o sol forte da Califórnia. E isso de óculos escuros. No inverno.

— Finalmente — disse uma voz abrupta perto de mim, e quase morri de susto.

Quando me virei em pânico para murmurar um "sem comentários", vi que não era um paparazzo, mas uma mulher alta de sobretudo amarrado na cintura e com um sorriso que conseguia ser ao mesmo tempo autoritário e reconfortante.

— Estou esperando aqui há cinco minutos — afirmou ela, fazendo *cinco minutos* soarem como *doze horas*.

Ela estendeu a mão de unhas bem-feitas, que apertei. Tinha um aperto rápido e firme. Michael teria odiado.

O que me fez gostar dela na hora.

— Steph D'Arezzo, agente artística. Prazer.

Steph. Steph. O nome emergiu, turvo, até a superfície da memória.

— Você é a agente de Nolan Shaw — falei.

Eu teria sido o par romântico de Nolan Shaw, ex-bad boy do pop, no filme *O salão do duque* se não houvesse passado mal no DesFestival e sido substituída. Quando assinei o contrato, fiquei nervosa diante da perspectiva de trabalhar com ele, porque, mesmo depois de anos fora dos holofotes, ainda não conseguia imaginá-lo de outra maneira senão como o jovem sempre de gorro na cabeça e praticante do meretrício que eu conhecera na adolescência, mas minha desconfiança fora descabida.

Ele tinha apoiado com orgulho a namorada, Bee Hobbes, quando ela foi exposta como criadora de conteúdo adulto, e desde então se mostrava um profissional respeitado, chegando até a liderar uma nova versão do reality show que o havia alçado ao estrelato, *Academia de Boyband.*

— Isso mesmo — afirmou Steph. — Você sabe como fiz minha carreira nesse ramo, Winnie?

Fiz que não. Minha carreira toda acontecera em outro tipo de entretenimento, de conteúdo familiar e religioso. Eu tinha uma noção muito vaga dos mecanismos da indústria como um todo.

— Transformo palha em ouro. Pego sapos decadentes e escandalosos e os transformo de volta em príncipes. Etcetera e tal. Entende aonde quero chegar?

— Você reabilita a reputação de celebridades — respondi.

— Isso mesmo. Trabalho exclusivamente com reformas, mas, se a casa não tiver salvação, passo para a próxima, porque às vezes o trabalho em equipe *não* é o trabalho dos sonhos, ainda mais se metade da equipe for incorrigível. — Steph levou a mão à bolsa, mas se deteve. Bufou. Tive a impressão nítida de que ela era ex-fumante. — A verdade é que, às vezes, um pouquinho de escândalo faz bem para os negócios — continuou ela. — Achei que Nolan Shaw se apaixonar por Bianca von Honey arruinaria o retorno dele à indústria, mas acabou turbinando sua carreira. Nem com cem anos de trabalho e ainda mais assistentes para me trazer café gelado eu teria conseguido arquitetar o impulso que veio de ele viver essa vidinha fofa e caótica no ano passado. Está me entendendo?

Eu não estava entendendo nada. Tudo que eu tinha ganhado com meus escândalos foram contratos desfeitos e pais distantes. E posts de Dominic Diamond.

Steph parecia conseguir ler meus pensamentos, porque cruzou os braços e me observou com uma sobrancelha arqueada.

— Eles foderam muito com você, né?

— Eu...

— Me deixa adivinhar. Aquele tal de Michael te traiu, você guardou segredo e, como recompensa, ele distorceu a história para você fazer papel de vilã. Imagino que ele esteja por trás do furo sobre sua internação no hospital no ano passado ter sido por drogas em vez de exaustão, né?

Corei. Era exatamente o que tinha acontecido.

— "Winnie Baker cai em desgraça" — disse Steph, como se citasse uma manchete que só ela via. — É uma boa história. Porque os santinhos adoram odiar os pecadores, e os pecadores adoram saber que os santinhos também pecam em segredo. Todo mundo clica nessa manchete. Todo mundo.

— Eu sei bem disso — respondi, o mais educadamente possível.

Steph concordou com a cabeça.

— Verdade. Você sabe bem. — Ela se inclinou para a frente, com brilho nos olhos. — Não te incomoda que ele tenha ficado com tudo? A reputação, os trabalhos, a superioridade moral?

— É claro que me incomoda — murmurei. — Eu só queria tocar minha vida, mas ele não deixou.

— Porque ele é um otário, e otários pensam pequeno, Winnie.

Steph levou a mão à bolsa e tirou um cartão. Seu cartão de visita.

Eu o peguei, sem saber ao certo o que estava acontecendo.

— Já ouviu falar do Hope After Dark? — perguntou, fechando a bolsa.

— Hum, já — respondi.

Todo mundo tinha ouvido falar: o anúncio de que o Hope Channel estava produzindo conteúdo mais explícito era uma notícia bombástica que não dava para ignorar.

— O protagonista do novo filme é meu cliente. Kallum Lieberman, um dos ex-colegas de banda de Nolan Shaw. Imagino que se conheçam, não?

Conheçam. Lembranças do fatídico Teen Choice Awards lampejaram na memória: olhos azuis, uma prancha de surfe caindo em meu pé. No *after*, meus pés latejando enquanto eu mancava no sapato de salto baixo, a narcolepsia me dominando. A escapada da festa no Chateau Marmont para me esconder no carro, onde eu tinha me deitado no banco e deixado o sono tomar conta.

E então a foto. A infame foto. Tirada por ninguém menos do que Kallum Lieberman e publicada no MySpace naquela mesma noite.

— Nós nos conhecemos, sim — respondi por fim.

Ela meneeou a cabeça.

— Bom, acho que você faria um ótimo par com ele no primeiro filme do Hope After Dark.

Por um momento, pensei que não tinha escutado direito. Que estava enganada. Então ela respondeu a minha confusão com um sorriso afiado.

— Pense bem. Você tem um contrato com o Hope Channel que nunca cumpriu, certo? Que está no processo de ser cancelado porque você quebrou a cláusula de moralidade no DesFestival, não é?

Argh.

— Tenho.

— E se você não tivesse que devolver o dinheiro que recebeu ao assinar o contrato? E se ainda pudesse cumprir esse contrato com um outro filme?

— Já tentei — falei. — Antes da minha agente me largar. Disseram que, com a minha reputação, eles não podiam me contratar para na...

Steph me interrompeu:

— Isso foi antes, Winnie. Agora é agora. Após *O salão do duque* e do sucesso estrondoso das estrelas depois do escândalo de Bianca von Honey, Hope está vendo as coisas com outros olhos. E quem seria melhor para protagonizar o novo começo picante deles do que seu anjo caído?

— Nunca daria certo — retruquei, ainda completamente perplexa. — Mal consigo acreditar que eles estão fazendo o Hope After Dark, mas daí a trabalhar *comigo* de novo? Eles nunca topariam.

— Ah, eles já toparam — disse Steph, presunçosa. — E amaram tanto a ideia que me imploraram para fazer você assinar, o quanto antes. O que quer dizer que o papel é seu, se quiser. Um contrato recuperado, uma conta bancária recuperada, e quem sabe? Talvez todo um rumo novo para você.

— Não posso participar de um filme sexy — murmurei enquanto voltava a olhar para o cartão de visita dela.

A ideia era absurda. Eu nunca nem vira um filme erótico. Não tinha um *sex toy* que fosse, nunca nem... fizera essas coisas sozinha, e era quase certo que meu único orgasmo foi dormindo, causado por um sonho erótico que não envolvia Michael. Na noite em que meu divórcio fora finalizado, eu tinha bebido meia garrafa de vinho e jogado no Google a palavra *pornografia* pela primeira vez na vida... e ficado com tanta vergonha que acabara fechando o notebook e assistindo a um monte de TikToks sobre lagos assustadores.

A questão era que eu *queria* me livrar dessas barreiras em minha mente; queria assistir a filmes pornô e eróticos e ser capaz de fazer piadas de sacanagem. Ser capaz de estrelar um filme do Hope After Dark. Mas não era. Eu era Winnie Baker, muito pior do que uma carola: eu era uma ex-carola que não fazia ideia de como se descarolar.

— Só pensa no assunto — insistiu Steph.

Ela deu um tapinha no meu ombro e foi embora, o sobretudo esvoaçando na altura dos sapatos de salto. Eu ainda estava segurando o cartão como se fosse uma granada prestes a explodir, meio tentada a largá-lo na calçada de paralelepípedos curva que levava ao prediozinho de Renata e sair andando, esquecer a conversa toda.

Mas não fiz nada disso. Guardei o cartão no bolso, me empertiguei e fui para casa.

Casa não era onde eu tinha morado por mais de uma década, tampouco onde meus pais moravam. A primeira era de Michael — presente de casamento dos pais dele, que tinham um império de mídia religiosa e o dobro de dinheiro de todas as megaigrejas do Texas — e na segunda eu implicitamente não era mais bem-vinda. Então eu estava dormindo na casa de hóspedes de uma velha amiga. Que, na verdade, era a única amiga que eu ainda tinha.

Parei na porta dos fundos no caminho da casa e a vi sentada à ilha da cozinha com seu prato preparado pelo chef e um copo de algo transparente que eu sabia não ser água. Dito e feito: quando abri a porta e entrei na cozinha minimalista, vi uma garrafa aberta de Grey Goose na bancada.

— Winnie! — exclamou Addison, girando no banquinho e vindo até mim. Os pés descalços estavam pálidos; ela logo marcaria uma sessão de bronzeamento artificial. — Mandei o chef preparar o jantar para você também.

— Obrigada, Addy — comentei, dando um abraço nela.

A atriz, cantora e autodeclarada "chefona" Addison Hayes estava fazendo outra série — um drama mais ou menos sério sobre um pastor viúvo e sua família. Quando éramos adolescentes, fomos unidas como melhores amigas de mentirinha por nossas equipes. Tínhamos carreiras iguais, cabelos loiros iguais, anéis de pureza iguais. Até cheguei a fazer uma participação especial no primeiro álbum dela, o ponto de partida para a carreira musical de grande sucesso dentro e fora da comunidade religiosa.

Nós nos afastamos depois do incidente do Chateau Marmont — quando passei a dedicar todo o meu tempo e energia a consertar minha imagem —, mas tínhamos nos reencontrado fazia alguns anos, quando estrelamos um filme do Hope Channel sobre irmãs perdidas que se apaixonavam por dois irmãos perdidos. Addison tinha sido a única a manter contato depois do divórcio, que dirá a oferecer ajuda, e, embora escondêssemos que eu estivesse morando lá para não ferir a reputação dela, ela me recebera de braços abertos e com garrafas de vodca ainda mais abertas. Eu seria grata por esse acolhimento até o dia da minha morte.

— Como foi a terapia? — perguntou Addison, voltando a sentar e pegando o garfo para comer o pedacinho de peixe branco.

Encontrei um prato embrulhado em papel-alumínio na bancada e peguei um garfo para mim.

— Tudo bem. Reclamei de Dominic Diamond.

— Ele é um cuzão — disse ela. — Quer vodca para passar?

A disposição de Addison a (1) falar palavrão, (2) encher a cara e (3) falar de sexo como se não tivéssemos crescido com parceiros de responsabilidade para garantir que *nunca* nem pensássemos em genitália tinha sido muito estranha no começo. Depois, passou a ser incrivelmente libertadora, porque entendi que todas as coisas que eu tinha medo de me tornarem uma pessoa ruim… não me tornavam? Ou não necessariamente? Porque Addison podia ser muitas coisas, mas também era generosa, leal e uma boa ouvinte, e abriu a casa dela para mim quando eu não tinha para onde ir… e talvez, no fim das contas, ser uma pessoa generosa fosse mais importante do que nunca falar palavrão.

— Talvez eu queira depois — falei. — Mas, na verdade, aconteceu outra coisa interessante…

Depois que terminei de contar a ela sobre Steph e a oferta do Hope After Dark, Addison me encarou, o rosto pálido por baixo da maquiagem perfeita, como se eu tivesse acabado de contar que tinha dado uma carona para um desconhecido na estrada e que ele moraria na sauna no quintal.

— E você recusou, certo? — indagou ela. — Tipo, que porra é essa? Winnie Baker em um filme proibido para menores? Você tem uma marca!

— Addy — falei, com a voz doce e cansada, porque vivia tendo que explicar isso para as pessoas. — A marca está morta. Não existe mais *a* Winnie Baker. Só existe a Winnie Baker que ficou drogada no DesFestival.

Addison fungou e saiu em minha defesa.

— Sorte a sua. É uma experiência exclusiva no deserto.

— É o que vivo tentando explicar!

— Mas, querida — disse minha velha amiga, subitamente séria. — Nenhuma marca está morta enquanto você ainda estiver viva e bem. Você sabe o que nosso círculo ama mais do que tudo? Uma boa história de redenção. E você tem todas as cartas na manga para jogar quando chegar a hora. Crie toda uma história de que se recuperou das recaídas e está tentando resolver as coisas com Michael porque seu coração foi tocado. E aí os trabalhos vão voltar, o dinheiro vai voltar. Porra, até Michael vai voltar.

— Mas não *quero* que Michael volte — argumentei.

— Dá — debochou ela, jogando para trás o cabelo ondulado brilhante, sempre pronto para as câmeras. Ela tinha passado a semana toda vendendo leggings da sua marca de estilo de vida, Wishes of Addison, na televisão, e ainda não havia prendido o cabelo em um coque bagunçado depois de voltar do estúdio. — Mas pense na imagem, Winnie! Casal reunido! O amor vence tudo! Você vai alimentar a narrativa com uma matéria na *People* e aparições públicas juntos na igreja, e todos vão acreditar. — Fiz uma careta, e ela me lançou um olhar como se eu estivesse sendo infantil de propósito. — Não estou dizendo para voltar a *amar* aquele cara. Porra, não estou dizendo nem para *ficar só com ele*. Só para voltar com ele pela publicidade e sair com outras pessoas em sigilo. Casais famosos vivem fazendo isso.

— Você não faz isso — argumentei.

Addison era uma rara mulher solteira em nossa esfera.

— Isso é porque ainda resta um tempinho na minha fase de "vivendo meu chamado" — disse ela, pegando o garfo e apontando com ele como se houvesse uma apresentação de PowerPoint invisível com que ela estivesse dando uma aula. — Prevejo que, daqui a dois anos, Wishes of Addison vai estar estabelecida e eu vou poder fazer a transição para a fase de "acabei de encontrar o amor da minha vida" da minha carreira e depois, por volta dos 36, vou começar a fase do bebê. Então, Wishes of Addison vai lançar seu novo braço, Baby Wishes, e vou vender a empresa e ficar no cargo de diretora criativa. E depois? Hotéis.

Ela acenou com o garfo e voltou a atacar a o peixe.

— Você quer ter hotéis?

— Porra, claro — respondeu Addison com a boca cheia de peixe-espada. — Sabe o bem que eu poderia fazer pelo mundo como dona de hotéis? Primeiro assunto da lista: todos os banheiros de hotel vão ter um ventilador bom que funciona. Todos. E um bidê! Segundo item da lista...

— Essa é mesmo minha única opção? — interrompi, baixando os olhos para o prato de peixe. Ainda não tinha nem sentado. — Voltar com Michael, a menos que eu queira viver em segredo na sua casa de hóspedes para sempre?

— Gata, não — retrucou Addison, apontando o garfo para mim. — Não estou dizendo para ser o capacho de Michael. Estou dizendo para *fingir* em público. E fazer o que quiser em segredo. Jogue o jogo, mas se divirta mesmo assim.

— É isso que você faz, Addy? — perguntei.

Apesar de todo o nosso tempo juntas, nunca soube nada sobre sua vida amorosa. Considerando como ela era aberta comigo em relação a todo o resto, era um pouco estranho que eu não soubesse nada além do fato de que às vezes ela dava umas escapulidas à noite.

Addison abaixou um pouco o garfo e olhou para baixo.

— Faço o possível — respondeu ela, mas, pela primeira vez desde que eu tinha entrado em sua cozinha, soou um pouco insegura.

E me dei conta de como isso tudo era ridículo. Ali estávamos nós, duas mulheres famosas de 32 anos, ainda sentindo que nossa vida inteira tivesse que seguir uma série de regras que nos foi ensinada quando éramos jovens demais para escolher por conta própria. De repente, não aguentei mais.

Não estava apenas *cansada* nem apenas *triste*. Não aguentava mais, fisicamente. Aquilo estava me deixando febril, vermelha, trêmula. Meu corpo preparava as defesas para lutar contra o passado que me encurralou, o futuro sombrio que me aguardava.

Quero definir Winnie Baker por mim mesma. Era o que eu tinha dito a Renata. Ou eu estava falando sério, ou não. E, se estivesse falando sério, precisava falar *sério*.

Larguei o garfo.

— Foda-se — falei e então tirei o cartão de Steph do bolso.

Addison arregalou os olhos, espantada, até ficarem do tamanho dos porta-velas da Wishes of Addison (apenas 12,99 dólares na Target ou em wishesofaddison.com) ao me ver pegar o celular.

— O que está fazendo? — sussurrou.

— O que ganhei nesse jogo, Addy? Um marido infiel, um divórcio público e contas de terapia que mal tenho como pagar. Se o mundo acha que sou um anjo caído — afirmei, digitando o número de Steph —, pelo menos quero escolher minhas próprias asas.

CAPÍTULO DOIS

Kallum

—K*allum?* — perguntou Payton embaixo de mim, suas pernas abertas como um convite enquanto a última letra do meu nome se transformava num gemido. — Eu... Isso está gostoso. Tipo, supergostoso... Mas não posso perder o buquê... Então será que dá para acelerar aqui...

— Ah, claro. Pode deixar.

Joguei a gravata para trás e comecei a meter mais fundo e mais forte. Sempre gostei de ir sem pressa, e estava tentando agradar, mas, como dizia o lema da Slice, Slice, Baby, *entrega rápida ou sua próxima pizza é por conta da casa!*

Ela afundou o queixo no ombro e soltou um gemido baixo.

— Espera, espera, espera! Você pode fazer o lance? — perguntou, ofegante.

— O lance?

Naquele ritmo, eu não aguentaria muito mais. Payton era uma das amigas mais antigas da minha irmã e uma das primeiras meninas que eu vira sem sutiã por baixo da roupa. (A menos que contasse com minha mãe ou Tamara, mas eu não contava.) Sutiás eram idiotas. Tão, tão idiotas. Eu adorava as curvas de uma mulher sem sutiã, uma preferência que descobri logo cedo graças a Payton. Comer Payton assim, na suíte nupcial de sua melhor amiga, Natalie, era o tipo de fantasia adolescente boa demais para ser verdade.

Ela roçou em mim. Isso era amor? Podia ser amor. Talvez fosse amor.

— Sabe, o lance do pãozinho — comentou ela, deslizando do meu pau, à espera do meu próximo passo.

Inspirei fundo, pronto para colocá-la de volta onde ela estava. Nossa, eu disse que não faria mais isso. Disse que tinha sido a última vez… mas essa na verdade era a última vez. Não poderia dizer não para Payton. Eu não me perdoaria.

Ela fez beicinho e seus mamilos durinhos apareceram sob a seda do vestido de madrinha, implorando para eu passar a boca no tecido. Mas aí eu quebraria a regra mais importante de transar em casamentos: nunca, em hipótese alguma, estrague o vestido. Sexo com roupa era nota mil, mas ter que ser delicado e cuidadoso com aqueles vestidos bobos que ninguém mais usaria depois sempre me fazia sentir um gigante desastrado numa loja de porcelana.

Um dia eu me apaixonaria e daria um vestido novo todos os dias para a mulher dos meus sonhos só para rasgá-lo em pedacinhos toda noite… com a permissão dela, claro. E talvez esse dia fosse hoje, vai saber?

Do outro lado do salão de eventos, a voz do DJ ecoou pelas paredes finas do antigo convento transformado em casa de festas hipster.

— Meninas, dez minutos para a noiva jogar o buquê. Vamos fazer baruuuuuuuulho!

DJs de casamento são péssimos… Nolan sempre dizia que eu só pensava isso porque me via neles, e eu sempre respondia: *Não me jogue essa praga, Nolan Shaw.* Mas talvez eu fosse, *sim*, como um DJ de casamento. Não dá para me convencer que aqueles caras sonhavam em tocar em casamentos quando eram jovens e tolos, ainda inocentes a ponto de sonhar. Em meus tempos de glória do INK, pensava que seguiria em frente com uma carreira solo duradoura depois que eu, Nolan e Isaac nos separássemos. No mínimo, estaria produzindo música. No entanto, aqui estou eu, dono de uma rede regional de pizzarias, transando em metade dos casamentos da região metropolitana de Kansas City.

Mas aí veio a *sex tape*. Que supreendentemente não tinha sido uma coisa horrível — quer dizer, a menos que você perguntasse para minha irmã e minha mãe. (Ou para mim, se houvesse espaço suficiente na minha cabeça para pensar quando estava para pegar no sono.)

Por falar em Nolan, era para ele estar ali. Tudo que Natalie queria de presente de casamento era que eu e Nolan cantássemos "A Love Like That", do nosso segundo álbum, na primeira dança, mas ele desistiu no último minuto e, quando ela descobriu que eu seria o único cantor restante, me disse sem muita gentileza que pediria ao DJ para tocar a gravação original.

Essa, sim, feriu meu ego.

Mas, para ser justo, nós transamos um ano e meio antes, no casamento de Chad e Chad — é, os dois se chamavam Chad. No dia seguinte, Natalie pegou o buquê e conheceu seu recém-adquirido marido no brunch pós-casamento — e se revelou a mais recente de uma longa série de madrinhas que encontraram o amor da sua vida logo depois de dar para mim. Não teria sido tão ruim se o boato não tivesse se espalhado por todo o grupo com que eu e Nolan crescemos. Desde então, eu era a lembrancinha mais procurada de qualquer casamento e dava mais sorte do que pegar o buquê.

No começo, foi tranquilo. Mas, depois da *sex tape* e do surto de casamentos do ano anterior, eu estava começando a me sentir como uma pizza esquecida na geladeira antes das férias.

Mas Payton… Eu não poderia dizer não para minha antiga paixonite, poderia?

— Dez minutos — disse ela. — Vamos tentar acabar aqui em dois. Preciso ver como Natalie está antes de jogar o buquê. Sua irmã fez as anquinhas e, sem querer ofender, mas os dedos dela são tão habilidosos quanto um pacote de salsichas.

Certo. Concordei com a cabeça. O grand finale. Eu tinha que caprichar. Payton era o tipo de mulher que deixava avaliações detalhadas no Google. Se eu não proporcionasse um orgasmo alucinante, ela faria questão de que todos os nossos amigos de infância soubessem disso.

— Vamos lá — falei —, mas tente não mencionar minha irmã enquanto estamos transando.

Ela bateu uma espécie de pequena continência para mim e soltou um gritinho quando a peguei pelo quadril redondo e macio e a virei. Ela ergueu o vestido até a cintura e se debruçou sobre o braço do sofá de veludo. Certo, eu podia desligar meu cérebro besta e chorão por tempo suficiente para aproveitar essa fantasia adolescente que virou realidade.

Ela ajustou a calcinha de renda nude e puxou para um lado, um ato de delicadeza e safadeza ao mesmo tempo.

O povo do Meio-Oeste é sempre muito atencioso.

E, sim, ela estava certa: eu poderia aproveitar bem os dois minutos.

Sem avisar, meti fundo e Payton ergueu a cabeça em resposta, o cabelo preto e macio bagunçado pelas costas. Ela mordeu a própria mão para não fazer barulho, e isso era o suficiente para quase me fazer gozar.

Embora eu soubesse que não deveria (se a regra número 1 era o vestido, a número 2 com certeza era o cabelo), peguei as madeixas dela e puxei de leve.

— Ai, meu Deus, Kallum, fala! Por favor. Fala!

E pronto. Bastou para estragar o clima. Pelo menos na minha cabeça. Mas minha cabeça nem pensou em entregar essa mensagem para meu pau besta, que estava prestes a jorrar.

— Fala — implorou Payton.

Respirei fundo e deixei seu cabelo cair no ombro antes de dar um tapa na bunda dela e estocar como fizera com outra madrinha na infame *sex tape*.

— E é isso que chamo de amassar pãozinho — falei com todo o entusiasmo que consegui fingir enquanto metia dentro dela, nosso ritmo a levando ao clímax... e, bom... ao meu também.

Considere esse pãozinho amassado.

— Perdi alguma coisa? — perguntei quando voltei a me sentar à mesa da família entre meu pai e Tamara.

— Nadinha — disse meu pai, como o homem mais desconsolado do mundo.

Meu pai (coitadinho) tinha aguentado mais bat mitzvahs, bar mitzvahs, velórios, casamentos, aniversários, chás de bebê e festas de aniversário do que qualquer pessoa deveria ter suportado ao longo da vida — ainda mais ele, que se comunicava em resmungos e acenos e ainda se referia ao INK como minha bandinha da adolescência. (Mas ele tinha orgulho, a sua maneira. Uma vez, encontrei recortes do INK escondidos na última gaveta de seu carrinho de ferramentas perfeitamente organizado.) Acontece que todos os eventos sociais que Jacob Lieberman aturava eram em nome do amor, porque ser casado com Josephine Lieberman exigia mais vida social do que ser casado com a porra da prefeita.

Minha mãe tirou da bolsa um pote de isopor e me entregou.

— Você perdeu o bolo, mas não se preocupe, mamãe pediu para embalar para viagem.

— Ah, obrigado, mãe — agradeci enquanto abria o pote e dava uma mordida no bolo com chantilly.

— Onde foi que você se meteu? — perguntou minha irmã quando se sentou ao meu lado com o vestido da mesma cor do de Payton, mas em um modelo diferente.

Eu me virei para ela e cometi o erro de fazer contato visual. Era o suficiente. Alta e robusta, com as mesmas sobrancelhas espessas e a mesma pele marrom-clara que eu, ela enxergava como ninguém o que meu charme escondia. Também era proprietária de um império de camisetas na Etsy, o que exigia instintos mais implacáveis do que era de se imaginar.

Ela me bateu com a bolsinha bordada.

— Seu bosta!

— Que foi? — perguntei com o máximo de inocência que consegui fingir, a boca ainda cheia de bolo.

Ao meu lado, meu pai começou a bater cabeça, cochilando ao som de "WAP", de Cardi B, que estava tocando na pista de dança.

— Tamara, não bata no seu irmão — pediu minha mãe com a voz de repreensão que irritava especialmente minha irmã.

Mesmo assim, não consegui deixar de papaguear nossa mãe.

— Isso aí, Tammy Tortas. Não bata no seu irmão.

— Bom, talvez eu não batesse no meu irmão se ele não tivesse comido Payton! — exclamou ela enquanto Toby, um dos trigêmeos, se atirava em seu colo, quase derrubando a cadeira.

(Juro, esses cabeçudos de 6 anos não fazem ideia da própria força.)

— Já acabou? — resmungou ele.

Meu pai chacoalhou a cabeça para acordar, como um personagem de desenho animado antigo.

— Bem que eu queria, garoto.

— Kallum nunca faria isso — repreendeu minha mãe, ainda se dirigindo a Tamara. — Vem cá, Toby. Vem ficar com a vovó Jo.

— Mãe, você só pode estar de brincadeira — retrucou Tamara enquanto Toby fugia para os braços acolhedores da avó. — Você precisa parar de fingir que Kallum é um anjinho. No mínimo, poderia tratá-lo como um homem adulto. Não vamos esquecer a *sex tape* que humilhou a família inteira.

Minha mãe a ignorou de propósito e segurou Toby no colo, sussurrando palavras doces em seu ouvido. Vê-la assim era como um flashback da minha infância. Quase dava para sentir o cheiro de caramelo em seu hálito. Ela tinha levado um tempo para superar o vídeo, mas, depois de superar, foi como se nunca nem tivesse acontecido… Por isso a notícia que eu tinha para dar a minha família poderia acabar com ela.

— Kallum, filho — disse minha mãe —, você chegou a ligar para aquela menina querida do departamento sanitário?

— Mãe, não posso namorar minha vigilante sanitária. É um conflito de interesses — expliquei.

Ela revirou os olhos.

— Tudo é tão politicamente correto hoje em dia. Aquela menina pode ser o amor da sua vida, a mãe dos meus netos.

— A segunda mãe dos seus netos — acrescentou minha irmã.

Minha mãe não mordeu a isca.

— Você deveria ligar para ela. Acho que April Kowalczk — continuou, mencionando a mãe de Nolan — deve até conhecer a mãe dela da aeróbica.

Toby ergueu a cabeça antes de se aninhar ainda mais nela, distração suficiente para esquecer o assunto.

Eu me virei para Tamara e sussurrei:

— Como você sabia da Payton?

Ela me bateu de novo, bem mais forte do que antes.

— AHÁ! Você sempre vai atrás das madrinhas, e só tem duas madrinhas hoje, imbecil. Eu e Payton. E eu que não era.

Um arrepio de repulsa desceu pelo meu corpo.

— O sentimento é recíproco — confirmou ela.

Tucker, meu cunhado, veio dançando pela pista e se sentou ao lado de Tamara com o braço pendurado na cadeira dela.

— Cadê os outros dois? — perguntou ela, referindo-se aos outros dois trigêmeos, Tristan e Theo.

Com um total de cinco filhos, minha irmã vivia fazendo uma contagem constante.

Ele apontou com o queixo para o outro lado do salão.

— Estão lá com sua tia Fran. Ela está dando a eles cinquenta centavos por cada prato que ajudam a limpar.

— Ela sabe que tem funcionários do bufê cujo trabalho é exatamente esse, né? — perguntou Tamara.

Tucker deu de ombros.

— Quer o quê, amor? Estamos criando pequenos empreendedores.

Ela se esticou e deu um beijo na bochecha dele antes de sussurrar:

— Pensei que eles queriam ser médicos que nem o papai.

Acabei revirando um pouco os olhos. O rosto de Tucker estava estampado em outdoors e pontos de ônibus por toda a cidade. Ele era urologista e se declarara o "Rei da Vasectomia de Kansas City", embora eu particularmente me referisse a ele como dr. Pinto, o que meu pai achava engraçadíssimo.

Embora fosse um pouco tapado, Tucker tratava bem minha irmã, e, depois de tudo pelo que havia passado, ela merecia.

— E aí, galera — disse o DJ —, está na hora de jogar o buquê.

Era o momento perfeito. Minha mãe estava de bom humor por causa das tradições românticas de casamento e Tamara, um pouquinho bêbada. Meu pai estava praticamente dormindo. E Tucker… bom, eu não ligava muito para o que ele pensava.

— Tenho uma novidade — falei de um fôlego só.

— Nós primeiro — disse Tamara.

— O que é? — perguntei. — Outro bebê?

Tucker bufou e virou o resto do uísque.

— Nossa, tomara que não.

Além dos trigêmeos, Tamara teve um filho aos 17 anos, e a caçula, Talia, que foi concebida dias antes de Tucker entrar na faca para a vasectomia. Nem precisava dizer que um sexto filho não era parte dos planos.

— Agora é o melhor momento para falar disso? — perguntou minha mãe a Tamara.

— O melhor momento para quê? — perguntei, o pânico apertando meu peito. — Mãe, você está bem? Tem alguma coisa errada com o papai?

— Não, não, não — respondeu ela, gostando um pouquinho da minha preocupação.

— Eles estão bem — confirmou Tamara.

— Não entendo qual é a grande questão — disse Tucker antes de se virar para mim. — Vamos fazer um cruzeiro no Hannukah este ano. Pronto. Agora ele sabe.

Meu coração disparou.

— Um cruzeiro? — perguntei. — Mas fico enjoado em barco. Vocês se lembram da última vez.

Pouco depois do INK se separar e eu voltar para Kansas City com o pouco dinheiro que tinha conseguido guardar, o Cruzeiro dos Famosos havia entrado em contato comigo para preencher uma vaga em uma viagem pelas Bahamas, porque Kelly Clarkson teve que cancelar de última hora. Eu receberia um bom pagamento, e a suíte que me ofereceram era grande o bastante para meus pais, Tamara e seu filho mais velho (e meu sobrinho favorito), Topher, que tinha 13 anos na época. Consegui fazer só uma apresentação antes de passar tão mal que precisaram me mandar de volta de avião de Nassau. Mas, ei, a família conseguiu nadar com golfinhos.

— Nós sabemos — disse Tamara diplomaticamente. — É por isso que queríamos avisar agora…

— Para… quê? Para eu treinar a resistência a náusea, sei lá? Vou passar a viagem toda vomitando no mar.

Não fazia sentido nenhum. Os Hanukkahs da família Lieberman, particularmente a primeira e a última noite, eram mais valorizados do que qualquer outro feriado. Poxa, mesmo quando estava em turnê, eu fazia questão de passar a data em casa. Até levei Isaac e Nolan comigo em mais de uma ocasião.

Minha mãe lançou um olhar de pânico para Tamara, e até meu pai estava alerta.

— Kallum, você não vai — disse Tamara finalmente. — Quer dizer, você poderia ir se quisesse, mas ninguém vai querer bancar sua babá a viagem inteira.

— Mas por que vão no Hanukkah? — perguntei. — Vocês poderiam ir em qualquer outra época, mas…

— Mamãe sempre quis ir no Cruzeiro das Luzes e, bom, eu e Tucker vamos levar mamãe e papai e toda a família para o aniversário de 40 anos de casamento deles.

Era difícil discordar. Nossa mãe encomendava catálogos do Cruzeiro das Luzes todo ano desde que éramos crianças. Um cruzeiro repleto de entretenimento judaico, culinária totalmente kosher e até jogos de perguntas. Embora nenhum de nós comesse kosher e não faltassem jogos no calendário social familiar, o cruzeiro ainda era o sonho da minha mãe.

— Nunca se sabe — comentou minha mãe enquanto Toby pegava no sono no colo dela —, vai que até lá você encontra uma moça de boa família com quem passar as festas.

Tamara olhou para o resto de bolo. Antes de ela conhecer Tucker, nossa mãe passava o tempo todo procurando um solteiro adequado que considerasse paquerar uma mãe solo. Nunca fui de pensar em casamento, e eu e minha irmã batemos de frente em muitas coisas, mas pelo menos nisso ela me defende.

— Sua vez — falou Tamara, mais baixo que o normal. — Qual é sua notícia, irmãozinho?

— Sabem que aquele filme que o Nolan fez, *O salão do duque*, deu supercerto? — perguntei. — E ele até conheceu a namorada, Bee.

— A mãe dele está tão orgulhosa — comentou minha mãe. — E eu já assisti duas vezes!

Tucker concordou:

— Os gentios até que sabem fazer filmes de fim de ano.

Meu pai bufou e disse:

— Todo mundo sabe que os melhores filmes de Natal são feitos pelos membros da comunidade. Afinal, não foi Irving Berlin quem escreveu *Natal branco*?

Minha mãe sorriu para ele.

— Bom, os executivos do Hope Channel ficaram tão empolgados com o sucesso do filme de Nolan que me chamaram para participar de um — falei.

Por um momento muito raro, minha família toda ficou em silêncio, e até a música suave de R&B que estava tocando ao fundo pareceu se dissolver.

E então eles desataram a rir.

Eu poderia ter simplesmente esperado até o filme sair. Sabe, implorar perdão depois do fato consumado? Mas, se eu fizesse isso, minha mãe poderia nunca superar. Melhor avisar o que estava por vir. Aprendi essa lição por não ter mencionado a *sex tape* para ela antes de se espalhar pela internet.

— Sabe o que é mais engraçado? — perguntei. — Vão me colocar no papel de um jovem Papai Noel.

Meu pai arregalou os olhos e começou a rir ainda mais.

— Coloca essa pancinha aí para jogo!

Abri um sorriso sem graça. Ah, foda-se. Lá vamos nós.

— Na verdade, faz parte de uma iniciativa nova de filmes de Natal, hum, *envolventes* chamada Hope After Dark.

Todos continuaram rindo, até Tucker inclinar a cabeça.

— Cara. Tipo… um pornô de Natal?

Minha mãe foi a primeira a parar de rir, depois Tamara, depois meu pai.

— Como assim? — perguntou minha mãe, cheia de espanto e desconfiança. — Hope After Dark?

— Você não chegou a aceitar, né, Kal? — perguntou Tamara. — Não depois de tudo que aquela indústria fez você passar. Tudo que ela nos fez passar.

— Claro que não aceitou — ratificou minha mãe.

Olhei para ela e vi a decepção se formar em seus olhos suaves cor de mel. Estava claro que eu tinha aceitado. No momento em que Steph me ligara com a oferta de Teddy, eu tinha topado. Era idiotice. Eu tinha tudo de que precisava. Uma empresa bem-sucedida. Uma família que me amava. Mas, depois de passar a adolescência sendo a última opção de namorado de mentira de todas as meninas em festas de pijama, ver as camisetas com meu rosto entrando nas araras de liquidação do país todo e ser o único membro do INK a não receber uma oferta de álbum solo, não havia nada que eu pudesse dizer além de "sim".

A *sex tape* não apenas me tornou relevante de novo, como também, pela primeira vez, *eu* era um grande gostoso. Eu era o cara sexy com uma barriguinha charmosa e o entusiasmo sexual de um chef de cozinha tatuado.

E talvez pudesse haver vida para mim além da Slice, Slice, Baby e de ser o tio mais razoável do mundo. (Não era culpa minha que a bebê Talia chorava toda vez que eu fazia contato visual com ela.)

— O contrato está assinado — afirmei. — Viajo para Los Angeles daqui a dois dias e depois vou para Vermont para três semanas de filmagem.

— E os restaurantes? — perguntou meu pai, preocupado de repente com meu império de pizzarias.

— Topher ficará no comando enquanto eu estiver fora — expliquei. — E vai cuidar da Pão também.

O queixo da minha irmã caiu.

— Quer dizer que meu filho de 20 anos vai passar quase um mês no comando de sua cadeia de restaurantes e você nem cogitou falar comigo antes? — perguntou Tamara. — Ele ainda está na faculdade!

Assenti com a cabeça.

— A equipe é ponta firme, e Toph sabe se virar. Estou a um telefonema de distância.

Minha mãe se levantou, carregando Toby.

— Estou pronta para ir. Tammy, vamos levar os meninos para casa e dispensar a babá de Talia.

— Mas, mãe, você vai perder a despedida dos noivos. Parece que vai ter vela estrelinha — falei. — Sua predileta.

— Não estou me sentindo muito bem — disse ela, com o mesmo tom abrupto que usou no dia em que descobriu que eu tinha aceitado mudar a grafia do meu nome de Callum para Kallum pelo INK (não dá para escrever *ink* sem *K*, sabe?).

— Boa noite — me despedi com um aceno. — Amo vocês.

Meu pai deu a volta na mesa e apertou meu ombro com firmeza.

— Boa noite, filho.

Ao meu lado, Tamara balançou a cabeça antes de virar o restante de vinho.

Logo à frente da nossa mesa, vi Payton erguer a mão, com um sorrisão no rosto, enquanto pegava o buquê de Natalie.

A tradição continuaria viva.

CAPÍTULO TRÊS

Winnie

O escritório do Hope Channel era um pesadelo de vidro e granito em Studio City, cercado por sebes cúbicas e sem estacionamento para visitantes.

Addison parou o G-Wagon no meio-fio, colocou em ponto morto e cantarolou:

— Lar, doce lar de pagamento regular!

Olhei para as minhas mãos trêmulas e me perguntei se era meu medicamento de narcolepsia que estava me deixando agitada. Com meu tipo de narcolepsia, eu não tinha que me preocupar com perdas súbitas de tônus muscular, apenas sonolência extrema durante o dia e um sono péssimo durante a noite. O remédio ajudava muito, mas não era perfeito e, às vezes, me dava uma sensação um pouco esquisita, como uma caminhoneira apertando o volante com força depois da sétima xícara do café do dia.

Por outro lado, podia ser só o bom e velho nervosismo de quem estava prestes a fazer um filme sexy de Papai Noel. Fazia duas semanas que tinha dito a Steph que aceitaria o papel, e, durante todas as horas daquelas duas semanas, eu questionei minha decisão, porque:

1. Eu não sabia nem se seria sedutora nas telas, visto que mal sabia se era sedutora na *vida*. Michael tinha afirmado que eu nunca seria — um dos motivos da sua infidelidade, segundo ele.
2. Depois do divórcio, finalmente tinha parado de viver à beira da inanição para manter a imagem "certa", e meu corpo havia mudado. Minha barriga estava mais mole, meu quadril, mais arredondado. Minhas coxas não eram de passarela. E isso tudo apareceria diante das câmeras. (E depois na Hopeflix, onde os telespectadores poderiam facilmente tirar todas as capturas de tela desfavoráveis que quisessem.)
3. Kallum Lieberman era meu par romântico. O mesmo Kallum Lieberman que tirou a infame foto no Chateau Marmont... o motivo da minha vida ter sido virada de cabeça para baixo.
4. E, acima de tudo, tinha como deixar o Papai Noel sexy? O que haveria de sexy em renas fedidas e um guarda-roupa só de veludo, afinal???

Addison se virou para mim e tomou um gole demorado de suco gelado de beterraba.

— É só uma reunião de coordenação de intimidade — esclareceu ela. — Vai ser tudo superseguro e lento hoje, juro.

— Você já fez isso?

— Bom, não, mas vi um esquete do *SNL* sobre isso uma vez. Então, relaxa, querida, vai dar tudo certo.

— Está muito na cara que estou nervosa?

— Amiga, você está transformando esse banco aquecido num banco vibratório de tanto que está tremendo. Respira fundo, quem sabe come um negocinho de cannabis, e mostra para o mundo o que já sei: que você é uma florzinha sexy narcoléptica prestes a desabrochar.

— Não tenho nada de cannabis — argumentei, mas respirei fundo como ela mandou.

— Tenho um pouco na bolsa, *óbvio* — disse Addison, mas eu já estava dando tchauzinho e desafivelando o cinto de segurança.

— Obrigada pela carona — falei, saindo do carro.

— Não tem de quê! Tenho uma reunião da Wishes aqui por perto, então é só ligar quando acabar. E, Winnie?

Fechei a porta do carro e voltei a olhar para minha amiga pela janela aberta, sabendo que ela estava prestes a dizer algo gentil e encorajador que me encheria de confiança e coragem, palavras que me dariam força pelo resto da produção de *Papai Noel, baby*.

— Oi?

— Me avisa se o equipamento do Kallum é grande mesmo ou se eram só os ângulos da câmera que eram favoráveis, tá? Fiz uma aposta com a moça do bronzeamento artificial.

Então ela sugou mais uns cinco centímetros de suco de beterraba e saiu cantando pneu.

—... e você vai adorar voltar a Christmas Notch — me dizia Don. — A Hopeflix não está economizando para transformar o Hope After Dark em realidade, e estamos construindo até sets novos. Só espera para ver o trenó em que o Papai Noel seduz sua personagem pela primeira vez! Sem spoilers, mas não perde em nada para a carruagem dourada que a monarquia britânica usa em desfiles. Talvez exceto pelo ouro de verdade.

Don Dilly era um produtor do Hope Channel, com quem eu já tinha trabalhado várias vezes, e tive a clara impressão, pela conversa animada e gesticulação constante, que ele havia recebido ordens de exaltar o projeto e *me* exaltar, provavelmente para me tranquilizar de que eu estava de volta aos braços seguros do Hope Channel. Infelizmente para ele, não haveria trenós monárquicos o suficiente para acalmar o pânico metálico que se agitava em meu peito. E não ajudava que o corredor em que estávamos andando fosse decorado por cartazes de filmes do Hope Channel, em muitos dos quais *eu* figurava. Eu sorrindo, ou com a cara cheia de magia natalina, ou olhando apaixonada para um cara sem graça de suéter.

Ver todas aquelas Winnies do passado — felizes, magras, virginais — era mais do que desorientador.

Eu não era mais *ela*.

Então por que estava *ali*?

— Agora, o coordenador de intimidade é uma figura, uma verdadeira figura. — Pela primeira vez, detectei um nervosismo sob a animação de Don. — Uma personalidade e tanto, muito diferente das pessoas que normalmente trabalham no nosso set... Bom, exceto pelo de *O salão do duque*. Enfim, o Hope After Dark é uma direção muito empolgante para a Hope Media como um todo, e achamos que vale a pena pensar um pouco fora da caixa em relação a nossas colaborações, mas, dito isso, ele é meio...

A porta no fim do corredor se abriu, revelando um homem branco por volta da minha idade, loiro e bronzeado de praia, a cara de um boneco Ken. Segurava um celular na frente do rosto e, com a outra mão, o cachorro mais feio que eu já tinha visto.

— Não ligo se ele é bom com animais, não quero esse cara perto da Miss Crumpets quando ela estiver visitando você! — gritava ele no celular. — E você me deve isso depois de roubar meu dispenser de lubrificante da mesa de cabeceira, e nem minta para mim dizendo que não foi você porque minha irmã *viu*, e você sabe que ele é emocionalmente meu depois de passar os últimos dois anos limpando lubrificante do chão porque você não sabia usar direito, e aquilo *mancha*, Levi!

—... excêntrico — completou Don e deu um suspiro. — Ele é meio excêntrico.

Pela primeira vez, o coordenador de intimidade pareceu notar que não estava sozinho no corredor, e forçou os olhos verde-azulados ao se virar para nós. Alguém estava gritando com ele no celular, mas ele ignorou e usou a pata da cadela feia para apontar para mim.

— Você. Winnie Baker. Já volto para falar com você e Kallum quando acabar aqui.

E então ele passou por nós para chegar à porta, a cadela se contorcendo de animação sem parar.

Don pigarreou no silêncio que se seguiu.

— Quer que eu leve você para a sala de reunião?

Ele não precisava me levar — eu já tinha congelado em tantas reuniões naquelas salas com o ar-condicionado no máximo que provavelmente conseguiria desenhar as plantas de ventilação de cor —, mas mesmo assim deixei que segurasse meu cotovelo e me guiasse até a sala, que estava vazia exceto por nós, os móveis e uma caixa de plástico rosa em cima da mesa.

Nada de Kallum. Por enquanto. Inspirei de repente e percebi que prendi o ar aquele tempo todo.

Certo. Certo, eu ia dar conta daquilo. Tinha vencido tantos episódios narcolépticos, tantas dietas brutais em que galões de café eram a única forma de impedir que meu estômago se devorasse, tantos jantares longos com Michael em que ele não desviava os olhos do celular para falar comigo. Se eu aguentava me sentir desconfortável por ele, por meus pais e por meu antigo agente, por que não aguentaria me sentir desconfortável por *mim*? Por algo que eu queria fazer?

A nova Winnie Baker estava sob *controle*. A nova Winnie Baker era *bem resolvida*. E iria fazer um filme sexy de Papai Noel e mostrar para o mundo todo que ela estava no comando da própria vida.

Um apitinho soou ao meu lado, e Don olhou de relance para o *smartwatch*. Ele empalideceu ao ler a mensagem.

— Ah, merda — murmurou.

— Tudo certo?

— Uma tempestade de neve acabou de atingir a Geórgia, e agora uma máquina para fazer neve de mentira está presa na neve de verdade, só que custa dez mil dólares por dia de aluguel. Com licença, já volto.

Don saiu, já pegando o celular, e então fiquei só eu na sala. Só eu e as entradas de ar que mantinham a sala na temperatura aproximada de um frigorífico.

Não me sentei, ainda precisando me forçar a voltar ao modo Winnie Baker Bem Resolvida. Andei ao redor da mesa e passei os dedos pela superfície, parando quando cheguei à caixa de plástico rosa, que não era nada mais do que um estojo de maquiagem vintage da Barbie.

Um estojo de maquiagem vintage da Barbie *destrancado* e, embora eu soubesse que não era educado xeretar, abri a tampa mesmo assim e fiquei encarando as coisas ali dentro, sem entender por que estavam todas no mesmo lugar. Fita adesiva corporal, pedacinhos de espuma que me lembravam as conchas do bojo de sutiãs, joelheiras, óleo para bebê. Peguei um pedaço bege de tecido que estava costurado na forma de um bolso e fiquei olhando por um momento.

— Esse é o bolsinho para o meu pipi — disse uma voz grave e risonha atrás de mim, e me assustei, derrubando o bolsinho enquanto a tampa do estojo se fechava suavemente.

Eu me virei para Kallum Lieberman, que estava a poucos metros de mim… e precisei esticar a cabeça para trás para vê-lo todo porque, ai, meu Deus, ele sempre tinha sido alto assim?

Alto e *grande*. Grande o bastante para arremessar troncos em uma daquelas competições escocesas compostas inteiramente por homens corpulentos de kilt. A cabeça dele quase chegava ao teto, e os ombros eram tão largos que projetavam uma sombra sobre mim. A camiseta estampada que ele usava sob a jaqueta jeans marcava a parte de fora da curva de sua barriga, e as coxas grandes e musculosas esticavam a calça.

E aquelas mãos! Eram enormes! Ele não devia ser tão grande quando éramos mais novos, né? Porque eu nunca tinha visto mãos assim, do tamanho de pratos de jantar, que pareciam impossivelmente fortes, como se ele pudesse me segurar pelos braços e me tirar do chão sem nem suar.

Não sei como, mas surgiu em minha mente a imagem totalmente indesejada daquelas mãos em minha cintura. Acariciando meu quadril. Apertando minha pele. Tateando meu umbigo e as covinhas na base da minha coluna.

Com um rubor, percebi que estava olhando fixamente para suas mãos. Suas mãos, que estavam ao lado das coxas, e devia parecer que eu estava olhando fixamente para seu…

— Verificando se o bolsinho vai caber? — perguntou Kallum, com um sorriso enorme.

Por baixo da barba loiro-escura, uma covinha surgiu, e então senti o frio na barriga se espalhar por todo o corpo.

— Porque já falei para Jack que ele vai precisar encontrar alguma coisa maior — acrescentou. — Tipo uma touca. Ou um saco de dormir.

Ele riu, um som grave e feliz, como se não tivesse preocupação alguma. E talvez não tivesse. Talvez andasse por aí alheio a tudo, deixando um rastro de pranchas de surfe caídas e fotos de Winnie Baker dormindo.

Estendi a mão e forcei o maior sorriso possível.

— Winnie Baker — falei. — É um prazer conhecer você pessoalmente.

Seu sorriso diminuiu um pouco, a covinha desaparecendo sob a barba.

— Não se lembra de mim? — perguntou. — A gente se conheceu no Teen Choice Awards. Sou o cara da prancha de surfe, lembra?

— Achei que seria educado não mencionar isso — falei com delicadeza, e então a covinha ressurgiu.

— Não precisa ser educada comigo — disse ele, finalmente pegando minha mão, e senti de novo aquele friozinho na barriga quando sua mão quase engoliu a minha. Era surpreendentemente quente, mesmo ali naquela sala gelada, e talvez o resto dele também fosse quente. Talvez um abraço dele fosse como um banho quente. — Sou o tipo de pessoa com quem você pode ficar à vontade.

Poderia ser uma frase de efeito, algo que seria impresso sob um retrato gigante e lustroso dele na capa de uma revista adolescente, mas não soava nada falso nem ensaiado. Soava sincero.

— E desculpa pelo lance da prancha de surfe — acrescentou, franzindo as sobrancelhas grossas. — Fico desastrado quando estou nervoso. Quer dizer, a menos que eu esteja dançando. O que não faz sentido, porque sempre fiquei nervoso me apresentando, mas, se eu estivesse dançando, nunca parecia importar.

Pensei entender o que ele estava dizendo.

— Para mim, faz sentido. Todos os passos são coreografados de antemão. Você não precisa pensar, nem tomar decisões, nem se questionar se está fazendo a coisa certa ou se as pessoas vão ficar chateadas com você. É só seguir o plano.

— Pois é — concordou ele, embora a ruga entre suas sobrancelhas não tenha desaparecido. — Por aí.

— E tudo bem em relação ao Teen Choice Awards. São pranchas de surfe passadas.

Isso relaxou a expressão séria em seu rosto, e quase fiquei triste quando ele soltou minha mão no ar frio da sala.

— Ah, estou vendo que os Noéis estão se conhecendo — soou uma voz masculina que entrou pela porta e a fechou.

Era o homem do corredor junto com a cadela feia, a qual ele agora abraçava ao lado do corpo como uma bola de futebol. A cadela estava com a língua rosa para fora e olhava ao redor da sala com olhinhos brilhantes de catarata.

Tarde demais, percebi que o bolsinho ainda estava em cima da mesa à minha frente, fazendo-me parecer uma enxerida, mas, quando o coordenador olhou para ele, abriu um sorriso encantado.

— Vocês já começaram a olhar, pelo visto. Excelente.

— Não, eu...

Caramba, Winnie! Seja a compostura serena que você quer ver no mundo! Mas, antes que eu pudesse responder sobre o bolso de guardar pênis de uma forma muito serena, muito composta, Kallum interveio por mim:

— Estava mostrando a ela seu estojo sexual — disse tranquilamente. — Para ela conhecer todas as ferramentas do ofício e tal.

Lancei um olhar agradecido para Kallum, que piscou para mim.

— Que belo Yoda você é — disse o coordenador, e deixou a cadela em cima da mesa.

Ela deu dois passos e se deitou de barriga para baixo com a cabeça erguida e os olhos fixos à frente, como uma esfinge minúscula. O coordenador se sentou na cadeira ao lado do estojo e o abriu para guardar o bolsinho com cuidado.

Kallum pegou o encosto de uma cadeira com a mão imensa e a puxou para mim.

— Milady — disse, galanteador, fazendo sinal para eu me sentar.

Eu me sentei, perguntando-me se o tinha julgado mal todos aqueles anos. Somando a prancha de surfe e a foto, eu tinha presumido que ele era um bobalhão desrespeitoso. Mas ele havia pedido desculpa pelo Teen Choice Awards *e* me ajudado em um momento bem constrangedor com o bolsinho. Será que eu poderia ter me enganado sobre ser o par romântico de Kallum?

Talvez... ele não fosse tão ruim assim?

Talvez essa produção toda de *Papai Noel, baby* não fosse tão ruim assim?

— Então, sobre mim — começou o coordenador enquanto a cadela começava a roncar baixinho e babar. — Sou o coordenador de intimidade dessa filmagem e meu nome é Jack Hart.

— Sabia que reconhecia você de algum lugar! — exclamou Kallum, e Jack fez uma pequena reverência.

— Imagino que estejam familiarizados com o conjunto da minha obra, que é obviamente tão inovadora quanto extensa. — Vendo minha cara inexpressiva, Jack acrescentou: — Pornô, Winnie Baker. Estou falando de pornô.

— Você faz p-pornografia?

Engasguei com a palavra e corei. E depois corei por corar. Eu odiava soar tão careta (e odiava ainda mais ficar envergonhada por isso).

— Meu bem, eu *sou* a pornografia — declarou Jack, nem um pouco incomodado com a minha reação. — Estou redefinindo a mídia desde os 20 anos, transgredindo limites e inspirando comentários que mais lembram odes no Pornhub há tempos. Minha obra desafia categorias e excede expectativas; fui chamado de "ousado", "destemido" e "assustadoramente flexível". Minha suruba bissexual na represa Hoover foi assistida mais de um milhão de vezes, e tive não apenas um, mas dois! Dois brinquedos! Que foram moldados pela minha anatomia, e ambos vêm com estojos de viagem discretos e elegantes, diga-se de passagem.

Fiquei boquiaberta. Eu tinha tantas perguntas. Havia brinquedos feitos para parecer corpos de pessoas de verdade? A suruba foi dentro da represa Hoover ou em cima dela? E o que é que aquela pessoa assustadoramente flexível estava fazendo logo no Hope Channel?

Ele pareceu notar minha confusão, porque disse, com uma voz um pouco menos declarativa:

— Mas então me divorciei, meu ex-marido destruiu minha carreira e, apesar de *tudo que fiz* pela pornografia como arte, fui forçado a buscar emprego remunerado em outro lugar. — Ele fungou. — Infelizmente para mim, mas felizmente para o mundo, a única coisa em que sou bom é em fazer o sexo ficar incrível diante das câmeras. Como não consigo mais encontrar pessoas dispostas a enfrentar a ira do meu ex-marido para atuar comigo, tive que me virar e, agora, sou oficialmente certificado para fazer o sexo dos outros ficar bem nas câmeras. Ou sexo de mentirinha, no caso.

Eu ainda tentava processar que estava sentada ao lado de um astro pornô de verdade, de alguém que havia feito sexo por dinheiro. Minha vida toda, a pornografia tinha sido usada para exemplificar como o mundo moderno havia mergulhado em pecado, considerada o vício mais sórdido que uma pessoa poderia ter.

No entanto, não parecia haver nada de sórdido no homem sentado ao meu lado. Ele parecia qualquer outro habitante de Los Angeles: cabelo bonito, dentes perfeitos, discurso de apresentação na ponta da língua. E uma cadela que precisava de muitos cuidados.

Fiquei um pouco confusa. Tinha conseguido me livrar de tantos preconceitos que adquirira no passado e não entendia por que meus estereótipos sobre pornografia haviam permanecido. E eu estava farta de pensar dessa maneira. Afinal, minha substituta em *O salão do duque*, Bee Hobbes, também era uma atriz pornô e parecia incrível. Poxa, eu mesma estava fazendo um filme hot!

Além disso, seu parceiro de cena está habituado com entretenimento adulto...

Olhei para Kallum, que tinha se sentado à minha frente em algum momento da apresentação de Jack. Sabia que Addison assistira à *sex tape* dele depois que ele a havia licenciado e relançado oficialmente, e ela dissera que era a coisa mais obscena que já tinha visto. (Era um elogio. E outro elogio: "Os pelos daquele homem!")

Olhei para as mãos de Kallum enquanto Jack falava. Havia um pouco de pelos no dorso, do mesmo tom de dourado do cabelo dele.

— Portanto, o ponto principal que preciso salientar antes de começarmos é que o sexo às vezes mexe com a cabeça da gente. Mesmo o sexo de mentirinha. Mesmo o sexo de mentirinha com vários membros da equipe em volta segurando equipamento pesado. Em tese, somos todos adultos com cérebros racionais que reconhecem que estamos fazendo um trabalho, mas, na realidade, muitos de nós somos envoltórios de carne tarados com um sistema límbico facilmente confundido. Ou seja, embora boa parte do que vamos fazer se trate de ângulos sorrateiros e de faz de conta, e embora haja certas barreiras em vigor para quando não estivermos simulando, haverá momentos em que vocês terão que se lembrar de que isso é só biologia. Entendido? Só. Biologia.

— Só biologia — repeti.

Kallum estava concordando com a cabeça, parecendo bem à vontade, como se nem precisasse desse lembrete. E ele provavelmente não precisava: um homem com uma *sex tape* não devia ter um sistema límbico facilmente confundido.

— Obrigado por virem a minha TED Talk — concluiu Jack e então clicou na tela do celular para ligá-lo. O fundo de tela era uma foto da cadela sentada na frente de um bolinho no qual estava enfiada uma vela de aniversário. — Agora — continuou, clicando no ícone do e-mail e abrindo um anexo —, vamos estar em Christmas Notch na semana que vem, o que significa que precisamos planejar a primeira cena de amor antes de irmos, já que vai ser filmada no segundo dia. Vamos revisar a cena juntos e, depois, vou conversar com vocês separadamente sobre suas opiniões. Depois, vamos nos reunir para a... coreografia.

Certo.

Certo.

Era assim que pensei que as coisas funcionariam. Barreiras, limites, ideias. Coreografia. Com uma coreografia seria fácil, certo? Como eu tinha dito a Kallum, havia algo tranquilizador em saber os passos de dança de antemão.

E seria ainda mais tranquilizador para alguém que não conhecia todos os muitos, *hum*, passos de dança.

Repassamos a cena: um Papai Noel recém-empossado leva minha personagem, Holly, em um passeio de trenó, que acabaria em dedadas, o que era basicamente um território inexplorado para mim na vida real. Então, Kallum e eu nos alternamos saindo da sala para que Jack pudesse rever nossos limites e nossas barreiras em particular.

Quando chegou a minha vez, falei para ele, honestamente, que não tinha nenhum limite.

O ex-astro pornô olhou para mim com desconfiança. A cadela, Miss Crumpets, acordou assustada, latiu para uma cadeira vazia e depois voltou a baixar a cabeça.

— Tem certeza? — perguntou Jack Hart.

— Tenho — respondi, confiante.

A nova Winnie estava animada. A nova Winnie estava *pronta*.

Jack torceu a boca bonita, mas deu de ombros.

— Eu também não tenho limites, então entendo. Mas, se chegarmos a algo que não funcione para você, me avisa.

Não ia rolar. E daí se eu ainda estivesse nervosa com aquilo tudo e insegura em relação ao meu parceiro? Eu era uma atriz, uma profissional, e estava tudo sob controle.

Exceto que, quando Jack dispôs duas cadeiras lado a lado para imitar um banco de trenó, quando Kallum se sentou ao meu lado e apoiou um braço comprido de arremessador de troncos escocês no dorso da cadeira, o pânico crescente que eu estava sentindo desde cedo se alastrou muito, mas muito mais. Ele estava tão à vontade, tão confiante e casual diante da ideia de unir nossos corpos, e eu... não. Eu queria estar, estava *determinada* a estar, mas não conseguia fazer meus músculos se soltarem, não conseguia fazer minha coluna relaxar.

— Certo — falou Jack, sentando-se na mesa a nossa frente. — Falamos todas aquelas palavras sedutoras etcetera e tal, mas agora vamos para a parte boa. Kallum, é aqui que você diz: "Abra as pernas para o Papai Noel, baby". E, Winnie, imagino que essa seja uma das cenas que Gretchen vai querer mostrar ou de frente ou de cima. Quanto mais sensualidade conseguirmos mobilizar antes do toque de verdade começar, mais podemos esconder depois. Então pode ir.

Meu cérebro apagou.

— O quê?

— Ele disse que pode abrir as pernas — explicou Kallum, e algo em meu peito se revirou.

Eu nunca tinha notado como sua voz era grave, mas Kallum era o baixo do INK, não era? Ele era a voz potente e vibrante sob a melodia romântica de Isaac, e aquela mesma voz grave tinha acabado de me mandar abrir as pernas.

Engolindo em seco, fiz o que Kallum disse. Eu estava de calça jeans, então não era como se estivesse exposta, mas de repente entendi o que Jack quis dizer sobre sistemas límbicos facilmente confusos, porque eu nunca tinha feito nada parecido com aquilo, nem como atriz nem como esposa. Porque, quando eu e Michael transávamos, nunca havia palavras envolvidas, nem mesmo algum tipo de preliminar.

Abri as pernas obedientemente, e Kallum pigarreou.

— Bem, imagino que você vá usar uma saia nessa cena, Winnie, então acho que um bom close demorado da mão de Kallum subindo por sua coxa daria certo aqui.

Consegui concordar com um tom de voz profissional, e então a mão de Kallum estava na minha coxa, subindo pela costura da calça jeans. Embora a palma estivesse em cima da minha coxa, a mão era tão grande que seus dedos estavam roçando ao longo da parte interna da perna. Exatamente como estariam se ele de fato estivesse subindo para tatear embaixo de uma saia.

Senti minha pele faiscar com seu toque e arfei uma, duas vezes, até que sua mão parou. A uns cinco centímetros comedidos da minha vagina.

— Boa respiração ofegante, Winnie — elogiou Jack, e o calor tomou conta de minhas bochechas, porque eu, hum, não estava respirando assim de propósito.

— Bom, provavelmente vamos concentrar a maior parte dessa cena em closes de rosto, com alguns cortes da mão de Kallum por baixo da saia. Mas eu estava pensando que ele poderia beijar seu pescoço enquanto sua personagem goza...

— Boa ideia — concordei, a mão de Kallum ainda queimando na minha calça.

— Gostei — disse Kallum, animado.

Então, Jack fez um gesto circular para mim, como se dissesse *continua*, e percebi com certo pânico que precisava fingir um orgasmo. Ou pelo menos mexer meu corpo da mesma maneira como eu mexeria quando estivesse fingindo depois, e, ai, Deus, como as pessoas têm orgasmos no cinema? Elas se debatem de um lado para o outro como Meg Ryan em *Harry e Sally: Feitos um para o outro*? Batem a mão na janela de um carro e a deslizam para baixo como Rose em *Titanic*?

Não importava. Eu daria conta, daria um jeito, então engatei meu melhor orgasmo de mentira, jogando a cabeça para trás e abrindo a boca como se estivesse no meio de um gemido. Mas então Kallum não fingiu beijar meu pescoço como era para ele fazer. Na verdade, nem se mexeu, e, quando ergui a cabeça para olhar para ele e Jack, Jack parecia confuso. E Kallum parecia prestes a rir.

Eu me endireitei na cadeira, a vergonha queimando a pele.

— Bom, isso não é ideal — disse Jack.

Ao mesmo tempo, Kallum falou com carinho:

— Você estava igual àquela foto que tirei no Chateau Marmont!

E eu virei uma fogueira gigantesca de humilhação. Pensei na foto, na minha boca aberta, no meu corpo caído com deselegância, e sim…

Não havia nada menos sexy no mundo.

CAPÍTULO QUATRO
Kallum

Winnie corou e mordeu o lábio, alternando o olhar para o chão, para mim, para Jack, para Miss Crumpets e para o chão de novo. Seu. Lábio.

Entre os dentes.

Eu não conseguia desviar os olhos. Ela era toda linda, sim, com aquele ar inocente, as bochechas altas e redondas, as sobrancelhas ligeiramente curvadas e os longos cílios grossos. Somando um nariz fofo e olhos num tom hipnotizante entre azul e verde, dava uma verdadeira maravilha. Mas, quando ela apertou o lábio inferior macio com os dentes... Quando o soltou bem devagarzinho e deixou a boca rosada se abrir em algo que parecia demais um suspiro, ou um gemido, ou uma lamúria contida...

O celular de Jack irrompeu no refrão de "Genie in a Bottle", de Christina Aguilera, dando um susto em mim, Winnie e Miss Crumpets, que se levantou em um movimento ágil e começou a latir no ritmo da música.

— Cuzão arrombado — sussurrou Jack, olhando para a tela. — Vamos retomar isso em Vermont. Tenho que lidar com meu ex e o fato de que ele está impondo um padrasto a Miss Crumpets antes de ela estar emocionalmente pronta. Turma dispensada.

Ele pegou a ratazaninha canina no colo e saiu batendo os pés como se fosse Julia Roberts em *Erin Brockovich*.

Eu me virei para Winnie para dizer... não sei, o que quer que se diga à namoradinha da América em quem derrubei uma prancha de surfe no Teen Choice Awards, mas ela se levantou de um salto da cadeira e empurrou a porta antes que eu conseguisse sequer assimilar que tinha saído. De repente, eu acabei sozinho na sala de conferência do Hope Channel com o kit de primeiros socorros de sexo de mentirinha de Jack.

Olhando para a porta e a cadeira vazia de Winnie, forcei o cérebro a voltar ao momento pré-Christina Aguillera que fez Winnie sair correndo.

Seu grande o... opa. Nós a fizemos de boba. *Merda.*

Eu a fiz de boba.

A pior parte de atuar é quando nem todo mundo está entrando na sua, e eu e Jack só ficamos encarando Winnie como dois imbecis.

Bom, pelo menos eu fiquei.

Mas não consegui me conter. Quando me contaram que Winnie tinha topado ser minha parceira de cena, fiquei convencido de que seria atropelado por um ônibus ao sair de casa, ou que o motor do meu avião cairia em pleno voo rumo a Los Angeles. Minha mãe sempre dizia que as pessoas tinham mais probabilidade de chegar perto da morte depois de notícias muito, muito boas. Era o jeito do universo de colocá-las em seu devido lugar. Por isso, desde o telefonema de Teddy, fiquei esperando pela pancada... e talvez o infortúnio para equilibrar minha balança fosse que Winnie estava destinada a odiar trabalhar comigo.

Mas eu não poderia permitir que isso acontecesse. Tinha que cortar esse mal muito fofinho pela raiz antes que as coisas piorassem.

Assim que me levantei, meu celular vibrou.

Topher: Tudo bem por aqui na Slice, Slice, Baby. Onde ficam os envelopes de depósito na matriz? Winnie Baker é tão cheirosa quanto parece ser?

Digitei uma resposta rápida.

Eu: Gaveteiro de baixo. Larga de ser tarado, moleque.

E, antes que eu parasse para pensar, digitei:

Mas é, sim. Mais cheirosa ainda.

No corredor, encontrei os banheiros com um daqueles bebedouros chiques para garrafas reutilizáveis.

Não sabia se Winnie estava mesmo lá dentro, mas meu sentido aranha de irmão mais novo dizia que sim, ainda mais depois de anos com Tammy Tortas enfurnada no banheiro entre nossos quartos na infância. Então encostei na parede com os braços cruzados e esperei.

Bem quando eu estava prestes a desistir e ver se ela tinha fugido do país, a porta se abriu.

Winnie quase morreu de susto ao me ver.

— Ei — falei, com a voz mais suave possível.

— Hum, oi — respondeu ela, com as maçãs do rosto vermelhas e os olhos ligeiramente inchados.

— Você saiu meio apressada — comentei, franzindo as sobrancelhas como meu pai quando ele se sentava à mesa da cozinha segunda à noite para conferir o talão de cheques. — Queria ver se estava bem.

— Estou ótima — respondeu ela um pouco rápido demais.

Dei um passo à frente.

— Tem certeza?

Seu lábio tremeu por um instante, antes de ela chacoalhar a cabeça como se estivesse entrando na personagem e fazendo o possível para se livrar de todas as evidências de Winnie Baker. Olhou para a esquerda, depois para a direita, pelo corredor cercado de cartazes de filmes do Hope Channel, muitos dos quais estrelados por ela.

Foi chegando pertinho de mim, diminuindo aos poucos a distância entre nós.

Meu pau despertou. Essa paixonite ainda me traria problemas. Como eu manteria tudo flácido quando fingíssemos transar, se bastava ela chegar perto e eu sentir o cheiro de seu xampu cítrico para me sentir como um adolescente?

— Estou com medo de não dar conta disso — sussurrou ela e depois cobriu a boca, como se quisesse retirar o que disse.

Forcei meu mulherengo interior a calar a boca.

— Da cena? — perguntei. — Ou do filme todo?

Eu estava tão animado em trabalhar com Winnie que nem tinha parado para pensar que aquilo não combinava nada com ela. Só achei que talvez ela estivesse diversificando depois do divórcio, ou que fosse a forma do Hope Channel apaziguar os fãs mais tradicionais.

— Só não sei se consigo ser, hum, sensual. Diante das câmeras.

Calma, cara, lembrei a mim mesmo.

— Ah, não tem segredo — falei para tranquilizá-la. — Um orgasmo de mentira não é tão diferente assim de um orgasmo de verdade. Pelo menos, é o que me disseram — acrescentei. — Meu conhecimento sobre orgasmos de mentira é limitado, considerando que minha única incursão em conteúdo adulto foi com prazer cem por cento real, incluindo o dela.

Dei uma piscadela... e, cacete, fui cafajeste demais? Acho que fui cafajeste.

— Mas eu nunca tive um orgasmo — confessou ela de uma vez só.

Meu corpo todo congelou, exceto meu pau. Porque é claro que não. *Quêêêê?* Fiquei boquiaberto. Winnie Baker nunca teve um orgasmo?

Winnie Baker nunca teve um orgasmo.

Comprimi os lábios para reprimir o sorriso. *Winnie Baker nunca teve um orgasmo.*

Era horrível. Mas, puta que pariu, o que eu não daria para mostrar a ela como era se entregar de verdade a uma sensação boa...

Certo, meu pau se mexendo de novo. *Baixa a bola, Kallum. Estamos no trabalho. Em um ambiente profissional. Winnie é minha* colega de trabalho. *É só papo de escritório, sei lá!*

Ela ergueu as mãos bruscamente e pressionou as têmporas.

— Ai, meu... Desculpa — disse ela, recuando até encostar na porta do banheiro. — Isso foi muito descabido, eu não deveria...

— Não, não — falei, erguendo as mãos.

Diz alguma coisa, cara. Mas não uma coisa idiota. E se esse fosse meu momento de me arriscar? Eu queria tanto pegar a mão de Winnie e sair dali para o hotel novinho em folha e moderno em que o Hope Channel me colocou. Como seria esfregar o nariz em sua clavícula e entre seus seios, só para poder sentir o cheiro dela?

Mas não. Winnie tinha se aberto para mim. Eu não poderia simplesmente me jogar em cima dela. Isso é o que Kallum Pegador de Madrinhas de Casamento faria. E eu estava farto dessa minha versão.

— Isso é importante — afirmei, percebendo que ela estava prendendo a respiração, só esperando que eu falasse, e tudo que eu queria era consolá-la de qualquer maneira que pudesse e dizer que ela era normal e, se tinha esse problema, outras pessoas também tinham. Mas em vez disso falei merda com a mais absoluta confiança: — E fico feliz que tenha me contado, porque tenho a solução perfeita.

— Tem? — perguntou ela, cheia de esperança.

Fiz que sim, com o ar solene.

Não diz "Senta na minha cara". Não diz "Senta na minha cara". Não diz "Senta na minha cara".

— Tenho. *Pesquisa.*

— Pesquisa?

— Os atores vivem falando de pesquisa nas entrevistas, certo? — perguntei, as palavras saindo antes de eu conseguir pensar nelas. — Bom, nesse caso, sua pesquisa vai ser a melhor pesquisa do mundo: orgasmos. Ter orgasmos, assistir a eles, ter mais um pouco. Até você ter algumas boas ideias de como fingir na frente da câmera.

— Pesquisa — repetiu ela, com a voz fraca.

Abri um sorrisão e precisei me conter para não me parabenizar.

— É isso que é atuar, certo? Pegar o que sabemos da vida e transformar em faz de conta. Temos quase uma semana até a viagem para Christmas Notch, e aposto que é tempo mais do que suficiente para conseguir seu ph.D. em nheco-nheco, Winnie Baker. Pô, o próprio Jack Hart é basicamente uma enciclopédia humana. Você deveria pesquisar alguns dos vídeos dele durante a semana. Mas talvez não o da represa Hoover.

Tinha visto aquele, e era de fato um curso de nível superior.

— Eu... Ah... Certo — concordou ela, com ar astuto. — Pesquisa. Vou pesquisar.

— Certo, vamos ver com o que estamos trabalhando aqui — disse Luca, o chefe do figurino, ajoelhado na frente do pedestal de costura. — Tem certeza de que não quer que eu saia da sala para você experimentar?

— Não quer me levar para jantar primeiro? Talvez um lanche de *food truck* já sirva — brinquei. — Hum, mas não. Estou tranquilo.

Luca abriu um sorriso sarcástico. Ele tinha a pele clara, o cabelo preto penteado em um topete alto e estava usando um suéter preto largo e uma calça de couro preta. Mesmo em Kansas City, no meio da última nevasca de primavera, eu estaria encharcado de suor com a roupa dele. Imagina na região metropolitana de Los Angeles, onde o ar-condicionado mais parecia um leve sopro no cangote.

— Depende. Do jantar — esclareceu ele. — Sou vegano, pizzaiolo. Bom, tecnicamente sou veganoflexível. Pelo menos quando estou nos Estados Unidos e longe de gelato de verdade. E isso não é um encontro, nem mesmo uma foda. É uma prova de roupa. — Ele ergueu a mão para revelar uma aliança cravejada de diamante na mão esquerda. — Além disso, estou noivo.

Assenti enquanto subia no pedestal e comecei a desafivelar o cinto.

— Certo. Desculpa. Foi uma piada ruim. Não que isso seja sexual… Quer dizer, é *para* uma coisa sexual. Mas não é sexual de verdade. Desculpa. Nervosismo. Parabéns, por sinal.

— Como pode estar nervoso com isso? — perguntou ele, balançando a fita métrica como se pudesse me hipnotizar. — Você não parecia tão tímido no seu último… filme.

Dei um pigarro antes de abrir o botão e baixar a calça.

— Aquilo? — perguntei, com uma risadinha. — Não, não estou nervoso com seu bolsinho. Já com deixar meu sobrinho de 20 anos no comando da minha empresa por um mês, só para eu fazer um filme natalino de sacanagem, sendo que podia estar curtindo uma vida tranquila com minha família lá em casa? Isso, sim, me deixa nervoso. Comentei que sou judeu?

— Acho que eu seria wiccano se não fosse tão preguiçoso. Dá muito trabalho. E sabe quanto custa um maço de sálvia nos arredores de Los Angeles? — Luca me mediu da cintura para baixo, avaliando com o que estaria trabalhando. — Parece que não era só uma questão de ângulo, então.

Sorri.

— Nolan me avisou sobre você — comentei —, mas você não é nem de longe tão cruel quando ele disse que seria.

Luca bufou e me deu um bolsinho para experimentar antes de virar as costas.

— Cruel? Seria mentira se dissesse que não fiquei lisonjeado.

Acomodei o pau dentro do bolsinho de tecido, mas imediatamente percebi que não daria certo.

— Essas coisas vêm em tamanhos diferentes? — perguntei.

— Se incomoda se eu der uma olhada? — perguntou Luca.

— Fica à vontade.

Ele deu meia-volta e meneou a cabeça, pensativo.

— Vamos precisar de um maior.

Depois de revirar a caixa mágica de bolsos de pica, ele veio com mais algumas opções e também comparou meu tom de pele com algumas paletas de cores.

Enquanto eu voltava a me vestir, Luca inspirou fundo e declarou:

— Você era meu favorito.

— Oi? — perguntei, não porque não tivesse escutado, mas porque não costumava ouvir aquelas palavras.

— Nossa, que falta de profissionalismo da minha parte — disse Luca enquanto revirava a mochila da Gucci, que, se não era autêntica, era uma falsificação muito boa. Ele estendeu uma camiseta preta e uma caneta para tecido prateada. — Mas poderia autografar para mim?

Ergui a camiseta e a reconheci imediatamente.

— Uau! — exclamei. — Isso, sim, é um artefato. Seria uma honra.

Peguei a caneta e abri a camiseta em cima da mesa. Nem me lembrava da última vez que tinham me pedido um autógrafo. (Tecnicamente, tinham me pedido para assinar o recibo quando um novo forno foi entregue à sede da pizzaria três semanas atrás, mas não contava, mesmo que no começo eu tivesse pensado que estivessem me pedindo para assinar por motivos relacionados ao INK.)

A camiseta em questão, porém, era um dos produtos da nossa segunda turnê em estádios. Na parte de cima, em uma fonte verde neon, estavam as palavras NAÇÃO KALLUM. Embaixo, eu estava de braços cruzados com as pernas abertas em uma postura ampla. Apesar da pose de durão, havia um sorrisinho em meu rosto. Era definitivamente a energia de "pode confiar em mim porque sou o gordinho engraçado". Minha tiragem dos produtos individuais para o INK, como camisetas com nosso rosto estampado, era sempre mais baixa que as de Nolan e Isaac. Mas eu não deixava que isso me afetasse. Como poderia deixar? Eu estava no auge da fama com meus dois melhores amigos.

Depois de dar meu autógrafo com a caneta prateada, eu devolvi a camiseta.

— Bom saber que alguém chegou a comprar uma dessas — falei.

Luca corou.

— Pois fique sabendo que tenho uma mala cheia de produtos de Kallum Lieberman. Você, a ex-princesa da patinação no gelo Emily Albright e Martha Stewart. Minha santíssima trindade de celebridades.

— Traz a coleção na próxima vez — pedi, enchendo o peito com um pouquinho de orgulho.

Luca franziu as sobrancelhas.

— Cuidado com o que você promete.

Ri baixo. Ele era um cara intenso, mas eu estava gostando.

— Estou falando sério. Vejo você em Vermont?

— Com todo o prazer — cantarolou Luca.

Na saída do escritório principal, parei para tirar uma foto rápida da placa do Hope Channel. Steph vinha me enchendo o saco para desenvolver uma presença on-line além de postagens relacionadas a pizza. Isso a deixaria contente. Escrevi uma legenda rápida sobre minha primeira prova de figurino para *Papai Noel, baby* e cliquei em compartilhar. Desde o vazamento do vídeo, eu tinha ganhado muitos seguidores e, embora ainda me sentisse como um dinossauro na internet, estava disposto a fazer o que Steph mandasse para dar uma chance de verdade àquela retomada de carreira. Já que eu estava enfurecendo minha família, era melhor fazer valer a pena.

O Hope Channel mandou um veículo para me levar de volta ao hotel. Quando o motorista perguntou se eu queria escutar música, falei para deixar no que ele quisesse ouvir, então, enquanto o jogo do Lakers ecoava dentro do carro — o som de tênis rangendo na quadra de basquete e locutores falando depressa —, ficamos parados no tipo de engarrafamento que me dava saudade de casa e do trânsito bem menos intenso de Kansas City.

Quando o sol desceu no horizonte poluído, comecei a processar o dia devagar.

Winnie Baker, a mesma Winnie Baker que fazia eu me sentir um puta de um animal quando adolescente, tinha admitido para mim que nunca havia gozado. Como se isso não bastasse, eu tinha acabado de experimentar um bolso de pica para usar durante o filme natalino sensual que estávamos prestes a começar a filmar. O futuro da minha empresa estava em jogo. Minha mãe e minha irmã continuavam furiosas comigo. E a única coisa em que eu conseguia pensar era no formato que o lábio inferior de Winnie assumiria ao tremer de prazer — de preferência proporcionado por mim.

Por que eu estava fazendo isso comigo mesmo? Ainda que, por algum acaso, rolasse algo com Winnie nas próximas semanas, não duraria. Por mais que eu odiasse esse fato, não podia negar meu histórico romântico. Eu não era o tipo de homem com quem as mulheres ficavam por muito tempo. E passar o rodo em casamentos em busca da mulher ideal não duraria para sempre, mas até que não era um tempo perdido. Mais cedo ou mais tarde, algumas daquelas meninas se divorciariam, e talvez uma delas se casasse comigo. Um dia eu seria uma segunda opção razoável. Os bebês me odiavam — ainda mais minha sobrinha. Bastava olhar sem querer para ela para que explodisse em gritos arrepiantes, mas eu poderia ser um padrasto para um pré-adolescente esquisito, sei lá. Quem não gosta de pizza grátis aos 12 anos?

Quando finalmente cheguei ao hotel, estava escuro, e eu pegaria o primeiro voo de volta a Kansas City no dia seguinte para finalizar mais algumas coisas antes de desaparecer por quase um mês.

Eu estava exausto. Precisava dormir.

Mas tudo em que conseguia pensar era em Winnie, no meio do corredor, cochichando para mim. Sentada ao meu lado no trenó de mentira enquanto minha mão envolvia a coxa deliciosa dela.

Peguei meu telefone, abri o YouTube e digitei uma frase tão comum que o celular preencheu automaticamente depois das primeiras letras.

Compilação de Winnie Baker mordendo o lábio.

É, eu estava fodido.

CAPÍTULO CINCO

Winnie

Uma música natalina vinha da TV enquanto eu abraçava uma garrafa de vinho junto ao peito como se fosse um ursinho de pelúcia e criava coragem para mexer o dedo. Estava no meu quarto de sempre na Pousada Edelvais, o estabelecimento com papel de parede xadrez que me hospedava durante todas as filmagens do Hope Channel ali em Vermont. Hospedagem essa que vinha com uma cesta de boas-vindas com meus mimos favoritos de Vermont: doces de açúcar de bordo, pijama de flanela e meias Darn Tough. Não era presente do Hope Channel, mas da dona da Pousada Edelvais, e era um belo toque, embora o doce já estivesse quase no fim.

As filmagens estavam marcadas para começar *no dia seguinte*.

No dia seguinte, e eu ainda não tinha feito pesquisa nenhuma!

Com um suspiro, olhei para a ventania na escuridão do lado de fora da janela. Embora não desse para enxergar nada, já sabia o que veria quando o sol nascesse. Um grupo de montanhas arborizadas beijando o céu com um amontoado de casas coroadas por chaminés e lamparinas a gás no sopé delas. Eu adorava vir a trabalho para Christmas Notch; adorava a felicidade pura e descarada de um lugar em que era Natal o ano todo. Mas talvez não fosse a única coisa que eu adorava na cidade, porque eu sempre sabia exatamente quem precisava ser em Christmas Notch, o papel que precisava representar. Como eu tinha dito para Kallum lá em Los Angeles, havia algo de reconfortante em todos os passos serem coreografados de antemão, e a vida da Velha Winnie sempre fora coreografada.

Mas agora os passos de dança eram Ser a Nova Winnie, e eu estava fracassando nisso, porque não sabia como fazer. Uma coisa era estar sentada no consultório da minha terapeuta e dizer com o ar confiante que a cultura da pureza era debilitante, outra coisa bem diferente era fazer um filme hot (e para sempre no streaming) colocando a mão na massa.

Ou talvez nesse caso seja... a massa na mão?

Voltei a olhar para meu dedo pairando sobre o touchpad e, então, com um grunhido esganiçado, fechei o notebook, me levantei de um salto e comecei a andar de um lado para o outro. Ainda estava abraçada com a garrafa de vinho.

A ideia de me excitar de propósito, de *me masturbar*, era muito constrangedora, mesmo depois de uma semana pensando nisso. Ainda mais constrangedor era fingir um orgasmo na frente de Jack e Kallum e descobrir que eu parecia ter sofrido um ataque narcoléptico bem ali na sala. Nós nem tínhamos começado o filme e eu já era um fracasso gigante e ridículo, e talvez isso significasse que essa nova versão de mim, pós-Michael, que não tentava mais agradar os outros, também fosse um fracasso...

Argh. Não.

Não, eu não entraria nessa. Merecia mais do que esse tipo de discurso, ainda que viesse de mim mesma, e estava velha demais para fingir que não sabia a diferença entre me esforçar e me punir.

Mas também estava velha demais para fingir que não sabia a diferença entre ser um pouco generosa comigo mesma e manter um status quo que já não funcionava mais para mim fazia anos.

Esse status quo estava prestes a acabar.

Endireitei os ombros e fui até a escrivaninha de pinheiro nodoso no canto do quarto acarpetado em um exagero de verde e xadrez. Com uma batida determinada, deixei a garrafa de vinho na mesa, me sentei na cadeira e despertei a tela do notebook.

Lá, em toda a sua glória à meia-luz, estava Kallum. Uma única captura de tela de Kallum de dois anos antes, com a gravata-borboleta frouxa ao redor do pescoço, de pé na frente do que era claramente uma cama de hotel. Estava com as mãos na braguilha da calça do smoking e os olhos voltados fixamente para a câmera. Eu sabia que ele estava olhando para a pessoa que segurava a câmera, mas sentia que estava olhando para mim... que aqueles olhos escuros e lábios entreabertos eram única e exclusivamente para mim.

Talvez fosse por isso que o vídeo tivesse estourado quando vazou pela primeira vez. Não porque Kallum estivesse em cartazes de todas as paredes adolescentes uma década antes — mas porque ele fazia as pessoas que assistiam ao vídeo sentirem que estavam no quarto com ele, jogadas de costas na cama e recebendo toda a sua ávida atenção.

Um calor se espalhou pelo meu peito e foi se tensionando como um nó. Eu sabia que seria mais prudente assistir a algum outro vídeo, sabia que havia uma internet inteira de pornografia com várias opções para escolher. Mas disse a mim mesma que aquilo seria uma pesquisa *dupla*, porque sem dúvida saber como Kallum transava ajudaria durante a filmagem, certo? Seria bom saber como ele agia na cama, que tipo de pequenos toques e sons ele poderia fazer quando filmássemos uma cena de amor, não é?

Na verdade, essa era a maneira mais inteligente de encarar todo o projeto de sensualização, qualquer pessoa ciente de todos os fatos concordaria comigo, e é claro que não tinha nada a ver com suas mãos grandes e fortes ou seu corpo de arremessador de troncos escoceses. Não tinha nada a ver com o fato de que eu não parava de me perguntar como seria ter seu corpo em cima de mim, seu tórax e suas coxas grossas me esmagando no colchão enquanto ele...

Não. Nada a ver com isso. É claro que eu não pensaria assim na pessoa que sem querer tinha estragado toda a minha vida com uma única foto!

Portanto, com uma respiração profunda, determinada e muito profissional, cliquei uma, duas e, então, uma última vez.

Eu era oficialmente proprietária da *sex tape* autorizada de Kallum Lieberman.

O primeiro dia de trabalho de verdade foi estranhamente comum. Sim, estávamos prestes a fazer um filme sobre um Papai Noel transante. E, sim, a diretora e a roteirista eram novas para mim — assim como um figurinista muito dramático chamado Luca —, mas muitas outras coisas eram as mesmas de sempre. A mesma cidadezinha fofa, com a praça da cidade nevada e luzes cintilantes, a mesma assistente de produção estressada chamada Cammy tentando manter o filme inteiro dentro do cronograma. A mesma rotina de acordar, ser maquiada, tremer na neve enquanto toma café de canudinho para não estragar o batom já pronto para o filme.

Na verdade, até o mesmo quarto. Estava confundindo minha cabeça fazer algo tão familiar e, de repente, abrir o roteiro e ver as palavras *trenó* e *dedada* na mesma linha.

Depois de filmar duas cenas em um minizoológico perto de Christmas Notch (minha personagem, Holly, era uma conservacionista de renas), o sol do fim de fevereiro estava se pondo, e eu não tinha visto Kallum nenhuma vez. Não que me importasse, claro; ele não tinha nenhuma filmagem marcada para o dia, e eu não precisava de sua opinião sobre cenas em que eu discutia os benefícios do leite de rena, mas mesmo assim era um pouco solitário começar esse filme estranho e maluco sozinha. Como se eu fosse a única que tivesse comparecido de uniforme a um jogo ou coisa assim.

Por outro lado, trabalhar com Gretchen Young, a diretora, e Pearl Purkiss, a roteirista, era um sonho e, quando acabei as filmagens do dia, estava quase esperançosa de que daria conta. Eu poderia fazer o papel de Holly Jollee, a salvadora de renas sensual e futura Mamãe Noel. Só precisava aprender como ter um orgasmo para poder fingir diante das câmeras.

E eu tinha chegado *tão perto* na noite anterior. Quer dizer, se definíssemos *tão perto* como comprar um vídeo pornográfico antes de decidir que era tarde demais para assistir e acabar só indo dormir. Mas eu tinha outra noite para chegar mais perto.

Eu iria até o fim (comigo mesma), e sabia exatamente como fazer isso acontecer.

Depois que a van da equipe me deixou na Pousada Edelvais, fui até a recepção, onde Stella, a proprietária que conseguia parecer sempre atarefada embora se mexesse muito devagar, estava dobrando toalhas de mão com sinos costurados nos cantos.

— Oi, Stella — falei mais alto do que o tilintar dos sinos. — Posso trocar de quarto, por favor?

Stella parou com o punho inteiro dentro do tecido felpudo desbotado.

— Alguma coisa errada com o seu? — perguntou.

Quase dez anos visitando Christmas Notch haviam me ensinado a tomar cuidado com Stella, porque ela era uma daquelas pessoas que ao mesmo tempo amavam seu negócio e odiavam fazer seu trabalho, então havia uma chance de cinquenta por cento de qualquer pedido ser respondido com enorme delicadeza ou franca hostilidade.

— Nada de errado! — exclamei. Não dava para dizer que estava sofrendo de um bloqueio mental para me masturbar no quarto, então disse apenas: — Só queria mudar de ares.

De repente, Stella se debruçou na bancada, fazendo a pilha de toalhas tilintar.

— Não precisa dizer nada, querida — respondeu, com ares de segredo. — Depois do divórcio, mal aguentei ficar na mesma cidade que meu ex. Me mudei de Winooski para cá. Você merecia coisa melhor do que ele. Não estou nem aí para o que falam de você no Facebook.

— Obrigada?

Ela já estava se voltando para o painel onde as chaves ficavam penduradas. Eu não sabia ao certo o que estava procurando, tendo em vista que as chaves estavam em ordem numérica havia pelo menos uma década, mas ela pegou uma chave com o floreio de uma sommelier escolhendo o vinho perfeito e a entregou para mim.

— Não precisa ter pressa para levar suas coisas — disse ela, voltando-se para as toalhas. Os sinos pequeninos nos cantos tocaram quando ela empurrou uma pilha para o lado e começou outra. — Estamos vazios, exceto pelo pessoal do Hope Channel, até o feriado do mês que vem, então não vou precisar do seu quarto tão cedo.

— Obrigada — falei sinceramente dessa vez e me dirigi à escada a passos largos, torcendo para não estar com VOU ME MASTURBAR HOJE estampado na testa.

Sério, como as outras pessoas aguentavam? Elas não tinham medo que alguém... tipo... notasse?

Talvez não. Talvez ninguém notasse. Não que eu acreditasse que a masturbação fosse corromper minha capacidade de amar ou desfrutar de sexo — um pouco difícil de acreditar nisso considerando que eu nunca havia me masturbado e mesmo assim tivera uma vida sexual infeliz com Michael —, mas o abismo entre *não acreditar* e *fazer logo de uma vez* parecia enorme.

Se Addison estivesse ali, ela me daria um shot de vodca e me mandaria parar de enrolar. E eu estava pronta. Imediatamente.

Fui ao antigo quarto e peguei o notebook, uma garrafa de vinho e a vela da Romantic Wishes que eu tinha trazido de casa (aroma de morango e chocolate, 38 dólares na QVC e em wishesofaddison.com). Saí do quarto, segui o corredor até a ponta, onde ficava a suíte Madeiro, e entrei.

Novo quarto, nova eu!

Exceto que, no minuto em que a porta se abriu, fui recebida não por um jogo novo de edredons vermelho-cereja e travesseiros em formato de bengalas doces, mas por nuvens de vapor. Dei um passo à frente, sem que meu cérebro digerisse direito por que meu novo quarto era uma sauna, e então um vulto muito alto saiu da névoa.

Eu gritei.

O vulto também gritou, pulando na minha direção e se virando, como se achasse que eu tivesse gritado porque havia alguém atrás *dele*, e então tive a percepção lenta e esmagadora de que o vulto era Kallum Lieberman — e ele estava completamente *pelado*.

— Ai, graças a Deus, não tem ninguém ali — murmurou Kallum, como se estivesse alheio ao *verdadeiro* motivo do pavor: que ele! Estava! Pelado! — Você me assustou, Winnie Baker.

Eu não conseguia falar, não conseguia perguntar por que ele estava no meu novo quarto, nem se todas as suas toalhas de banho tinham sido roubadas por um duende travesso. Tudo que eu conseguia fazer era olhar.

E olhar.

E olhar.

Kallum Lieberman ficava bonitinho de calça jeans e camiseta no dia a dia. Kallum Lieberman ficava elegante de smoking amarrotado na *sex tape*. Mas pelado?

Pelado, Kallum Lieberman parecia estar no ramo de jogar as pessoas no ombro e arrastá-las para a cama mais próxima. Pelado, Kallum Lieberman parecia um viking — e não um viking ao estilo dos Skarsgård, veja bem, mas um viking *de verdade*, que saquearia uma costa enevoada e festejaria com muita carne e hidromel. Seu peito era tão largo e seus braços, tão grandes, e a curva arredondada da barriga era coberta por pelos loiro-escuros, assim como as coxas, e, ai, meu Deus, lá estava seu... seu...

Ergui os olhos para seu rosto e, por sorte, ele olhava para além de mim, para a porta aberta, como se tentasse entender o que estava acontecendo, então não notou que até pouco antes eu estava fixada em suas partes íntimas. E que eu acabara confirmar que ele estava certíssimo quanto a precisar de um bolsinho de pipi maior.

Kallum se voltou para mim. Havia gotículas d'água em sua barba curta, escorrendo pelo pescoço forte até a clavícula.

Engoli em seco.

— Eu, hum. Eles me mudaram de quarto. — Ergui a chave, na esperança de reforçar minha voz fraca. — Stella deve ter se confundido com os quartos.

Kallum não parecia nem um pouco estressado por estar nu... ou por eu flagrá-lo nu, e sorriu.

— Aposto que foi uma surpresa, hein?

Mordi meus lábios e ergui os olhos para o teto. O quarto estava tão, mas *tão* quente. Por causa do vapor, provavelmente.

— Pois é. Eu... hum... acho que esse é seu?

— É, sim — confirmou ele, finalmente voltando ao banheiro para pegar uma toalha.

Eu estava encarando aqueles ombros largos como se estivesse prestes a ser jogada sobre um deles, e a ideia me deixou inquieta. Desviei os olhos daqueles ombros de saqueador do mar e os pousei em seu traseiro enquanto ele se curvava para pegar a toalha. Sua bunda era redonda e roliça, e eu nunca tinha nem pensado na bunda de um homem antes, mas talvez fosse porque eu não tivesse visto a de Kallum.

Dava vontade de apertar, de *morder*, e eu... queria fazer isso. Não sabia o que faria depois disso, mas meu corpo inteiro estava se coçando com a necessidade de dar um passo à frente e... eu nem sabia. Tomar para mim, talvez. Pegar e dizer: *meu, meu, meu*.

Minha nossa, bastou olhar uma vez para Kallum pelado e, de repente, *eu* era a viking. Queria pegá-lo e senti-lo e fazer com que ele me ajudasse com esse novo ardor no fundo do meu ventre e, ai, meu Deus, eu precisava voltar para o quarto imediatamente. Era *aquela* a sensação de que eu precisava para começar; era o que eu estava buscando!

Kallum saiu do banheiro com a toalha enrolada na cintura, mas eu já estava saindo pela porta.

— Desculpa por pegar você de surpresa! — falei, olhando para trás. — Desculpa de verdade!

— Sem problemas, Winnie Baker — respondeu ele com tranquilidade. — Volte quando quiser.

Mal deu tempo de entrar no meu antigo quarto antes de tirar os sapatos e a calça e me deitar na cama com o notebook. Sem tempo para o vinho ou a vela; eu precisava aproveitar enquanto o corpo estava quente.

Abri o vídeo de Kallum mais rapidamente do que jamais fizera qualquer coisa em um computador e, depois que apertei play, aumentei o volume apenas o suficiente para ouvir sua voz pela caixa de som.

— Você tem certeza? — O Kallum do vídeo perguntou à mulher que o filmava da cama.

Eram as três primeiras palavras do vídeo e, embora consistissem numa pergunta, não soavam hesitantes nem inseguras. Não quando seu maxilar estava tão cerrado. Não quando seus dedos eram tão hábeis, desatando o nó da gravata-borboleta. Em vez disso, a pergunta soava *sexy*. Como se importasse para ele que a parceira estivesse totalmente a fim, porque ele estava prestes a dar a ela todo o tratamento Kallum.

O Kallum do vídeo ficou de camisa, mas arregaçou as mangas e desabotoou os dois botões de cima, depois se abaixou para beijar a mulher na cama. Ela estava de vestido de madrinha de casamento e, quando se beijavam, ela virou o celular para os espectadores verem as mãos de Kallum desaparecendo sob a saia do vestido. Para verem os músculos dos antebraços se flexionando enquanto ele fazia algo embaixo da saia para fazê-la gemer.

Respirando com dificuldade, pausei o vídeo e estiquei a mão embaixo das cobertas, pensando naqueles antebraços flexionados. Enfiei os dedos dentro da calcinha e a encontrei imediatamente... molhada. Tipo, muito molhada. Demais? Eu não me lembrava de já ter ficado tão úmida assim. Não que eu já tivesse tocado essa área com muita frequência; só quando precisava conferir meu muco cervical para ver se estava ovulando.

Mas não era ruim. Era gostoso, na verdade, como se meu corpo estivesse dizendo ao meu cérebro que também concordava que Kallum tinha ótimos antebraços, e uma ótima bunda, e que seria gostoso ter seu corpo em cima de mim, prendendo-me, e que os pelos em suas coxas seriam uma delícia ao roçar em minha pele enquanto seu corpo se mexesse contra o meu.

Respirando fundo, enfiei um dedo dentro de mim.

E parei, empalada com minha própria mão, sem saber o que fazer na sequência.

Será que eu deveria colocar e tirar, para imitar o coito? Deveria enfiar mais dedos? Não podia ser tão difícil assim. As pessoas deviam gostar de se masturbar porque parecia o coito, e o coito era um processo mecânico com o qual eu estava muito acostumada. Entrar e sair, entrar e sair, quanto mais forte e rápido, melhor etc. etc.

Tentei algumas coisas diferentes — tentei até virar de barriga para baixo e roçar na cama como às vezes eu acordava fazendo —, mas, devagar, o calor em meu ventre se esvaiu e a urgência de *fazer alguma coisa* para aliviar o tremor latejante entre as pernas foi desaparecendo.

Eu me sentei, afastei o cabelo dos olhos e pensei por um minuto. Como algo que adolescentes entendiam com zero ajuda seria impossível para uma mulher de mais de 30? Quando eu era mais jovem, os pastores tinham feito a masturbação parecer algo que as pessoas corriam o risco de fazer a qualquer momento, mas eu havia tentado valentemente seguir os passos de Oná por quinze minutos e não tinha conseguido fazer nada acontecer.

Eu me afundei no travesseiro, a derrota arrepiando minha espinha, acompanhada de perto por sua prima, a vergonha. Talvez eu tivesse algum defeito de fábrica. Talvez houvesse um motivo para meu corpo não conseguir fazer aquilo. Mesmo como uma mulher casada, eu nunca tinha cruzado aquele limiar com Michael, e ele era objetivamente bonito e tinha um vigor invejável. Mesmo quando eu estava entusiasmada para ir para a cama com ele, convencida de que *aquela* era a vez que o sexo seria ótimo e eu finalmente chegaria às terras prometidas do prazer conjugal cristão, parecia que eu nunca conseguia traduzir meu entusiasmo em, bom, satisfação.

Addison ainda devia estar no set da QVC, então eu não podia ligar para ela e pedir ajuda — e, mesmo se pudesse, não fazia ideia do que diria.

Socorro, não sei fazer sexo comigo mesma?

Socorro, vi os antebraços do meu colega de trabalho em um vídeo, mas não consigo gozar pensando neles, embora eu queira muito, mas muito mesmo?

Ela me diria para tomar vodca para passar. Vodca e…

Inspirada, abri o notebook de novo e, com a mão esquerda, digitei uma pergunta na barra de pesquisa. *Google é seu a-mi-go* era a resposta cantarolada de Addison sempre que alguém fazia uma pergunta idiota. Bom, o Google seria mais do que meu amigo. Seria um cúmplice.

Digitei: *Como se masturbar com uma vagina?*

Os resultados eram mais sérios e clínicos do que eu imaginava. Artigos de revistas famosas entrevistando terapeutas sexuais, vídeos de pessoas falando de se masturbar depois de doenças ou cirurgias, sites que vendiam sex toys e acessórios.

Mas eu era uma menina simples, então, depois de passar os olhos pela primeira página de resultados, voltei ao primeiro link e cliquei nele.

Era um artigo do WikiHow, e tinha ilustrações, e uau, uau, *uau*, havia tantas maneiras de fazer o serviço. Uma toalha enrolada entre as pernas. Beliscões nos mamilos. Até… pepinos?

Uma ilustração chamou minha atenção e, depois de dar uma estudada nela por um momento, olhei para trás do notebook na direção da banheira de hidromassagem em forma de coração na ponta do quarto.

Claro, a banheira dada não se olham os dentes. Afinal, todas as outras coisas pareciam dedadas em nível de ph.D., mas eu precisava de aula de recuperação. E a ideia de me sentar na frente de algo mecânico e deixar que ele fizesse todo o trabalho parecia exatamente a solução.

Levei o notebook e a vela até lá, acendi a vela e comecei a encher a banheira de água. Enquanto eu esperava, tirei a roupa e assisti a mais alguns minutos do vídeo de Kallum, sentindo meu corpo voltar à zona *pega eu* depois de vê-lo deixar um rastro de beijos pela coxa da madrinha até a curva entre a calcinha de renda e a coxa dela.

— Sua barba faz cócegas — sussurrou a mulher enquanto Kallum beijava ao redor da renda.

— Espera até você estar cavalgando nela — respondeu ele antes de puxar a calcinha para o lado e beijar a pele nua até ela gemer.

Excitada de novo, entrei na banheira, mergulhei na água morna e liguei os jatos. Eu me alinhei ansiosamente a um, posicionando-o bem na frente da virilha, como mostrava o diagrama do WikiHow, e esperei pelo orgasmo prometido.

Só que foi como plantar meu capô de fusca bem na frente de um daqueles sprays grandes do lava-rápido ou talvez uma daquelas coisas que usavam para limpar tapetes velhos no TikTok. Eu precisei apertar a borda da banheira com as mãos para não ser empurrada para trás pelo jato de hidromassagem digno de Poseidon.

Fiquei ali plantada por vários minutos, sem saber se era uma sensação boa ou se eu só estava levando um banho de mangueira como se fosse o pátio de um bar, mas o orgasmo nunca… chegou. Embora eu me sentisse muito limpinha.

Talvez fosse só *aquele* jato em particular? Aquele esguicho velho? Porque certamente isso não estaria no WikiHow se não fosse de conhecimento geral, portanto eu deveria voltar a montar na banheira e tentar outro jato?

Então tentei outro, e mais outro, e mais outro, e em todas as posições contorcidas, até finalmente desistir e me recostar na água, confusa.

Dessa vez, porém, meu desejo não se apagou. Ele ficou ardendo nas entranhas, vibrando pelas minhas partes íntimas. Era quase como ter uma febre, essa ânsia, com calafrios, e arrepios, e delírio, e, embora eu estivesse frustrada e decepcionada, também estava feliz por sentir aquilo.

Animada por ter tido a coragem para tentar.

Eu tinha feito algo que nunca pensei que faria e, ok, não deu certo dessa vez, mas talvez na noite seguinte eu conquistasse esse prêmio do orgasmo tão difícil de alcançar. Ou na noite depois daquela. Ou na outra, porque uma coisa eu sabia: eu queria continuar tentando. E não apenas por *Papai Noel, baby,* mas por mim mesma.

CAPÍTULO SEIS
Kallum

—Ah, espera, espera — disse Nolan no fone de ouvido. — Este é meu favorito. — Ele pigarreou. —"Queria que ele me partisse ao meio como uma lagosta." Ah, este é simples e direto: "Me humilha, Kallum".

— É só uma foto minha sorrindo na frente da placa do Hope Channel — falei na cadeira de maquiagem enquanto esperava a assistente de produção me levar ao set. — E só tirei porque Steph queria que eu produzisse mais conteúdo para as redes sociais.

— "Me mata, papai" — continuou ele. — Nossa. Tem muitas taras paternas nesses comentários. "Me quebra ao meio, papai."

— Vem junto com o corpo de pai de família — expliquei. — Acho que #PapaiPizza virou uma hashtag com novo sentido.

Ele riu.

— Muitos emojis de berinjela. "Entrem em contato com seu médico se tiverem uma ereção por mais de quatro horas por causa de Kallum", ou "Quero usar a cara dele de banco de bicicleta". Hum — disse ele. — Sua irmã também deixou um comentário.

— Ahhh, Tammy Tortas. Diz o quê?

— "Você está com uma sujeira nos dentes."

— Cara, eu estava mesmo? — Abri o aplicativo do Instagram no celular e dei zoom na foto. — Eu estava com pimentão no dente aquele tempo todo com Winnie? Jack não me disse nada.

— Só vi Jack Hart uma vez — comentou Nolan—, mas ele parecia o tipo de cara que teria o maior prazer em apontar se você tivesse alguma coisa nos dentes.

Usei a câmera frontal do celular para checar como estava naquele instante, porque não poderia esperar que Winnie fingisse estar excitada pelo meu Papai Noel hipster se eu estivesse com restos de café da manhã nos dentes.

— Jack estava bem irritado com o ex e o padrasto da cadela, ou algo assim. Não sei. Só espero que ele e o ex coloquem o bem-estar da Miss Crumpets em primeiro lugar.

Nolan ficou em silêncio por um minuto, e quase senti ele me lançar um de seus olhares curiosos.

— Pois é, amigo — replicou ele finalmente. — Eu também. Então, acho que Tamara ainda está brava porque você aceitou o trabalho, né?

Soltei um longo suspiro.

— Bem, ela me mandou um textão hoje cedo dizendo que não era tarde para desistir. Comentei com você que a família toda vai num cruzeiro de Hanukkah este ano?

— Sem você? — perguntou Nolan. — Eles sabem que você fica enjoado.

— Exatamente!

— Kallum? — chamou uma voz atrás da porta. — Estão prontos para começar.

— Preciso ir, maninho — falei para Nolan.

— Vai lá, Papai Noel sexy — disse ele. — Manda um oi para Winnie e diz que ainda estou arrependido da vez que vomitei por acidente dentro da bolsa dela no Grammy.

— Você ainda está tentando fingir que foi um acidente? — perguntei. — Como se vomita por acidente dentro de uma bolsa?

— Bom, o fato de a bolsa ser dela foi um acidente. Não que teria sido melhor se fosse de outra pessoa... Quer saber? Você tem a porra de um filme hot de Papai Noel para gravar, e eu tenho uma pilha de panquecas de Bee para devorar, então...

— Panquecas de Bee? É um lance sexual ou...

Ele soltou uma risada grunhida.

— Só as boas e velhas panquecas normais... desta vez.

— Kallum? — chamou a voz de novo.

— Já vou.

Desliguei o celular e guardei os fones no estojo antes de sair para encontrar a assistente de produção, uma moça baixa, não muito mais velha que Topher, com a pele bronze-clara e sardas.

— Oi, sou Kallum — falei.

— Sou Cammy.

Estendi o punho para ela dar um soquinho.

Ela olhou para minha mão por um minuto antes de bater os nós dos dedos.

— Vamos fazer a porra de um filme — declarei.

No meu primeiro dia no set, filmamos em um celeiro pintado de vermelho que fazia as vezes de garagem do trenó de mentira. Meu personagem, que atendia por Nick fora do Polo Norte, estava entregue aos prazeres da juventude numa tentativa de encontrar sua própria Mamãe Noel e poder seguir os passos — de botas — do pai.

— Kallum! — chamou Gretchen, que corria na minha direção. Suas longas tranças balançavam com o movimento, e flocos de neve derretiam devagar nos cílios compridos e nas bochechas de um tom de marrom médio. O piercing no nariz brilhava sob a luz das lâmpadas de tungstênio. — Desculpa, mas ainda não nos apresentamos formalmente.

— Gretchen. Fala sério. A gente se conhece.

Ela cobriu o rosto.

— Ter lambido seu rosto em um desafio no *after* de uma pré-estreia não conta. Estava torcendo muito para você ter esquecido aquilo.

— Está de brincadeira? Fiquei dias sem lavar o rosto. — Pensei nisso por um minuto. — Na verdade, para ser sincero, só comecei a cuidar direito da pele depois daquele patrocínio da Neutrogena no ano seguinte. Lavo o rosto com bem mais frequência hoje em dia.

— Bom, seja lá o que esteja fazendo, está dando certo.

Levei a mão à bochecha.

— Isso é o que chamo de termoterapia de forno de pizza... e o efeito da barba grande.

— Que é intimamente ligado ao efeito do pau grande dele — disse Jack com um assobio ao passar por nós.

— Não acho que esse tipo de linguagem do nosso coordenador de intimidade crie um ambiente profissional seguro! — gritou Gretchen atrás dele com sua melhor voz de "estou tentando ficar de boa, mas você não me deixa de boa".

— Bom dia — disse Winnie ao chegar ao meu lado, roçando por um instante o ombro em meu braço.

— Bom dia, Winnie Baker — respondi, então apontei para o figurino. — Usei roupa para você desta vez.

As bochechas de Winnie coraram.

— Parabéns pela roupa. Você fica ótimo de roupa. Não que não fique sem...

— Eu vou tomar a iniciativa de interromper essa frase antes que ela piore — disse Gretchen com um sorriso solidário.

Winnie ergueu um polegar.

— Obrigada.

Contive a risada. Nossa, eu adorava ver Winnie sem graça a ponto de quase se contorcer. Mordi o nó do dedo quando esse pensamento se transformou em algo muito, muito maior.

— Certo, me sigam — pediu Gretchen.

Quando chegamos à vila cinematográfica onde estavam as cadeiras de direção, os monitores, alguns membros da equipe e nossa roteirista, Gretchen acrescentou:

— Essa é Pearl, minha namorada e o nome por trás do roteiro.

Pearl, uma mulher pálida e magra com o cabelo cor de lavanda, levantou-se de onde tinha acabado de posicionar uma rede de cristais ao redor da cadeira. Ela levou as mãos ao peito e fechou os olhos, como se estivéssemos brincando de mímica e a palavra dela fosse *gratidão*. Depois de um momento de gratidão silenciosa, Pearl abriu os olhos e se dirigiu a mim, levando as mãos aos meus bíceps.

— Você é mais natalino do que eu poderia desejar.

— Hum... Ho, ho, ho?

Gretchen gargalhou, e Pearl também. Olhei para Winnie, que deu de ombros em silêncio enquanto também ria, então ri baixo junto com elas.

— O roteiro é ótimo — comentei quando todos ficamos em silêncio.

Pearl coçou o queixo.

— É? Ando mexendo na última página...

Gretchen deu meio passo para trás de Pearl e arregalou bem os olhos enquanto passava a mão na frente do pescoço e depois fazia um coração com as mãos.

— Não! — gritei, juntando as peças devagar.

Pearl se sobressaltou com um gritinho encantado, mas assombrado, como se adorasse que o universo a tivesse surpreendido.

Gretchen girou a mão em um círculo rápido, encorajando-me a continuar.

— Adorei a última página — soltou Winnie.

— Isso — completei com firmeza, olhando para Winnie enquanto concordava com a cabeça. — Nós dois adoramos. Estávamos falando dela ontem à noite, que a última página é a melhor parte. É o farol luminoso do roteiro todo! É sua obra-prima.

Gretchen ergueu a mão para me avisar que eu não precisava exagerar.

— Ah — disse Pearl, com um tiquinho de presunção. — Bom, se você insiste.

— Vamos logo com esse sexo de mentirinha ou não? — chamou Jack do outro lado do celeiro, onde estava estacionado meu trenó vermelho reluzente.

Eu me virei para Winnie enquanto seguíamos para o trenó, que era realmente incrível.

— Fez sua pesquisa, Baker?

Ela mordeu o lábio inferior farto.

— Acho que não posso usar a desculpa de que meu cachorro comeu minha lição de casa, né?

Queria fazer mais perguntas — tipo, muito mais —, mas já estávamos nos degraus dourados do trenó e Winnie estava aceitando a ajuda de Jack para entrar.

Depois que nos sentamos, Jack parou de um lado de nós e Gretchen, do outro.

— Certo, pessoal — declarou ele —, essa filmagem é uma rapidinha de três semanas, e temos um longo caminho a percorrer, mas, se algum de vocês sentir que precisa de um tempo, vamos parar as máquinas.

Gretchen pigarreou.

— "Não tem problema", acho que é o que Jack quis dizer. Então, sim, temos um cronograma caótico e tempo é dinheiro, mas o conforto de vocês com as cenas íntimas é mais importante.

— Certo, certo, certo — concordou Jack. — Então, vamos começar do começo. Vocês acabaram de se encontrar na Galhada Bêbada depois de se conhecerem pelo aplicativo de pegação Toquem os Sinos. Kallum, você curtiu o perfil de Winnie depois de um momento fofo de amor à primeira vista na praça da cidade. Winnie, você esgotou todas as suas opções nesta cidadezinha e até suas renas resgatadas estão vivendo felizes para sempre. Além disso, vocês dois são tarados pra caralho. — Ele se virou para Gretchen. — Esqueci de alguma coisa?

Ela concordou com a cabeça.

— "Tarados pra caralho" resume bem.

— Tarados pra caramba — sussurrou Winnie. — Entendi.

— Vamos falando com vocês ao longo da cena — comentou Gretchen para tranquilizar Winnie. — As partes sensuais vão ter música por cima, então podemos dirigir em voz alta.

Gretchen e Jack voltaram às posições e ficamos apenas Winnie e eu. As cenas íntimas tinham uma equipe bastante reduzida, então era mais fácil para meu cérebro pensar que éramos mesmo só nós dois.

— Silêncio no set! — gritou alguém.

Um homem baixo de rabo de cavalo entrou na frente da câmera com a claquete.

— Quando estiverem prontos! — berrou Gretchen quando o homem foi para trás da câmera.

Winnie inspirou fundo e expirou enquanto se empertigava e inflava o peito, transformando-se na conservacionista de renas atrevida e fervorosa que estava representando.

— Você não é daqui — começou ela.

Apoiei o braço no encosto atrás dela, como tínhamos ensaiado.

— Chamo muita atenção em Cypress Valley?

Winnie riu baixinho.

— Você chamaria atenção em qualquer lugar.

Ela se virou para mim, tão perto que dava para nossos lábios se tocarem.

— Passei a vida toda na lista dos bem-comportados — falei. — Mas você me faz querer aprontar.

— Me mostra — sussurrou ela. — Aprendo melhor vendo.

Era minha deixa! Operação Tarados pra Caramba, aí vamos nós. Curvei o braço ao redor dos ombros dela para aninhar sua nuca com a mão enquanto aproximávamos nossa boca. Precisei de todo o meu poder mental para lembrar meu corpo que isso era um trabalho e que éramos apenas dois bonecos respirando um na boca do outro. Sem língua. Definitivamente sem língua.

Essa parte parecia ser fácil para Winnie; ela já tinha dado muitos beijos técnicos.

Encostei a mão em sua coxa nua sem apoiar todo meu peso nela. Sua pele era macia e quente, e eu queria muito poder apertar para valer. Meu pau empurrou o zíper da calça jeans, e eu me senti muito, mas muito agradecido por estarmos sentados.

Ela soltou um gemido dramático e, embora eu soubesse que era falso, sangue começou a pulsar em meus ouvidos.

— Boa — elogiou Jack, sua voz sem me distrair por um momento sequer, enquanto eu e Winnie recuávamos e eu lançava o olhar mais ardente da minha vida.

— Muito bem, Kallum — parabenizou Gretchen. — Winnie, um pouco menos sonolenta e mais apaixonada.

Ao sinal de Gretchen, Winnie arregalou tanto os olhos que parecia que tinha acabado de ver uma rena morta.

Hum. Certo.

Ninguém disse mais nada, então deixei a mão subir pela coxa por baixo da minissaia dela, onde meus dedos mantiveram uma distância segura enquanto meus braços faziam movimentos de ir e vir.

Winnie jogou a cabeça para trás e soltou um barulho gutural como se estivesse possuída.

Ninguém me disse para parar, então continuei durante o exorcismo de Winnie. Era para ela ter feito pesquisa, mas imaginei que entrar em contato com a própria sexualidade era uma missão grande demais para apenas uma semana.

Mesmo assim, eu não conseguia evitar ficar absolutamente encantado por seu orgasmo possuído, que talvez fosse uma das coisas mais fofas que eu já tinha visto na vida. Era o tipo de coisa engraçada que me fazia sentir que éramos dois adolescentes brincando em um porão.

Depois de alguns minutos, ela levou o braço à testa e se afundou no trenó como se tivesse acabado de levantar o dobro do seu peso em uma prova de musculação.

— Corta! — gritou Gretchen.

— O poder de Cristo o obriga! — exclamou um velho alto na mesa de acessórios com uma risada.

Gretchen se virou para ele.

— Fora do meu set! Já.

Winnie franziu a testa, olhando para mim.

— Eu deveria saber o que isso significa?

— É do *Exorcista* — explicou Pearl com a voz suave quando chegou perto de nós.

— Minha fala favorita é "Sua mãe chupa pinto no inferno" — comentou Jack, também se aproximando do trenó.

O peito de Winnie começou a subir e descer depressa.

— Eu... parecia possuída?

Vê-la chateada deixou meu corpo todo à flor da pele, e eu faria qualquer coisa para ela se sentir melhor. Juro que teria rasgado uma lista telefônica no meio e derrubado uma mansão inteira de drywall por essa mulher.

— De desejo — acrescentou Gretchen rapidamente. — Possuída de desejo. E é muito importante que façamos sua versão dessas cenas em todos os níveis diferentes, então foi bom. Muito bom. Começamos lá em cima, então agora podemos pegar mais leve.

— Foi ótimo — falei. — Muito convincente. Aquele cara era só um velho idiota. Ele não sabia o que estava falando.

Ela alternou o olhar entre mim, Jack e Gretchen, à beira das lágrimas.

— Acho que preciso de um minuto — disse Winnie, e passou por cima de mim para sair do trenó.

Ela saiu correndo do celeiro.

Eu me levantei para ir atrás dela, mas Pearl ergueu a mão.

— Deixa que eu cuido disso.

Assentindo, voltei a me sentar. Eu não tinha mais direito do que Pearl de ir conversar com ela. E talvez fosse menos constrangedor conversar com outra mulher.

Mesmo assim, ela estava chateada, e eu queria poder solucionar isso.

Gretchen deu um tapinha no meu ombro.

— Pearl é boa com, hum, sentimentos.

— Não dá para fingir um orgasmo se você nunca teve um — murmurou Jack.

— Você acha mesmo que...? — Gretchen se interrompeu. — Na verdade, se eu fosse obrigada a transar com Michael Bacher pelo resto da vida, acho que eu também não chegaria lá.

Pearl acenou com a cabeça, com ar astuto, e murmurou alguma coisa sobre "poderes de yoni" antes de ir atrás de Winnie.

Jack estendeu a mão e beliscou minha bochecha.

— Que ursinho carinhoso — disse ele antes de se afastar.

— Talvez possamos voltar a essa cena mais para o final da semana — falou Gretchen, mais para si mesma do que para qualquer um de nós. — O Hope Channel é dono do celeiro, então podemos entrar e sair quando quisermos.

Fiquei sentado ali no trenó, esperando por minhas próximas instruções enquanto os membros da equipe começavam a remontar a cena caso Winnie reaparecesse.

Eu me senti mal por ela. Queria resolver aquilo. Queria melhorar as coisas. Queria fazê-la rir.

Mas também estava com uma puta raiva de Michael Bacher. Que tipo de homem tinha a honra de se casar com Winnie Baker e não se dedicava a aprender como dar prazer a ela? Se eu tivesse alguém como Winnie, memorizaria seu corpo da cabeça aos pés. Aprenderia cada mínimo detalhe do que a fazia gemer e implorar.

Porra. Se Winnie Baker fosse minha, eu teria um ph.D. em fazê-la gozar.

Doutor Lieberman em ação.

CAPÍTULO SETE

Winnie

Uma hora depois, eu estava ao lado de Pearl Purkiss dentro de uma casinha apertada perto da rodovia estadual chamada Loja de Brinquedos 2. Em cima de uma vitrine de caixas de camisinha empoeiradas, uma TV igualmente empoeirada transmitia o vídeo de uma moça demonstrando a elasticidade de um anel peniano de silicone. As paredes de concreto pintado estavam cobertas por roupas transparentes e prateleiras de caixas desbotadas pelo sol; um porta-revistas apoiado na parede mais próxima à porta era um estudo sobre superestimulação impressa: uma colagem em tons de bege que me lembrava o balcão de frios do mercado.

Com o coração acelerado, avancei pela sex shop, tentando agir com naturalidade, muita naturalidade, como se fossem coisas que eu visse todo dia. *Plugue anal em formato de tentáculos, nada demais, certo?*

Pearl, por outro lado, dava um gritinho a cada coisa que encontrava.

— Um dildo de *dragão*, Winnie! Será que fazem capas penianas de dragão também? — Outro gritinho. — E olha, olha, olha, é *um Vaginozelo de verdade*. Pensei que fosse um mito!

Ela me puxou na frente do Vaginozelo, que não era um mito — e era exatamente o que o nome sugeria — e foi então que a va-ficha caiu.

Aquilo estava muito além dos meus limites. Tipo, *muuuito* além.

Pensei que assistir a uma *sex tape* era hardcore? Eu não fazia ideia de como o poço da sexualidade humana era profundo! E eu estava longe de ser um poço, eu era apenas uma poça... uma poça meio seca com uma mancha de gasolina brilhando em cima, de tão longe que estava de ser um poço.

— E-e-ei — chamou Pearl, chegando na minha frente e arregalando ainda mais os olhos. — Sua aura acabou de ficar muito turva.

— É?

Pearl fez que sim, como uma sábia e preocupada doutora de aura, e tocou meu rosto de leve.

— E não tenho nenhuma obsidiana nem selenita comigo, então preciso que você enfrente isso, querida Winnie.

Enfrentar isso? Enfrentar ser uma piada humana depois de anos sendo uma manchete humana?

— Não acho que eu consiga, Pearl — confessei. — Quer dizer, não o lance da aura, acho. Mas enfrentar meus, hum, problemas de intimidade. — Apertei as mãos no rosto, tentando não pensar nas reações de todos à minha atuação horrorosa. — Estou tão envergonhada.

— Espera. Espera. — As mãos de Pearl rodearam meus punhos, frias mas relaxantes. — Por que está envergonhada?

— Porque eu... — Parei. Engoli em seco. Olhei ao redor da loja em busca de algum funcionário e não vi nenhum. — Porque é vergonhoso ter 32 anos e não saber o que meu corpo faz quando tenho um orgasmo, sabe? Dá vergonha sentir que sou a única que ficou para trás, que não sabe de um segredo que eu queria muito, muito saber, mas simplesmente não sei como. Argh, até ficar envergonhada me dá vergonha!

— Para com isso agora — pediu Pearl, com mais firmeza do que pensei que fosse capaz. — Todos, e estou falando de *todos*, que gostam de sexo ainda estão aprendendo sobre seus prazeres. Por exemplo, só hoje percebi que queria um dildo de dragão, mesmo que seja feito de — ela fez um careta — silicone.

— Silicone é ruim?

— Vidro é melhor. Quartzo rosa também. Tenho um ovo de quartzo... — Ela se interrompeu. — O que quero dizer é: não existe idade para deixar de aprender sobre nosso corpo. Você pode ter saído da linha de partida um pouco mais tarde, mas ainda está na mesma corrida maravilhosa.

— É muito gentil da sua parte dizer isso — falei educadamente enquanto baixava os olhos. Minha visão do piso de linóleo vermelho e branco estava enquadrada por seus braços e seu tronco; ela estava usando uma capa de chuva transparente sobre duas camadas de suéter. — Mas isso não é começar um pouco mais tarde. Talvez seja *tarde demais*.

— Ná-na-ni-na-não — retrucou Pearl, a voz ainda firme. — Não existe tarde demais para algo que você quer. E imagino que haja um motivo para você não saber tudo que quer saber, certo?

Um *motivo*? No singular? Eu quase riria se não estivesse tão envergonhada. Eu poderia contar a ela da minha estante na adolescência cheia de livros como *Eu disse adeus ao namoro* e *E a noiva vestiu branco* (se a lembrança daquela estante não bastasse para me fazer cair de cara no piso de linóleo da Loja de Brinquedos 2). Eu poderia contar do meu diário, do meu anel de pureza com as palavras *À espera do verdadeiro amor* gravadas. Das inúmeras vezes que ouvi a expressão *pedra de tropeço*, como em: *Não seja uma pedra de tropeço para seus irmãos.*

Como em: *Você não quer que seus irmãos pequem por sua causa, quer?*

— Como seu ex-marido — continuou Pearl, trazendo-me de volta ao momento, diante de um Vaginozelo. — Por quanto tempo você ficou com ele?

— Quinze anos — respondi automaticamente. Nós nos conhecemos na gravação de um filme chamado *Tesouros do Paraíso* quando eu tinha 17, e nos casamos no meu aniversário de 18. — Catorze anos casados.

Pearl tirou as mãos do meu rosto e arregalou os olhos, mexendo a cabeça, como se estivesse me pedindo para ligar os pontos.

O que eu fiz.

— Eu sei, eu sei — resmunguei, baixo, ainda com vergonha de que um funcionário pudesse estar rondando em algum lugar. — Acho que não é uma surpresa que ele tenha acabado me traindo.

Traindo com uma moça flexível de 20 e poucos anos chamada Olivia, que, segundo suas bios nas redes sociais, estava "em busca de sua próxima aventura".

Uma próxima aventura que aparentemente havia encontrado dentro da cueca de grife de Michael.

— Não é culpa sua, então não deixe essa negatividade entrar em sua mente. *Ele* tem cara de quem vibra em uma frequência baixíssima — acrescentou Pearl com ar reprovador.

E então seu rosto se iluminou. E se iluminou mais um pouco. Ela me lembrava uma Grinch de pelos cor de lavanda cujo coração estava crescendo até chegar ao triplo do tamanho.

— É isso, Winnie! Não acredito que não pensei nisso antes!

— Pensar no quê? — perguntei, confusa.

— *Vibrar* — respondeu ela com os tons de uma profeta de sex shop e, então, pegou meu braço e me arrastou para um conjunto de prateleiras com ouropel e luzes de Natal enroladas.

Todos os produtos à mostra eram de temática natalina, das algemas de pelo branco ao plugue anal com um sino na ponta. Pearl pegou uma caixa com o triunfo de alguém pegando o último vestido em uma liquidação e a colocou em minhas mãos.

O Bastão Doce, dizia a caixa, que mostrava um cilindro que parecia uma grande bengala doce, com as extremidades afiladas e um adesivo que dizia que o carregador estava incluso.

— E isso aqui também, por via das dúvidas — acrescentou, somando à caixa um vidrinho de lubrificante com sabor de menta.

O vibrador parecia tão pequeno, pelo menos comparado com uma banheira.

— Você acha que isso vai ajudar? — perguntei, querendo ter esperança, mas também me lembrando de como o WikiHow havia me traído na noite anterior.

Pearl fez um movimento arrastando os pés, e me dei conta que era uma dancinha.

— *Ajudar?* Você vai cavalgar no bastão doce até seu final feliz! Até a bateria acabar, pelo menos. Uma vez, escrevi uma série inteira de vilanelas eróticas montada em um vibrador — confidenciou, me dando o braço e me puxando na direção do caixa, onde um estudante universitário de piercing tinha aparecido do nada. — Me fez ganhar minha primeira bolsa de poesia. Vibração faz bem para as artes.

Preciso fazer xixi.

Eu estava deitada na minha cama nova da Pousada Edelvais — finalmente tinha me mudado para um quarto diferente (e não ocupado por Kallum) —, com o Bastão Doce zumbindo entre as pernas. Havia deixado o vibrador carregando enquanto tomava banho, me trocava e atendia a uma ligação preocupada de Gretchen, em que prometi a ela que estaria de volta à ativa no dia seguinte. Em seguida, tinha aberto o notebook e assistido a mais um pouco de Kallum levando habilmente aquela madrinha de casamento a um frenesi. Mãos grandes nos seios dela. Dedos compridos entrando na abertura molhada do sexo dela.

Eu tinha um fraco pelas mãos daquele homem.

Era uma tarada por mãos.

Foi a imagem dos dedos dele entrando na madrinha inominada que me levou a pegar o vibrador quase carregado, ligando-o na menor velocidade possível — como se eu estivesse esperando que me desse um choque digno de bateria de carro quando fizesse contato.

Como não deu, eu o aproximei da vagina e, devagar, o inseri dentro dela. Já estava escorregadia de tanto que eu assistira a Kallum na tela do notebook, e o brinquedo não era muito grosso, não tanto quanto dois dedos de Kallum seriam…

Eu tinha que parar com a história das mãos. Já bastava assistir a uma *sex tape* de meu colega de trabalho, mesmo que fosse oficialmente lançada por ele… Porém eu me sentia confiante de que conseguiria separar mentalmente o vídeo da realidade. Afinal, era improvável que eu o visse de smoking amassado chupando uma madrinha de casamento enquanto estivéssemos juntos em Vermont.

Mas as mãos eu veria o tempo todo. Eu as *sentiria* durante as cenas, durante reuniões de coordenação de intimidade, e, toda vez que pensava nisso, em suas mãos em mim, meu coração acelerava, como se fizesse um esforço para enviar mais sangue para *toda parte*.

Curiosamente, colocar e tirar o vibrador não fez muito por mim, mas, quando segurei o brinquedo lá dentro e o pressionei um pouco mais para cima, uma onda de prazer me percorreu como um trem, fazendo meus dedos dos pés se curvarem. Fiz de novo e aumentei a velocidade do vibrador — sem querer deixando tão rápido que me fez dar um gritinho — até encontrar uma velocidade boa. Tipo, muito boa. Muito, muito boa.

Só que...

Só que estava meio que pairando em *Muito boa* e não pulando para, por exemplo, *Puta merda*. Ou *Ai, meu Deus, vou gritar.*

Na verdade, parecia que eu precisava fazer xixi. Era uma sensação normal? Será que eu deveria segurar como se estivesse numa longa viagem de carro e quisesse passar por mais algumas saídas antes de parar no Subway de um posto de gasolina? Será que eu fazia um intervalo e voltava depois com a visão renovada e a bexiga vazia?

Toc, toc.

Uma batida na porta me deixou paralisada, de roupão aberto e pernas dobradas como as de um sapo. O *bzzzz* entre minhas pernas pareceu de repente exageradamente alto e, ai, meu Deus, e se a pessoa do outro lado da porta estivesse ouvindo? E se ela soubesse???

Tentei desligar o brinquedo, deixando sem querer numa velocidade de motor a jato que fez meus dentes se baterem e, então, o tirei e consegui virar o botão até parar de zumbir.

Toc.

— Ei, hum, Winnie? — disse uma voz grave indicada ao Grammy. — Sou eu, Kallum.

Fiquei em pé antes mesmo de saber o que estava fazendo, dirigindo-me à porta enquanto ajeitava o roupão e o amarrava na cintura. Logo antes de abrir a porta, eu me dei conta de que o Bastão Doce ainda estava na minha mão.

Ai, meu Deus, ai, meu Deus, ai, meu Deus...

Limpei o brinquedo às pressas na barra do roupão e o guardei no bolso. Abri a porta e tentei parecer tranquila e serena.

Kallum piscou, provavelmente porque não esperava me ver de roupão e cabelo desgrenhado às seis da tarde. Eu estava com cara de quem tinha acabado de se masturbar? Será que ele conseguia notar?

— Oi — falei com minha voz mais normal. Eu era uma atriz! Eu ia me virar! — Tudo bem?

Minha voz não deve ter sido tão casual nem pouco excitada quanto pensei, porque Kallum engoliu em seco. De um *jeito*. Um jeito que me fez sentir como eu estava molhada entre as pernas.

— Queria confirmar se estava tudo bem depois de hoje mais cedo — afirmou ele, e desceu os olhos para meu roupão. — Mas não queria atrapalhar, eu só queria…

Ele perdeu a voz, o olhar ainda fixo no roupão. Não, no *bolso* do roupão; o bolso não tão fundo em que metade de um vibrador listrado estava visível. E então seus olhos se voltaram para a cama atrás de mim, onde havia uma marca do tamanho de Winnie no edredom. Onde estava meu notebook, pausado agora em uma cena de Kallum enfiando três dedos na madrinha de casamento.

Eu não conseguia respirar. Meus pensamentos não eram nada além de flocos — pequenos, flutuantes e fugidios. Desaparecendo antes que eu pudesse apanhá-los, me atentar a eles.

Kallum flexionou as mãos ao lado do corpo, depois as fechou, esfregando as palmas com nervosismo, antes de flexioná-las de novo.

Então ele me encarou, com aqueles olhos de um azul tão brilhante e ardente que me senti dentro de uma chama, e o maxilar dele estava tão tenso, e o peito arfava, e tive uma ideia absurda, uma ideia horrível, uma ideia que eu nunca deveria expressar em voz alta.

— Pode me ajudar? — falei sem pensar.

A porta ainda estava aberta atrás dele, e ele olhou para o corredor antes de voltar o olhar para mim. Sua camiseta da Slice, Slice, Baby ficou ainda mais apertada nos ombros enormes com esse movimento.

— O que está me pedindo, Winnie Baker? — perguntou com a voz baixa.

Uma voz que reconheci da *sex tape*. Por baixo do roupão, senti meus seios pesados, fartos. Fiquei toda arrepiada.

— Quero que você me ajude a ter um orgasmo — pedi, tentando soar confiante e despreocupada, como se fosse corriqueiro, como se fosse apenas trabalho.

Dava na mesma que precisar de ajuda para ensaiar as falas, certo? Dava totalmente na mesma.

— A pesquisa não está correndo bem? — perguntou Kallum.

Não havia nenhum julgamento em seu tom, apenas um pouco de tristeza, como se ele estivesse chateado *por mim*. Como se quisesse que estivesse indo bem para mim.

— Não — respondi, desanimada. — E tentei um jato de hidromassagem e tudo.

— Eu... Quê?

— E dizem que você é bom em fazer as pessoas terem um orgasmo, e é isso que quero, só um orgasmo, só para eu saber como é, uma vez na vida, sabe? É, aquele ali é seu vídeo, e sei que talvez seja esquisito que eu esteja assistindo, mas eu não sabia nem por onde começar com pornô normal, e você eu *conheço*, e parecia mais seguro, e você faz ela se sentir tão bem...

Kallum bateu a porta e avançou a passos largos, fazendo-me recuar até a cadeira giratória na frente da escrivaninha de madeira nodosa. Ele pegou meus ombros com as mãos, quentes mesmo através do roupão grosso, e me fez sentar.

Ele ficou em pé e, mais do que nunca, entendi a palavra *imponente*. Ele estava pairando, imponente, sobre mim, mas era incrível, emocionante, ter toda aquela altura, força e intensidade diante de mim.

— Me mostra — pediu ele. Sua voz ainda estava baixa, mas também áspera, como se as palavras estivessem sendo arrancadas à força de seu peito. — Me mostra.

Era um plano terrível, totalmente irresponsável, mas eu não conseguia me importar quando Kallum falava assim, quando suas mãos grandes e seus ombros largos estavam logo ali, quando seus olhos não queimavam apenas como uma fogueira, mas ardiam como estrelas.

Devagar, levei a mão ao vibrador e o tirei do bolso. Não parecia mais um brinquedinho bobo, não pela maneira como Kallum o estava observando, não pela maneira como mexeu o maxilar para o lado quando o liguei.

Um zumbido preencheu o quarto e abri as coxas na cadeira, sabendo que ele veria meu centro, úmido, inchado e desejoso.

Sua voz estava mais rouca do que nunca quando ele falou:

— Abre o roupão.

Minha mão livre tremeu um pouco quando eu puxei o nó de tecido felpudo — porque eu precisava tirar a roupa, e eu não me lembrava de já ter me sentido assim, nem durante meu casamento. Como se qualquer coisa entre minha pele e o olhar de alguém fosse demais, e eu morreria se ele não pudesse ver meu corpo no mesmo instante.

Vendo minha dificuldade, Kallum se ajoelhou com uma tranquilidade treinada que me fez lembrar que ele tinha sido um dançarino incrível no passado, e ergueu as mãos.

— Posso? — perguntou.

Suas mãos estavam no meio do caminho, esperando permissão.

— Pode — sussurrei, e ele desatou o nó com facilidade. — Pode tocar em mim — acrescentei, caso meu pedido de ajuda anterior tivesse sido mal interpretado. — Quero que você… quero que toque em mim onde achar que puder ajudar. Todos os lugares.

Ele me encarou.

— Se eu fizer algo de que você não goste, me fala.

— Certo — concordei, capturada por seu olhar. — Vou falar.

Ele soltou o cinto e pegou as bordas do roupão, abrindo-o — não cuidadosa, mas deliberadamente. Como se quisesse se lembrar de cada segundo em que me desnudava. Como se me abrir tal qual um presente fosse tão divertido quanto brincar comigo depois. O roupão se abriu por completo e ficou pendurado em meus ombros, revelando meus seios nus, minha barriga mole, o espaço íntimo entre minhas pernas.

Kallum engoliu em seco de novo, o pomo de adão subindo e voltando a descer.

— Agora — ordenou ele. — Me mostra.

Peguei o vibrador que zumbia baixo e posicionei a ponta na minha entrada, apertando até encontrar a abertura e, então, deslizando o brinquedo para dentro. Precisei me sentar na beira da cadeira para fazer isso, mas Kallum não pareceu se importar. Seus olhos estavam onde eu me penetrava devagar com o vibrador, vezes e mais vezes, suas mãos apoiadas nas coxas. Ele apertava a calça jeans com a ponta dos dedos, mas, fora isso, não se mexeu, não reagiu ao que eu estava fazendo.

— É isso que eu estava tentando fazer — expliquei. — E é gostoso, mas sinto que não consigo passar de gostoso para algo melhor.

Kallum ergueu a mão e, por instinto, eu me arqueei um pouco, pensando que poderia tocar entre minhas pernas, que poderia tocar meus seios ou minha barriga. Mas, em vez disso, ele roçou os dedos suavemente na parte de cima da minha coxa.

— Você está um pouco tensa — murmurou. — Tensão boa ou tensão ruim?

Eu não sabia. Talvez uma tensão boa em geral, mas também...

— Você é a única pessoa além de Michael que já me viu sem roupa — expliquei. — Acho que é estranho.

E meu corpo também tinha mudado desde que eu era casada, embora eu sentisse que Kallum não ligaria para isso.

Kallum se endireitou e, antes que eu pudesse perguntar o que ele estava fazendo, levou a mão atrás da cabeça e tirou a camisa. Ele a jogou para o lado num gesto despreocupado, um ato que era estranhamente sexy em sua arrogância inconsciente, e se virou de volta para mim.

— Agora você não é mais a única seminua — brincou ele, mas não consegui rir, não quando vê-lo sem camisa me dava a sensação de estar caindo, sem nada para me amparar.

Porque, sim, eu o tinha visto sem camisa na noite anterior, mas agora ele estava *tão perto* que eu não conseguia tirar os olhos dele, e eu via as pontas inchadas dos mamilos, os pelos da barriga que se adensavam na linha sob o umbigo. Era tão rústico que ele tivesse pelos na barriga, e eu nunca teria pensado que curtiria isso depois de ficar com alguém tão hiperarrumadinho quanto Michael, mas eu queria passar os dedos ali, queria sentir aquela barriga pressionada contra a minha.

— De volta a sua bocetinha — disse ele, e suas palavras me fizeram me contorcer.

Ele falava assim no vídeo também, palavras como *boceta* e *pica* e *foder*, e eu adorava o som dessas palavras na boca dele. Não eram grosseiras nem vulgares, mas excitantes. Divertidas.

Sua mão encontrou a minha, e ele a puxou, guiando o vibrador para fora. Tentei soltar, pensando que ele seguraria o brinquedo para mim, mas ele fez que não.

— Você vai jogar um jogo — incentivou ele. — O jogo é Descubra Onde É Gostoso, e a única regra é que você não pode colocar o brinquedo em nenhum lugar dentro do seu corpo. Só fora.

Parecia terrivelmente limitante, mas eu estava hipnotizada demais por seus dedos curvados ao redor da minha mão para argumentar.

— E o que você vai ficar fazendo? — perguntei.

Ele usou a mão livre para ajeitar meu cabelo atrás da orelha. Um calor crepitante me atravessou.

— Vou jogar meu próprio jogo — respondeu ele.

Seu sorriso era malicioso. E então, devagar, com tempo de sobra para eu dizer se não gostava, ele levou o polegar na direção do meu centro. Da minha *boceta*. E então a abriu, deslizando para dentro o máximo que conseguia.

Eu me recostei na cadeira, respirando com dificuldade, e mexi um pouco o quadril, precisando de algo. Precisando de mais.

— Winnie Baker — disse ele, sério. — Você precisa jogar seu jogo também.

Ah, sim. Vibrador. Lugares fora do meu corpo.

Sem saber por onde começar, subi o vibrador pela barriga até a parte de baixo do seio, e então circulei a auréola, estremecendo quando a ponta do brinquedo ainda úmido roçou em meu mamilo. Kallum soltou um som estrangulado quando afastei o vibrador e deixei para trás um rastro da minha própria excitação, e então ele avançou. De novo, devagar o suficiente para eu detê-lo.

Ele lambeu o mamilo, como se quisesse sentir meu sabor através da minha pele. Ele grunhiu de novo e envolveu a ponta do meu seio com a boca, chupando com força. Era úmido, e quente, e suave, e sensível, e eu gemi, porque aquilo somado a seu toque dentro de mim era *incrível*.

Com uma inspiração abrupta, ele recuou como um homem faminto dando as costas para um banquete.

— Continue seu jogo — pediu ele com a voz rouca.

Ele tirou o polegar e o lambeu, depois enfiou um de seus dedos grandes dentro de mim. Os dedos dos meus pés se curvaram.

— Winnie — chamou ele. — Você tem um trabalho a fazer.

Então apertei o brinquedo em meu outro mamilo enquanto Kallum buscava e afagava dentro de mim, seu olhar penetrante sem perder um único movimento meu na cadeira. E o vibrador era muito gostoso no mamilo, mas eu queria continuar explorando, então o desci para meu sexo, passando o máximo que dava ao redor da mão de Kallum.

E então rocei meu clitóris.

— Ah, cacete — falei, sem ar, e Kallum deu uma risada baixa.

— Isso — disse ele. — Ah, cacete. Quer de novo?

— Porra, claro — respondi, a má influência de Addison transparecendo em minha escolha de palavras, e ele riu de novo.

Senti essa risada no estômago, nos pulmões. Ela me atravessou como um trovão.

Voltei a apertar o clitóris.

— Isso é tão gostoso — sussurrei, olhando para ele, e senti que nunca vira seu rosto tão atormentado, nem mesmo nos clipes angustiados de suas baladas do INK.

— Eu sei, querida — disse ele. — Eu sei.

Por que é que eu tinha tentado fazer qualquer coisa além daquilo? Ter o vibrador ali era *incrível pra caralho*, e eu não conseguia manter meu corpo parado de tão gostoso. Eu estremecia e me remexia, e Kallum observava meu rosto enquanto enfiava um segundo dedo.

— Caralho! — exclamei, e ele abriu um sorriso devastador.

— Essa palavra soa muito bem vindo de você, Winnie Baker. Por que não tenta aumentar a velocidade do brinquedo?

Era uma ideia incrível, e obedeci de imediato, o brinquedo indo de *bzzz* a *BZZZZZ*, e então praticamente caí da cadeira de tanto que me curvei.

— Puta *merda*! — gritei. — Puta merda!

Senti um prazer subir pelas costelas até meus seios e minha garganta; minhas coxas tremiam; minha boceta era o centro de todo o meu mundo. Os dedos de Kallum preenchendo e entrando — não metendo e cutucando como Michael fazia —, e as vibrações... as *vibrações*!

— Quero fazer uma coisa safada com você — afirmou Kallum, e o encarei através da névoa febril causada pelo vibrador. Suas pálpebras estavam pesadas e seu peito, corado sob a camada de pelos dourados. — Posso?

Havia alguma coisa mais safada do que isso? Mais do que cavalgar na mão do meu par romântico enquanto usava um sex toy?

— Sim — falei, ofegante. — Quero. Eu quero.

Queria todas as coisas obscenas. Queria que fossem feitas comigo, e queria fazer com ele. Queria ir o mais longe a que nossa imaginação pudesse nos levar. Ainda mais longe.

— Continua usando seu brinquedo — disse ele com a voz grave, e então usou os dois dedos que estavam me fodendo para traçar uma linha úmida até meu...

— Kallum! — exclamei quando a ponta dos seus dedos roçaram um ponto que... bom, digamos apenas que era um ponto que nunca tinha sido *roçado* antes.

Ele olhou para mim, imobilizando os dedos, mas não se afastando.

— Acho que vai ser gostoso — sugeriu ele. — Acho que pode gostar. Mas isso é só para você, Winnie Baker. Não precisamos fazer nada que não queira.

— Não, eu quero — afirmei rapidamente.

Queria experimentar tudo. Não queria o sexo cerceado por minhas ideias antigas do que *é permitido* ou *não permitido*. Sabia aonde isso me levara: a nunca ter tido um orgasmo em 32 anos.

— Ou quero experimentar, pelo menos. Se eu não gostar, podemos parar, né?

— Claro — respondeu Kallum. — E vou devagar. Prometo.

— Certo — sussurrei.

Ele voltou a colocar os dois primeiros dedos onde estavam antes e, ao mesmo tempo, pressionou o mindinho embaixo e, então, devagar, de um jeito *provocante*, começou a enfiar. Um milímetro por vez, pelo que parecia, e era tão errado, um tabu tão grande, ter alguém me tocando ali, mas também era tão gostoso, um segredinho pervertido que meu corpo vinha escondendo de mim, que pudesse haver prazer num lugar que não tinha nada a ver com conceber bebês.

E então todos os seus três dedos estavam totalmente dentro de mim, entrando e saindo em metidas lentas e deliciosas, tudo isso enquanto eu mantinha o brinquedo encostado no ponto inchado do clitóris. Baixei os olhos e vi a imagem que formava: minhas coxas ao redor de seu peito largo e seu abdômen, a mão plantada na minha coxa e a outra me fodendo, me esticando. Preenchendo-me em dois lugares diferentes.

Seus dedos brilhavam toda vez que ele os tirava de mim, e havia um leve tremor na mão apoiada na minha perna, como se um forte desejo o estivesse percorrendo.

Eu esperava que sim. Esperava que isso também o estivesse afetando, porque estava muito mais do que me afetando. Eu estava na beiradinha da cadeira, tentando encaixar o ritmo dos dedos com o quadril, tentando trepar com a mão dele.

— Como está se sentindo? — sussurrou ele, e eu estava ofegando tanto que mal consegui responder.

— Cheia — arfei. A cada vez que ele metia *naquele* lugar, eu sentia em todos os lugares. No peito. Na garganta. — É como perder o fôlego, mas não dói. Não quero que pare nunca.

— Humm — murmurou ele, e se inclinou para a frente para chupar meu mamilo de novo.

Eu não sabia que barulhos estava fazendo nem o que eu estava balbuciando, mas sabia que tudo mais dentro de mim era estranho e maravilhoso. Sentia que estava à beira de algo imenso, e senti um pavor abrupto de cair. Como se fosse intenso demais, como se eu não fosse sobreviver.

E então Kallum fez alguma coisa com a mão, curvou o dedo bem lá no fundo, naquela parte intocada de mim, e não era mais uma escolha. Com um gemido baixo e ofegante, eu passei daquele limite, um momento de agonia arfante seguido por uma explosão de prazer; prazer que continuava crescendo e crescendo, até não haver nada além da pulsação firme e ardente do centro do meu corpo — meu sexo e meu ânus — tensionando-se ao redor da mão hábil de Kallum. Até não haver nada além das ondas tão intensas que eu não conseguia pensar, não conseguia *existir*, tudo que conseguia fazer era mover o quadril em busca de mais, mais, mais.

E durou para sempre, durou toda a minha vida ou, pelo menos, a última década, aproximadamente, pela qual eu deveria estar sentindo isso. E, quando finalmente consegui inspirar de verdade de novo, meus lábios estavam formigando e eu me sentia zonza, zonza, zonza.

Pisquei até o rosto de Kallum voltar ao foco. Olhos azuis semicerrados, maxilar tenso. Ele estava olhando para mim como se quisesse me comer viva.

Mal tive força para afastar o vibrador da virilha e desligá-lo. Ficou pendurado na minha mão frouxa enquanto eu e Kallum nos entreolhávamos. Seus dedos ainda estavam dentro de mim, e eu estava tão sensível que sentia cada centímetro deles. Eu queria que ficassem onde estavam.

Mordi o lábio, e o rosto de Kallum mudou. Se antes ele tinha parecido ávido, no momento parecia *angustiado*.

— Você é a única pessoa que já me viu gozar — falei, sem saber por que precisava dizer isso. — Você devia imaginar, já que te contei isso tudo em Los Angeles, mas só pra você saber.

— Sim, Winnie Baker — disse ele com a voz rouca. — Eu sei.

Ainda estávamos com o olhar fixo um no outro, e me lembrei de repente de que era para ser pesquisa, era para o filme.

— Como eu estava? — perguntei. — Quando gozei?

Talvez Kallum pudesse me dar observações detalhadas para nossa próxima cena de amor.

Mas Kallum respondeu apenas com:

— Linda. Você estava linda.

Ele baixou os olhos, para além de onde seus dedos estavam ainda enfiados em mim, e observou o próprio colo. E então tirou a mão e se levantou de um salto.

— Eu, hum… Preciso ir.

— Quê? Por quê?

Ele se inclinou e beijou minha testa.

— Você é perfeita — disse, e então se endireitou e saiu do quarto a passos ligeiros.

Mas não tão rápido que eu não visse a ereção gigantesca que marcava sua calça jeans.

Depois que a porta se fechou, eu me perguntei se deveria ter me oferecido para ajudá-lo a se aliviar. Se havia algum tipo de etiqueta nessa situação que eu havia quebrado. Mas eu ainda estava tão zonza, e flutuante, e *sorridente*… Eu não conseguia parar de sorrir! Eu queria rir. Tinha crescido pensando que sexo fora do casamento me sujaria e me assombraria. Mas gozar com um vibrador e um dedo grosso na bunda me fez sentir mais leve e pura do que eu me sentira em anos.

Ainda sorrindo e cantarolando um dos grandes sucessos de Addison, eu me levantei da cadeira, peguei a camisa que Kallum deixara para trás na pressa de sair do quarto e a levei para a cama. Eu pretendia dobrá-la e deixá-la na mesa de canto, mas acabei pegando no sono com ela amassada junto ao rosto. Cheirava a pão quente e sabonete, como Kallum. E, quando adormeci, sonhei com ele.

CAPÍTULO OITO

Kallum

Capotei que nem bebê na noite anterior.

Eu me perguntei se deveria me sentir culpado, mas me ajoelhar na frente de Winnie Baker com as pernas abertas para mim, sabendo que fui a primeira e única pessoa a vê-la gozar… E porque *eu* a ajudei…

Saí correndo de lá assim que meu cérebro entendeu o que eu tinha acabado de fazer. Sobretudo porque, se alguém tivesse tentado dar um tapa no meu pau, teria quebrado a mão.

Quando a porta do meu quarto fechou, eu já estava puxando o zíper da calça jeans e pegando a minha ereção. Eu me ajoelhei e bati uma rapidinha até o gozo quente se espalhar pela minha mão.

Winnie era tão perfeita, linda e ferozmente sexy, de um jeito que ela nem sequer imaginava. O momento em que pressionei meu mindinho naquele cuzinho lindo e ela deixou de lado toda a inibição ficaria marcado na minha memória pelo resto da vida.

Então foi isso, apaguei profundamente. E sonhei com Winnie. Sonhei com tudo que queria fazer com ela e até com o que queria que ela fizesse comigo. E sonhei que era o tipo de cara que poderia levar Winnie para sair. Sonhei que ela deixava uma escova de dentes em minha casa e guardava na gaveta do meu guarda-roupa um monte de calças de moletom, tops esportivos e o tipo de lingerie que eu pudesse rasgar ao meio.

Quando finalmente saí da cama para a gravação, que estava marcada para as nove da manhã, eu já tinha perdido uma chamada de FaceTime da minha irmã. Escrevi uma mensagem rápida em resposta.

Eu: Acabei de acordar. Te ligo durante o intervalo.

Depois de um banho rápido, tirei da mala uma calça jeans limpa e uma camiseta desbotada dos Royals. O celular tocou de novo enquanto eu calçava os tênis hipster de lá que Tamara tinha comprado para mim de aniversário e que Topher chamava de sapatos de foder ovelha.

Deslizei para atender.

— Alô...

O rosto de Tamara encheu a tela, e ela estava agitada, com uma expressão de pânico que eu conhecia bem.

— O que houve? — perguntei. — Toph está bem? E a mamãe e o papai?

— Está todo mundo bem — admitiu ela, felizmente, alargando as narinas. — Quer dizer, quase todo mundo.

— É o Tucker? — perguntei, imaginando que o Rei da Vasectomia de Kansas City tivesse feito algo para irritar minha irmã. — Ele... pulou a cerca? — sussurrei.

— Kallum Lieberman, lava a boca antes de falar do meu marido. Ele nunca faria uma coisa dessas. Já você... seu... seu... DESTRUIDOR DE LARES!

De queixo caído, me levantei de um salto, respondendo à energia da minha irmã.

— Do que você está falando? Nem tenho casa para destruir!

— Seu idiota! — Juro por Deus, se algum dia uma mulher conseguisse bater na cabeça de alguém pelo FaceTime, seria minha irmã. — E não é nem isso que *destruidor de lares* quer dizer!

— Ah.

Saí da tela por um momento e joguei no Google a definição de *destruidor de lares.*

— Você pausou a câmera? — perguntou ela pela caixinha de som. — Como se atreve? Como se atreve a nem mostrar a cara, seu covarde? O que é que você está fazendo? O que é mais importante do que demolir a vida pessoal de alguém com esse seu pau idiota?

— Segura a franga, Tammy Tortas! Estou pesquisando a definição de *destruidor de lares* para saber do que é que você está falando.

E lá estava, no alto da página de resultados:

des-tru-i-dor de la-res
expressão substantiva
DEPRECIATIVO INFORMAL
pessoa responsável pela separação de um casamento ou uma família, especialmente por ter se envolvido em um caso com um dos membros do casal.
Ex.: "Ele foi acusado de ser um destruidor de lares."

— Ah. *Ahhh.* Mas... — Voltei para a ligação, para Tamara ver meu rosto. — Não que seja da sua conta com quem eu fico, mas só para deixar claro: nunca fiquei com uma pessoa casada.

— É da minha conta quando envolve uma das minhas amigas mais antigas — retrucou ela.

— Tam, do que é que você está falando?

— Payton. Você transou com Payton. Ela ficou noiva...

— Que ótimo! — falei com sinceridade. Ser o trampolim dela era mais fácil de engolir quando eu tinha acabado de ter a melhor noite da minha vida. — Manda meus parabéns. Quem é o sortudo?

— O nome dele é Adan, e ele era namorado dela já fazia sete anos. Pisquei uma vez. E então de novo.

— Em anos humanos ou de cachorro?

— Isso não melhoraria nada! — exclamou ela. — Como é possível que a gente seja da mesma família?

— Bom, nossos pais se apaixonaram e rezaram para ter um filho, mas aí tiveram você e souberam que precisavam tentar de novo.

Ela balançou a cabeça e vi que estava decidindo se valia a pena responder a minha provocação imbecil.

— Adan a pediu em casamento depois de voltar de uma viagem de negócios de dois meses na Coreia do Sul, e deu uma festa surpresa imensa para ela depois. Payton chorou assim que viu todos nós esperando por ela no salão privado da churrascaria Jack Stack lá no centro...

— Nossa, eu amo aquele lugar.

— Pois é. Sabia que eles dão eventos kosher? — disse ela antes de voltar ao modo Irmã Power Ranger Furiosa e Poderosa. — Então ela começou a chorar e não conseguia parar, até que Adan finalmente perguntou: "Amor, qual é o problema? Pensei que era isso que você queria". E, Kallum, quer saber o que Payton Ballenger, minha amiga mais antiga, disse na frente da família dela, dos futuros sogros, dos nossos pais, de pelo menos trinta e cinco dos amigos mais próximos dela e de Deus?

Um frio desceu pela minha espinha.

— Não. Estou de boa.

— Ah, foi uma pergunta retórica, porque, aliás, existem coisinhas chamadas consequências.

— Aperta o gatilho logo de uma vez — pedi enquanto pegava a jaqueta e a chave do quarto, a caminho da porta.

— Ela disse: "Transei com Kallum Lieberman". E aí tirou aquele anelzão imenso de diamante e o largou na mão do homem mais triste e chocado que já vi na vida, antes de sair correndo no trânsito e ser atropelada por um ônibus.

Congelei.

— Ai, meu Deus. Não. Ela está bem?

Ela deu de ombros.

— A última parte foi mentira, mas ela roubou, sim, o Uber de uma menina aleatória.

— Mana, eu não fazia ideia. — Baixei a voz e diminuí o volume do celular no corredor. — Juro. Esse tal de Adan parece ótimo, mas nunca nem ouvi falar dele.

— Isso não resolve a situação, Kallum — disse ela, com a voz mais gentil do que eu esperava, fazendo as palavras machucarem ainda mais. Ela não parecia mais brava. Parecia decepcionada. — Essa história de madrinhas precisa parar. Estamos falando da vida dessas pessoas. Tudo bem se você nunca quiser se casar nem formar família, mas isso é uma vergonha. Não só para mim, mas para a mamãe e o papai também. Mesmo que eles não digam. Eles saíram de fininho pelos fundos da churrascaria. Mamãe estava chorando quando liguei para saber deles.

As portas se abriram e entrei no elevador, que felizmente estava vazio.

— Não é culpa deles. Vou ligar para conversar com a mamãe…

— Claro que não é culpa deles, seu cabeça de vento. Mas você não pode sair balançando o pau por Kansas City que nem o King Kong.

— Não fale assim do meu filho.

— Dá para você levar alguma coisa a sério pelo menos uma vez na vida?

— Levo pizza a sério — argumentei.

E Winnie Baker, pensei.

— Sabe, fiquei puta por você fugir para fazer esse filme aí, e ainda estou, para ser bem sincera. Mas deve ser melhor assim. Você só pioraria as coisas se estivsse aqui, e já estou tentando ajudar Payton a recuperar a situação. Mas, se é para passar umas semanas vadiando aí em Vermont, pode pelo menos aproveitar para tomar juízo e pensar no significado de ser adulto?

— Desculpa — falei finalmente, embora eu não achasse que fosse só culpa minha.

Eu odiava a ideia de envergonhar meus pais e estragar uma coisa boa para Payton. Não queria ser esse cara.

Saí do elevador no saguão silencioso.

— Por favor, diz para Payton que pedi desculpa. Talvez eu devesse ligar para esse tal de Adan…

— Não — disse ela com firmeza. — Nada disso. Mas vou falar com Payton. E é bom você falar com a mamãe. Diga que está arrependido e que vai parar de transar com todas as madrinhas de casamentos judaicos da cidade.

— Não foram só casamentos judaicos — esclareci. — Também teve alguns casamentos católicos e hindus na jogada. Ah, e aquele casamento unitarista lá em Lawrence.

— Não preciso saber disso.

— Você ainda me ama? — perguntei timidamente, apesar da angústia que sentia no peito.

— Não conseguiria deixar de te amar nem se tentasse. E olha que tentei. — Ela virou a cabeça. — Tristan... Não, Theo... Não, espera... Toby! Desce daí! Você vai quebrar o braço... de novo!

— Vou deixar você em paz — falei.

Ela abriu a boca para dizer mais alguma coisa, mas o vídeo foi interrompido de repente e ela desapareceu, provavelmente para tentar pegar uma criança em pleno ar.

Guardei o celular no bolso e caminhei até a van de quinze lugares que esperava para me levar ao set de filmagem.

Tamara não estava tão certa assim. Eu sabia disso. Não podia ser responsabilizado pelo breve noivado de Payton... pelo menos não completamente. Mas, se eu tivesse parado para conversar com ela por cinco minutos e colocado o papo em dia antes de começar a trepar na suíte nupcial, talvez eu soubesse. E, se soubesse, eu nunca teria transado com ela... certo?

E, coitada da minha mãe. Primeiro a *sex tape*, depois o filme sexy de Papai Noel. E ainda isso.

O que mais me incomodava, porém, era saber que as pessoas me viam assim. Eu me sentia um hipócrita fingindo ser um galã quando, lá na minha cidade, pelo visto não passava de um destruidor de lares. Por mais que me esforçasse para ser um empresário responsável, um bom filho, um amigo de confiança ou o melhor tio, eu sempre seria o cara que tinha uma *sex tape* com uma madrinha de casamento e destruíra o noivado de outra pessoa. E esse simplesmente não era o tipo de cara que salvava o dia e ficava a com a mocinha no final.

— Certo, vamos subir e descer o teleférico algumas vezes para fazer as imagens de cobertura para a montagem do esqui. E esse é Ralph. Ele é nosso consultor e operador de teleférico de esqui — informou Gretchen enquanto esperávamos na plataforma ao lado de um velho de aparência ranzinza com as sobrancelhas mais grossas e impressionantes que eu já tinha visto.

— Não tem muito o que consultar — disse ele com um grunhido. — Vocês usam o teleférico. Eu aperto os botões.

— Bom, parece que o senhor sabe exatamente o que está fazendo — comentou Winnie, radiante, e olhou brevemente para mim.

Desde que saímos do camarim, ela vinha contendo um sorriso e mordendo aquele bendito lábio. Toda vez que nosso olhar se encontrava, seu peito corava com um tom mais escuro de rosa e ela desviava os olhos de novo. Me dava água na boca.

Estávamos filmando em um velho resort de esqui a uma hora da cidade. Era uma empresa familiar em decadência, mas nada que a câmera não pudesse esconder.

— Ótimo — disse Gretchen com um aceno enquanto o walkie-talkie crepitava com alguma emergência do bufê. — Vocês dois podem subir, e provavelmente vamos parar o teleférico algumas vezes para aproveitar ângulos diferentes. Algum de vocês trouxe o celular? — perguntou. — Vocês podem me ligar se precisarem de um intervalo ou de alguma ajuda. Posso arranjar um walkie-talkie também.

Winnie deu um tapinha no bolso da sainha curtíssima de veludo vermelho.

— Não consegui fazer caber no bolso.

— Estou com o meu — falei, enfiando a mão no bolso muito amplo da calça jeans.

Gretchen suspirou.

— Maldito patriarcado — reclamou ela antes de se voltar para Luca, que estava segurando os esquis para prender em nossos pés. — Luca, pode dar um jeito de arranjar uns bolsos para Winnie nos outros figurinos?

Ele fungou.

— Vou ver que milagres consigo operar. Até lá, Winnie, já peço desculpa, mas vou precisar do seu casaco.

— Certo — replicou Winnie e tirou o sobretudo acolchoado que usava entre uma cena e outra para se aquecer.

Por baixo, tudo que restava era a meia-calça verde militar, a minissaia de veludo vermelho e um casaco de pele branco e curto que parecia tão quente quanto as mantinhas chiques mas finas que Tamara usava de decoração. (Claro que ela tinha um estoque secreto de cobertas de verdade, que realmente faziam o serviço de esquentar.) Winnie parecia as sobremesas natalinas fofas que me faziam agradecer pelo convite da mãe de Nolan, a sra. Kowalczk, para participar do Natal deles. Mas não havia como disfarçar como ela batia os dentes pelo frio de Vermont, ainda mais ali nas montanhas.

Estabilizei o banco para Winnie se sentar e ocupei facilmente todo o resto do espaço, de modo que o único lugar para meu braço esquerdo era atrás dela.

— Posso? — perguntei.

Ela sorriu e fez que sim, apoiando o ombro em minhas costelas.

— Você parece até um aquecedor.

— Ou um forno de pizza — acrescentei.

— Assim está ótimo — afirmou Gretchen. — Podem ficar conversando e parecendo curtir a companhia um do outro, e nos dar umas risadas falsas, se puderem. Winnie, se puder se apoiar no ombro dele de vez em quando, também seria ótimo.

Luca se agachou entre nós, prendendo os esquis nas botas.

— Amei — disse ele. — Uma energia meio coelhinha das neves.

Gretchen fez sinal para Ralph, e partimos. Os cabos acima de nós estavam enferrujados pelas décadas de uso, mas intactos, e eu tive que me forçar a não pensar demais no que aconteceria se aquele negócio simplesmente arrebentasse com meu peso. Eu era um garoto do Kansas. Não era muito fã de alturas.

— Esse negócio é meio perigoso — falei para Winnie.

— Não tanto quanto um filme de Dia da Independência que fiz certa vez. Eu fazia o papel de uma garota do interior que tinha que descer da roda-gigante para impedir que o herói fosse embora da cidade para sempre. O herói, aliás, era o CEO de uma rede de raspadinhas que estava acabando com todas as barracas de raspadinha familiares.

— Esse foi bom — comentei. — Eu suei de verdade quando você desceu pela estrutura da roda-gigante, mas Nolan jurou que era uma dublê.

— Não, senhor. Faço todas as minhas cenas de ação… ou todas que me deixam fazer. Para ser honesta, eu estava presa por um cinto e havia redes de segurança por toda parte — esclareceu, de uma forma que me fez pensar que havia certas coisas no trabalho de Winnie que ela realmente amava.

— Bom, eu acreditei em cada segundo. Eles mandaram você cantar a música que usaram na montagem, aliás? Juro que parecia sua voz.

Ela corou enquanto passávamos por cima do arvoredo.

— Espera. Volta um pouco. Você assistiu a meus filmes do Hope Channel?

— Todos que consegui ver.

Era verdade. Os filmes de Winnie eram a coisa perfeita para assistir quando eu estava deitado na cama com Pão e não conseguia pegar no sono. Era melhor do que ficar olhando sem parar para aplicativos de relacionamento ou vendo comerciais. Havia também o fato de que, quando o rosto de Winnie aparecia na TV, eu não conseguia desviar os olhos. Mas eu me limitava aos filmes do Hope Channel. Vê-la em *Tesouros do Paraíso* com o patife do ex-marido não era algo relaxante.

— Hum. Então você é um fã do Hope Channel?

Franzi as sobrancelhas.

— Sou mais fã de Winnie Baker. Até sua antiga série de TV! Eu assistia a *Aumentando a família* todo dia depois da aula. Quantas crianças tinha na família no final da série?

— Acredite ou não, tinha nove crianças no fim. Começaram com três e acrescentaram uma por temporada, fora a vez que acrescentaram gêmeos.

Ela sorriu por um momento, antes de curvar os lábios fartos em uma leve careta.

— O que foi? — perguntei.

Ela olhou para o outro lado, como se fosse mais fácil desviar os olhos.

— A gente vai só fingir que nada aconteceu?

Eu não precisava de nenhuma explicação.

— Não acho que eu conseguiria nem se quisesse — respondi de imediato. — Winnie, olha para mim. Por favor.

Ela bufou quando vislumbramos um drone que estavam usando para filmar e, então, apoiou a cabeça em meu ombro.

— É só que… não quero sentir vergonha. Na verdade, eu me recuso.

— Que bom — falei, sorrindo de orgulho da determinação dela e também por vê-la aninhada em mim, com nossos esquis balançando no ar. — Era pesquisa e você mandou bem pra caralho, Baker. Nota 10! Você gabaritou nos orgasmos.

Ela fez uma careta.

— Não é para tan...

O teleférico parou bruscamente e, por instinto, estiquei o braço na frente de Winnie como minha mãe fazia quando eu estava no banco da frente da minivan e ela freava com força.

— Tudo bem? — perguntei rapidamente, examinando cada centímetro dela, me certificando de que estava intacta.

— Tudo — respondeu ela, sem fôlego. — Tudo bem.

— Vamos ver o que está rolando lá embaixo.

Tirei o celular do bolso e liguei para Gretchen. Uma voz robótica do outro lado da linha anunciou:

— Por favor, deixe recado após o sinal.

— Droga. Eu deveria ter pedido o walkie-talkie.

— Vai ficar tudo bem — garantiu Winnie. — O drone está aqui em cima, e eles vão ter que notar que estamos emperrados e pendurados.

— Tem razão — concordei.

Mandei uma mensagem rápida para Gretchen e torci para receber notícias logo.

— Só tomara que eu não morra congelada antes de eles fazerem essa relíquia se mexer — disse Winnie, com um calafrio.

Dava praticamente para ouvir seus dentes batendo. Um impulso digno de Tarzan dentro do meu cérebro bradou: *TEM QUE MANTER WINNIE QUENTINHA.* Tirei a jaqueta acolchoada e forrada de lã que eu estava usando e a estendi para ela.

— Toma — falei. — Veste.

— E você?

— Sou um forno de pizza, baby.

Ela se aconchegou ainda mais em mim, fechando a jaqueta até o queixo.

— Isso é apenas questão de sobrevivência. Não quero que pense que, tipo, sempre vou esperar você salvar o dia... ou a noite... mas estou congelando, então obrigada.

— Não sei de que outra forma dizer isto para você entender, então vou ser direto e reto. A noite de ontem foi a coisa mais sexy que vi na vida, e eu já vi… praticamente tudo, Winnie Baker.

— Mas eu não… *Você* não…

— Ah — falei, com um sorriso tímido. — Eu, sim. No meu quarto.

Ela tentou não sorrir.

— Que bom.

— Acho que você não entendeu o que significou para o meu ego ver você assistindo a minha *sex tape*. Minha cabeça mal passou pela porta da pousada.

Ela cobriu o rosto com o casaco.

— Ah, não, nem começa — pedi, e puxei o casaco de volta para baixo.

Ela se empertigou, e senti sua ausência em todo o meu corpo. Seu rosto ficou sério e determinado.

— É só que… nunca tinha visto um filme pornô. E você é a única pessoa que conheço com uma… uma *sex tape*. Então senti que seria relativamente seguro se minha primeira experiência com material pornográfico fosse com alguém que eu conhecia. E pensei… — Ela parou para pigarrear. — É só que pensei que, se fosse você quem me excitasse, talvez eu conseguisse aproveitar para as nossas cenas.

Um orgulho imenso tomou conta de mim e precisei me conter para não estufar o peito.

— É uma honra — afirmei. — Na verdade, fico até aliviado que minha *sex tape* esteja finalmente sendo usada para o bem.

— Finalmente? — perguntou ela. — Tenho quase certeza que o vídeo está trazendo finais felizes para pessoas em todo o mundo. Quer dizer, a julgar pelos comentários em seu Instagram, é bem seguro dizer que estou certa.

— Acho que é um jeito de encarar as coisas — comentei. — E foi estranhamente bom para os negócios na Slice, Slice, Baby. O que é legal, porque nem fui eu quem vazou. Reagan, a madrinha de casamento, ficou bêbada e postou na internet para se vingar da traição do noivo.

— Ai, minha nossa! — exclamou Winnie. — Que horror. Eu… eu achei que fosse uma jogada publicitária. Você não fazia ideia?

— Não — respondi. — Está tudo certo. Claro que eu preferiria que ela tivesse conversado comigo antes. E ela pediu mil desculpas. Para ser sincero, acho que ela bancou sozinha a folha de pagamento da minha unidade em Overland Park com a quantidade de pizzas que pediu por culpa. E dividimos o contrato de licenciamento, o que a ajudou a se recuperar e largar o noivo babaca, mas, segundo minha irmã, sou uma vergonha para minha família.

Ela abriu um sorriso triste.

— Posso não ter uma *sex tape*, mas sei como é decepcionar a família.

— Você? Winnie Baker? Uma vergonha? Como isso é possível?

— Joguei tudo fora quando deixei meu ex-marido — disse ela, simplesmente. — Eles achavam que eu deveria consertar as coisas, mas eu não consegui.

— Que bom que não — falei um pouco rápido demais. — Não que eu quisesse que você se divorciasse. Mas aquele cara não merecia você. Então sinto muito, mas também parabéns, porque você está melhor sem ele.

Ela apoiou a cabeça em meu ombro de novo, de queixo erguido para mim.

— Como pode ter tanta certeza? — perguntou.

— Bom, ontem à noite foi uma boa prova, na minha opinião.

Minha voz soou rouca. Havia muitas coisas que eu poderia fazer com Winnie Baker com uma saia tão curta em uma espécie de banco no céu.

— Eu me sinto que nem um menino de 14 anos — admitiu ela. — Acordei molhada de novo.

Eu me abaixei para olhar para ela, e ela ergueu o rosto para mim em resposta, tão radiante, de olhos tão abertos. Devagar, sem pressa, passei o polegar em seu lábio inferior, até minha mão aninhar sua bochecha, apoiando a nuca com os dedos. Não sei como, mas as nuvens brancas de ar entre nós pareciam quentes e vorazes.

Bem nesse momento, o teleférico ganhou vida, voltando a nos levar montanha acima.

Meu celular começou a tocar.

— Alô? — atendi.

— Vocês estão bem? — perguntou Gretchen.

Olhei para Winnie, ainda em meu abraço, embora o clima tivesse mudado de *Quero beijar você até não conseguir mais respirar* para *Graças a Deus que não estamos mais presos aqui em cima.*

— Estamos.

— Que bom. Vocês vão descer, e Ralph vai olhar algumas coisas antes de subirem de novo.

— Parece uma boa. Nos vemos em um minuto — falei.

— Na próxima vez, vocês vão levar um rádio.

— Ah, e, Gretchen, dá para arranjar um casaco de verdade para Winnie?

CAPÍTULO NOVE

Winnie

— Winnie, isso foi fantástico!

Era a manhã seguinte, e Kallum pôs meus pés de volta no chão com cuidado, só soltando a coxa quando teve certeza de que eu tinha recuperado o equilíbrio. Ri um pouco do gesto atencioso, considerando que ele tinha acabado de fingir me comer com força contra a parede, a ponto de sacudir metade do set.

Gretchen pulou no palco com o fone de ouvido pendurado no pescoço e o rosto aberto em um sorriso largo. Era um sorriso sincero, mas eu também via o alívio em seus ombros.

— Vocês botaram para foder nessa tomada.

— Rá, é, *botamos para foder* — disse Kallum alegremente. — Toca aqui!

Ele ergueu a mão para um tapinha, que Gretchen, mesmo revirando os olhos, deu.

— Winnie, não sei o que você e Pearl conversaram no outro dia, mas dá para ver que fez efeito.

Meu rosto ardeu um pouco. Por mais que quisesse gritar aos quatro ventos que eu e o Bastão Doce estávamos prestes a anunciar nosso noivado a qualquer momento, não sabia bem se já estava disposta a admitir que um vibrador tinha me levado a tamanha redescoberta. Embora fosse provável que Gretchen até já soubesse, já que Pearl era sua namorada e tal.

O importante era que eu tinha me dado bem naquela cena de amor. Graças a Pearl e ao Bastão Doce, e ao auxílio de Kallum na outra noite.

Mas essa era fácil. Uma cena rápida, de coreografia simples. E metade do meu rosto estava escondido pelo cabelo desgrenhado, então eu tinha certa flexibilidade para expressar a energia de ser macetada por um jovem Papai Noel.

Então, sim, eu tinha passado com louvor no teste do dia, mas ainda tinha muito filme pela frente, e as cenas de sexo mais difíceis ainda seriam filmadas. Ficaria cada vez mais complicado, e eu precisava estar pronta; precisava estar ótima. Pela primeira vez desde que chegara ali, a nova Winnie voltara ao meu alcance, e eu é que não daria para trás.

Eu lançaria a nova Winnie para o mundo com a explosão mais sexy e escandalosa possível, e sabia exatamente como fazer isso.

— Kallum! — sussurrei de trás de um bondinho vermelho duas horas depois. — Psiu!

Kallum, que estava prestes a entrar na pousada, deu meia-volta. Quando me viu, veio correndo. Os cantos da sua boca estavam contidos, como se quisesse sorrir, mas estivesse tentando controlar o quanto queria sorrir, e isso *me* fazia querer sorrir.

Kallum Lieberman, o catalizador do meu inferno mais traumático dos tabloides, me fazia querer sorrir. Eu não achava que a Winnie Baker de algumas semanas antes teria acreditado nisso.

— Winnie Baker, a gente precisa parar de se encontrar assim — disse ele ao me alcançar.

Olhei ao nosso redor para confirmar que ninguém mais na pousada nos escutaria e falei, o mais rapidamente possível para não perder a coragem:

— Queria te pedir uma coisa. Hum. Um favor.

— O que você precisar — afirmou Kallum sem um segundo de hesitação. Ele parecia sincero: a boca estava curvada em um sorriso de verdade, suave e convidativo, e as sobrancelhas, erguidas em uma expressão de preocupação gentil. — É só dizer.

— É que não é tão simples assim — murmurei, antes de respirar fundo. — Quero que me ajude de novo. Com... a pesquisa.

Ele piscou uma vez, um longo movimento de pestanas cor de mel. Sua testa ainda estava franzida de curiosidade, mas o sorriso tinha se transformado em algo diferente. Algo que lembrava a expressão dele na outra noite, ajoelhado na frente da minha cadeira.

— Pesquisa.

Ele fazia a palavra soar totalmente obscena, e senti um friozinho na barriga ao ouvir.

— É — consegui dizer. — Acho que... tem muito mais que preciso saber, e você é um ótimo professor.

As últimas palavras soaram ofegantes, e ele lambeu o lábio devagar.

— Você quer dizer *de novo* no sentido de mais uma vez, ou *de novo* no sentido de até acabar a gravação?

Sua voz ainda estava baixa, áspera.

— A segunda opção — falei, a voz também rouca.

— E seria o que fizemos antes? — Ele deu um passo para perto, sua sombra bloqueando a luz que vinha da porta da pousada. — Ou mais?

Seja uma guerreirinha valente, Winnie.

— Mais. Muito mais.

Ele inspirou fundo, trêmulo, como se eu tivesse acabado de bater nele.

— Puta merda! — exclamou ele, dando mais um passo à frente.

Poderíamos nos tocar se quiséssemos; poderíamos entrelaçar as mãos, encostar os peitos.

Mas então ele fechou bem os olhos.

— Steph não iria gostar disso. Poderíamos ser pegos pela imprensa, como aconteceu com Bee e Nolan. Poderíamos foder nossa relação profissional a ponto de afetar o filme. Eu poderia estragar tudo.

— Por que você estragaria tudo?

Ele abriu os olhos e desviou o rosto.

— É uma especialidade minha. Olha, Winnie, você não faz ideia do quanto quero dizer sim. Tipo, pode me inscrever para ser seu professor de cenas sexuais agora mesmo. — Ele me encarou com uma expressão angustiada no rosto. — Mas será que é boa ideia? Não vai deixar o clima esquisito? Não sei.

— Não foi nada esquisito hoje — ressaltei rápido. — Foi incrível. Sério, Kallum, eu estava tão mais confiante e *sabia* o que fazer, como me mexer, que sons eu devia fazer, tudo. Imagine se eu tivesse todo um repertório de movimentos e gemidos! Imagine se soubesse como é tudo relacionado a sexo!

Ele desviou os olhos de novo, e a ficha caiu.

— Sei que você não ganharia nada com isso — falei, tentando pensar rápido. — Além de quem sabe tornar o filme melhor, mas talvez…

— Eu ganharia muito com isso — interrompeu Kallum, voltando a olhar para mim. — Não é isso.

Observei seu maxilar tensionado sob a barba e seus olhos, de um azul tão vívido sob a luz fraca do anoitecer. Se ele ganharia muito com isso, então por quê…

— Tá, sei que você é um tipo de cara que prefere sexo casual, e prometo que mais casual do que isso não tem — garanti, levantando a mão em juramento. — Não vou repetir os erros do passado, e isso inclui sentimentos e relacionamentos e todas as coisas que inevitavelmente levam ao divórcio. — Abri meu sorriso mais brilhante para ele. — Então somos o par perfeito, viu? Você só topa casual, e eu nunca vou namorar ninguém de novo! Poderíamos até fazer um acordo. Sem sentimentos, e tudo acabado quando formos embora de Christmas Notch.

Kallum deu um passo para o lado, passou a mão no cabelo. Quando ele fez isso, a camiseta e a malha que usava por baixo subiram um pouquinho, revelando a trilha de pelos que cobria seu abdômen. Queria passar os dedos bem ali.

— Sem sentimentos, e tudo acabado quando formos embora de Christmas Notch — afirmou ele, mais para si mesmo do que para mim. — Sem mágoas. Sem confusão.

— Por favor? — pedi de novo, mordendo o lábio, e então ele soltou um gemido rouco.

— Certo, Winnie Baker — disse ele, a voz soando áspera. — Aceito seu acordo de pesquisa sexual.

Apertamos as mãos, a sua cobrindo a minha, quente na noite fria, e então ele abriu um sorriso abrupto e tão grande que uma covinha apareceu sob a barba.

— E, para sua sorte, podemos começar uma pesquisa discreta agora mesmo — acrescentou ele e apontou para o bondinho, no qual estavam embarcando Luca, Jack, Gretchen e Pearl.

— No bondinho? — perguntei, confusa.

— Não, senhora, mas aonde o bondinho vai nos levar. Um lugar mágico chamado Polo Norte.

Eu tinha visto as caixas de fósforo numa vasilha na recepção da pousada.

— Um clube de striptease? — E então escutei tanto do meu antigo eu na pergunta, tantos dos meus antigos medos e julgamentos, que quis me colocar de castigo sem sobremesa. — Na verdade, esquece o que acabei de falar. O que quis dizer foi: *sim*. Sim, vamos.

A covinha ficou mais profunda.

— Nesse caso, nosso transporte nos espera, milady.

O Polo Norte era o que aconteceria se um adolescente heterossexual fosse encarregado do Natal. Sim, havia porcelanas retrô de velas e do Papai Noel com as renas; sim, havia um trenzinho de brinquedo fazendo *piuí* em cima do palco e guirlandas de plástico por toda parte — tão frágeis e desbotadas que me deram a impressão de terem sido compradas no apogeu original das guirlandas de plástico.

Mas havia também tantos peitos.

Tipo.

Tantos.

Havia dançarinas nos dois palcos, de mamilos cobertos por adesivos brancos e felpudos, e as garçonetes ou estavam sem blusa, ou com blusas que não cobriam praticamente nada.

Eu nunca tinha visto tantos peitos num só lugar — exceto por uma vez numa viagem missionária em que quatro de nós tivemos que tomar banho ao mesmo tempo num hotel de beira de estrada convertido em abrigo para voluntários da Habitat para a Humanidade. E isso sem falar no que estava acontecendo na parte *de baixo*, que pareciam ser as melhores calcinhas iridescentes que o dinheiro poderia comprar.

Além dos peitos, havia uma máquina de molho de queijo para nachos atrás do bar, muitas cervejas locais e uma caixa de uísque de canela Fireball em cada mesa.

Isso mesmo: *uma caixa*. Com uma torneirinha. Feito vinho.

Estávamos sentados a uma mesa grande, com uma jarra de Ponche Grinch verde-vivo para dividir e várias travessas de aperitivos sendo passadas de mão em mão. Kallum estava sentado na cadeira ao meu lado, e jurei que dava para sentir o calor que emanava dele naquele salão frio. ("É para manter os mamilos rígidos", tinha dito Jack com sabedoria quando eu mencionara o frio.) Mas Kallum era uma fornalha humana e, embora estivéssemos encostados, o lado do meu corpo voltado para ele reverberava de calor, sensibilidade e eletricidade.

Gretchen se sentou com o braço apoiado no encosto da cadeira de Pearl, que fazia um discurso sobre encontrar inspiração poética em pisos grudentos e queijo amarelo-vivo, e Luca e Jack estavam discutindo sobre a instituição *casamento* enquanto Jack assistia a Miss Crumpets roncar na cama de hotel por um aplicativo de babá eletrônica no celular.

— Não acredito que você está se deixando levar por essa ladainha toda de família tradicional — comentou Jack, ainda de olho no celular. — O casamento é uma farsa. Ele vai te largar e tentar arranjar um novo pai para sua cadela, e você vai acabar só um divorciado amargurado.

— Aí é que está — retrucou Luca, com uma fungada. — Divorciado amargurado é a imagem que vendo há anos.

— Você está bem? — perguntou Kallum. — Mal beliscou a batata recheada.

Fiz que sim e dei uma mordida da batata, voltando os olhos para a dançarina no palco. Raposa era pálida e loira, de quadril largo, com um piercing vibratório na língua que ela tocava no pescoço de quem pagasse cinco dólares. Enquanto comíamos nossos petiscos cobertos de queijo, ela nos mostrou a vulva ao som de uma música de Natal de Aly & AJ. Tinha um piercing lá embaixo também.

Certo, talvez eu não estivesse tão bem assim. Eu estava meio impressionada — e não apenas pelo ambiente sexual ou pela naturalidade de todos, mas por eu estar curtindo tanto assim.

Fomos para lá como se fosse um clube esportivo proibido para menores, um lugar para conversar e se divertir, mas eu estava tendo uma noite que ia um pouco além do que um bom dia no clube. Quando Cometa subiu ao palco e começou a nos provocar com pequenos vislumbres do corpo, eu já estava tão molhada que quase escorreguei na cadeira.

E, embora nos últimos dois anos eu viesse lenta e timidamente me perguntando se o motivo para sempre dizer que era hétero era que não me deram nenhuma outra opção quando mais nova, era desorientador me dar conta de que *Ah, eu quero mesmo que tooooodo mundo transe comigo* ali naquele salão pegajoso cheio de bonecos de Papai Noel e molho de queijo engordurado. E, ainda mais do que isso, era desorientador estar tão brutalmente excitada enquanto todos riam, conversavam e davam tapinhas de brincadeira nas dançarinas que apresentavam seus bumbuns muito estapeáveis. Será que dava para ver minhas bochechas coradas, meus mamilos enrijecidos, e não apenas por causa do frio, e minha respiração ofegante?

Ai, meu Deus. Que vergonha. Estávamos ali para uma diversão adulta, e eu não era madura o suficiente, estava ficando extremamente excitada com tudo, podia jurar que meu clitóris estava pulsando ao som da música, e tinha que sair dali, tinha que encontrar algum lugar para controlar meu corpo.

Murmurei uma desculpa frenética, saí da mesa e segui a passos rápidos por um longo corredor na lateral, cercado por caixas eletrônicos, máquinas de camisinha e panfletos de shows na região, e entrei na primeira porta que encontrei. A sala estava à meia-luz, com bancos acolchoados cercando as paredes, uma poltrona que mais parecia um trono no meio e um espelho triplo alto em um lado.

Era uma sala reservada.

Apertei o rosto entre as mãos, agradecida pela oportunidade de recuperar o fôlego. *Luxúria não é pecado de verdade*, lembrei.

A porta se abriu e dei um pulo de susto, como se tivesse sido pega fazendo alguma travessura.

— Sou só eu — disse Kallum alegremente, entrando e fechando a porta. — Pensei em te oferecer uma visita guiada.

Envolvi meu corpo com os braços, torcendo para ele não ver a ponta dos meus seios através da blusa fina de gola canoa.

— Você já veio aqui antes?

Ele riu.

— Na verdade, não, mas todas as salas reservadas são iguais. Cadeiras, espelhos. Talvez algumas lâmpadas de luz negra para dar um efeito de brilhar no escuro.

Uma pontada absurda de ciúme fincou raízes em meu peito. E curiosidade também.

— Você já esteve em salas reservadas em boates de strip?

— Ah, já — respondeu Kallum, andando até o espelho e o admirando com aprovação. — Teve uma época em que Nolan praticamente tinha um cartão de fidelidade de strip. E era impossível evitar uma sessão particular aonde quer que fôssemos, porque todas as dançarinas queriam dizer que estavam com um dos meninos do INK. Mesmo que fosse só Kallum Lieberman.

Não gostei da maneira como ele disse "só Kallum Lieberman", como se não fosse tão fascinante ou tão sexy quanto Nolan Shaw ou Isaac Kelly, mas ele voltou a falar antes que eu pudesse perguntar.

— E quer saber minha coisa preferida da sala reservada?

— Quero — repliquei em voz baixa.

Ao longe, dava para ouvir a música do resto da boate e uma única buzina de caminhão na rodovia.

— Atenção — disse ele, suave. — Nenhum outro cliente, nenhum outro amigo. Só você. O foco exclusivo de alguém.

Suas palavras me percorreram como beijos lentos e úmidos, e estremeci.

— E como é essa atenção? Numa sala reservada?

Ele se virou para mim e, embora estivesse quase escuro ali, eu vi o sorriso malicioso se abrir em seu rosto.

— Você está me pedindo para demonstrar, Winnie Baker?

Guerreirinha valente.

— Estou — sussurrei, com um sorriso lento também.

— Tá bom, então. Senta aí.

Eu me sentei na poltrona e pigarreei. Não sabia bem o que fazer, o que dizer, quando alguém estava prestes a dançar para mim, mas me lembrei de assistir a Pearl passar por aquilo mais cedo, e ela tinha basicamente se recostado e deixado a dançarina fazer todo o trabalho. Então relaxei na cadeira, observando Kallum com a língua encostada no céu da boca.

Kallum fez um barulho.

— Se você me olhar assim, vamos quebrar as regras.

— Tem regras?

— A maior é que nada sexual é permitido. — Mais um sorriso malicioso. — Entre funcionários e clientes, pelo menos.

— Que bom que você não está na folha de pagamento do Polo Norte, então — comentei, e ele riu enquanto tirava o celular do bolso.

— Mas, em prol da experiência, é melhor a gente fingir, minha padawan sexual — afirmou ele, passando para uma mesa no canto da sala.

Não entendi o que ele estava fazendo ali, de costas para mim, até que uma batida forte e melodiosa começou a encher a sala. Uma música.

Kallum deixou o celular na mesa e se virou para mim e, de repente, eu não estava na sala com meu colega brincalhão, mas com um *performer*, um homem que sabia cativar a plateia, mesmo que essa plateia fosse apenas uma mulher que antigamente pensava que poderia engravidar de uma banheira de hidromassagem.

Ele andou na minha direção com passos lentos e arrogantes, o olhar focado em mim, o corpo ao mesmo tempo completamente fluido e controlado. Quando a batida pulsava, o corpo dele pulsava junto e, quando a melodia girava, seu quadril girava também. Eu nunca tinha pensado que *andar* poderia ser sexy, tão cheio de sexo, mas o sexo estava em cada passo e movimento, cada gesto, cada olhar.

E os *olhares*. No começo, não consegui conter o sorriso nervoso enquanto ele se aproximava, sentindo-me abruptamente envergonhada, embora, na verdade, naquela sala fosse Kallum quem tinha mais direito de se sentir envergonhado. Mas estava aí uma coisa que eu tinha notado em Kallum nos últimos dias no set: ele devia ser a pessoa menos envergonhada que eu conhecia. Fazia tudo com a mesma atitude leve e empenhada, e eu nunca tinha conhecido alguém que fosse ao mesmo tempo tão entregue e tão relaxado. Como se não importasse se algum movimento em cena não funcionasse ou se tivéssemos que fazer mais uma tomada ou ninguém risse de uma piada. Ele apenas dava de ombros, sorria e tentava outra vez.

Era cativante, contagioso. Aquilo me fazia querer ser mais como ele, ao mesmo tempo mais leve e entusiasmada; vivendo no momento, mas sem precisar que o momento carregasse o peso impossível da perfeição.

Assim minha vergonha foi se dissolvendo quando ele parou na minha frente, se mexendo ao som das batidas. Éramos apenas eu e ele e a música.

Ninguém nunca ficava bem ao tirar uma camisa sem botões, e não sei como Kallum conseguiu naquele momento, fazendo o gesto parecer fácil, natural. Inevitável. E, ainda ao som da música, ele começou a desafivelar o cinto, flexionando os tendões das mãos e dos antebraços enquanto afrouxava o couro e o passava pela fivela. Ele largou o cinto e abriu o zíper da calça jeans. E, mesmo sendo uma boxer velha qualquer — com estampa de fatias de pizza, ainda por cima —, foi um soco no estômago ver as coxas e o quadril dele assim, apenas o algodão fino entre sua pele e meu olhar.

E seu pênis… seu… seu *pinto*… estava claramente marcado no tecido também. Grosso, pesado e meio duro, e eu o queria tanto. Queria tocar nele, queria sentir seu gosto.

O pensamento me consumiu, a ideia de que eu poderia segurá-lo na mão, que poderia observá-lo ficar completamente ereto enquanto o explorava com os dedos. Eu poderia medir a grossura da cabeça com o toque, ver se havia alguma veia para eu traçar…

Mordi o lábio com força, tão molhada e excitada que chegava a doer, e então um grunhido escapou do peito de Kallum.

Olhei para cima e encontrei seus olhos ardentes voltados para mim. De repente, ele se ajoelhou na minha frente, ergueu minha saia até a cintura e encaixou os dedos nas laterais da minha calcinha.

— Você disse que não podia fazer nada sexual na sala reservada — falei, meio rindo, meio gemendo, enquanto erguia o quadril para ele puxar minha calcinha até os tornozelos e a jogar em cima da calça jeans no chão. — E que a gente deveria fingir pela experiência.

— Foda-se a experiência — grunhiu ele. Então ergueu os olhos para mim, com as mãos nas minhas coxas nuas. — Quero chupar sua boceta. Posso?

Eu só tinha ouvido aquela palavra dos lábios de Addison — normalmente quando ela estava xingando alguém na estrada —, e a obscenidade brusca me deixou sem ar.

— Ah, nossa, sim — gemi, abrindo as coxas para ele poder me ver. Ver minha boceta. — Por favor. Por favor.

Ele apertou minha bunda com as mãos, mãos tão grandes que envolviam facilmente as nádegas, e me puxou para a beirada da poltrona.

— Nossa, você está molhada para caralho — disse ele, sua voz um grunhido de êxtase urgente. Ele encostou o nariz em mim e inspirou fundo, e fechei os olhos, tremendo. — Abre os olhos, Winnie Baker. Olha para mim.

Fiz o que ele mandou e abri os olhos. A tempo de vê-lo me cheirar de novo, fechando os próprios olhos até seus cílios pousarem nas bochechas quando ele se inclinou para a frente e beijou delicadamente meu clitóris inchado. Eu estava me contorcendo involuntariamente, e ele levou as mãos da minha bunda até meu quadril, apertando-me contra a poltrona e me imobilizando para a primeira lambida longa e quente.

— *Kallum*. — Minha respiração estava trêmula. — Ai, meu Deus. Por favor.

— Humm — respondeu ele, voltando a mergulhar em mim.

Sua língua era quente, firme e ágil, e ele encontrou minha entrada e começou a lamber com vontade.

Eu me arqueei contra ele, já zonza de prazer. Era mais do que já estar excitada. Era por causa *dele*, dos barulhos sedentos e ávidos que ele fazia, da maneira como ele recuava para abrir minha boceta com os polegares e olhar para ela com a boca úmida e a respiração ofegante. Michael só tinha feito isso poucas vezes, e todas tinham sido insatisfatórias e curtas e, quando eu não reagia como ele queria, ele me dizia que tudo bem se eu não gostasse e parava.

Enquanto isso, Kallum me chupava como se fosse rosnar e atacar como um animal enjaulado se alguém tentasse tirá-lo dali.

A música era uma batida intensa e vibrante, uma melodia que eu não reconhecia porque tinha sido proibida de escutar em casa, e ele movia rapidamente a ponta da língua, chupando e me deixando agarrar seu cabelo e pressionar seu rosto mais e mais contra meu sexo. Seus ombros largos abriam minhas coxas, e, quando ele ergueu a cabeça e olhou para mim, eu soube finalmente o que quis dizer por *atenção*.

Eu era a única pessoa no mundo para ele naquele momento.

Assim como ele era para mim.

O orgasmo me rasgou como se eu fosse feita de papel, e me dobrei sobre ele, ainda segurando seu rosto na minha boceta, ainda rebolando em sua boca tanto quanto podia. A música estava tão alta que demorei um momento para perceber que eu estava emitindo sons tão desvairados e indecentes que qualquer pessoa que os ouvisse saberia que Winnie Baker estava Curtindo Bons Momentos. Mas e daí? Quem poderia me culpar quando Kallum tinha uma boca tão bárbara? Quando seus ombros me abriam e seus olhos eram tão intensos e brilhantes na penumbra?

A onda de prazer continuou a me atravessar, de uma maneira que eu não teria pensado ser possível até então, porque nem meu prometido, o Bastão Doce, poderia se comparar àquilo. Kallum continuou me chupando sem parar, aqueles barulhos maravilhosos saindo de sua garganta, como se meu clímax fosse sua refeição favorita e ele tivesse toda a satisfação em devorá-la para sempre.

Então a música chegou ao fim e o clímax também, as ondas ficando menores e mais curtas até eu não ser nada além de um destroço lânguido trazido à costa, arfando e ofegando na poltrona.

Kallum se sentou nos calcanhares, lambendo os beiços como se tivesse acabado de terminar um sorvete de casquinha e já estivesse desejando outro. Havia uma camada de suor em sua testa e seu peito, e dentro da cueca seu pau era uma barra colossal que se estendia até o quadril. Ele o tinha ajeitado, de modo que a cabeça larga despontava atrás do elástico, e alguma coisa brilhava na ponta. Pré-gozo.

— Tenho uma ideia — falei sem pensar, e ele me encarou enquanto secava a barba devagar com o dorso da mão. — De mais uma aula.

CAPÍTULO DEZ

Kallum

Winnie me fitou por entre as pálpebras pesadas.

— Quero ver — disse ela.

Balancei para a frente, ajoelhado, e abri as pernas dela de novo.

— Ver o quê, Winnie Baker?

— Mostrei o meu — afirmou ela, toda fofa. — Mostra o seu.

— Vamos usar nossas palavras de gente grande — falei, embora tivesse quase certeza de que bastaria ver a cara dela olhando para minha ereção e eu ultrapassaria a linha de chegada.

Ela se apoiou nos braços do trono e tirou uma das sapatilhas antes de passar o dedão do pé por dentro da minha coxa, pelo meu pau latejante e pelo caminho de pelos que subia até meu peito. Com um tom um pouco autoritário, ela disse:

— Mostra seu pau, Kallum Lieberman.

Eu fiquei ali, paralisado. Winnie — a doce, pura e querida Winnie — era safadinha. E não só isso, mas era meu tipo favorito de safadinha. Ela tinha me chocado com seu pezinho sacana, subindo por meu corpo, e meu cérebro não conseguia formar palavras.

Ela abaixou o pé e se inclinou para a frente.

— Falei certo? Soou estranho? Como é que as pessoas falam essas coisas de um jeito tão sexy? Falar assim na minha cabeça está ficando mais fácil, mas...

Levei um dedo aos lábios dela enquanto me levantava. Com a outra mão, guiei os dedos dela ao elástico da minha cueca.

— Pode ver o que quiser, querida.

Ela inspirou fundo e suspirou, tremulando, e começou a puxar o elástico para baixo antes de meter a mão lá dentro e puxar meu membro completamente enrijecido.

Puta que pariu. Ver os dedos delicados dela em torno de mim era tão obsceno que soltei um grunhido rouco.

— Uau — sussurrou ela. — Eu já tinha visto... sabe, no vídeo, mas é simplesmente... Uau. Só vi um outro pênis na vida, mas acho que posso dizer com certeza que o seu é muito bom.

Eu não consegui conter meu orgulho.

— Pode registrar isso num certificado, sei lá, para eu pendurar na geladeira? Meu boletim nunca foi tão bom.

Com a mão livre, ela pegou minha mão direita e a cobriu com a dela.

— Me mostra como fazer com você o que você fez comigo.

Não pude deixar de me perguntar se aquilo tudo era um teste complicado para ser uma boa pessoa. Por mais tentador que fosse ceder a ela, definitivamente ultrapassava o limite da pesquisa.

— Não precisa, Winnie. Isso... essa pesquisa... é para você. Você já fez outra pessoa gozar. Não precisa da minha ajuda para isso.

Ela me apertou com mais firmeza e eu gemi.

— Mas nunca me senti assim antes. Nunca me senti tão excitada com a ideia de fazer alguém gozar. Mas com você... sinto que eu poderia te devorar, se você deixasse.

— Nem diga isso se não for verdade. A lista de coisas que eu não deixaria Winnie Baker fazer comigo é inexistente. Nem Nicolas Cage em *A lenda do tesouro perdido* encontraria.

Ela mordeu o lábio inferior com um leve sorriso.

— Adoro esse filme.

— Eu também.

— Me mostra — insistiu ela.

Eu já tinha dito não uma vez. Isso devia valer de alguma coisa. A ideia de dizer não era tão assustadora quanto a ideia de dizer sim.

Por mais que me doesse fazer isso, tirei sua mão do meu pau por apenas um momento e a levei a sua boca.

— Abre.

Ela obedeceu.

Ah, Deus. Eu estava encrencado.

— Lambe.

E ela lambeu.

— Boa garota.

Ela levantou um pouco o quadril, se contorcendo no assento ao ouvir isso, o que *me* fez querer lamber o corpo dela de cima a baixo.

Puxei sua mão de volta a meu pau ereto, com a palma quente, macia, úmida e pronta.

Ela se levantou e nos fez dar meia-volta até as minhas coxas encostarem no trono e eu me sentar.

— Quero me sentar no colo do Papai Noel — disse ela enquanto montava em mim, pairando sobre minha virilha como uma provocação, a saia subindo ao redor do quadril gostoso. Observando atentamente, ela puxou meu pau com hesitação. — Está gostoso?

Apertei a mão ao redor da dela.

— Pode apertar mais — falei. — Não precisa ser delicada comigo. — Puxei sua mão com força ao redor do meu membro. — Assim é bom.

Um sorriso determinado curvou os lábios dela, como se, ao saber o que causava a melhor sensação, ela pudesse replicar. Ela moveu a mão de cima a baixo, encontrando o ritmo perfeito.

Meus dedos dos pés se curvaram enquanto a tensão espiralava em minha barriga a cada puxada. Ergui os braços para acariciar o rosto dela com as duas mãos.

— Você é uma aluna muito dedicada, Winnie Baker.

Eu adorava segurá-la assim, como se meu mundo todo estivesse bem ali, na ponta dos dedos.

Com os olhos fixos nos meus, ela passou a língua na mão antes de aumentar o ritmo. Então desviou o olhar para observar seu trabalho, para ver o que estava fazendo comigo. Como ela conseguia me controlar com um único movimento.

Eu estava dividido entre aquele rostinho perfeito para caralho, o rubor que subia por seu peito, e a visão do meu pau escorregando em suas mãos.

— Eu... vou gozar, Winnie, vou...

Eu queria ser educado. Queria gozar na minha camisa ou pelo menos avisar, mas, antes que eu pudesse dizer mais uma palavra, ela apertou o punho, a cabeça do meu pênis roçou nos lábios de sua boceta exposta, e aí já era.

Jatos quentes de ejaculação pintaram a parte interna de suas coxas, e a imagem do líquido escorrendo por sua pele de porcelana me fez pensar se um dia eu teria a honra de ver meu gozo vazar de dentro dela.

Êxtase me atravessou enquanto ela continuava a me masturbar, ordenhando cada gota como se fosse ganhar ponto extra por isso.

Joguei a cabeça para trás, encostado no trono acolchoado, arfando naquela salinha reservada da boate de strip.

— Você aprende rápido, sra. Noel.

Ela se inclinou para a frente e me deu um beijo na bochecha antes de se levantar e lamber a ponta dos dedos em que eu tinha gozado.

— Vamos fazer isso de novo.

Winnie Baker era uma tarada. E eu estava adorando.

Naquela noite, depois de voltar de bondinho à pousada, ela me puxou para uma viela e me agarrou que nem adolescente, roçando em minha coxa até chegar a um orgasmo trêmulo.

Vê-la se apaixonar pelo prazer estava se revelando um dos maiores encantos da minha vida. Era como quando alguém comia um pedaço da minha pizza pela primeira vez e ficava com uma expressão admirada e extasiada. Exceto que testemunhar Winnie competir nas Olimpíadas do Orgasmo era muito melhor do que qualquer pedaço de pizza.

Na manhã seguinte, enquanto caminhávamos para o set, ela vibrava de energia.

— É, tipo, tudo em que consigo pensar! Como as pessoas aguentam fazer outra coisa da vida?

— Foi por isso que quase reprovei no primeiro ano do ensino médio — falei. — Quase deixei o rapazinho aqui em carne viva. Tantos lençóis grudentos e meias perdidas. Coitada da minha mãe. E eu achava que era tão discreto… como se ela não soubesse o que eu estava aprontando. — Winnie cobriu a boca, mas não segurou o riso incessante. — Então meu pai me disse que eu tinha que cuidar dos meus "afazeres" no banho, mas isso só irritou minha irmã, porque de repente meus banhos eram três vezes mais demorados. Não tinha jeito!

— Agora entendi todas aquelas piadas sobre se esfregar em travesseiros e bichos de pelúcia. Parece que minha cabeça está em um jogo constante de Posso Me Esfregar Nisso?

A palavra *esfregar* veio com um rubor rosado adorável em suas bochechas.

— Bom, pelo bem da pesquisa, meu corpo é uma zona de esfregação liberada.

— Kallum? — chamou ela quando paramos no cruzamento perto do escritório de produção. — Obrigada.

— Por deixar você me masturbar nos fundos de uma boate de striptease? Hum, não tem de quê.

Ela deu um soco leve no meu braço.

— Bom, por isso, sim. Mas também por ser tão gentil e não tirar sarro de mim por todas as coisas que não sei… e por deixar que isso seja divertido. Eu não sabia que podia ser divertido. Não sabia o que estava perdendo.

Passei um braço ao redor do ombro dela e, por algum motivo, parecia um gesto mais de amigo do que eu gostaria que fosse qualquer coisa entre nós.

— É uma honra. Quando você der por si, vai estar andando pelo set com uma energia incontrolável de pica das galáxias.

— Pica das galáxias! — exclamou ela com orgulho. — Um dos pilares empresariais secretos da Wishes of Addison.

— Minha mãe é louca por ela, por sinal.

— Acho bom — brincou Winnie enquanto eu abria a porta para ela. — Acho bom.

Os quatro dias seguintes passaram como um raio. O elenco e a equipe estavam em total sincronia, especialmente Winnie e eu. Até recebi uma ligação de Steph, dizendo que Gretchen e Pearl estavam contentes com o andamento das coisas.

— Muito boa notícia — comentei, sentado na lanchonete com um bule de café. — Tomara que Teddy concorde quando chegar, no fim da semana.

Winnie estava filmando algumas cenas sozinha, então eu estava de folga.

— Teddy vai visitar o set, é? — perguntou ela, mais alto do que o som do instrutor virtual de spinning gritando mantras e palavras de incentivo agressivas. — Preciso muito dar um tempo de Los Angeles, e seria bom ver como Winnie está…

— Vem, sim! O ar aqui é surreal e…

O celular apitou.

— Kallum, preciso atender essa ligação. É meu gineco. Ele e minha dermato acabaram de terminar e estou tentando explicar que não posso escolher ele em vez dela. Qualquer pessoa pode enfiar um espéculo na minha vagina e cutucar que nem um maestro de orquestra, mas dermatologia é uma arte.

A ligação se encerrou de imediato e dei de ombros. Havia algo de que eu gostava em Steph, algo que me fazia pensar na minha irmã.

A tela se iluminou com uma mensagem do meu sobrinho.

Topher: Como vai o trampo de papai noel sexy?

Sorri enquanto digitava uma resposta.

Eu: Tão sexy que tiveram que interromper a produção ontem porque a equipe toda desmaiou.

Topher: 😫

Eu: Mas sério. Desculpa por não ter mandado notícias nos últimos dias. As gravações são muito demoradas. Estou livre hoje se precisar de alguma coisa.

Topher: A pizzaria está indo bem. Contratei um entregador novo para a unidade de Lawrence.

Eu: É o cara que vi você secar quando ele deixou currículo na semana em que fui embora?

Topher: Ele era altamente qualificado.

Topher: E altamente gato.

Topher: Mas estou mantendo o profissionalismo. Juro.

Eu: Quem sou eu para impedir o amor entre dois colegas de trabalho?

Topher: Hum, meu chefe?

Eu: Verdade.

Topher: Aliás, um australiano ligou. Disse que era representante de um investidor que está interessado em expandir a Slice, Slice, Baby.

Eu: Deixa o contato dele registrado. Vivo recebendo ofertas de franquia, mas é muita coisa para pensar.

Topher: O australiano mandou dizer que o cliente dele é famoso e que você com certeza já ouviu falar dele. Ele tem um time esportivo e está num programa de TV que rima com Tark Shank.

Eu: Ai, caramba. Adoro aquele programa. Me passa o contato.

Eu: Só pra tirar onda.

Topher: Pode deixar, chefe.

Eu: Como Pão está sem mim?

Ele me mandou uma foto de Pão miando para o celular. Ela era uma gata malhada cinza e odiava todo mundo que não fosse eu. No entanto, ela tolerava Topher.

Terminei o resto do café e peguei o celular de novo para mandar mensagem para minha mãe. Ela não estava brava comigo quando conversamos sobre a festa de noivado de Payton, ou pelo menos não admitiu. Mas eu conseguia ouvir a decepção. Estava gravada em meu cérebro.

Abri uma nova mensagem e escolhi uma foto da vista do meu quarto: montanhas cobertas de neve e um céu azul cintilante. Coisa de cartão postal.

Eu: Estou com saudade. Você adoraria este lugar. Papai odiaria.

Mama mia: Ele é metade lagarto.

Mama Mia: Todo o amor de Kansas City para você.

Ela mandou uma foto do meu pai dormindo na poltrona reclinável com um sanduíche pela metade em cima do peito.

Mesmo quando eles estavam decepcionados ou constrangidos... eu sempre teria minha casa.

Ao longo da semana, eu e Winnie nos esgueiramos em cantos e recantos para esfregar nossos corpos um no outro. Éramos como dois adolescentes procurando qualquer desculpa para ficar sozinhos.

As punhetas de Winnie estavam ficando tão boas que eu precisava de muita determinação para durar mais do que um ou dois minutos.

Mas tudo chegou ao fim na tarde em que ela me chamou para o trailer de maquiagem durante o almoço e trancou a porta atrás de si.

Depois que arranquei a calcinha dela e chupei meu almoço ali mesmo, ela baixou minha calça e se ajoelhou.

— Quero chupar seu pau — declarou ela. — Posso?

— Hum, lembra o que falei do Nicolas Cage e *A lenda do tesouro perdido*? — comentei enquanto passava os dedos pelo cabelo dela, antes de segurá-la pela nuca e puxá-la para mim.

Seus lábios passaram pela cabeça do meu pênis, e vi estrelas. O que Winnie não tinha de experiência, ela compensava com entusiasmo.

Depois de nos limpar, saímos do trailer achando que estávamos sendo muito discretos.

— Aí estão vocês! — disse Jack enquanto caminhava na nossa direção com Miss Crumpets amarrada no peito como uma versão canina de um canguru ergonômico.

— A gente estava ensaiando as falas — explicou Winnie.

— A gente estava olhando os batons — falei ao mesmo tempo.

Winnie olhou de relance para mim enquanto continha um sorriso.

— As duas coisas — afirmei, meneando a cabeça. — Batons e falas.

Jack arqueou uma sobrancelha antes de dar meia-volta e se dirigir ao set.

— Claro.

— Como você faz para levantar só uma sobrancelha? — gritei atrás dele. — Nunca consegui fazer isso sem parecer que precisava cagar.

— Talvez eu precise — disse ele por sobre o ombro.

— Ele acabou de fazer uma cagada parecer incrível e misteriosa? — perguntei a Winnie.

— Tenho quase certeza de que sim — confirmou ela antes de beliscar minha bunda. — Vamos lá fazer essa magia do sexo de mentirinha acontecer.

Eu me recostei no capô do Chevette 1957 vermelho estacionado no centro da cidade.

— Acho que a gente precisa de mais algumas tomadas dessa — disse Gretchen, e Winnie voltou à marcação.

Meu personagem estava buscando a personagem de Winnie para um encontro numa fazenda no interior, mas o carro enguiçava antes de chegar lá, e então ficávamos presos em uma pousada com uma única cama disponível — uma cena para a qual eu estava um pouco ansioso demais.

— Winnie, faz um pouquinho mais doce e tímida desta vez, se conseguir. Você está indo muito bem — orientou Gretchen. — Só precisamos de mais opções para a sala de montagem. — Ela se voltou para mim. — E, Kallum, sensual mas natalino, como sempre.

Cruzei os braços na minha pose mais de lenhador.

— Pode deixar, G.

— Do começo! — gritou Gretchen, e então para Winnie: — Quando você estiver pronta.

Winnie fechou os olhos e balançou os ombros como sempre fazia ao entrar na personagem. Aquilo sempre me lembrava de quando assistia a *Jeannie é um gênio* no sofá até tarde da noite com minha mãe. Assistir às séries a que ela assistia com minha avó era sempre uma maneira garantida de escapar da hora de dormir. Foi assim que comecei a assistir aos filmes de Winnie. Quando eu era velho demais para assistir a Nick at Nite, precisava de outra coisa reconfortante para assistir, e Winnie era reconfortante em vários sentidos.

Winnie baixou o queixo e sorriu com os lábios fechados de uma forma meio tímida enquanto vinha na direção de onde eu estava apoiado no carro. Seu cabelo loiro farfalhava atrás dela na brisa leve.

Às vezes eu só precisava lembrar que era coisa do personagem, mas acho que não fazia mal que meu personagem estivesse caidinho, porque eu também estava.

Winnie era o tipo de mulher por quem eu colocaria tudo em risco. Mas eu nunca era o tipo de cara por quem as mulheres sentiam o mesmo.

Eu era o tipo engraçado. O tipo fofo. Eu era o tipo *antes* do Cara Ideal. Ainda mais se considerasse minha série de madrinhas de casamento. E não havia mal nenhum nisso — por mais que eu quisesse encontrar o amor verdadeiro toda vez que ia para a cama com alguém que mal conhecia, também não guardava rancor por ser usado por elas como amuleto da sorte de alma gêmea. Um trampolim para o amor.

Mas eu não aguentaria a mágoa de ser um trampolim para Winnie. E, apesar da última semana de brincadeiras por toda Christmas Notch — e sacanagens em todo momento livre —, o medo de ser seu amuleto da sorte se enraizava em um canto distante do meu cérebro por mais que eu me esforçasse para ignorá-lo.

Portanto, enquanto Winnie vinha na minha direção, eu me obriguei a lembrar que aquele era meu trabalho e que todas as coisas sexuais que eu e Winnie tínhamos feito ao longo da última semana eram em nome da pesquisa.

Nada mais.

Eita, porra. Minha fala.

Corri para a porta do carona e a abri.

— Sua carruagem, milady.

Então Winnie congelou.

Seu sorriso tímido se fechou.

Seus ombros ficaram tensos, e a Winnie que eu tinha conhecido naquele tempo no set voltou a se fechar em sua concha.

E essa visão me fez querer rasgar um maldito buraco no céu só por ela.

— Michael — disse ela.

Não. Ela não podia estar se referindo a quem imaginei.

Gretchen se levantou da cadeira e pigarreou.

— Vamos fazer um intervalo.

— De alguns *dias* — murmurou Luca, sentado ao lado dela. — Isso não tem como levar um minutinho só.

Eu me virei para ver com meus próprios olhos, e lá estava. O traste de merda do ex-marido de Winnie, com as bochechas pálidas rosadas pela brisa fria e um cachecol caríssimo enrolado inutilmente ao redor dos ombros em vez de no pescoço.

Meu corpo todo se tensionou como um único grande músculo e senti que sairia no braço até com um urso-polar. Muito evoluído da minha parte, eu sei. Mas que porra aquele cara estava fazendo ali, afinal? Não que fosse da minha conta, claro.

Mas eu queria que fosse. Queria que tudo que fosse da conta de Winnie fosse da minha também.

Eu odiava Michael Bacher por muitos motivos, mas, no momento, era por ele ser um lembrete de que aquilo não era verdade. Christmas Notch era como viver dentro de um globo de neve, e era fácil demais esquecer que havia todo um mundo fora dali, quando tudo que eu queria era envolver Winnie em meus braços e viver em nosso momento de neve perfeito.

— Amor — chamou Michael. — A gente pode conversar?

— Estou meio ocupada — respondi com uma voz superaguda.

A equipe toda riu. Alguns até engasgaram.

Winnie olhou para mim, mas não havia nenhum sorriso ou aceno secreto que me dissesse que estávamos na mesma vibração.

Eu era um babaca.

Ela se voltou para Michael, olhando para o chão, como naquele dia nos escritórios do Hope Channel, quando ela estava tensa de vergonha e constrangimento.

— Hum, claro.

Com um gosto metálico na boca, vi Winnie andar até ele, virando--se apenas para fazer um sinal pedindo um minuto para Gretchen, que respondeu na afirmativa.

Nada ali parecia bom nem certo.

Jack chegou ao meu lado.

— Calma aí, garanhão.

Algo em meu peito se apertou, e eu não consegui deixar de sentir que ela estava arrastando meu coração por um barbante atrás de si, amarrado em seu punho feito um balão murcho.

CAPÍTULO ONZE

Winnie

Michael estava com uma cara boa, mas, enfim, a cara dele era sempre boa. Maxilar destacado, nariz romano, cabelo penteado em ondas perfeitamente afastadas do rosto. Como se tivesse acabado de sair do catálogo de inverno da J.Crew com botas impecáveis, uma calça cáqui passada e um suéter polo. Um cachecol estava pendurado em seus ombros com elegância — embora não adiantasse para muita coisa, a julgar pela maneira como ele estava encolhido para se proteger da brisa.

Enquanto saíamos da praça na direção do riacho do Corista, um córrego estreito que passava pelo norte da cidade, ele pegou minha mão.

Simplesmente estendeu o braço e entrelaçou os dedos nos meus, como se ainda tivesse aquele direito.

Demorei um minuto para escutar o que meu corpo estava dizendo a meu cérebro, e mais um minuto para meu cérebro lembrar que eu não precisava segurar a mão dele se não quisesse. E eu não queria! Estávamos separados fazia um ano e meio! Oficialmente divorciados havia dois meses! Que droga!

Desvencilhei a mão na curva da avenida Ameixa e voltei o olhar saudoso para o set. Para Kallum, que estava ao lado do Chevette, com as mãos nos bolsos. Olhando para mim.

Dei meia-volta, com as bochechas ardendo, sem saber o que pensar. Kallum tinha parecido furioso quando Michael entrara no set, mas depois fizera uma piada e não parecia se importar por eu ter saído com meu ex-marido.

Eu queria que ele se importasse?

O que queria dizer se eu quisesse?

Idiota. O que quer que Kallum e eu estivéssemos fazendo era apenas pelo filme e tinha data de validade. Eu não era mais a menina ingênua que procurava um conto de fadas; tinha ficado mais esperta. A prova estava guardada na casa da piscina de Addison, na forma de uma certidão de divórcio autenticada.

Michael me notou olhando para trás e tensionou o maxilar bonito. Seu descontentamento era sempre sutil — ele nunca gritava, nunca encostava a mão em mim de raiva. Não precisava. Bastava um suspiro pesado, um olhar lento ao longe, e eu ficava desesperada para deixá-lo feliz de novo.

E eu estava sentindo aquilo outra vez, o desespero, o pânico solitário. Meus ombros estavam tensos, minha cabeça, baixa, e a dor de cabeça leve, que o remédio da narcolepsia me causava às vezes, repuxava minhas têmporas. Queria me tornar pequena, invisível; era impossível pensar em quem eu tinha sido apenas dez minutos antes, rindo no set com Kallum, derretendo por um simples olhar de relance mais acalorado. Sentindo-me nas alturas a ponto de poder tocar o céu.

— Você falou com seus pais? — perguntou Michael, e fiquei tão aliviada por ele não falar do filme nem do meu parceiro de cena que as palavras não me machucaram de imediato.

Até que me machucaram.

Meus pais não falavam comigo desde o divórcio. Antes disso, só falavam comigo para me lembrar — com severidade — de que um segundo casamento depois de um divórcio seria adultério e que dureza de coração era um pecado. Pensei que eles não tinham acreditado em mim quando contei que Michael havia me traído e, mesmo quando fingiram acreditar, não se importaram. Eu deveria tê-lo perdoado, eles disseram.

Deveria pelo menos fingir, para não estragar a vida de todos só para satisfazer meu ego ferido.

Divórcio era um pecado, mas, para eles, também era algo muito, muito pior.

Uma vergonha.

— Eles querem que você volte para casa — disse Michael quando não respondi.

— Eles se recusaram a me deixar voltar até agora — falei, atordoada.

As casas vitorianas ao nosso redor estavam dando lugar a árvores cobertas de neve, que então deram lugar aos montes cobertos de gelo do riacho. Logo depois da ponte, vi a capela Noite Feliz, uma igrejinha com campanário que costumava ser alugada para as produções do Hope Channel.

— Eles querem resolver as coisas — afirmou Michael.

Parei ao pé da ponte.

— Então por que eles não estão aqui? — perguntei, mas minha voz estava tremendo e meu rosto, voltado para o chão.

Por tanto tempo, eu imaginara que seria um pilar de força se tivesse que voltar a conversar com Michael, confiante e calma. Assim como com meus pais. Mas, em vez disso, eu ainda era a adolescente sonolenta que sentia culpa por ter narcolepsia, que sentia culpa por não ter a energia para trabalhar tanto quanto meninas como Addison. A adolescente que dedicava dezesseis horas por dia ao trabalho, sob os efeitos de medicamentos, desde o sexto ano. Que tinha conseguido esconder a deficiência o máximo possível porque os pais tinham pavor de arruinar a carreira dela se o mundo soubesse seu segredo.

Michael tinha parado, virando-se para mim com uma expressão que eu não conseguia identificar. Remorso, talvez? Determinação?

— Porque eu quis vir — explicou. — Eu quis conversar com você.

— Conversar comigo.

— Isso — confirmou ele, estendendo o braço como se quisesse pegar minha mão de novo, mas então parou.

Seus olhos estavam prateados sob a luz do sol, e eu já tinha sido tão apaixonada por aqueles olhos. Tinha escrito poemas sobre eles quando ele havia começado a me cortejar.

Olhos azuis lampejaram por minha mente, mas afastei a imagem. Eram olhos azuis temporários. Emprestados das madrinhas de casamento do mundo afora.

— Estou com saudade, Winnie — confessou Michael. Seu rosto parecia sincero, sua voz parecia sincera. Apesar dos defeitos, ele sempre tinha sido um ator razoável. — Receber o pedido de divórcio foi um alerta.

A raiva se espalhou pelo meu corpo, tão fria e afiada quanto o gelo que cobria o riacho.

— Você deveria ter pensado nisso antes de Olivia — falei, me empertigando.

Michael teve a decência de parecer envergonhado.

— Não me orgulho daquilo. Mas estou arrependido de verdade e agora sinto o chamado para consertar as coisas com você…

— Você pode consertar as coisas comigo dizendo para a mídia que foi você quem me traiu, não o contrário.

Quando vi o horror em seu rosto, soltei uma risada baixa e desconsolada.

— Foi o que pensei.

— Sei que pequei — disse ele. — Mas Deus me perdoou. Quanto à mídia… talvez possamos falar com eles juntos, como um casal, e dizer que nós dois nos deixamos levar por nossos pecados…

— Nós dois nos deixamos levar? Eu *nunca* traí você. Nem uma vez.

— Não, mas você devia saber que estávamos infelizes — afirmou ele, estendendo a mão de novo. Dei um passo para longe e subi na ponte, sem conseguir olhar para ele. — E a infelicidade no casamento é responsabilidade tanto do marido como da esposa — continuou, andando atrás de mim.

Eu me virei e apertei o corrimão da ponte. Imaginei que era o pescoço dele.

— Fiz tudo por você, Michael. *Tudo*. E nunca foi o suficiente.

Ele bufou.

— Você chama aquilo de tudo? Você mal tolerava transar comigo!

— O que acha que significa *tudo* para alguém que cresceu como nós crescemos? Como acha que é ser uma menina e ouvir vezes e mais vezes que qualquer infração na pureza vai manchar você para sempre, e então ter que virar a chave logo depois do casamento? O sexo *doía* no começo, e depois, mesmo quando parou de doer, nunca foi tão bom para mim quanto parecia ser para você. Nunca nem tive um orgasmo até…

Eu me interrompi. Não era da conta dele.

Mas seus olhos brilharam com uma emoção intensa.

— Até quando, Winnie? — perguntou ele, num tom baixo. — Até você começar a filmar pornografia?

— Argh — resmunguei. — Não é pornografia, Michael.

— Dá no mesmo!

Ele tirou o celular do bolso e o desbloqueou para me mostrar uma captura de tela do site de Dominic Diamond. Havia uma foto do set de *Papai Noel, baby*, de Kallum fingindo me comer contra a parede. Apesar de tudo, uma onda de tesão se alastrou por meu ventre. Eu sabia que não era verdade, que era apenas uma foto da gravação, e um pouco borrada ainda por cima, mas a Minha Versão na foto parecia estar curtindo muito.

E a Minha Versão de Verdade se lembrava exatamente da sensação do corpo quente de Kallum cercando o meu, sua barba fazendo cócegas em meu pescoço.

— "Winnie Bacher-Baker volta à lista dos malcomportados" — Michael leu a captura de tela em voz alta.

Leu o próprio sobrenome com a pronúncia alemã, com aquele som arranhado no *ch*, como no nome de Bach, o compositor.

— Não sou mais Winnie Bacher-Baker — interrompi, mas ele continuou lendo.

— "Estrela mirim problemática mostra tudo na incursão arriscada do Hope Channel no universo da obscenidade, e fontes do set nos dizem que os telespectadores podem esperar um lado muito ousado de Winnie Bacher-Baker, que não vai deixar dúvidas de que ela não é mais a doce menina exemplar de *Tesouros do Paraíso*."

Argh, precisava muito pedir para Steph soltar um comunicado à imprensa informando que meu nome voltara a ser o bom e velho *Winnie Baker. E exemplar*??? Minha personagem estava doente em *Tesouros do Paraíso*, padecendo à beira da morte (e então sobrevivia por um milagre) da maneira mais lindinha possível enquanto o malandro do bairro, representado por Michael, encontrava a redenção por sua doçura e bondade. O único *exemplo* que ela dava era de como esconder a própria dor o máximo possível — e também como viver perdoando gente tosca.

Mas aquele papel, e o filme que o apresentou, tinha sido gigantesco — o tipo de sucesso que gerou livros licenciados, um álbum de platina e anos de palestras.

Também tinha sido quinze anos antes.

— Talvez seja a hora de as pessoas saberem que não sou a menina de *Tesouros do Paraíso* — afirmei, tensa. — E você não é o menino.

— Mas as pessoas querem que a gente seja — retrucou Michael, abaixando o celular. Ele suspirou como se tivesse acabado de perder um peão num tabuleiro de xadrez e me encarou, seu rosto cheio de compreensão gentil. — Sei que te magoei, Winnie, e tenho que conviver com minha fraqueza para sempre. Mas vale tudo isso? Magoar seus pais com esse tipo de comportamento?

Suas palavras despertaram todo tipo de vergonha, mas eu estava cansada de deixar que a vergonha fundamentasse todas as decisões que já tomei.

— Meus pais não precisam ver *Papai Noel, baby* se não quiserem.

— Mas está prejudicando você também, amor. Porque... — ele pegou minha mão e apertou — a True Vine quer fazer uma continuação de *Tesouros do Paraíso*. Uma *continuação*.

Seus olhos estavam brilhando, e ele não conseguia conter o sorriso que erguia os cantos de sua boca. Ele estava empolgado. Pensou que eu também ficaria.

Todas as peças se encaixaram e criaram um retrato muito claro.

— Então foi por isso que você veio — falei devagar. — Você quer fazer uma continuação de *Tesouros*, mas sabe que os executivos da True Vine nunca vão topar se eu participar de *Papai Noel, baby*.

— Winnie, pense no sucesso. Faz mais de uma década que as pessoas pedem por essa continuação. Vamos juntar com um livro nosso, licenciar os diários, cadernos de exercícios, tudo mais, e depois? Se ficar claro que estamos juntos, que o filme nos uniu? O céu é o limite! Um livro por ano, um contrato de produção com um grande streaming, uma empresa comparável à de Addison... Seja lá o que quiser, você vai ter, porque a única coisa melhor do que uma história de sucesso é uma história de redenção. — Ele deu um passo para mais perto, tão perto que as botas

147

brancas do meu figurino encostaram nas enceradas dele. — Podemos ter tudo, e *juntos*. Você só tem que voltar. — Ele tirou minha mão da grade, segurou-a entre nós. — Sei que você queria uma família, Winnie, e pensa um pouco: eu e você, juntos e fazendo filmes de novo, você dormindo o quanto quiser.

— Não é que eu *queira* dormir — murmurei por reflexo, sem nenhuma insistência real.

Fazia anos que eu tinha desistido de tentar explicar a narcolepsia para ele. Até meus pais, que tinham organizado todos os estudos de sono e consultas médicas e retiradas de medicamentos, ainda pareciam achar que minha narcolepsia tinha a ver com ser preguiçosa demais para ficar acordada.

— E — acrescentou ele com a voz suave — um bebê a caminho...

Engraçado como as coisas mudam. Até um ano e meio antes, eu teria jurado para qualquer pessoa que me desse ouvidos que aquilo era tudo que eu queria. Michael e eu, juntos, começando uma família.

E eu ainda queria uma família. Queria tanto que chegava a doer às vezes. Uma criança para segurar no colo e amar, a quem dar tudo...

Michael falou antes que eu pudesse responder, encostando a testa na minha.

— Sei que vou ter que reconquistar sua confiança, mas sei que consigo, se você me der uma chance. — Ele soltou uma expiração; o ar quente em meus lábios. Eu não sabia o que estava sentindo. — E não posso mentir, Winnie, ver aquela foto sua, mesmo sendo com outro cara... Eu não fazia ideia. Não fazia ideia de que você era assim, de que poderia *ficar* assim, e eu...

Ele pegou a minha mão e a encostou em sua virilha. Onde ele estava inegavelmente duro como pedra.

Puxei a mão para trás e recuei, cambaleante.

— Michael, que *porra* é essa?

— Olha a boca, Winnie.

— Não, não vou *olhar a boca*. Você acabou de... você acabou de... — Eu estava tão indignada que não conseguia encontrar as palavras certas. — Você acha que quero transar com você de novo? Estamos divorciados! Você me traiu!

Ele franziu as sobrancelhas, confuso.

— É, mas, como eu disse…

— Meus pais disseram mesmo que queriam que eu voltasse para casa?

Ele suspirou, como se eu estivesse sendo infantil.

— Olha, eles *vão* querer que você volte quando parar com esse seu surtinho de rebeldia.

— Vai para casa, Michael — falei, voltando-me para a cidade. — Faça sua continuação de *Tesouros* sem mim.

— Você vai mudar de ideia — afirmou meu ex-marido. Quando voltei o olhar, ele não parecia bravo nem preocupado, nada além de contido e bonito. — Você não tem como ir muito longe sozinha.

CAPÍTULO DOZE

Kallum

Depois de Michael aparecer no set sem ser chamado, fizemos um intervalo, que se estendeu tanto que desistiram de filmar minha cena com Winnie.

Fiquei olhando ela voltar aos braços dele, de mãos dadas diante das montanhas ridiculamente pitorescas. Eu deveria ter tirado uma foto para usarem de cartão de Natal.

Mas não me livrei com tanta facilidade das gravações. Filmei uma cena no Polo Norte (o Polo Norte do Papai Noel, não o antro de luxúria com cheiro de nacho com queijo nos arredores da cidade) do jovem Papai Noel escrevendo uma carta para os pais, o sr. e a sra. Noel originais. Ele estava avisando que sairia em uma jornada natalina para curtir a juventude e quem sabe encontrar sua alma gêmea. Gretchen gritou "Corta!" várias vezes porque eu estava rangendo os dentes ou franzindo demais as sobrancelhas. Uma hora, até apertei o lápis com tanta força que o quebrei.

Até que Pearl veio, encostou um cristal roxo em meu peito e me ensinou alguns exercícios de respiração. Eu não sabia se tinha dado certo, mas foi o suficiente para encerrarmos o dia desastroso.

Passei a noite toda canalizando meu menino triste interior. Até mandei uma mensagem para o menino triste original, Isaac Kelly, que tinha se enfurnado em sua mansão em Malibu depois da morte da esposa e não havia saído mais.

Eu: Vamos ficar tristes juntos?

Quando ele não respondeu, fiquei com raiva. E talvez tenha tomado algumas cervejas, daí mandei mensagem para a pessoa mais segura em meu celular, que me aguentaria triste, com raiva e um pouco bêbado.

Eu: Pau no cu do Isaac, por sinal.

Fiquei esperando uma mensagem em resposta, mas recebi um Face-Time.

Com um grunhido, me recostei no sofazinho minúsculo no quarto e cobri o rosto com uma almofada em forma de árvore de Natal antes de atender. Não queria que ele me visse assim.

— Kallum? — chamou Nolan. — É você ou uma árvore de Natal que roubou seu corpo e está fingindo ser você?

— Sou eu — respondi. — Você poderia ter respondido com uma mensagem.

— É, então, um *Pau no cu do Isaac* numa terça à noite pedia mais do que uma mensagem. Perdi alguma coisa?

Espiei de trás da almofada.

— É só que… meus pêsames para ele e tal. Mas por que só ele tem direito de ficar triste?

— Kallum, você está chorando?

Funguei por um momento. Senti que *poderia* chorar.

— Não, cara. Mas estou bem bêbado. O marido de Winnie apareceu hoje. Quer dizer, ex-marido. A tinta na certidão de divórcio não deve ter nem secado.

— Eu ficaria em choque se tiverem chegado a assinar.

Deixei a almofada cair no peito com um choramingo. Havia certas coisas que só dava para fazer na frente de alguém que conhecia você desde o sexto ano e que o tinha ajudado a esconder uma ereção surpresa com seu fichário do KC Royals.

— Você acha que ela ainda está casada?

Nolan estava usando um paletó cinza brilhante com um lenço de papel preso na gola da camiseta. Ele claramente estava no meio de um retoque de maquiagem. Tinha me esquecido da diferença de horário entre Vermont e a Califórnia.

— Parece que você está caidinho pela Winnie.

Dei de ombros.

— Não importa mais. Ela sabe o que quer, e não sou eu.

— Um minuto, pessoal! — gritou alguém atrás dele.

A pessoa responsável pela maquiagem tirou o lenço da gola dele, e Nolan aproximou o rosto do celular.

— Escuta, cara. Winnie e Michael estão juntos desde a adolescência. Claro, as pessoas mudam, mas, que a gente saiba, todo esse lance de divórcio pode ser uma jogada de marketing.

— Não é. Por que ela faria esse filme se fosse?

Ele deu de ombros.

— Não sei. Vou perguntar para os deuses da mídia cristã.

— Eles não têm só um? — Peguei a garrafa e tomei um gole da IPA Quebra-Nozes de uma cervejaria da cidade. — Sei lá, a parada da trindade me confunde, cara.

Nolan me ignorou.

— Tudo que estou tentando dizer é que você tem um crush em Winnie desde que éramos moleques, e crushes são divertidos... até deixarem de ser.

Eu não queria contar para ele tudo que eu e Winnie tínhamos feito e como tínhamos passado *muito* do status de crush.

— Se você está sofrendo tanto com o ex dela aparecendo no set, imagina como vai ser pior quando ela largar o filme para voltar com ele.

— Ela não largaria o filme. Posso não conhecer Winnie tão bem quanto gostaria, em certos sentidos, mas ela nunca desistiria e fugiria de uma filmagem em andamento com um monte de gente dependendo dela.

— Você acha que Michael, que é todo parça de Jesus, deixaria a esposa lançar um filme natalino softcore?

— Ex-esposa — esclareci. — Você tem razão. É só um crush. Não sou para casar. Porra, nem para namorar eu sirvo.

Se me preparasse para a decepção, seria mais fácil quando ela chegasse, mais cedo ou mais tarde. Era melhor do que me permitir ter esperança.

— Nolan! — chamou alguém. — Estamos prontos.

— Tenho que ir — avisou ele. — Mas toma uns dois ibuprofenos, come alguma coisa gordurosa de manhã e vamos conversar sobre isso direito.

— Tá — concordei, sabendo muito bem que não tinha forças para descer até o saguão e caçar um remédio.

— E, Kallum Lieberman?

— Oi?

— Se você fosse um tiquinho bi, eu teria tirado você da pista há muito tempo.

— Não conta pra Bee — falei, dando uma risadinha.

— Ah, ela não veria mal nenhum — disse ele. — Inclusive, veja isso como um convite em aberto. Preciso ir. Te amo, pizzaiolo.

— Também te amo.

O celular ficou escuro, e terminei a cerveja antes de cair no sono bem ali no sofá. O líquido âmbar me esquentou e me anestesiou o bastante para eu não ter que pensar sobre por que ou como aquilo doía tanto.

Quando acordei, três coisas ficaram imediatamente claras:

1. Eu deveria ter tomado o ibuprofeno.
2. Eu era velho demais para dormir na porra de um sofá de dois lugares. Ou em qualquer outro lugar que não fosse uma cama, na verdade.
4. Esqueci qual era o número 3.

Joguei água gelada no rosto, torcendo para que tivesse o mesmo efeito de quando estávamos em turnê e farreávamos mundo afora, da adolescência até os 20 e poucos anos.

Mas era só água gelada.

Eu precisava de café. E bacon. Era assim que se sobrevivia a uma ressaca depois dos 30.

Bom, na verdade, era com pizza fria, mas eu achava que não teria isso no bufê de café da manhã da pousada.

Depois de uma ducha rápida e de me forçar a ignorar a ereção matinal porque a única forma de gozar àquela altura seria pensando em Winnie, mas pensar em Winnie me deixava triste e uma punheta triste me deixaria ainda mais triste, eu me vesti e desci em busca de comida.

Uma pequena parte do meu cérebro sabia que eu estava sendo um imbecil irracional, mas o homem das cavernas em mim só queria Winnie.

E pizza fria.

Depois de descer e virar uma xícara de café, eu me sentei com um banquete de bacon, ovos e um folhado de queijo com cereja que com certeza era de ontem ou anteontem, mas meu estômago não ligava.

— Preciso fazer o check-out — disse alguém.

Olhei para trás e vi Michael Bacher, de calça cáqui e suéter de tricô, com mais um cachecol inútil pendurado nos ombros. Quem levava não só um, mas dois cachecóis inúteis na mesma viagem?

Ele parecia um boneco Ken, e eu, de calça jeans velha e manchada de farinha, blusa de moletom da Slice, Slice, Baby e sapatos de foder ovelha, definitivamente não.

— Indo embora mais cedo? — perguntou a mulher atrás do balcão.

Meu peito se estufou de alegria.

Michael crispou a boca de irritação.

— Eu disse que precisava fazer o check-out, não?

— Saindo de mãos abanando, hein?

Pelo menos eu poderia dizer a Tamara que ela oficialmente não era a única pessoa que eu adorava antagonizar.

Michael bateu o cartão de crédito no balcão e marchou até mim.

Larguei o garfo e me levantei. Essa era uma vantagem de ser o maior cara do ambiente: me dava a chance de definir o tom, ainda mais com babacas como aquele.

Mas Michael não ficou intimidado nem diminuiu o passo. Ele cerrou o punho ao lado do corpo.

Ai, merda. Eu era pentelho, claro, mas não era o tipo de cara que socava alguém — nem se eu quisesse muito. Então, por mais que acabasse comigo, eu não socaria aquele cara.

Com apenas dois passos entre nós, ele esticou o braço para trás, e me preparei para o impacto.

— Ah, não, nem pensar — disse Gretchen ao entrar no hotel, vestida de roupas esportivas de inverno.

Ela estendeu o braço e apanhou o punho de Michael antes que colidisse com meu rosto.

— O Hope Channel adoraria meter um processo em você, Michael. Sabe o tipo de perdas e danos que está causando por empatar uma produção dessas?

Michael rosnou para ela e puxou o braço.

Mas era verdade. O Hope Channel e a empresa da família de Michael, a True Vine, estavam em conflito havia décadas. Eles adorariam um processo daqueles, mesmo se custasse mais do que a indenização.

— E seu soco nem faria cócegas — murmurei.

Gretchen deu um tapa em meu ombro largo.

— Você não está ajudando muito.

Michael olhou para mim de cima a baixo com desprezo.

— Foi você, não foi?

— Do que você está falando?

— Você arruinou a reputação dela antes e arruinou a reputação dela agora.

— Arruinei a reputação dela *antes*?

— Quando tirou aquela foto de Winnie no Chateau Marmont. Ela tinha acabado de ganhar a prancha de surfe por *Tesouros do Paraíso* e você tirou uma foto dela desmaiada que nem uma baladeira qualquer de Los Angeles. Que nem uma putinha.

Contraí os dedos, implorando para formar um punho e, ao meu lado, Gretchen cerrou o maxilar.

— A mídia colocou as mãozinhas sujas naquela foto, que manchou a reputação de Winnie. E, agora, você acha que pode simplesmente... o quê? Dar um prazerzinho carnal para ela e achar que vai ficar por isso mesmo? Você a fez parecer uma vagabunda naquela época e a está transformando em uma agora.

— Sai daqui — grunhi. — Já. É melhor você rezar para eu nunca ver sua cara de novo.

— Ah, irmão Kallum, pode deixar que vou orar, sim. Vou orar por minha querida Winnie e para que ela veja quem você realmente é: uma subcelebridade sem nada para oferecer. E, mesmo naquela época, você não passava do gorducho engraçado de quem ninguém se lembra. Você é fácil de ser esquecido, e ainda bem, porque em breve não vai passar de uma memória que Winnie preferiria deixar no passado.

— Está na hora de ir — pediu Gretchen. — Você está atrapalhando minha produção. — Ela cruzou os braços e fungou. — E você é um bosta intolerante e machista.

No chão entre nós, um cartão de crédito deslizou.

— Seu check-out está finalizado — anunciou Stella de trás do balcão da recepção. — Você foi cobrado pela reserva inteira por causa da nossa política de cancelamento. Ah, e a impressora está quebrada, então não tenho como dar um recibo.

Michael revirou os olhos e se abaixou para pegar o cartão de crédito preto fosco. Ele se virou para Gretchen.

— Para deixar claro: pretendo fazer mais do que apenas atrapalhar sua produção.

Ele saiu de cu trancado — ou talvez sua bunda só fosse musculosa demais mesmo.

Stella bufou.

— Já vai tarde.

Eu me virei para Gretchen.

— Café?

— Por favor — pediu ela antes de se sentar à mesa enquanto eu buscava uma xícara e uma seleção aleatória de comida.

— Obrigado por defender minha honra — falei depois de ela tomar um pouquinho de cafeína.

— Bom, não posso deixar o Papai Noel andar por aí como se tivesse acabado de sair na porrada como um rufião qualquer.

— Você acabou de falar *rufião*, que nem um gângster dos anos 1950?

Ela suspirou.

— Era a palavra do dia num aplicativo que ensina novos vocabulários que Pearl me fez baixar.

— Tipo, um dicionário?

Gretchen sorriu, e era um daqueles sorrisões cheios de dentes que poderia ter lhe garantido uma década de contratos de modelo depois de seus anos de atriz mirim se ela quisesse esse tipo de vida.

— É melhor do que o aplicativo de meditação que ela me fez usar no ano passado. Fiquei tão furiosa com o moço inglês relaxante me mandando fingir que eu estava num prado que larguei o celular na piscina de propósito.

— Mas celulares agora são basicamente à prova d'água.

— Bom, agora eu sei. — Ela ergueu os olhos por trás da caneca de café. — Mas Pearl não sabia, e ainda não sabe.

— Você se lembra dessa foto de que Michael falou?

Eu não conseguia ignorar como aquilo estava me corroendo. Eu tinha arruinado a reputação de Winnie? Como assim?

— Como não? "Princesa da pureza desmaia após uma longa noite de farra." "Abstinência? Não das festas de Los Angeles." "Winnie Baker perde o controle."

— Cacete — falei, me crispando. — Não acredito que sobrevivemos a essa merda na adolescência.

Eu sabia que era ruim na época, mas o tempo tinha aliviado parte do incômodo. E eu não conseguia esquecer o fato de que, em certo sentido, era culpa minha.

— Nem todos sobrevivemos, Kallum. Você não acha um pouco perfeito demais que Winnie e Michael tenham se casado poucos dias depois do aniversário dela de 18 anos? Não tenho certeza, mas diziam que a equipe e os pais de Winnie basicamente a forçaram a se casar para salvar a reputação dela. As pessoas estavam discutindo se ela era ou não virgem em talk shows matinais.

Senti o estômago embrulhar, e não era só pela ressaca.

— Eu tirei aquela foto. Achei... que ela estava tão bonitinha... só roncando lá dentro do carro enquanto todo mundo enchia a cara na festa. Achei muito fofo. Postei de brincadeira.

Gretchen separou um pedaço do muffin e me lançou um olhar de pena, como se, de algum modo, em tudo isso, ela estivesse com dó de *mim*. Mas eu não tinha sido basicamente obrigado a me casar pelos meus pais para manter o capital social.

— Winnie pediu desculpas a torto e a direito, e depois ela e Michael anunciaram o noivado na *Ellen*. Dessa última parte você se lembra, certo?

— Infelizmente — falei. — A gente estava em turnê na Alemanha, e Isaac e Nolan me levaram para sair e afogar as mágoas, mas só fiquei sentado na SUV preta esperando por eles no beco, virando minigarrafinhas de bebida.

— Que tristeza — confirmou Gretchen.

— Acabei ficando com uma madrinha de casamento alemã no bar do hotel — admiti, o que, pensando bem, devia ter sido o início daquela minha fase de madrinhas de casamento.

— Madrinha de sorte. — Gretchen deu uma mordida na batata rosti e continuou falando: — Eu e você conseguimos algo que se assemelhava a uma experiência adolescente, mesmo que atrasada, mas Winnie cresceu como uma estrela mirim e foi basicamente obrigada a se casar, talvez antes mesmo de conseguir ter um primeiro encontro de verdade, ou passear no shopping.

— Tenho que conversar com ela.

Peguei os dois últimos pedaços de bacon e virei o resto da segunda caneca de café antes de me levantar da mesa e correr para o elevador. Tecnicamente, a tempestade dos tabloides que viera depois da foto não era completamente culpa minha, mas mesmo assim senti que devia algo a Winnie. Um pedido de desculpa. Uma explicação. Eu não sabia ao certo.

— Kallum! — gritou Gretchen do outro lado do pequeno saguão. — Parabéns por não socar Michael, mas, se ele aparecer aqui de novo, talvez eu soque.

— Vamos ser verdadeiros rufiões! — berrei de volta enquanto apertava o botão do elevador três vezes seguidas.

Fiquei andando de um lado para outro na frente da porta de Winnie depois de bater por dois minutos seguidos. Ou ela não estava lá dentro, ou era muito boa em fingir que não estava.

Queria pedir desculpa. Queria levá-la para sair, para o tipo de encontro que teríamos se fôssemos apenas dois adolescentes normais quando nos conhecemos e não vivêssemos sob aquele foco intenso de microscópio.

Tentando mais uma vez, bati na porta dela.

— Winnie, podemos conversar?

Mas estava um silêncio total, nem mesmo uma tábua rangia no chão. Mandei uma mensagem para ela.

Eu: Ei, minha primeira cena é só daqui a uma hora. Você tem tempo para conversar?

Uma mensagem apareceu embaixo da nossa conversa:

Winnie silenciou as notificações.

— Droga — sussurrei antes de ir até meu quarto e pegar um papel e uma caneta da pousada Edelvais.

Winnie...

Quer ir num encontro comigo? Um de verdade. Não um no Polo Norte.

Kallum

Voltei ao quarto dela e bati mais uma vez por via das dúvidas, mas, como eu esperava, não houve resposta. Eu me abaixei, passei o bilhete por baixo da porta e quis puxar de volta imediatamente. E se ela dissesse não? E se ela quisesse que o que estava rolando entre nós acabasse sem alarde e, ao convidá-la para sair, eu estivesse forçando a barra?

Bem naquele momento, o toque do meu celular ecoou no corredor vazio. Talvez fosse ela.

Um número desconhecido da Califórnia brilhou na tela.

— Alô?

— Senhor Lieberman? — perguntou um homem de sotaque australiano na linha.

— Sou eu — respondi, empertigando os ombros como se a pessoa do outro lado pudesse me ver. — Você deve ser o investidor que meu sobrinho mencionou.

Ele deu uma risada seca.

— Sou o representante dele, sim.

Comecei a voltar ao elevador na esperança de cruzar com Winnie no caminho para o cabelo e a maquiagem.

— Meu cliente — continuou —, que você deve conhecer de...

— Ele é uma celebridade. Tem um time esportivo. Está em *Shark Tank*. Mas o que ele quer comigo? E quem exatamente é você? Toda essa energia misteriosa é, tipo, parte da marca?

— Meu nome é Ian e meu cliente recentemente visitou a família em Kansas City. Sou obrigado por lei a dizer que ele não estava lá para apoiar nenhuma liga esportiva profissional local.

— A gente nem tem time de basquete — falei. — Dá para deixar de fingir que não sei quem é esse cara?

Ian pigarreou.

— Ele e a família pediram sua pizza e ele ficou impressionado. Quando descobriu que você era o proprietário de Slice, Slice, Baby, achou que havia uma oportunidade real de expansão. Texas e Califórnia para começar. Nós queríamos discutir uma renovação da marca e diversificação de cardápio, mas meu cliente quer uma reunião presencial.

— Preciso pensar — respondi, entrando no elevador.

Eu já tinha recebido várias propostas para franquear e até vender a Slice, Slice, Baby, mas nenhuma parecia certa. E não que aquela fosse, mas, se o cliente desse cara fosse quem eu supunha, poderia ser a hora.

A verdade, porém, era que eu mal conseguia pensar na empresa. A máquina estava no piloto automático e Topher tinha tudo sob controle. Então eu me peguei quase com raiva desse tal de Ian por tentar alugar um triplex na minha cabeça quando tudo em que eu conseguia pensar era em estar ali com Winnie.

Mas aquilo tudo acabaria em breve, e Winnie voltaria a Los Angeles, onde começaria sua vida nova. Ou talvez até voltasse para aquele bosta.

— Vou mandar alguns valores preliminares — disse Ian.

— Ótimo. Adoro fazer contas.

— Ah, maravilha. Eu também.

— Foi uma piada — falei, tentando segurar o riso. — Mas, sim, valeu. Vou ficar atento.

— Uma piada. Certo.

Desligamos e, quando voltei ao saguão, Gretchen tinha saído.

Stella, porém, estava sentada na frente da impressora, que zumbia enquanto cuspia um papel após o outro.

— A impressora voltou a funcionar? — perguntei.

O cabelo branco e o colete de lã com strass até enganavam. Ela sorriu enquanto tirava as páginas da impressora e as guardava no arquivo, uma a uma.

— O Senhor imprime certo por linhas tortas.

CAPÍTULO TREZE

Winnie

Parei na frente da porta do meu quarto, segurando o papel dobrado. O papel girou na frente dos meus olhos, e apoiei o ombro na parede, a narcolepsia parecendo uma correnteza forte puxando meus pés, apesar de ter passado dezesseis horas capotada. Embora eu não tivesse cataplexia e a perda repentina de controle muscular que vinha junto, os ataques de sono às vezes eram igualmente súbitos, avassaladores. Mas eu só precisava aguentar até os remédios fazerem efeito, e assim teria forças para ser maquiada sem cair no sono na cara da equipe.

Porém, eu estava acordada o suficiente para saber que o papel em minhas mãos não era nenhum sonho maravilhoso. Era verdade, e minhas bochechas estavam ardendo só de ler, o que era absurdo, considerando todas as coisas que eu e Kallum já tínhamos feito, mas aquilo não era pesquisa, não era pelo filme.

Era outra coisa.

Antes que eu conseguisse me convencer do contrário — antes que pudesse me lembrar de que ainda estava me sentindo frágil depois da visita de Michael no dia anterior, que preferiria arrancar meu olho esquerdo a me envolver romanticamente de novo —, eu me desencostei da parede e andei até a escrivaninha.

Sim, escrevi sob a pergunta, e depois acrescentei um coraçãozinho. E me senti muito boba.

Eu tinha 32 anos! Aquele homem devia saber se orientar em meu cérvix melhor do que meu ginecologista! Por que eu estava desenhando corações no bilhete de alguém como se estivesse na escola?!

Mas estava cantarolando baixinho ao dobrar o bilhete. Cantarolando ao pegar a bolsa e o casaco e, então, cantando em voz alta uma música antiga do INK ao sair do quarto para deixar o bilhete embaixo da porta do quarto de Kallum.

— Saudações — disse Kallum quando eu abri a porta no fim do dia.

Ele estava usando um suéter com zíper e um sobretudo por cima, uma calça jeans bonita e aqueles tênis de lã sustentáveis de que ele gostava tanto. O cabelo loiro-escuro estava desgrenhado, mas a barba, perfeita, como se ele a tivesse aparado e tomado cuidado para nem encostar de novo.

— Oi — respondi um pouco ofegante, erguendo o rosto para ver aqueles olhos lindos.

Às vezes ele parecia um Peter Pan barbudo, com seu ar de menino travesso, outras vezes parecia ter acabado de sair do set de uma série do History Channel sobre guerreiros ou algo assim. E às vezes ele não parecia nada disso, nada além dele mesmo. Apenas Kallum Lieberman, que me emprestava o casaco quando eu estava tremendo entre uma tomada e outra e escrevia convites para encontros com uma letra caprichada e robusta.

— Você está… — Kallum corou e pigarreou. — Muito bonita.

Eu ri.

— Você me viu pelada, e é o jeans e a blusa de manga que você acha bonitos?

Ele ainda estava corando.

— É.

Era estranho fazer aquilo de trás para a frente, até porque no começo daquela mesma tarde saímos às escondidas entre uma tomada e outra e cavalguei nos dedos dele até chegar a um orgasmo trêmulo, mas meu coração deu cambalhotas ao vê-lo baixar os olhos, a ponta do tênis traçando curvinhas minúsculas no carpete vermelho.

Minhas bochechas estavam ardendo enquanto eu vestia o sobretudo de lã e pegava e bolsa.

— Bom, seria uma pena privar o mundo dessa minha beleza toda de calça jeans.

Ele estendeu o braço para mim, galanteador como sempre.

Descemos a escada juntos e saímos noite afora. Pela primeira vez desde que chegamos a Christmas Notch, a escuridão não trouxe um gelo intenso e cortante consigo. Só um friozinho normal que era facilmente espantado pelos casacos e luvas. A cidade estava iluminada por luzes penduradas nas ruas arborizadas e nas vitrines das lojas, e, no centro da praça, uma árvore de Natal gigante brilhava como um farol.

Estávamos nos dirigindo ao Cinema Visco, o pequeno estabelecimento no meio da cidade que exibia exclusivamente filmes natalinos e invernais o ano todo. Kallum estava me levando para ver *O amor não tira férias*, que era meu filme de Natal favorito porque eu tinha certeza de que era Iris. Exceto pela casinha adorável. (Na verdade, exceto por qualquer tipo de habitação no momento.)

Mas o caminho até lá era tão lindo, e o braço de Kallum, tão gostoso em volta do meu, que era quase uma pena que fôssemos mesmo ao cinema. Eu teria o maior prazer em andar com ele durante o encontro inteiro, como se estivéssemos em um livro da Jane Austen, passeando para cima e para baixo em algum salão.

— Desculpa pela foto — disse ele de um fôlego só, e eu o estava imaginando em ceroulas e fraque, então demorei um segundo para entender.

— Foto?

— Sabe, a foto. A foto de você no carro depois dos Teen Choice Awards, a foto que estragou sua vida. A foto que tirei. Aquela foto.

— Ah — suspirei, antes de acrescentar automaticamente: — Tudo bem.

Ele olhou para mim, mas mantive o olhar resoluto na calçada coberta de sal à nossa frente.

— Gretchen me contou das repercussões depois que postei. Das manchetes.

Eu não queria falar daquilo. Não quando a noite estava tão bonita e Kallum era tão lindo, não quando o horror daqueles anos havia se extinguido por conta própria.

— Está tudo bem, Kallum. Sério.

— Ela me contou que foi por isso que você foi forçada a se casar com Michael, e eu queria que soubesse que sinto muito. Achei que você estava fofa tirando aquela soneca e que todo mundo acharia tão adorável e bobo quanto eu achei, e saber que esse foi o motivo que levou você a se casar tão jovem está me matando.

Olhei para o lado, piscando rápido. Eu tinha chegado a culpar Kallum por tudo que dera errado — se não culpá-lo, algo parecido com isso. Era mais fácil do que me culpar. Mas a verdade era mais complicada.

— A foto foi um estopim — falei, tentando manter a voz o mais neutra possível. — Mais cedo ou mais tarde, eu iria parar onde parei… Michael simplesmente estava lá, por causa de *Tesouros do Paraíso*, porque seus pais eram donos da maior empresa de mídia cristã do país. E formava a história perfeita, sabe? A princesa que tinha perdido seu caminho, redimida pelo amor inabalável do príncipe. A história de *Tesouros*, só que ao contrário.

— Winnie.

A voz de Kallum era triste. Finalmente olhei para ele e dei o mais perto de um sorriso que consegui.

— Escolhi isso com os olhos abertos. Escolhi deixar que meus pais assumissem o controle da minha vida, escolhi cortejar Michael, escolhi aceitar quando ele me pediu em casamento. Quis acreditar que tinha encontrado meu príncipe encantado e que estava prestes a viver feliz para sempre. E, sim, há muitas coisas que eu queria poder mudar, mas, mesmo se eu pudesse voltar atrás e alertar aquela versão mais jovem de mim, ela não daria ouvidos. — Sorri de verdade. — Ela estava tão convencida de que sabia de tudo. Que sabia o jeito certo de viver. Inclusive, ficaria chocada se soubesse que estou em um encontro casual com alguém.

— Porque ela... você... não podia sair com ninguém?

— Isso. Mas...

Parei, busquei as palavras certas. Eu só tinha falado daquilo com Addison, que já conhecia o mundo em que tínhamos crescido, e com minha terapeuta, que era paga para escutar. Como explicar algo que tinha levado anos e anos para nomear?

— O objetivo final era a pureza — tentei de novo. — Sempre. E namorar? Era apenas a tentação da impureza. E era uma distração da vida entregue plenamente à vontade de Deus.

— Não dá para viver a vontade de Deus e também namorar? — Kallum me guiou ao redor de uma mancha de gelo escura na calçada. — Parece invenção. Não tem o Cântico dos Cânticos nessa sua Bíblia? É supersafado.

— É, então... — eu ri. — Tiraram a safadeza para nós. Diziam que o verdadeiro sentido era não despertar o amor antes do momento certo. E, claro, o momento certo era o casamento. Era aí que o jargão se tornava importante, porque *namorar* era frívolo e talvez até perigoso, mas *cortejar*? Cortejar era para o casamento. Passar um tempo com uma pessoa para ver se Deus queria que você se casasse com ela. Portanto, desde que estivesse cortejando, você poderia passar tempo com alguém.

— Então você e Michael fizeram isso de cortejar?

— Fizemos. O casamento estava na mesa desde o começo. *Era* a mesa.

— E você não ficava assustada? Em pensar em casamento tão jovem?

Quando olhei para ele, um certo horror tomava seu rosto.

— Quase todo mundo que eu conhecia tinha se casado antes dos 25, então não parecia tão jovem, e eu... — Pigarreei. Kallum tinha feito um strip para mim fazia pouco tempo, que acabou com seu sêmen espalhado sobre minha vulva. Se havia alguém para quem eu podia dizer aquilo, era ele. — Eu estava tendo muitas sensações físicas. Hum, *desejos*, acho. Paulo diz que é melhor se casar do que viver abrasado, e eu estava abrasada àquela altura. Casar significaria que todo o desejo que eu tinha por Michael e todas as coisas que eu queria fazer com ele não precisavam mais ser ruins.

— Winnie — disse Kallum, quase suplicante. — O que você queria não era ruim. Me diz que agora você tem consciência disso.

— Tenho — respondi. — Mas você não imagina como eu tinha medo das minhas próprias sensações na época. Como tinha pavor de ser secretamente pecadora. Porque, se eu cedesse, se eu cometesse um único deslize…

Kallum fez uma careta.

— Eu sei, eu sei. — Fiz a mesma careta. — Mas foi assim que fui criada para pensar. Se sua pureza fosse manchada, por pensamentos luxuriosos, beijos ou mais, você ficaria maculada para sempre pelos pecados. Eu me lembro de uma vez no grupo de jovens em que meus pastores passaram um copo d'água e todo mundo tinha que cuspir no copo; no fim, os pastores ergueram o copo e perguntaram se alguém queria dar um gole.

— Que *nojo*.

— Falaram para a gente que aquilo representava o que acontecia com uma menina quando ela abria mão da pureza antes do casamento. Também fizemos a mesma coisa passando uma rosa de mão em mão e tirando todas as pétalas, e uma vez fizemos o exercício com um pedaço de fita adesiva até ela perder a cola… Enfim, o que quero dizer é que cresci achando que pureza era essa coisa binária que ou você tinha, ou não, e, depois que estivesse manchada, mesmo que apenas um tiquinho, não tinha volta. Você iria para seu futuro marido coberta de vergonha e sempre saberia que ele era uma pessoa superior por aceitar você, por mais que você não fosse totalmente pura. — Tentei lembrar como eu tinha começado a falar daquela parte. — Por isso eu estava ansiosa para me casar, porque assim eu logo ficaria livre de passar o tempo todo me preocupando.

Eu estava tão desesperada pela minha noite de núpcias, pensando que seria a solução para tudo, mas então doeu tanto, que me escondi no banheiro depois, chorando em silêncio no escuro. Fiquei me perguntando se Deus estava me punindo por algum pecado do qual não conseguia me lembrar de ter cometido.

Kallum pareceu saber o caminho que meus pensamentos tinham seguido.

— Mas casar não significa que você chegou ao Valhalla sexual.

— Não. O sexo era… — Balancei a cabeça. — Acho que você já sabe como era para mim, considerando que só fui ter meu primeiro orgasmo de verdade algumas semanas atrás.

Ele tensionou o braço sob minha mão e, pelo aperto de sua boca, vi que ele estava se esforçando muito mais para não dizer o que estava pensando.

Mas ele não precisava dizer. Eu já tinha dito aquilo tudo para mim mesma, um milhão de vezes.

— Eu sei, pode acreditar — falei rápido. — Os orgasmos simplesmente… não aconteciam no começo e, quanto mais demoravam, mais e mais difícil ficava pedir que acontecessem. E pedir já era muito difícil, porque mulheres devotas deveriam automaticamente amar o sexo com o marido e, se eu não amava, talvez isso quisesse dizer que eu não era devota o suficiente. E talvez *isso* significasse que Michael veria que eu não era devota o suficiente, e eu não conseguia suportar essa ideia. Por isso, comecei a fingir, fingir que estava gostando, torcendo para que um dia desse certo. Como se, talvez, caso o jantar fosse romântico o suficiente, caso eu acendesse a vela certa, caso eu me *esforçasse* mais, fosse rolar.

Baixei os olhos para minha mão na curva do braço de Kallum coberto pelo casaco e engoli em seco.

— Até que, depois de um tempo, desisti. Pensei que talvez eu devesse sentir prazer no prazer *dele*. Talvez esse fosse o "prazer no leito conjugal" de que as mulheres casadas falavam e a ideia de ter um orgasmo fosse egoísta. O prazer de Michael estaria em meu corpo, e o meu estaria no… amor dele. Acho. E isso teria que bastar. Isso e filhos.

Filhos que nunca vinham, por mais que eu registrasse a temperatura basal, por mais testes de ovulação que fizesse. Tanto é que eu estava prestes a consultar um médico quando vi uma mensagem chegar no celular de Michael. De Olivia, enviada com uma selfie de ângulo estranho deles transando em uma banheira de hidromassagem em Tahoe. A mensagem dizia: "Saudade de você e saudade disso". Enfim. Não precisei ir à consulta, afinal de contas.

— Winnie, não era bobagem sua — afirmou Kallum. — E eu gostaria de dar um soco no saco de Michael por fazer você se sentir assim.

Essa forma veemente de vir em minha defesa me deu um friozinho na barriga.

— Obrigada — agradeci, olhando para ele. Estávamos no meio da cidade, e as luzes de Natal da árvore se refletiam no dourado do seu cabelo. — Obrigada por nunca me fazer sentir, sei lá, estranha. Ou pudica.

Quando se virou para mim, seus olhos estavam suaves, tão escuros quanto o céu.

— Mas eu entendo. Não tinha esse lance da pureza, mas sei como é ser tirado da infância muito cedo. Só que, no meu caso, não fui forçado a me casar, mas sim a meio que "ter 19 anos para sempre". Idade o bastante para ser considerado gostoso, mas não mais velho do que isso. Maduro o suficiente para lidar com as fãs e as mães dando em cima de mim o tempo todo, mas não a ponto de me deixarem ter uma namorada firme. — Ele curvou a boca, mas não era um sorriso de verdade. — Não que tivesse tempo, de qualquer forma. Se não estávamos em turnê, estávamos gravando. Se não estávamos gravando, estávamos fazendo a divulgação. Se não estávamos fazendo a divulgação, estávamos ensaiando para a próxima turnê. Todo minuto era ocupado pelo INK e, por mais que arranjássemos tempo para confusão, não havia tempo para mais nada. Muito menos para um encontro assim.

— Fico feliz por podermos ter um encontro assim agora.

Apertei o braço dele enquanto pensava naqueles adolescentes superprotegidos ou sobrecarregados que nunca tiveram a chance de fazer algo tão simples como ir a um cinema com alguém legal.

— Eu também. — Sua covinha apareceu. — É exatamente esse o tipo de encontro a que eu teria levado você, aliás. A menos que tivesse um fliperama na cidade. Nada é mais romântico do que levar uma surra no Skee-Ball.

Fomos até a vidraça da bilheteria na frente do cinema, e Kallum comprou nossos ingressos.

— Então o que vem agora no nosso encontro adolescente? — perguntei enquanto entrávamos e dávamos os ingressos para um funcionário.

— O que vem agora é que compro pipoca para você e também encho um copinho de manteiga para cobrir bem todas as camadas geológicas de pipoca.

— Também faço isso! Quer dizer, faço agora. Antes do divórcio, eu só comia pipoca sem manteiga.

Kallum, no processo de pagar pela pipoca, virou a cabeça para olhar para mim, como se eu tivesse acabado de admitir que comia serragem em meu tempo livre.

— Como assim?

— Sabe — falei, apontando para meu corpo. — Para manter a imagem oficial de Winnie Baker e tudo mais.

Foi apenas depois que eu e Michael nos separamos e eu perdi meus trabalhos no Hope Channel que aprendi a me alimentar — me alimentar *de verdade*. A gostar de comida, a comer quando sentia fome, a saber a sensação de estar satisfeita.

— Mas agora tenho uma nova imagem oficial de Winnie Baker — falei, e Kallum sorriu, erguendo o copinho de manteiga da pipoca.

— Um brinde a isso.

Talvez não fosse uma surpresa, mas éramos os únicos vendo um filme de Natal de vinte anos atrás em março, e meu coração deu várias batidas rápidas e saltitantes quando me dei conta de que eu e Kallum ficaríamos sozinhos ali durante nosso encontro adolescente de gente grande.

Kallum parecia estar pensando o mesmo, porque abriu um sorriso malicioso ao olhar para trás enquanto me guiava pela rampinha até os assentos nos fundos. Era um cinema antigo, sem degraus em arquibancada, e o fundo era tão escuro que, se alguém por acaso entrasse, não nos veria.

Tirar os casacos foi como um striptease. Quando Kallum apoiou a mão no braço da poltrona e rocei o mindinho dele com o meu, estava em par de igualdade com a vibração do Bastão Doce.

No começo do filme, estávamos palma com palma, de dedos entrelaçados, e, quando Iris e Amanda decidiram trocar de casa, a mão livre de Kallum estava acariciando meu joelho sobre a calça jeans. Eu sentia cada círculo da ponta do seu dedo como se fosse em meu seio, em minha boceta, e era *bom*. Não vergonhoso, não coberto de culpa.

Apenas... bom.

Finalmente, não aguentei mais.

— Kallum? — sussurrei, embora estivéssemos sozinhos com Cameron Diaz e Jude Law.

— Oi?

Seus olhos estavam tão escuros que refletiam parte do filme: casinhas e neve.

— O que mais você faria em nosso encontro?

— Bom. — Ele engoliu em seco. — Acho que eu tentaria te beijar.

Beijar. Por mais coisas que tivéssemos feito — stripteases e orgasmos aos montes —, ainda não tínhamos nos beijado. Porque nós dois sabíamos que beijos não seriam para a pesquisa. Se nos beijássemos, seria porque queríamos nos beijar pelo simples prazer de fazer isso.

Se nos beijássemos, não teríamos como manter a farsa de que o que estava acontecendo entre nós era apenas por causa do filme.

O pânico surgiu diante da ideia de outra pessoa poder tocar um coração que havia exigido tanto trabalho e aflição para voltar se arrastando até minha caixa torácica, mas havia mais do que pânico dentro de mim, havia desejo e tesão e uma sensação palpitante no peito, então eu logo me inclinei para a frente e nossos lábios se tocaram.

Suave e quente.

Lento.

Sua barba coçava, mas de uma maneira que me fez querer me esfregar nele feito uma gata, e, quando ele abriu meus lábios com os seus, senti gosto de hortelã, protetor labial e leves notas de pipoca. Sua língua era sedosa na minha, úmida e habilidosa, e soltei um gemido, o que ele recebeu com um grunhido grave. De repente, eu estava sendo tirada da poltrona e puxada para o colo dele.

Abri as coxas para me sentar nele e, no minuto em que meu sexo entrou em contato com a ereção presa em sua calça jeans, nós dois gememos, nossa boca colidindo de novo enquanto eu começava a roçar nele. Ele enfiou a mão na minha blusa para encontrar um seio, que apertou, acariciou e massageou por cima do sutiã.

Está tudo invertido, pensei enquanto me afastava um pouco para encarar seus olhos semicerrados e seus lábios inchados. Beijos deveriam vir antes de striptease. Palpitações no peito antes de orgasmos. Encontros no cinema antes de casamento e redes de restaurante.

Mas eu não conseguia me importar. Talvez fosse o caminho errado, talvez eu devesse me envergonhar por, aos 32 anos, me agarrar com alguém num cinema como se tivesse 17, mas Kallum tinha o talento de fazer qualquer coisa minimamente parecida com vergonha se desfazer. De tornar tudo divertido, perfeito e *leve*.

E, mesmo que fosse temporário, eu não conseguia deixar de sentir que era um presente. Um presente que eu nunca esqueceria, mesmo depois de nos despedirmos de Christmas Notch — e um do outro.

CAPÍTULO CATORZE
Kallum

Eu estava sentado em um trenó vermelho, de calça vermelha felpuda e casaco desabotoado de Papai Noel, com as partes íntimas guardadas num bolsinho da cor da minha pele e prontas para a ação, enquanto uma máquina de neve ganhava vida atrás de mim. Coisa normal para um magnata da pizza.

Fazia dois dias desde meu encontro com Winnie, e eu só conseguia pensar em beijá-la. Tinha criado uma esperança ingênua. Demos o tipo de beijo que me fazia querer criar playlists e escolher presentes de aniversário complexos. Mas restavam apenas quatro míseros dias. E então chegaria o fim de *Papai Noel, baby*. O que poderia mudar em quatro dias?

Jack estendeu a mão para ajudar Winnie a entrar no trenó.

— É exatamente como ensaiamos na outra noite — disse ele. — Coreografia. Nada além disso.

Winnie fez um sinal confiante e montou nas minhas coxas. O vestido xadrez que ela usava estava tão perfeitamente ajustado que me deixou excitado. Ela se inclinou para a frente e a renda bordada do sutiã vermelho — que era parte do figurino — apareceu no decote do corpete.

Era a hora da grande cena de sexo. Todas as outras tinham consistido em coreografias curtas e simples, ou tinham sido trechos para montagens, mas aquela era a primeira (e mais longa) cena de sexo de todo o filme. Embora Winnie estivesse com uma expressão valente, seu nervosismo transparecia nos detalhes. Os dedos trêmulos. A maneira como ela mordia a parte interna do lábio para não estragar a maquiagem.

— Tudo bem? — perguntei em voz baixa.

Ela confirmou com um movimento curto de cabeça enquanto encostava a parte interna das coxas no meu colo, mas não se sentou para valer, o que me irritou um pouquinho.

— Fica à vontade, Winnie — orientou Jack. — Você não vai machucar Kallum. — Ele riu baixinho. — Periga até de ele gostar.

Winnie riu e se permitiu se afundar no meu colo.

Observei sua expressão, procurando algum sinal. Ela esteve na mesma posição naquela noite no cinema. Por que agora era tão diferente?

Claro, havia luzes, câmera e equipe. E a cena era intensa, mas mesmo assim levei um pouco para o lado pessoal... e logo me odiei por isso. Não tinha nada a ver comigo. Nem com a gente.

Era trabalho. Eu e Winnie estávamos trabalhando. E só.

— Sinalizem se precisarem parar e tomar um ar — pediu Jack antes de se voltar para a pequena equipe que aguardava começarmos.

Miss Crumpets estava em um cercadinho portátil ao lado dele, roncando abraçada a sua cenoura de pelúcia favorita.

— Estamos rodando — anunciou Gretchen —, mas podem ir com calma e no tempo de vocês.

— Tudo bem? — perguntei a Winnie.

Ela se apoiou nos meus ombros e ergueu os olhos debaixo dos cachos pré-desgrenhados pelos cabeleireiros.

— Estou torcendo muito para a pesquisa dar frutos.

Passei a palma da mão na nádega esquerda dela, como tínhamos ensaiado, e ela se aconchegou em meu toque antes de baixar a cabeça e entreabrir os lábios.

Meu corpo se acendeu, reagindo como sempre reagia ao dela. Exceto que não foi nada parecido com nosso beijo no cinema. Nossas línguas dançaram, mas apenas o bastante para a câmera. Eu queria mais, e a puxei para mim bem quando ela estava recuando para o pequeno striptease coreografado, e acabamos batendo a testa.

Winnie soltou um *ai* baixo.

— Você está bem? — perguntei, e encostei de leve a ponta dos dedos no lugar do impacto na cabeça dela. — Desculpa, é só que…

— Chamem um médico! — gritou Gretchen.

— Estou bem — garantiu Winnie para ela.

— Foi mal — falei. — Me perdi na coreografia.

As equipes de cabelo e maquiagem correram para nos retocar e afofar o cabelo de Winnie.

Ela fez um barulhilho de motor com a boca e subiu e desceu os ombros como se fosse uma jogadora de futebol americano esperando a treinadora a colocar em campo.

— Essa energia é muito sexy — comentei.

— Estou tentando me estimular — disse ela.

— Bom, pode ter certeza de que me estimulando você está — afirmei, baixando os olhos para minha virilha.

Ela riu baixo e guiou minha mão para sua bochecha antes de pousar as mãos nos meus ombros.

— Câmera rodando! — gritou Gretchen.

Refizemos todos os movimentos. O beijo, ela recuando para desabotoar o vestido de modo sedutor e, então, exibir a renda atraente por baixo.

Apertei a cintura dela antes de subir as mãos por seu corpo e envolver seus seios.

Não fica duro. Não fica duro. Não fica duro.

Como ensaiamos, Winnie se inclinou para a frente de modo que seus seios macios ficassem bem na minha cara. Ela não faria topless no filme, mas o sutiã era transparente, e tinham me dado instruções de *lamber*.

Contem comigo.

— Que calor — comentou Winnie quase sem ar.

Não consegui conter um sorriso enquanto traçava o espaço entre seus seios com a língua. Parece que eu não era o único que estava misturando prazer e trabalho.

— Fumaça — disse ela, sua voz um pouco frenética, como se estivesse prestes a… — FOGO! — gritou.

Virei a cabeça para ver a máquina de neve em chamas. Merda! Meu corpo todo entrou em modo de emergência: coloquei Winnie no meu ombro e me atirei para fora do trenó.

Membros da equipe munidos com extintores encheram o set enquanto eu deixava Winnie na cadeira de direção.

Ela apertou os braços da cadeira e me encarou, de olhos arregalados e chocados.

— Desculpa, mas você acabou de me carregar no ombro feito um saco de batatas?

— Humm. — Baixei os olhos e vi minha pança de Papai Noel aparecendo pelo casaco aberto. — É só que… quando eu era criança eu tinha muito medo que minha casa pegasse fogo e sempre me imaginava carregando assim o cachorro da família, Coop, enquanto fugia de um prédio em chamas.

Nós dois olhamos para a máquina de neve, cujas chamas estavam contidas, mas o armazém se enchera de fumaça residual.

Winnie abriu um sorriso.

— Você está me comparando com seu cachorro?

— Ei — falei. — Coop era meu mundo até ter câncer canino.

— Câncer canino é diferente do câncer normal?

Dei de ombros.

— Não sou médico, mas é. É, sim.

— Certo, pessoal — chamou Gretchen. — Temos mais uma máquina de neve a caminho, mas está vindo de algum lugar de Massachusetts, então vai demorar algumas horas. Normalmente, eu mandaria todo mundo para casa, mas nosso cronograma está apertado e temos que incluir essa cena. Podem voltar para o hotel se quiserem. Vão comer alguma coisa. Cammy vai mandar um e-mail quando tivermos uma boa previsão de chegada da máquina nova.

Peguei o celular da cadeira ao lado da de Winnie. Uma ligação de Topher, três ligações perdidas de Tamara e doze novas mensagens. Eu precisava descobrir o que estava rolando.

Winnie estava ali sentada, um pouco aturdida enquanto abotoava a frente do vestido.

— Ei, Winnie.

— Sim?

— Eu não estava te comparando com meu cachorro — falei. — Estava te descrevendo como a primeira coisa que eu tiraria de um prédio em chamas.

Ela piscou algumas vezes, parecendo atordoada.

Merda. Eu não deveria ter dito aquilo. Queria retirar aquelas palavras. Mas em vez disso ergui o celular.

— Preciso resolver umas coisas. Me avisa se quiser repassar a cena ou coisa assim antes de a máquina nova chegar para salvar o dia.

Ela acenou outra vez, seus dedos cada vez mais brancos ao apertar o braço da cadeira com ainda mais força.

— Claro.

— Você chegou a falar com minha mãe? — perguntou Topher.

Ele tinha atendido o celular antes mesmo de o primeiro toque terminar.

Andei de um lado para outro na frente da linha de montagem de máquinas de chiclete. Eu havia entrado na oficina de mentira do Papai Noel que tínhamos usado na abertura do filme, quando eu anunciava a todos os funcionários do Polo Norte que sairia em minha jornada. Estava praticamente escuro, exceto pela faixa de luzes de segurança no teto.

— Não — respondi. — Por quê?

Tentei não soar desconfiado. Topher não era mais adolescente, mas mesmo assim eu não queria colocar em risco meu status de Tio Legal.

Ele suspirou ao telefone.

— Graças a Deus. Então, minha mãe abriu uma carta da faculdade confirmando que tranquei o semestre.

— Você fez *o quê*? — perguntei, perdendo o status de Tio Legal em poucas palavras.

— Trancar faz parecer muito pior do que é. Vou tirar um semestre sabático. Vivem fazendo isso na Europa.

— Toph, eu nem fiz faculdade, mas tenho quase certeza de que sua mãe não dá a mínima para o que os universitários fazem na Europa.

— É esse o problema! — exclamou ele, como se tivesse acabado de fazer a afirmação mais profunda que eu com certeza não era capaz de entender.

— Certo, volta um pouco. Por que você não está na faculdade?

Ele inspirou fundo.

— Só pensei que, com você fora por um tempinho e eu encarregado do lugar...

Merda. Eu já via aonde isso chegaria.

—... eu poderia tirar um tempo da faculdade. Nem acho que faculdade seja para mim, na verdade. Você não fez faculdade — afirmou ele. — E olha só no que deu. Você é, tipo, um magnata da pizza.

— Amigo — argumentei. — Fico lisonjeado, mas essa deveria ter sido uma conversa entre você e seus pais.

— Ah, é, porque minha mãe é muito boa de conversa.

Não. Eu não cairia nessa. Ele não me convenceria a falar mal da mãe na frente dele, por mais certo que estivesse. O problema era que Tamara conseguia, sim, conversar. Ela só amava tanto e com tanta intensidade que às vezes as conversas ficavam... intensas.

— Então agora seus pais acham que você largou a faculdade para administrar uma pizzaria?

— Tipo, você ainda não sabe dos detalhes, mas é meio isso.

— E Tammy acha que eu sei?

Claro que sim. Ela tinha me ligado três vezes em quatro minutos.

— Então...

— Topher — falei da mesma forma como dizia seu nome quando ele era pequeno e estava prestes a fazer algo que não deveria, como morder a orelha do gato, Borda. — O que você não está me contando?

— Eu talvez tenha dito que foi ideia sua.

Cobri a parte de baixo do celular, bloqueando o fone, e soltei uma série de palavrões.

— Você vai contar a verdade para ela em algum momento.

— Mas não hoje? — perguntou ele.

Eu odiava a ideia de mentir para minha irmã, ainda mais considerando a opinião atual dela sobre mim, mas Topher já estava em maus lençóis.

Eu sabia como era ser o renegado da família e, se eu pudesse salvá-lo dessa — ou pelo menos adiar essa —, eu o faria.

— Só me manda por mensagem tudo que você disse para alinhar nossa história.

— Ai, meu Deus, juro que você é o melhor tio de todos os tempos. Mandando a mensagem agora!

— Aposto que é o que você diz para...

A ligação caiu.

— Todos os seus tios — murmurei.

Eu me sentei na mesa da oficina com o celular na mão. Logo depois, recebi uma mensagem tão detalhada de Topher que mais parecia um boletim de ocorrência.

Eu só tinha que me preparar para ligar para minha irmã. Nada de FaceTime. Ela veria que eu estava mentindo antes mesmo de eu abrir a boca.

Eu precisava me estimular como Winnie tinha feito no trenó. Fiz um barulho de motorzinho com a boca, soltando o ar, enquanto chacoalhava os ombros como Rocky Balboa.

— E aí, campeão — ronronou Winnie sob a luz fraca das lâmpadas de segurança.

— Não ouvi você entrar.

— Você estava ocupado com minha rotina de encorajamento — observou ela. — Tem algum problema que precisa enfrentar?

Ergui o celular.

— Uma ligação para casa.

— Para quem? — perguntou ela enquanto seus saltos, brilhantes e vermelhos, ressoavam no chão.

Eu nunca tinha curtido a ideia de alguém pisar em mim de salto alto, mas o movimento lento das pernas dela me fez cogitar. E também havia a lembrança do pé dela encostado em meu peito no Polo Norte. Será que de repente eu tinha um fetiche por pés? Ou será que era só um fetiche por Winnie?

— Minha irmã — respondi finalmente.

— Quer dizer que existe alguém que intimida você?

— Você não conhece minha irmã — respondi. — Ela é incrível. Não me entenda mal. Mas acho que dá para dizer que a gente anda se desentendendo. — Encolhi os ombros. — Mas enfim, você está aqui, então Tammy Tortas pode esperar.

— Tammy Tortas? — questionou ela. — Não me admira que ela esteja irritada com você. É um apelido horrível. Não quero nem saber como você se refere a mim.

— Você não precisa de apelido — respondi. — Você é Winnie Baker.

— Bom, Kallum Lieberman.

— Pois não, Winnie Baker?

— Tenho uma proposta para você.

Meu pau se contorceu enquanto eu guardava o celular no bolso de trás. Ela tinha toda a minha atenção.

— Suas propostas sempre me metem em encrenca.

— Pelo bem da pesquisa artística — disse ela, antes de respirar fundo. — Me fode. Por favor.

CAPÍTULO QUINZE

Winnie

— Quer dizer — precisei esclarecer, porque já tínhamos praticado muitos tipos de sexo —, coito. Penetração. Aquilo.

As palavras saíram da minha boca junto com todo o ar do pulmão porque, por um segundo terrível, tive certeza absoluta de que ele recusaria. Ele recusaria porque éramos colegas de trabalho e estávamos fazendo um filme juntos, e Steph nos desfiaria feito frango se descobrisse. Kallum recusaria porque ficou muito aparente, depois do encontro no cinema, que o que estava acontecendo entre nós era mais do que pesquisa. Sem falar que ele era o sr. Madrinha de Casamento e eu não tinha interesse em repetir meus erros adolescentes quando o assunto era romance e relacionamentos.

E, enfim, tínhamos concordado que isso acabaria no minuto em que saíssemos de Christmas Notch.

Mas Kallum não recusou. Muito pelo contrário.

Na verdade, ele parecia uma criança que tinha acabado de ouvir que iria para a Disney.

— Você quer? Comigo? Quando? Agora?

Ele virou a cabeça de um lado para outro no set mal iluminado, como se já estivesse caçando possíveis lugares para coito na Oficina do Papai

Noel. Então pegou minha mão e começou a me puxar impacientemente para a mesa onde os figurantes de duende tinham fingido montar carrinhos de brinquedo.

Uma gratidão alegre e frágil brotou em meu peito, bem onde o pânico estava antes. Ele não tinha recusado! E eu não me sentia suja nem vulgar! Estava leve como o ar enquanto Kallum me girava e me puxava para junto do próprio corpo, quente feito um raio de sol quando ele tocou a boca na minha e me deu um beijo intenso e rápido. Transbordante como o cálice proverbial quando ele me ergueu, me colocou sobre a mesa e se colocou entre minhas coxas.

Kallum me beijou de novo, dessa vez como se fosse para a guerra, mexendo os lábios quentes e urgentes nos meus e explorando minha boca com a língua. Suas mãos estavam em meu cabelo, inclinando minha cabeça para trás de modo que minha boca ficasse mais acessível para o ataque.

— Winnie — murmurou em meus lábios. — Estou estragando sua maquiagem.

Por sorte, anos escondendo cochilos imprevistos e ataques de sono me tornaram uma mentirosa criativa quando o assunto era maquiagem estragada e cabelo desgrenhado.

— Vou dizer que tive uma reação alérgica ao almoço e minha boca inchou — murmurei em resposta.

Um grunhido e um beijo mais intenso me disseram que ele aprovava a ficçãozinha de alergia, e ele levou a mão ao meu seio, apertando-o e friccionando-o até eu sentir meu mamilo ficar rígido na palma de sua mão. Acariciou minha língua com a dele, toda úmida, firme e curiosa, até eu ficar sem fôlego e arquear o peito sob seu toque.

Eu queria mais, e *mais* era uma necessidade gigantesca e pulsante que latejava no ritmo do meu coração palpitante. Envolvi a cintura dele com as pernas para prendê-lo contra mim enquanto apertava nas mãos o casaco aberto de Papai Noel. Seu peito nu sob o casaco era quente ao toque, coberto por aqueles pelos dourados-claros e, ai, meu Deus, por que peitos peludos eram tão gostosos, por que eu queria passar o resto da vida ronronando deitada sobre seu peito nu?

Certo, talvez não o resto da vida, porque eu sentia o contorno grosso de sua ereção entre as minhas pernas e a queria em minhas mãos, minha boca. Dentro de mim. Desci a mão para puxar a cintura da sua calça, e ele soltou um grunhido ofegante.

— Espera — pediu ele, embora soasse angustiado. — Winnie, espera.

— Tranquei a porta — murmurei, ainda puxando a cintura surpreendentemente bem ajustada da calça de Papai Noel.

Aquele tal de Luca não brincava em serviço quando se tratava de figurinos; essas costuras eram da qualidade da Savile Row.

— Não — disse ele, recuando o bastante para interromper o beijo, mas encostando a testa na minha com delicadeza. Eu senti sua expiração áspera em meus lábios úmidos. — O que eu quis dizer é: você tem certeza? Tem certeza de que quer?

Se eu queria?? A água era molhada?? Lubrificante de hortelã era má ideia??? *Sim*, sim, eu queria, desejava isso desde aquelas primeiras tomadas desastradas no trenó, quando tudo em que eu conseguia pensar era em como devia estar parecendo desengonçada e como era maravilhoso e *nada* desengonçado quando estávamos a sós. Eu precisava de uma dose nova daquilo, uma infusão rápida de qualquer que fosse a magia sexual que Kallum carregava dentro de si, senão eu ficaria tão maleável e sexy quanto um saco de cabos de vassoura durante o restante da gravação.

Certo, e talvez eu não estivesse sendo inteiramente sincera. Eu queria isso desde nosso encontro dois dias antes, quando Kallum tinha me deixado na porta do meu quarto com um beijo que queimou tanto meu coração quanto minha boca. Desde que eu tinha me deitado na cama depois e sentido que o espaço ao meu lado era uma afronta, um vazio. Queria que Kallum estivesse lá comigo, e não porque era o que eu deveria querer ou porque achasse que isso o faria feliz.

Eu só… queria. Livre de qualquer receio sobre o que significava para mim, Winnie Baker. Livre de qualquer dúvida de se isso me fazia boa ou má. Sem necessidade de cortejar ou discernir.

Apenas nós dois escolhendo isso, juntos.

— Tenho certeza, Kallum — murmurei. — Acho que nunca tive mais certeza de nada na vida.

Ele fechou os olhos, um som atormentado saindo do peito. Mas não falou nada e, quando voltou a abri-los, havia apenas calor abrasador em suas profundezas. Ele arrastou a boca na minha uma vez, devagar, de um jeito ardente, e então me reclinou para trás em cima da mesa, rodinhas de plástico se esparramando pelo chão e rolando para todos os lados.

Kallum se debruçou sobre mim, deixando beijos ao longo do meu queixo enquanto subia uma daquelas mãos enormes pela minha coxa até embaixo da saia do meu vestido. Ele desceu os lábios ainda mais.

— Você está molhada para mim? — perguntou, as palavras reverberando da boca e entrando em minha garganta. — Essa bocetinha linda precisa que eu brinque com ela?

A ponta firme de um dedo traçou a renda que cobria minha abertura. Ele estava meio em cima de mim, e eu não tinha como me flexionar, não tinha como me curvar para mais perto. Eu só conseguia ficar lá parada, ofegante, enquanto seus dedos subiam e desciam em linhas torturantes por meu centro sensível, minha calcinha feito uma barreira detestável entre meu corpo e seu toque. Bem quando eu estava prestes a dizer que ela precisava sair dali antes que eu morresse de qualquer que fosse o equivalente a abstinência sexual, Kallum empurrou a calcinha para o lado. Ele deslizou os dedos devagar pela umidade que encontrou ali até mais acima, no ponto sensível do meu clitóris.

— Dava para sentir como você estava molhada através da calcinha — disse Kallum, mordendo meu pescoço antes de se endireitar e puxar a renda pelo meu quadril até a tirar. — Você deve estar excitada e na vontade faz um tempo, hein?

— Desde o trenó — falei enquanto Kallum abria bem minhas coxas e encarava minha boceta nua com o olhar de um homem faminto.

Ele se ajoelhou e apertou as mãos nas minhas coxas, os polegares me abrindo diante daquele olhar ávido.

— Porra, Winnie — murmurou ele. — Essa boceta poderia trazer a paz mundial.

Minha risada se transformou num gemido enquanto ele traçava a língua quente e aveludada pelo meu sexo antes de começar a mapear devagar cada contorno e curva dele, girando dentro do meu canal até eu me contorcer e, então, subindo para pressionar meu clitóris até um orgasmo ondular por mim, suave, palpitante e doce.

Ele se levantou e limpou a boca com o dorso da mão, mas, mesmo de pé, olhava para minha boceta como se precisasse voltar a mergulhar.

— Kallum — sussurrei. — Me fode com o pau agora.

— Essa sua boca está me matando — grunhiu ele, e desceu as mãos para a cintura da calça, se atrapalhando para abrir o botão. — Mal posso esperar para sentir você em volta de mim. Mal posso esperar para entrar nessa... Ai, merda.

Ele paralisou com as mãos ainda na calça, os olhos arregalados e voltados para mim.

— Não tenho camisinha — disse, com a voz de alguém fazendo uma homenagem em um velório. — Eu não estava planejando... Bom, sabe. Minha carteira está no departamento de figurino com minhas roupas.

Eu poderia rir se não estivesse prestes a sofrer a primeira morte na história devida à privação de pênis.

— Será que não dá para encontrar uma em algum lugar? Sei lá, talvez Jack tenha uma naquela maleta dele?

O rosto de Kallum se iluminou.

— Eu poderia fazer um assalto à maleta. Estilo *Onze homens e um segredo*!

Um assalto levaria tempo demais, e eu não sabia se Jack realmente tinha uma camisinha no kit, já que o kit era apenas para sexo de mentirinha.

— Ou talvez não tenha problema? — sugeri, sabendo que parecia desesperada e já nem ligando mais. — Se você tirasse? Estou saudável. E confio em você.

Ele fechou os olhos de novo, o retrato de um homem em conflito. Mas então:

— *Espera* — disse ele, abrindo os olhos. — Já sei! Estamos salvos!

E, orgulhoso como um escoteiro, levou a mão ao bolso de trás da calça de Papai Noel e tirou o celular.

— Você vai pedir uma por aplicativo?

Ele abriu um sorriso enorme enquanto fazia que não e tirava a capinha do celular, revelando uma camisinha encaixada dentro dela. A pequena embalagem de papel-alumínio tinha uma fatia de pizza antropomórfica com um topete loiro impressa nela... Uma fatia de pizza antropomórfica que eu reconhecia.

— É uma…

— Camisinha promocional da Slice, Slice, Baby? Ora, sim. — Kallum cutucou a têmpora. — Guardei uma para uma situação de emergência.

— Sua pizzaria fez camisinhas promocionais?

— Claro. Pizza & Você de Sobremesa: peça uma pizza para dois e ganhe uma camisinha grátis. — Ele suspirou. — Não fez tanto sucesso quanto pensei que faria, então acabamos com a promoção antes do esperado. Sobraram muitas camisinhas.

— Ah, que bom que sobrou essa — falei, sem me importar que fosse uma camisinha de brinde de pizzaria vindo ao resgate.

— Você está certíssima, mademoiselle — disse ele, jogando o celular na mesa e encaixando a ponta da embalagem de camisinha entre os dentes.

Soltei um gritinho quando ele me pegou no colo e me carregou até a grande poltrona vermelha do Papai Noel na frente da oficina.

Ele abriu outro sorriso largo enquanto se virava e nos sentava, ele na poltrona, e eu em cima dele. Tirei a camisinha da boca dele e me inclinei para a frente para beijá-lo, nós dois grunhindo quando acomodei todo o meu peso em sua ereção.

Ele ergueu a mão e começou a abrir os botões de cima do meu vestido, metendo as mãos assim que deu, brutas e exigentes, enquanto eu encontrava sua língua com a minha. Eu sabia que meu batom tinha ido para o saco, assim como provavelmente toda a maquiagem ao redor da boca, porque sua barba roçava em meu queixo e minhas bochechas, mas não estava nem aí. Eu diria que caí num lago, que fui atacada por um urso ou um caçador ilegal de xarope de bordo, porque queria ser borrada e marcada por ele. Queria olhar no espelho e ver "Kallum esteve aqui" rabiscado em minhas coxas vermelhas pelo atrito de sua barba e minha maquiagem borrada.

Com a camisinha pendurada nos dedos, abri seu casaco de Papai Noel para acariciar seu peito nu.

— Kallum — murmurei, arranhando seu esterno com a mão. — Por favor.

Ele sabia o que eu estava pedindo. Ele pegou a camisinha e eu me levantei de joelhos para ele se ajeitar. E então ele riu tanto que tremi junto com ele.

— Esqueci — ele conseguiu dizer entre uma risada grave e outra — do bolsinho de pipi.

Então, sua mão surgiu com o bolsinho (não tão "inho") que estava usando para a cena no trenó. O puro ridículo do momento me dominou, e eu acabei rindo também; ali estávamos nós, na poltrona do Papai Noel, de figurino de veludo vermelho, em uma escapadinha sexual auxiliada por máquinas de neve inflamáveis e dificultada por bolsinhos de pipi e, ai, meu Deus, eu nunca tinha me divertido tanto. Aquele momento, aquele filme. Aquelas últimas semanas com Kallum.

Kallum abriu a embalagem e então nossos risos se transformaram em respirações rápidas e profundas enquanto ele ajustava a ereção para que saísse da calça. Era grossa e parecia pesada, uma cor vermelha-escura e ardente, com a cabeça inchada e pré-gozo já manchando a ponta. Eu o observei apertar a ponta da camisinha e a desenrolar ao redor do membro com movimentos ágeis e habilidosos.

— Nunca vi alguém fazer isso de verdade — murmurei, fascinada. — É muito sexy.

— É sexy para mim também. Saber que estou prestes a entrar em alguém…

Nossos olhos se encontraram, nós dois claramente pensando a mesma coisa. Ele estava prestes a entrar em *mim*. Estávamos mesmo fazendo isso.

Sem tirar os olhos de mim, ele curvou a mão ao redor do meu quadril e usou a outra para segurar o pênis ereto. Ele me guiou para baixo, até encostar na minha abertura.

A saia do meu vestido escondia tudo, mas era quase uma bênção, porque eu não sabia se aguentaria ver o que estava acontecendo, além de sentir. A sensação já era demais — o calor dele através do látex, os arrepios que vieram quando ele começou a me alargar, quando me empalei lentamente.

Centímetro grosso por centímetro grosso, fui descendo, tendo que parar duas vezes para me acostumar, para respirar. Ele era grande e eu estava enferrujada, e, quando ergui dos olhos do seu peito para seu rosto, sua expressão era de pura agonia. Estava de olhos fechados, cabeça inclinada para trás no trono. O maxilar mais tenso do que nunca.

E percebi que ele estava tremendo. Não, não só tremendo. *Chacoa-lhando*. As coxas embaixo das minhas, a mão em meu quadril, a outra mão trêmula subindo por minha coxa. Com as mãos apoiadas em seu peito nu, eu sentia a batida intensa e quase violenta de seu coração dentro do peito.

Ele inteiro, tremendo, tremendo, tremendo — músculos, coração, corpo e osso. Como se estivesse se desfazendo, desabando, e tudo que restasse entre ele e a morte fosse eu.

E, quando finalmente consegui colocar tudo dentro de mim e sussurrei seu nome, ele grunhiu como se eu tivesse acabado de cravar uma adaga em seu peito.

— Querida. — Foi tudo que ele disse. — Querida.

Seus olhos ainda estavam bem fechados, e eu fiquei agradecida, porque de repente me sentia exposta, montada nele assim. Eu tinha tentado ficar por cima algumas vezes antes e toda vez sentia que estava fazendo alguma coisa errada e, mesmo ali, não sabia o que fazer.

Quicar para cima e para baixo? Rebolar o quadril como se estivesse brincando de bambolê?

Ele não abriu os olhos, mas apertou meu quadril e soltou um grunhido.

— Juro que já vou olhar para você, mas estou a meio segundo de jorrar minha porra, e preciso de um minuto.

— Sério?

Ele curvou os lábios firmes, algo entre um sorriso e uma careta de sofrimento.

— Sério. Mesmo se você descrevesse para mim a trama de *A ameaça fantasma*, eu explodiria feito um foguete.

— Porque é um filme chato?

— Porque é uma produção cinematográfica excepcional! — exclamou ele. — Você já viu a cena de luta ao som de "Duel of the Fates"? É a maior realização criativa de nossos tempos!

Eu ri e ele inspirou fundo.

— Querida — disse ele entredentes. — Sério. Estou morrendo. Você é *gostosa para caralho*.

De repente, toda a minha ansiedade evaporou. Não importava o que eu fizesse, porque Kallum amava tudo, estava em agonia só de estar dentro de mim. Eu não precisava impressioná-lo, nem agradá-lo... Não precisava fazer uma performance. Aquilo era por nós dois e, como se soubesse o caminho que meus pensamentos estavam seguindo, ele abriu os olhos um pouquinho e murmurou:

— Faça o que for bom para você. É tudo bom para mim.

Então, enquanto Kallum observava sob as pálpebras semicerradas, experimentei. Tentei subir e descer, como tinha tentado quando estava por cima antes. Era gostoso, mas *só* gostoso, então parei e tentei girar o quadril, me movimentando em círculos lentos e sentindo o pau rígido de Kallum se mexer dentro de mim.

Ele estava apertando e relaxando as mãos em meu quadril — se por prazer ou pelo esforço de se conter, eu não sabia —, e gemeu de novo quando tentei me mexer para a frente e para trás em seu colo, fazendo o máximo de força. Faíscas quentes e ardentes disparavam para meu ventre toda vez que eu fazia isso.

— Puta merda — murmurei, empinando ainda mais o quadril.

Sua ereção estava maior do que nunca dentro de mim, preenchendo--me, tirando meu fôlego. O nó inchado do meu clitóris tinha a gravidade de um buraco negro imenso; minha alma, assim como todo o meu ser, estava sendo puxada para baixo, para onde nós nos encontrávamos. Para onde tudo estava molhado, duro, tenso e urgente, e eu também estava tremendo, sacudindo toda, um orgasmo iminente como uma ameaça, como a sombra de uma onda gigantesca prestes a me engolfar.

Kallum se inclinou um pouco para trás e ergueu minha saia, cerrando ainda mais os olhos enquanto me via montada em seu colo.

— É isso, querida — disse ele, sua voz cavernosa. — É isso.

— Kallum — sussurrei, quase em pânico.

Era demais, bom demais, sexy demais; não dava para suportar a força de um prazer tão intenso. Eu morreria quando gozasse, tinha certeza.

As mãos de Kallum subiram para minha bunda, e ele me estimulou a continuar, me movimentando por cima dele, me percorrendo com o olhar — meu rosto, meus peitos cobertos pelo sutiã, minha boceta ardente — enquanto murmurava uma ladainha de obscenidades.

Sua boceta é tão gostosa, querida, gostosa para caralho.

Passei tantas noites me masturbando pensando nisso.

Nossa, como você está molhada. Me deixa molhado também, amor.

Então, uma de suas mãos se moveu, a ponta do dedo encontrando o círculo tenso e apertado atrás da minha boceta e roçando a pele sensível ali. Estremeci enquanto ele acariciava o lugar onde minha boceta se abria ao redor dele e arrastava a umidade até meu buraco.

— Quero preencher você toda — disse ele, inclinando-se para a frente para traçar beijos ásperos com a barba ao longo da minha garganta e clavícula. — Quero sentir você por dentro enquanto como sua boceta. Posso?

— *Pode.*

A palavra se fraturou em um gemido enquanto ele metia o dedo lá dentro. Era uma pressão doce, uma invasão arrepiante. Aquilo me fez sentir apertada, cheia e obscena.

— Eu adoraria enfiar um brinquedo aí algum dia — grunhiu ele. — Você deixaria?

— Só se eu puder retribuir o favor — sussurrei, e corei quando ele recuou para me lançar um olhar ardente.

— Não fale da boca para fora — alertou.

— Você… você faria isso? Por mim?

Um sorriso sombrio, enviesado e rápido.

— Eu faria isso por *mim*. Seria tão sexy você me comer assim. — Ele se inclinou para morder meu queixo. — Quem imaginaria que Winnie Baker alimentava fantasias tão safadas?

Eu jamais imaginei, até chegar em Christmas Notch — e lá estava eu, cavalgando em Kallum Lieberman como se estivesse no Kentucky Derby, nossos figurinos de Papai e Mamãe Noel apenas meio tirados, minha maquiagem borrada, sendo fodida repetidamente não apenas por sua ereção, mas por seu dedo também. E era uma sensação tão gostosa, e mais do que gostosa, *certa,* maravilhosa e sublime. Como se meu corpo fosse feito para aquilo… Que estranho pensar que eu já tivesse chegado a achar que sexo era como abrir mão de partes de mim. Porque não havia nada subtraído ali, nada manchado ou maculado. Havia apenas Kallum e eu dando presentes um para o outro — o mesmo presente multiplicado várias vezes, o mesmo presente transformado em algo cada vez mais maravilhoso pelo fato de o compartilharmos.

E se *essa* fosse a virtude? E se essa fosse a pureza? A generosidade crua de dividir espaço, pressão e prazer, a honestidade que vinha a cada gemido e a cada respiração? E se o sexo bom apenas me tornasse *mais* Winnie Baker no fim… Mais feliz, mais esperançosa, mais próxima da minha própria alma e da alma da pessoa com quem eu estava?

Eu não perdia a honra por isso. Não perdia o brilho. Na verdade, era o sexo que eu vivera antes — dentro das limitações tão importantes do casamento — que tinha me feito perder.

Mas aquilo. Aquilo me deixava mais brilhante, mais radiante, uma lâmpada cujo alqueire fora retirado. E, quando o orgasmo finalmente me atravessou, subindo do meu ventre até o peito e a garganta, eu me senti incandescente. Um sol ardente bem ali na poltrona do Papai Noel, no colo de Kallum, resplandecente com meu sangue bombeando alegria, vida e amor pela pessoa ali comigo.

Amor.

A palavra brilhou mais forte até do que o prazer e, enquanto meu sexo se contraía e relaxava, meu ventre tremulava e meu quadril se sacudia em reflexos instintivos e ansiosos para aproveitar até o último segundo do clímax, meu coração se incendiou com ela.

Mas não… não podia ser. Eu não podia estar apaixonada depois de apenas três semanas; não podia estar apaixonada por meu par romântico, que também era meu tutor sexual, e que também era o rei de casos efêmeros. Não importava que ele fosse sexy, bobinho e bondoso, ou que, quando eu estava com ele, todos os pensamentos sobre Velha Winnie e Nova Winnie se dissolviam e existisse apenas a Winnie de *Agora,* que era o suficiente.

Não, eu não podia estar apaixonada porque não era mais ridícula o bastante para acreditar em tudo isso. Eram apenas hormônios, afeto e talvez algum tipo de síndrome de Estocolmo induzida por uma lesão de prancha de surfe. Era apenas Christmas Notch, onde tudo era reluzente e surreal, cheio de esperança e magia artificiais.

Mas a chama em meu peito não se apagou. Muito menos quando me afundei em Kallum depois que meu corpo tinha finalmente parado de se mexer, exausta e ofegante. Muito menos quando ele me pegou pelo quadril e me comeu como se eu fosse seu mais novo brinquedo da Loja de Brinquedos 2 e gozei uma segunda vez, gritando em seu casaco de Papai Noel.

Menos ainda quando ele disse meu nome com uma voz que fez meus dedos dos pés se curvarem de novo. *Winnie*, enquanto seu pau pulsava dentro de mim; *Winnie*, enquanto ele me segurava junto a si e me dava até a última gota de seu clímax.

Winnie, querida, quando nós dois relaxamos juntos, seus braços tão apertados e quentes ao meu redor e seus lábios em meu cabelo.

Não, meu coração ainda ardia, e as chamas não eram chamas, mas ecos daquela palavra absurda, infantil e mentirosa.

Amor.

Acabei arrasando na tomada seguinte no trenó.

E depois Kallum me comeu em seu quarto de hotel, meu cabelo ainda úmido pela neve da máquina nova, meu corpo ainda úmido e deslizante pela transa de antes na Oficina do Papai Noel.

Os três dias seguintes foram uma névoa de sexo de mentirinha e sexo nem tão de mentirinha assim, e nunca era demais para mim. Apesar das quantidades *significativas* de fornicação, o céu não se abriu sobre mim, não fiquei infestada de doenças, não fiquei grávida. Fiquei apenas feliz.

Delirantemente feliz.

Por isso, talvez eu estivesse começando a baixar a guarda. Talvez o ardor em meu peito não me assustasse mais tanto quanto deveria.

Talvez, pensei na penúltima noite em Christmas Notch, deitada no ombro de Kallum, acariciando os pelos de sua barriga nua e sentindo-o ressonar como um urso contente, *talvez isso não tenha que acabar quando formos embora.*

Talvez… talvez nem tenhamos que dizer adeus.

CAPÍTULO DEZESSEIS

Kallum

Winnie estava deitada na cama, completamente nua, o edredom cobrindo apenas o quadril dela, os braços cruzados sob a cabeça. Nós dois estávamos exaustos, mas eu estaria pronto para um repeteco em questão de instantes. Para Winnie, meu corpo se recarregava mais rápido do que um Tesla.

Fiquei ali, deitado de lado, memorizando cada sarda e marca de nascença dela, e os seios, ligeiramente esparramados para o lado. Ela conteve um riso quando passei o indicador ao redor de seu umbigo e da leve cicatriz logo acima.

— Isso é de quê? — perguntei.

Ela baixou os olhos para ver.

— Ah… isso. Um piercing no umbigo.

Quase engasguei.

— Como é que é? Um piercing no umbigo? Que rebelde, Winnie Baker.

— Por um total de sete horas — confessou ela. — Eu tinha 16 anos e Addison me convenceu a furar o umbigo com uma agulha de costura. Mas ficou vermelho muito rápido e fiquei com pavor de infeccionar, então perdi a coragem e confessei tudo para os meus pais. Meu pai ficou tão bravo que escondeu meu celular no cofre de armas e minha mãe chorou como se eu tivesse sido assassinada.

— Uau. Tem tanta coisa para elaborar aí.

— O cofre de armas, o piercing no umbigo ou o fato de que era meu trabalho que pagava a conta de celular de todo mundo? — questionou ela.

— Você ainda é próxima deles? — perguntei. — Dos seus pais.

Ela virou a cabeça para olhar para mim e, então, passou os dedos devagar pelo meu cabelo.

— Eu achava que era. — Ela suspirou, franzindo a sobrancelha, e eu quis erguer a mão para aliviar toda a preocupação de sua testa. — Eles ficaram chateados por eu terminar com Michael. Pelo que Michael me contou no outro dia, tenho quase certeza de que estão desnorteados por eu fazer esse filme, mas não tenho como saber, porque não falo com eles há meses. Mas não importa. Nem sei se eu teria coragem de atender a ligação deles se ligassem.

Ela voltou o olhar para a janela atrás de mim e o céu matinal nevado visível pelo vidro.

— É engraçado… Passei a vida toda fingindo fazer parte dessas famílias perfeitas para a TV e, agora, aqui estou eu, basicamente sem família, embora fosse tudo que eu mais queria. Exatamente como nas séries e nos filmes: grandes jantares, casa cheia, todo mundo conversando, se abraçando, implicando e cozinhando. — Um sorrisinho. — Crianças para tudo quanto é lado.

Suas palavras abriram um buraco em meu peito. Eu queria dar a Winnie tudo que seu coração pedia, mas a ideia de proporcionar uma família para ela… Fiquei inebriado pelo pensamento. Embora tudo em mim soubesse que nada nunca poderia vingar entre nós. Eu não tinha nascido para ser pai. Os filhos de Tamara me odiavam quando eram bebês. Bastava fazer contato visual para eles abrirem o berreiro.

Mas eu não conseguia ignorar a sensação que vinha crescendo em meu peito desde o instante em que vira Winnie nos escritórios do Hope Channel, menos de um mês antes.

Eu amava Winnie Baker. E não era o tipo fofinho e bobinho de amor. Era o tipo de amor que fazia meus ossos doerem de desejo e tristeza ao pensar que ela poderia não estar por perto.

Eu queria ficar com ela para sempre. Queria roubá-la para mim e apresentá-la para minha mãe. Nossa, minha mãe adoraria Winnie. Meu pai também. Ela deixaria os dois encantados. Tamara provavelmente tentaria ver se ela estava sendo sequestrada, ou coisa assim.

Do outro lado do quarto, meu celular tocou, mas eu me recusava a sair da cama.

— Quando eu era criança — falei —, era só eu, meus pais e minha irmã, mas sempre parecia uma grande família. Eu nunca estava sozinho. Acho que é por isso que Nolan passava tanto tempo lá em casa. Inclusive, nossa família meio que absorveu a dele em algum momento. Talvez tenha sido quando o INK estourou. Nossas mães ficaram próximas. Ninguém mais sabia como era ser mãe de dois astros pop globais. Pelo menos ninguém mais em Kansas City.

— Sua família parece ótima. Quem sabe um dia eu os conheça. Especialmente a famosa Tamara. Tenho que ver sua irmã com meus próprios olhos.

Eu a puxei para perto e encostei os lábios sorridentes na têmpora dela.

— Minha mãe ama seus filmes — admiti. — Ela e meu pai assistem todo ano. Ela vive torcendo para o Hope Channel finalmente fazer um filme de Hanukkah.

— Como é que isso ainda não aconteceu? — perguntou ela.

— Não sei. Mas, se eles conseguem fazer um filme hot de Papai Noel, tenho quase certeza de que existe mercado para uma comédia romântica de festas judaicas.

Ela bocejou enquanto apoiava a mão e a bochecha em meu peito.

— Não acredito que as filmagens já acabaram.

— Você ainda tem mais um dia, tecnicamente — lembrei.

Eu tinha finalizado na noite anterior, e Winnie tinha apenas uma cena rápida antes de tudo chegar ao fim.

— É, pois é — confirmou ela. — Mas está basicamente acabado. Fizemos um filme hot. — Sua voz começou a ficar mais fraca enquanto ela pegava no sono. — Eba.

Dei mais um beijo na testa dela.

Fizemos um filme hot.

Eu estava apaixonado.

Doía para caramba.

Eba.

Meu celular tocou de novo e de novo até eu forçar meus olhos a se abrirem para ver a luz do sol entrando pela janela do quarto de hotel.

O toque parou.

E então recomeçou.

— Tá, tá, tá — murmurei enquanto me soltava de Winnie o mais delicadamente possível e colocava um travesseiro de plumas para ela apoiar a cabeça.

Vesti a calça jeans e um moletom da Slice, Slice, Baby antes de sair para o corredor, bem quando a ligação foi para a caixa de mensagem.

— Ora, se não é o Papai Noel em pessoa! — gritou uma voz.

Dei meia-volta e encontrei Teddy Ray Fletcher saindo do elevador. Ele usava calça de pijama de flanela, camiseta da Dave Matthews Band, blazer de veludo e trazia dois copos descartáveis com café puro.

Cambaleei para a frente com a mão estendida.

— Hum, sr. Fletcher... ou tio Ray-Ray? Sou um grande fã do seu trabalho.

Ainda não tinha conhecido o produtor de *Papai Noel, baby* pessoalmente. Embora tivéssemos nos falado algumas vezes por videochamada, era difícil não ficar um pouco deslumbrado. Teddy era responsável por alguns dos meus filmes favoritos de todos os tempos. *Tetanic*, *Uma ejaculatória em duas cidades*, *Sexting & the City* e *Super Bolas XXII*.

— Meu trabalho? — questionou ele com um bufo, acenando com a mão. — Você sempre vai ser aquele que me escapou. Sabe o quanto me esforcei para lançar aquela sua *sex tape*?

Eu estava corando.

— O leilão foi bem intenso.

— Eu não esperava que Steph me desse nenhum tratamento especial, e ela não deu mesmo — disse ele, um calafrio perpassando seu corpo. — Vê-la em ação é sempre uma ameaça por si só.

Ele virou um copo inteiro de café como se fosse um shot de gelatina. Era impressionante.

— Pois é, ela está sempre à procura de sangue e, como cliente dela, não vou reclamar.

Teddy olhou por trás de mim como se pudesse encontrá-la ali.

— Ela não veio ao set, veio? Eu, hum, estava torcendo para a gente se encontrar. Para falar de negócios, claro.

— Não — falei. — Houve alguma catástrofe com um cliente no set do próximo *Velozes e furiosos* e ela teve que ir para Dubai.

— Que pena — lamentou ele. — Pela catástrofe. Não por Dubai. Nunca fui. Quem sabe um dia. Quando eu parar de precisar tirar dinheiro do cu para pagar uma faculdade de artes e sex toys sustentáveis.

Aquele homem tinha muitas camadas.

— Certo.

— Fiquei sabendo que os primeiros dias aqui foram um pouco delicados. Acho que Winnie estava tendo dificuldade para entrar na... personagem. As pessoas acham que vender sexo é fácil, mas não é. É uma verdadeira forma de arte. Você consegue. Você tem um dom — afirmou ele. — Gretchen disse que suas filmagens estão excelentes. Isso não é fácil quando sua parceira não está dando conta.

Teddy Ray Fletcher, o rei do pornô da minha adolescência, tinha acabado de dizer que eu tinha um dom. Puta que pariu. Meu cérebro pulsou, lembrando-se de repente de que precisava formar palavras.

— Fiz o melhor que pude com o que tinha — consegui balbuciar.

— Fez bem. É o tipo de coisa que pode estragar um filme, cenas de sexo desengonçadas. — Ele balançou a cabeça. — Vi algumas das primeiras imagens. Eram sofríveis.

— Pois é, ficamos todos constrangidos por ela — comentei, lembrando de como Winnie estava tensa e estressada e de como todos queríamos que ela mandasse bem, como odiávamos vê-la sofrer.

Eu estava prestes a dizer a Teddy que ela tinha nos deslumbrado depois que pegou o jeito da coisa, mas meu celular começou a tocar antes que eu tivesse a chance.

Baixei os olhos para ver o número de Topher iluminando a tela.

— Preciso atender essa ligação.

Ele deu um passo para o lado, e entrei no elevador aberto. Se Topher estava me ligando àquela hora da manhã, eu precisaria de um café. Ou talvez de uma bebida forte.

O celular tocou de novo quando eu estava prestes a apertar o botão verde para retornar a ligação.

— Ei, Toph, o que você está fazendo acordado a essa hora?

E, quando as palavras saíram, eu me dei conta de como isso era estranho, ainda mais considerando que ele estava em um fuso horário diferente.

— Tio Kallum? — perguntou ele entre um soluço e outro.

Por um momento, pensei que ele estivesse bêbado, mas então ouvi uma fungada que ele soltava quando era criança e estava chorando porque tinha caído.

— O que houve? — perguntei rápido.

— O restaurante…

Mais um soluço.

— Slice, Slice, Baby? Qual?

— É a… unidade de Lawrence. Fui buscar o depósito ontem à noite e sem querer peguei no sono nos fundos enquanto esperava o pessoal fechar. Os caras que fecharam esqueceram de olhar o forno e… e não sei… os bombeiros acham que talvez uma pilha de caixas tenha pegado fogo…

— Topher, me escuta. Você está bem? Tinha alguém lá dentro?

Comecei a apertar os botões do elevador para voltar ao meu andar. Dane-se o café. Eu precisava ir para casa.

— Estou… estou bem, e não sei. Acho que eu estava sozinho, mas Paul, o novo entregador, tinha ficado de me encontrar lá e não consigo falar com ele, e…

— Kallum — disse a voz calma e firme da minha irmã. — Estamos indo para o hospital para verem se ele inalou fumaça. Ele está bem, mas ainda estamos tentando entrar em contato com Paul. O lugar… bom, acho que é perda total.

— Vou voltar para casa. Agora mesmo.

— Para quê? — perguntou ela. — Seu voo de volta é amanhã mesmo. Além disso, o estrago está feito. Não há nada que possa fazer aqui.

Ela não estava sendo maldosa, sarcástica nem hostil. Estava sendo apenas honesta, e era isso o que mais doía.

— Preciso estar aí. Tenho que ver Toph com meus próprios olhos. Tenta conseguir o máximo de informações possíveis sobre Paul. Nome completo, endereço, contato de emergência. Estou voltando para o meu quarto de hotel agora e vou pegar o primeiro voo de volta para casa. Vou nem que seja numa porra de um avião de carga.

Havia uma comoção ao fundo. Metal retinindo, rodas rangendo, vozes gritando.

— Certo — concordou ela finalmente. — Acabaram de colocar a gente na traseira de uma ambulância. Vou te mandando as informações que eu conseguir por aqui.

— Obrigado — falei. — Muito obrigado. E... Tam?

— Oi?

— Eu te amo. Amo Topher. Mais do que qualquer coisa. Vocês sabem disso, certo?

— A gente sabe — disse ela. — A gente também te ama. Me avisa quando conseguir um voo.

Sei que havia muito mais que nós dois queríamos dizer. Eu deveria estar lá. Não deveria ter deixado o filho dela no comando de toda uma rede de restaurantes. E ela deveria ter ficado mais furiosa, mas ela não ficou, e eu tinha que encontrar um momento para agradecê-la.

As portas do elevador se abriram de novo e eu já estava pesquisando o primeiro voo. Era em uma hora e meia e eu estava a quarenta e cinco minutos do aeroporto mais próximo. Eu tinha que correr.

— Winnie — falei assim que abri a porta. — Winnie, é loucura, eu sei, mas aconteceu um incêndio e...

Minha cama estava vazia. Eu ainda via a marca de seu corpo no lençol. Ela tinha sumido. Eu teria que correr até o quarto dela para me despedir.

Joguei tudo que consegui encontrar na mala e fechei o zíper, sem nem me importar em olhar o banheiro para ver se eu tinha esquecido alguma coisa. Um dos elásticos de cabelo de Winnie estava em cima da mesa de cabeceira, e o enfiei no bolso.

Depois de apertar alguns botões no celular, chamei um Uber e me apressei pelo corredor até Winnie.

Bati na porta com tanta força que ela tremeu.

— Winnie — chamei. — Ei, Winnie... hum, aconteceu uma coisa. Pode me deixar entrar?

Alguns segundos se passaram. Olhei para o celular. E então um minuto se passou.

Tentei bater de novo.

— Winnie — falei seu nome com mais firmeza. — Não quero ter que me despedir através de uma porta de hotel.

Peguei o celular de novo e mandei uma mensagem, caso ela estivesse no banheiro ou em algum outro lugar.

Os minutos se passaram, e recebi um alerta de que o carro tinha chegado. Para ter alguma chance de pegar aquele voo, eu tinha que sair imediatamente.

Meu estômago se apertou em um nó. Eu tinha passado as últimas três semanas me esforçando tanto para fazer nosso tempo juntos durar que nem tinha considerado como me sentiria ao me despedir.

Mas, agora que havia chegado o momento e eu estava sendo privado dele, tudo em que eu conseguia pensar era nas coisas que eu não tinha dito.

E ela não sabia.

Ela não sabia que eu a amava.

Chegou uma mensagem de um número desconhecido de Vermont.

Seu motorista: Oi, o aplicativo fala para eu não esperar mais de três minutos. Vai descer ou não?

E então uma de Tamara com um contato em anexo.

Tamara: Internaram Topher para observação. Ainda procurando o contato de emergência de Paul, mas está aqui o número do celular dele.

Olhei para a porta de Winnie uma última vez e levei a mão ao bolso para deixar o elástico de cabelo na maçaneta. Como um viciado, eu o levei ao rosto e inspirei o cheiro dela uma última vez. Laranja, canela e uma doçura que sempre parecia presente em seu cabelo e sua pele.

Com um grunhido, enfiei o pedacinho de tecido de volta no bolso e saí pisando duro pelo corredor com planos de mandar mensagem para ela e contar do incêndio e por que tivera que ir embora mais cedo. A cada passo, algo dentro de mim se repuxava mais e mais, até eu sair e me dar conta de que tinha deixado um grande pedaço meu lá em cima, no quinto andar da Pousada Edelvais.

Eu iria para casa e cuidaria da minha família e da minha empresa e, quando estivesse tudo resolvido, buscaria minha Winnie. Cozinharia para ela toda noite, a veria pegar no sono aconchegada em mim no sofá, rasgaria as roupas dela com os dentes, a faria rir e seria o tipo de homem que ela merecia.

Aquele não era o fim da nossa história.

Não podia ser.

CAPÍTULO DEZESSETE
Winnie

Uma vez, filmamos um episódio de *Aumentando a família* num parque de diversões, e os atores puderam andar nos brinquedos para as imagens de cobertura. Eu adorei a maioria — as montanhas-russas, os tobogãs aquáticos e os carrinhos bate-bate —, mas teve um que odiei: um barril gigante que girava tão rápido que eu ficava grudada na parede enquanto o chão ia abaixando e abaixando. Eu não suportava a sensação do meu estômago sendo pressionado na coluna; odiava olhar para baixo e ver meus pés flutuando sobre o chão caído, como se o mundo todo tivesse desaparecido e não houvesse nada que me impedisse de desabar no vazio além de uma força invisível e esmagadora.

Mas eu não precisava daquele brinquedo horrível do barril para me sentir assim, pelo visto. Bastava ouvir Kallum concordar com Teddy Ray Fletcher no corredor.

Ficamos todos constrangidos por ela.

E, pronto, lá estava aquela sensação de enjoo e ânsia de vômito, aquela pressão no peito. A sensação de que não havia nada além de ar e um vazio sob meus pés.

Era o que eu merecia por ficar escutando atrás da porta, pensei, mas não foi de propósito! Eu tinha acordado sem ele, daí ouvido sua voz grossa no corredor, e estava tão atordoada, mas tão atordoada, que meu cérebro narcoléptico só era capaz de dois pensamentos: *mais sono* e *mais Kallum*. Por isso, eu tinha cambaleado até a porta, com a intenção de abri-la e exigir que ele voltasse a me abraçar — e foi então que ouvi Teddy mencionar meu nome.

Fiz o melhor que pude com o que tinha.

Ficamos todos constrangidos por ela.

O mundo tinha girado; o chão, caído. Eu mal conseguia respirar.

Nem sabia como tinha voltado ao meu quarto, com as mãos tremendo, a pulsação latejando nos ouvidos. Era idiota, *tão profundamente idiota*, ficar magoada por algo que tinha sido óbvio desde o momento em que havíamos começado a filmar, mas, poxa, eu estava chateada. Envergonhada. Uma coisa era Teddy Ray Fletcher, um especialista em sexo na frente das câmeras, declarar que eu era medíocre, mas Kallum sabia o quanto eu tinha superado para *tentar* atuar nesse filme. Ele sabia que eu havia precisado reescrever anos de vergonha e medo — e também sabia que minha vida profissional tinha sido tão provocante quanto um episódio de *The Joy of Painting*, de Bob Ross! Eu não tinha lá muita experiência com sexo na frente das câmeras. Muito menos com um jovem Papai Noel bonitão!

Apertei as mãos nos olhos e tentei inspirar e expirar como minha terapeuta tinha me ensinado a fazer. Por muito tempo, sempre que algo me machucava, dizia a mim mesma que talvez eu merecesse; que, se eu tivesse sido melhor ou mais gentil ou me esforçado mais, poderia me certificar de que ninguém mais voltasse a se decepcionar comigo. Porém, esse ponto de vista tinha mudado depois da traição de Michael, porque, por melhor que eu fosse ou deixasse de ser, aquilo tinha acontecido. E, pela primeira vez desde que eu me entendia por gente, tinha me permitido sentir raiva de verdade. Tinha permitido que a raiva queimasse a ideia de que eu precisava ser perfeita para não ser magoada, porque nem pessoas imperfeitas mereciam ser tratadas que nem lixo.

E o que Teddy e Kallum falaram de mim? Eu me senti um lixo.

Uma batida súbita na porta, e abaixei as mãos, encarando a madeira pintada de vermelho. *Toc, toc, toc*, fez o punho na porta, e Kallum chamou meu nome com aquela voz grossa sexy.

Percebi que eu ainda estava usando apenas a camiseta dele e minha calcinha e, de repente, a sensação de que o chão caía sob meus pés estava de volta, porque não fazia nem dez minutos que eu estava na cama dele, nos braços dele. Na noite anterior, eu estava arfando seu nome e ronronando em seu peito. Pensando que eu nunca tinha me sentido mais segura, relaxada ou feliz do que quando estávamos juntos.

Pensando que talvez eu tivesse exagerado em minha decisão de nunca mais me apaixonar.

— Não quero ter que me despedir através de uma porta de hotel — disse Kallum, e fechei bem os lábios, quase sem respirar.

Eu sabia que, se abrisse a boca, minha voz sairia toda trêmula e estranha, e sabia que, se ele escutasse, não me deixaria em paz até saber o porquê.

E meu orgulho ferido simplesmente não suportaria que ele soubesse que tinha o poder de me magoar com um comentário tão casual e descuidado. Ele nunca poderia saber que tinha trazido à tona minhas maiores inseguranças — que eu era ridícula, deplorável, constrangedora — e confirmado que eram verdadeiras.

Dei mais um passo para trás e apertei bem a boca, contendo o impulso de falar, de abrir a porta, de deixar que ele se explicasse. Porque eu é que não estava prestes a agravar o pecado de ser constrangedora com ser ingênua. Eu sabia exatamente o que isso tinha sido: um acordo. Um acordo para me ajudar com as cenas de sexo de *Papai Noel, baby*, o que significava que, assim que as filmagens estivessem terminadas, tudo entre nós também estaria. Então talvez Kallum não me devesse nenhum tipo de defesa verbal galanteadora… mas eu também não devia um adeus a ele.

Nós dois tínhamos conseguido o que queríamos naquelas três semanas, e estava tudo acabado. Decerto, ele ficaria agradecido por ter acabado. Ele daria as costas para a porta do meu quarto, aliviado por eu não ter causado um escândalo, por não ter ficado apegada, por não esperar que ele carregasse o fardo da ridícula Winnie Baker.

Assim, eu terminaria o restante das minhas cenas, voltaria para casa e o esqueceria para sempre. Enterraria a versão de mim mesma que tinha começado a imaginar algo mais com ele, um futuro com ele, porque, dali em diante, era apenas Winnie por conta própria, sem laços nem responsabilidades com mais ninguém.

Quando ouvi os passos relutantes de Kallum ecoarem pelo corredor, soltei uma longa expiração determinada e comecei a me preparar para meu último dia no set. Meus olhos estavam secos esse tempo todo.

Parte Dois

CAPÍTULO DEZOITO

Winnie

Seis semanas depois

— Vá, levante e brilhe, e a Deus dê a glória! — gritou uma voz alta e horrível.

Um raio de luz do sol caiu em meu rosto, e me contorci para longe dele feito uma formiga embaixo de uma lupa, pegando o edredom para cobrir a cabeça.

— O Senhor disse a Noé — cantou a voz — que vem um chuvão, chuvão!

Grunhi em protesto enquanto o edredom era puxado para longe e meu casulinho escuro dava lugar ao brilho ofuscante de sol e cabelo loiro.

— TIRE OS ANIMAIS DO BARRÃO, BARRÃO! — cantou Addison aos berros enquanto pulava na cama. — FILHOS DO SENHOR!

— Vai embora — gemi, tentando rolar para o lado.

Fui impedida por ela, que se jogou em cima de mim como se eu fosse a porta do *Titanic* e ela, Kate Winslet.

— Como você tem tanta energia? — murmurei. O sono parecia concreto líquido ao redor dos meus braços, pernas e peito. — São, tipo, seis da manhã.

— Correção, é quase meio-dia, já estou no meu terceiro espresso duplo, e acabei de tomar minha infusão de vitamina B semanal, sua anciã sem biohack. Além disso, você precisa acordar.

— Não preciso acordar coisa nenhuma — falei e fechei os olhos de novo.

Eu sabia que vinha dormindo mais de doze horas por dia desde que voltara de Christmas Notch, mas eu não *me importava*. Não estava empregada nem empreg*ável*, agora que todos sabiam que eu era péssima em filmar sexo de mentirinha, e tudo que me restava eram cochilos. E dormir até tarde. E dormir cedo.

E mais cochilos.

—Você não toma remédio para sua narcolepsia ou coisa assim? — perguntou Addison.

Seu rosto estava totalmente encostado no meu, e era tão gostoso ser abraçada por outra pessoa que eu nem ligava que vinha com um acompanhamento de Tentando Me Acordar.

— Não é uma cura mágica — murmurei, defensiva.

Era verdade, afinal, por conta própria, meu remédio de narcolepsia não era perfeito em me manter acordada, mas tratar a narcolepsia também envolvia insônia e ciclos de sono fragmentados e alucinações hipnagógicas tão assustadoras que até a ideia de dormir parecia assustadora e deprimente.

De qualquer forma, eu não tomava meu remédio fazia algumas semanas, porque, toda vez que tentava engolir o remédio gigante e muito amargo, eu engasgava. Eu precisava ir a uma farmácia de manipulação e pedir que o misturassem com alguma espuma gostosa. Talvez com sabor de pizza... ou do doce de açúcar de bordo da cesta de presentes da Pousada Edelvais, que era basicamente a única coisa que me parecia boa daqueles tempos.

— Tá, bom, estou a meio segundo de preparar um café gelado com creme de remédio de narcolepsia e enfiar por sua goela abaixo com um funil porque você *precisa acordar*. Tem alguém aqui querendo ver você.

Meu coração — meu coração ridículo e traiçoeiro — despertou, dando algumas batidas fortes e urgentes em rápida sucessão. Eu estava oficialmente acordada.

— Quem? — consegui perguntar, forçando meus olhos a se abrirem para ver Addison olhando para mim com uma expressão suave.

— Não é ele — alertou ela. Sua voz era gentil. — Não é Kallum. Sinto muito.

Meu coração murchou. Eu o sentia tão fino e fraco quanto um corte de fraldinha crua no peito. Voltei a fechar os olhos.

— Você poderia mandar mensagem para ele, sabe — sugeriu Addison. — Antes de você assistir àquele vídeo no YouTube sobre detox digital e desligar o celular, ele não parava de escrever e ligar para você.

Eu me lembrei da longa mensagem que ele me enviara no dia em que cheguei em casa, falando sobre um incêndio no restaurante e que o sobrinho tinha ido parar no hospital. Respondi dizendo que ficava triste em saber sobre o incêndio, mas feliz que o sobrinho estava bem. Depois disso não falei mais nada, e ele deveria ter percebido que havia algo mais profundo em meu silêncio, porque foi então que a enxurrada de mensagens e ligações começou.

— Não tenho nada a dizer a ele — respondi. — Tínhamos só um lance no set. Agora saímos do set, e acabou e pronto. Fim.

— Winnie — disse Addison —, você sabe que apoio suas escolhas, mesmo quando você faz coisas completamente desequilibradas como estrelar uma biografia sexy do Papai Noel, mas será que faria mesmo algum mal ouvir o que ele tem a dizer? Você precisa pelo menos voltar a ligar o celular. Você perdeu, tipo, umas vinte partidas de Wordle, e está me estressando muito.

Soltei um ruído evasivo. Não era só Kallum que eu queria evitar. Michael também havia tentado ligar, e eu não tinha energia para mandá-lo me deixar em paz *de novo*.

Eu não tinha energia para nada, na verdade, e por isso adoraria voltar a dormir...

— Enfim, sua empresária está na sala da minha casa — avisou Addison, dando um beijo pegajoso de gloss na minha bochecha e saindo de cima de mim. — E não tem muita coisa que eu possa fazer para enrolar e manter o profissionalismo, então você precisa se vestir e ir falar com ela.

— Steph está *aqui*? — perguntei.

Meu coração bateu forte de novo, meio por medo, meio por esperança. Ou ela estava ali para me demitir por ser péssima em filmar sexo de mentirinha ou estava ali para me dar mais um trabalho. Para o qual eu não poderia dizer não, afinal, meu pagamento de *Papai Noel, baby* e os royalties de *Tesouros do Paraíso* não durariam muito. Sem falar que, mais cedo ou mais tarde, eu teria que parar de abusar da boa vontade de Addison e arranjar minha própria casa.

Com um barulho que mais parecia um urso acordando, saí da cama e cambaleei até o banheiro para escovar os dentes.

Steph estava de pé na sala de estar de Addison, olhando para o celular e mexendo os polegares rapidamente pela tela. Ela ergueu os olhos quando eu entrei e abriu um breve sorriso com uma quantidade desconcertante de dentes.

— Winnie Baker — declarou ela. — Você não atende minhas ligações.

— Desculpa... meu celular estava desligado — falei, sentando-me num dos sofás chiques de casa de campo moderna de Addison. — Ando... indisposta.

Não gostava de mentir, mas parecia uma explicação mais fácil do que *Meu parceiro de cena gato fez eu me sentir uma piada, por isso agora estou me escondendo dele e do resto do mundo*. Além disso, não era completamente inverídico; eu andava me sentindo péssima nos últimos tempos. Minha narcolepsia estava pior do que nunca, e eu andava tão atordoada e enjoada que a única coisa que conseguia engolir eram sanduíches de pasta de amendoim e os sucos verdes que eu às vezes pedia para a assistente pessoal de Addison.

— Bom, está na hora de se dispor — afirmou Steph, decidida —, porque as pessoas estão querendo um pedaço dessa tortinha sexy de Winnie Baker.

Eu a encarei.

— Sério?

— Sério. E estão dispostas a pagar um bom dinheiro por cada fatia recheada. Você não viu a entrevista de Gretchen na *Vogue*?

Fiz que não em silêncio, e Steph soltou um suspiro dramático. Ela me passou o celular depois de alguns toques impacientes, e rolei pelo artigo enquanto Addison lia atrás de mim.

— Ela fala que você é incrível e injustiçada, blá-blá-blá, mas o que realmente importa é que isso é só o começo — continuou Steph. — Agora que o interesse por *Papai Noel, baby* está aumentando, as pessoas vão se dar conta do que estão perdendo, ainda mais depois do lançamento, e é bom que a gente tenha alguns projetos na fila para quando isso acontecer. Por isso, estou com alguns roteiros aqui para você, algumas propostas...

Mas eu mal estava ouvindo àquela altura. Porque, *ai, meu Deus*, Gretchen Young disse no artigo que eu estava bem no filme.

Mais do que bem: incrível. Sexy. Provocante!

E talvez ela estivesse mentindo para proteger o futuro de *Papai Noel, baby*, mas Gretchen me parecia mais de *esquiva diplomática* do que de *mentira descarada* quando se tratava desse tipo de coisa.

Ou seja, ela provavelmente acreditava no que estava falando.

Então eu não tinha sido um desastre total no set de *Papai Noel, baby*, e Kallum e Teddy estavam errados sobre mim, aqueles bobalhões de pelos na cara.

— ... depois das refilmagens, claro — concluiu Steph, e meu cérebro voltou ao presente.

— Refilmagens? — repeti.

— Sim, refilmagens, o que você saberia se tivesse mantido o celular ligado — repetiu Steph, tirando o celular dela das minhas mãos e usando-o para apontar para mim. — A senhorita deve voltar a Vermont daqui a algumas semanas para as refilmagens. Pearl mudou o final do filme. Tem *muito* sexo no final novo, então se prepara, mas o coordenador de intimidade com o cachorro desfigurado vai voltar para ajudar com isso.

Eu devia ter ficado pálida, porque Steph chegou perto e deu um tapinha na minha bochecha.

— Liga seu celular — ordenou ela. *Tapinha, tapinha.* — Vou te mandar os roteiros e as propostas por e-mail hoje à noite. Vamos ganhar uma grana, Winnie.

E então ela saiu andando, deixando um rastro de perfume de cereja atrás de si.

Fiquei encarando a parede ripada na minha frente até o rosto preocupado de Addison a substituir.

— Tudo bem, mozim?

— Não sei se consigo vê-lo de novo — confessei. — Muito menos fazer cenas de amor com ele.

— Ah, querida — disse ela com a voz reconfortante, levantando-me e me dando um abraço apertado.

Foi muito gostoso até ela me espremer e uma dor disparar dos meus seios para o resto do corpo. Dei um berro.

Addison me soltou com uma expressão preocupada enquanto ajeitava a lateral do seio.

— O aro do meu sutiã machucou, foi isso?

— Não, é só que doeu quando você esmagou meus seios... Ai! Porra!

Addison tinha acabado de esticar a mão e dar um beliscão no meu peito, com uma cara pensativa.

— Por que fez isso? — questionei, massageando o seio agredido de maneira protetora.

— Há quanto tempo você anda megassonolenta? — questionou Addison de repente.

— Não sei, um tempo, acho? Desde que voltei de Christmas Notch?

— E toda a dieta de sanduíche de pasta de amendoim e suco verde? Começou quando?

— Também quando voltei, mas é só porque eu não me sentia bem o bastante para comer qualquer outra coisa...

— E seu mar vermelho desceu esse mês?

Bufei.

— É claro que desceu, sempre menstruo no fim do...

Perdi a voz ao me dar conta de que a maré vermelha *não* tinha descido. Tinha acabado logo antes de eu chegar a Christmas Notch e se mantivera afastada desde então. Não era nada. A menstruação podia oscilar por vários motivos!

— Às vezes atrasa quando estou estressada — insisti. — É isso. É só que estou estressada por ter sido ruim no filme. E só.

Addison estava me encarando como se eu fosse uma adolescente tentando argumentar que não tinha substituído o gim por água enquanto a mamãe estava de férias.

— Winnie, odeio falar que nem psicopedagoga, mas Kallum vestiu o boneco antes de entrar na casinha?

Escondi o rosto entre as mãos.

— Addison!

— *Hein?*

— Sim! A gente sempre usou camisinha… Até na primeira vez, quando a gente achou que não tinha, mas na verdade Kallum tinha uma camisinha de emergência na capinha do celular.

— Na capinha do celular? — repetiu Addison. — Tipo, encaixada atrás de uma bateria quente durante todas as horas do dia por sabe Deus quanto tempo?

— Os celulares não esquentam *tanto* assim — falei. — Sem contar que ninguém fica grávida na primeira vez com outra pessoa. É uma mentira que contavam para a gente na adolescência, Addy.

— Acho que não é tanta mentira se você cozinhou uma camisinha com o celular. Aposto que era um Android. Homem é burro, viu — murmurou Addison, desaparecendo da sala e voltando com uma caixa rosa. — Toma. Minha irmã deixou aqui um milhão de anos atrás quando ela estava fazendo inseminação.

— Quê… Não, não posso estar grávida. Estava para ver um médico por não engravidar de Michael!

— E Michael chegou a ver algum médico para ter filhos? Para garantir que as sementes dele eram produtivas?

— Que nojo, Addy.

— Hein?!

— Não chegamos a esse ponto — admiti. E achava que nunca teríamos chegado. Eu sabia que Michael não levaria numa boa a sugestão de que ele precisava fazer um espermograma, por isso eu tinha medo de tocar no assunto. — Enfim, foi só uma camisinha suspeita uma vez. Não posso estar grávida. Não mesmo.

— Sim mesmo. *Oui* mesmo. *Ja* mesmo. — Ela colocou a caixa de testes nas minhas mãos. — Precisamos saber se você tem um pãozinho no forno para podermos fazer planos.

Olhei fixamente para a caixa. Era uma embalagem múltipla gigante que tinha vencido no ano anterior.

— Planos.

— Sim, bebezinha. Planos. — Ela segurou minhas mão, os dedos dela cheios de anéis dourados finos e unhas amendoadas. Mesmo para passar o dia em casa recebendo a infusão intravenosa, mesmo de legging e sem maquiagem, ela estava perfeitamente arrumada. — E você tem, *sim*, opções, Winnie. Esse não precisa ser o começo nem o fim de nada. Se você não quiser interromper sua carreira antes do começo, se não quiser ter um bebê com um magnata da pizza que falou mal de você, não precisa. Vou ajudar.

Encarei o olhar cinza suave dela e toquei na minha covinha no queixo.

— Tem certeza? — perguntei.

Ela apertou minhas mãos e abriu um sorriso de Addison Hayes digno de um cartaz da Target.

— Estou com você. Para o que precisar, vamos dar um jeito. Uma camisinha tosca não tem que ser seu destino, Winnie Baker.

Baixei os olhos para a caixa, sem nem saber o que eu estava sentindo. Pavor? Culpa?

… esperança?

— E se eu *quiser* um filho? — sussurrei. — Mesmo solteira? Mesmo enquanto tento começar uma carreira nova? Mesmo que Kallum seja um grandessíssimo filho da puta?

— Então vou ser a madrinha do seu bebê, dar seu primeiro chapéu de aba larga e ser a Tia Legal da Carona quando ele beber demais na praia. Você não precisa fazer isso sozinha, Winnie Baker. Esqueça Kallum e seus pais horríveis, pode contar comigo. — Ela jogou o cabelo, dando uma fungada. — Afinal, que bebê não gostaria de ser criado por nós?

Sorri… Um sorriso que estava perigosamente perto de lacrimejar.

— Addy…

— Cala a boca e vai mijar no teste de uma vez.

E foi o que fiz.

E, quando o leitorzinho digital disse GRÁVIDA e o leitor digital do segundo teste disse GRÁVIDA e, depois, quando os testes não vencidos que pedimos por aplicativo *também* disseram GRÁVIDA, GRÁVIDA, GRÁVIDA, Addison me abraçou enquanto eu chorava naquele cabelo tão cheiroso que nem parecia humano e escorria coriza por sua camisa de flanela de oitocentos dólares que parecia ter vindo de um brechó.

— Está tudo bem — disse ela com vozinha fofa enquanto eu me permitia sentir cada fio de terror, esperança e entusiasmo. — Tia Addy está aqui. Tia Addy está aqui.

E, embora não fosse planejado, viesse em péssima hora, não fosse nem um pouco como eu imaginava ter um bebê, eu não conseguia deixar de sentir algo quase como felicidade. Como alegria.

Às vezes, as coisas que mais queríamos vinham quando menos as esperávamos, quando não estávamos preparados para elas, quando achávamos que nem as queríamos mais. E talvez aquela camisinha tosca fosse, *sim*, o destino, porque aquele bebê estava ganhando uma mãe que se conhecia, que sabia passar por momentos difíceis sem se amassar em uma bolinha de papel como uma embalagem da Taco Bell. Aquele bebê estava ganhando uma tia Addy e um pai que não era Michael Bacher e uma infância livre de palavras como *pureza*, e *pedra de tropeço*, e *vergonha*.

Estávamos naquela juntos, essa sementinha em minha barriga e eu e, mesmo se eu não pudesse encontrar trabalho como atriz depois disso, mesmo se eu tivesse que viver na casa da piscina de Addison para sempre, estaria tudo bem, *nós* estaríamos bem.

Pela primeira vez em muito tempo, eu sabia que tinha o poder de fazer isso acontecer.

CAPÍTULO DEZENOVE
Kallum

Kallum? — chamou Nolan de trás da porta fechada do quarto de hóspedes na casinha perfeita em Los Feliz que ele dividia com Bee. — Sua gravação não começa daqui a, tipo, três horas? Não seria bom tomar um banho?

— Banho é coisa de gente feliz — resmunguei enquanto cobria a cabeça com as cobertas.

— Hummm… Gosto de pensar que banho é coisa de gente, no geral. E da gente que precisa conviver com essa gente.

— Oferece as sobras do waffle para ele — sussurrou Bee.

— Ele não é um gato vira-lata que estamos querendo atrair — respondeu Nolan para ela.

— Estou sem fome! — gritei com a voz ríspida.

De repente, a porta se abriu, e Nolan estava lá de roupas limpas, jogando sua felicidade na minha cara, com Bee na ponta dos pés, espiando por sobre seu ombro.

— Você não saiu deste quarto desde que chegou aqui, dois dias atrás — disse Nolan. — E você até faltou a reunião de pré-produção do *Shark Tank*.

— O que eles vão me dizer que eu já não saiba? — perguntei. — Já estou com o investimento garantido para as unidades novas. Esse programa é só uma fachada.

— Hum, tenho quase certeza de que, quando você me ligou duas semanas atrás para me dizer que dormiria aqui, você disse que era parte do seu contrato com Mark Cu...

— Vou chegar lá. Vou dar meu discurso da pizza. Dar uma fatia ou duas para eles e pronto. Sou um charme. Vai dar certo.

Bee deu um passo à frente e balançou o braço em minha direção.

— Não sei se eu chamaria essa sua versão atual de um charme.

Nolan se virou para Bee.

— Você disse isso de um jeito muito mais gentil do que eu diria, amor.

Ela deu um beijo na bochecha dele.

— Obrigada, amor.

— *Amor* isso — murmurei. — *Amor* aquilo.

Os dois me olharam do mesmo jeito que minha mãe olhava para os netinhos quando eles estavam fazendo birra sem motivo.

— Preciso trabalhar — disse Bee. — Você cuida disso?

— Pode deixar — respondeu Nolan. — Catei os cacos desse cara do chão quando ele se apaixonou pela gerente da nossa turnê que tinha um marido e dois filhos em casa.

— Michelle era um crush. Isto é amor — gemi.

— Ih, caramba. — suspirou Bee. — Queria muito ficar para ver isso. — Ela olhou para Nolan. — Você chegou a conversar com Gary, o vizinho, sobre cuidar dos pés de tomate enquanto estamos no set de *O salão do duque 2*?

Nolan bateu a mão na testa.

— Não, mas vou falar.

Eles deram um beijo rápido e ele sussurrou algo no ouvido dela que a fez ronronar como um gatinho ensandecido.

Depois que ela saiu pelo corredor e ele a observou por um momento, Nolan se voltou para mim e bateu palmas como um macaco mecânico.

— Legal, amigão. Está na hora de levantar dessa cama, tomar uma ducha e se mandar para o estúdio. Levei seu avental da pizzaria para a lavanderia ontem, então, se afogar esses sentimentos no banho, você pode parecer menos deprimido do que está. Depois, quando você voltar, podemos pedir comida de todas as pizzarias boas da cidade e fazer uma degustação. Vamos conversar sobre seus sentimentos e arranjar um terapeuta para você lá em Kansas City amanhã cedinho.

— Nunca falei que você podia planejar minha vida — falei enquanto me desenterrava da pilha de almofadas decorativas que tinha usado para me esconder do mundo nos últimos dois dias. — Mas desculpa por aparecer aqui e transformar seu quarto de hóspedes num buraco negro.

— Tudo bem, mano. É para isso que serve o quarto de hóspedes do seu melhor amigo. Sem falar que por aqui o tempo vive ensolarado e ameno, mas está chovendo desde que você chegou, o que é meio assustador, mas até que bom. Estava começando a achar que tinha me mudado para uma simulação gigante.

— É só que eu não estava preparado para a dor de estar tão perto, mas tão longe dela.

Nolan levou a mão ao peito.

— Nossa, isso dói. Por que nunca deixaram você se arriscar a compor nossas letras?

— Não é bem assim que as fábricas de boy band funcionam.

— Você está mesmo caidinho por ela?

— Ela é a pessoa certa para mim — confessei. Já fazia dez semanas que eu tinha deixado Christmas Notch, e havia passado todo esse tempo dormindo enquanto via filmes antigos dela e buscando o corpo dela toda manhã. — Amo Winnie Baker. E pensei que, quando encontrasse a pessoa certa, eu ficaria felicíssimo por ela existir, por realmente haver alguém para mim por aí. Mas dói para caralho, Nolan. Tenho pavor de nossa história terminar assim, de pizza e ser um tio semirrazoável serem o único futuro que existe para mim.

E, depois de uma de nossas lojas ser reduzida a cinzas quando Topher estava no comando da empresa, acho que nem isso eu poderia dizer. Felizmente, Paul, o entregador, estava vivo e bem, apesar de ter fumado um dentro do carro e pegado no sono no estacionamento de uma loja de departamentos antiga antes de ir ao trabalho. Quando os policiais o encontraram, ele estava chapadaço, mas vivo.

— Ela não atende o celular — falei. — E agora só cai na caixa de mensagem. Tentei entrar em contato com ela através de Steph, Teddy... até Gretchen. Mas ninguém conseguiu me ajudar.

Nolan passou a mão no rosto.

— Estou prestes a dar um conselho de merda.

— Meu tipo favorito — encorajei.

— Você está aqui. Em Los Angeles. Vai atrás dela. A hora é agora. Declara seu amor. Faz o grande gesto. Compra as flores. Canta para ela se for preciso. Mas essa é sua chance, cara. Vai tomar um banho e virar gente. Filma *Shark Tank* e corre atrás da sua mulher.

— É? — perguntei, sentindo esperança pela primeira vez em meses. — Como eu a encontro? Pelo que sei, ela estava morando com Addison Hayes, mas isso era na época em que falava comigo.

Nolan tirou meu celular do carregador na mesa de cabeceira. Ele alinhou o celular com minha cara para desbloqueá-lo e murmurou:

— Não que eu não saiba sua senha. É a mesma desde criança.

— Não é verdade.

Eu me levantei e comecei a revirar a mala em busca do óleo para barba e quaisquer outros itens de higiene pessoal que eu tivesse jogado lá dentro na névoa mental depressiva.

Ele bloqueou o celular de novo para provar o argumento e digitou *6969*.

— É um clássico por um motivo, né?

— Pronto — disse ele, mostrando o Instagram de Addison para eu ver. — Essa loja de maquiagem de Burbank marcou Addison num post promocional de um evento que ela vai fazer para a nova linha de perfumes hoje à noite. Winnie não deve estar lá, mas talvez Addison possa responder a algumas perguntas para você.

Ele continuou rolando a tela.

— Ai, caramba, essa casa de sucos também a marca, tipo, duas vezes por semana. Você poderia tentar lá também.

Meu coração parou.

Bem ali, num post da semana anterior, estava Addison tomando um suco vermelho, junto com uma Winnie desfocada. Um copo cheio de suco verde-escuro preso na ponta dos dedos e o cabelo cobrindo a maior parte de seu perfil, mas eu conhecia a curva de seu nariz de cor.

— Qual é o nome desse lugar? — murmurei e cliquei no perfil. — Pura Polpa. É perto de Culver City.

— Agora vai lavar esse corpinho — comandou Nolan, e me deu um tapa na bunda.

Nolan saiu para trabalhar antes de eu entrar no banho, então coloquei minha playlist de "Dar um Gás", que começava com "Holding Out for a Hero", de Bonnie Tyler, pelo menos seis músicas de Kelly Clarkson, "Pony", de Ginuwine, "Man! I Feel Like a Woman!", de Shania Twain, e uma boa dose de Destiny's Child e Queen... além de, claro, um pouquinho de INK.

Éramos muito bons naquela época, tá?

Quando entrei no carro alugado, eu tinha trinta e cinco minutos para percorrer dez quilômetros, mas o Google Maps informou que levaria cinquenta. Merda.

Mandei uma mensagem para o número de contato da produção antes de dar ré na garagem íngreme tão rápido que meu KIA SUV alugado, pequeno demais para ser um SUV de verdade, ganhou uma velocidade legal.

Enquanto fazia o possível para atravessar a cidade educadamente, eu acenava e agradecia com a cabeça a todos que me deixavam passar, o que era retribuído na maioria das vezes por uma buzina ou o dedo do meio. Eu queria gritar: "EU SOU DO MEIO-OESTE!"

Depois que passei pelos estúdios da Fox, fiquei preso num miniengarrafamento ao longo de uma rua cercada por palmeiras com lojinhas e... uma casa de sucos!

Ai, caralho! Pura Polpa! Bem ali na minha cara.

Olhei a hora no painel, depois a hora no celular — como se pudessem ser diferentes. No fim, não importava. Eu já estava entrando na vaga debaixo de uma placa de estacionamento muito complicada. Mas placas eram para pessoas que tinham tempo para lê-las!

Era impossível que ela estivesse ali.

Mas e se estivesse? Tudo em minha relação com Winnie tinha sido tão impossível de acreditar, então quem poderia dizer que ela não estaria em uma casa de sucos descolada esperando por mim?

Travei o carro e guardei as chaves no bolso da frente do avental. Meu avental! Quase voltei para tirá-lo, mas não havia tempo. O produtor do *Shark Tank* tinha me dito para aparecer com meu uniforme de Slice, Slice, Baby, que era um avental, uma calça jeans e uma camiseta com o logo da empresa — o desenho de uma fatia de pizza de topete loiro.

Corri pelo quarteirão e abri a porta da Pura Polpa.

Todos na fila e todos os funcionários se viraram para mim, mas nenhum deles era Winnie nem mesmo Addison.

— Hummm… Bom trabalho, rapazes… Quer dizer, pessoas. Tem mais do que rapazes aqui. Estou vendo. Não que eu veja o gênero das pessoas nem nada, mas só presumi e… — Ergui dois polegares. Talvez, se eu simplesmente calasse a boca, as palavras parassem de sair. — Preciso correr, mas vou voltar para tomar um suco. Ou vários! Vários sucos em breve.

— Kallum? — chamou uma voz baixa atrás de mim. — O que está fazendo aqui?

Dei meia-volta e lá estava Winnie. Seu cabelo estava preso num daqueles coques bagunçados com alguns fios soltos caídos ao redor do pescoço, e ela estava usando uma legging verde-acinzentada e uma blusa de moletom larga.

— Winnie?

Addison parou atrás dela.

— Kallum Lieberman, faz pelo menos uma década. — Ela cruzou o braço no de Winnie. — Quer que eu o eviscere verbalmente? É só dizer.

Winnie suspirou e balçançou a cabeça.

— Pode ir entrando na frente.

Addison se inclinou na minha direção e latiu que nem um cachorro antes de entrar na loja, onde todos os funcionários entoaram seu nome.

— Essa mulher é feroz.

— Se vai elogiar, é melhor dizer na cara dela — comentou Winnie.

Sorri e tentei pegar sua mão, mas ela escondeu as duas no bolso da frente do moletom.

— O que está fazendo aqui? — repetiu ela, e então parou para notar minha roupa. — E com o uniforme da Slice, Slice, Baby?

— Vim filmar um episódio de *Shark Tank*... É uma longa história.

Ela deu um passo à frente para abrir a porta.

— Legal. Boa sorte.

Entrei na frente dela.

— Winnie, o que foi que eu fiz? — perguntei, desesperado. — Pode falar comigo? Num minuto, você está dormindo do meu lado na cama e, no outro, nem me liga de volta.

Ela cruzou os braços, as narinas dilatadas.

Nossa, ela era sexy quando estava brava. Meu coração estava estropiado e minha garganta, seca de tristeza, mas isso não me impediu de querer esfregar o nariz por seu pescoço e maxilar até chegar aos lábios e beijá-la por tanto tempo que nossos corpos se dissolveriam em um.

Mas conversar. Primeiro, conversar. Segundo, declarar meu amor. E depois a gente poderia se pegar feito dois adolescentes no cio.

Puxei a cadeira da mesinha à frente da fachada, e ela se sentou.

Quando eu tive quase certeza de que ela não sairia correndo, eu me sentei à frente dela.

Queria confirmar a hora no celular e talvez mandar mensagem de novo para o assistente de produção, mas não. Eu estava ali com Winnie e não havia como saber se teria uma segunda chance.

— Então fala.

— Liguei. Mandei mensagem. Tentei entrar em contato com Steph e Teddy. Mas nada. Foi porque precisei ir embora de repente? Você recebeu minha mensagem, certo? Sobre a unidade que pegou fogo. Mil desculpas, mas meu sobrinho... Eu precisava voltar para casa e ver como ele estava e...

— Você ficou constrangido por mim.

— Oi?

Ela deu de ombros.

— Você ficou constrangido por mim.

Suas palavras soavam vagamente familiares, como se fossem de um filme... ou talvez do nosso roteiro.

— Desculpa, Winnie, mas não estou entendendo.

— Foi o que você disse a Teddy, não foi? Sobre mim, o filme e as nossas cenas? Nossas cenas íntimas.

Teddy. Ai, Deus. A conversa voltou a mim como uma bigorna despencando do céu.

— Winnie... Eu só estava... Eram, tipo, cinco da madrugada. A gente tinha... a gente tinha passado a noite em claro. — Minha voz virou quase um grunhido. — Tenho quase certeza de que você se lembra dessa parte.

Ela engoliu em seco e suas bochechas coraram. No entanto, balançou a cabeça, como se tentasse remover as memórias fisicamente.

— Você me fez me sentir uma imbecil. E *aí* me senti envergonhada por todas as coisas que não sabia. Kallum, você sabe quanto tempo da minha vida passei com vergonha? Cansei.

— Eu... Mas eu te amo, Winnie.

Assim que as palavras saíram da minha boca, eu soube que era a coisa errada a dizer na hora errada, por mais verdadeira que fosse.

Ela entreabriu a boca... mas levou apenas uma fração de segundo para franzir a testa, irritada.

— Você não está me ouvindo, Kallum.

— *Vergonha* — falei, forçando meu cérebro a abandonar a missão que tinha me levado até ali. — Estou ouvindo, juro. E posso não saber como é crescer com a necessidade constante de ser a boa menina para todos e ser tão pura e... Mas sei que você batalhou muito para sair disso, Winnie. Sei que você é valente pra caramba e que deixou para trás tudo que conhecia para escapar da vergonha. E o que falei para Teddy foi idiota e descuidado. Sei como soou. Soou mal, mas, Winnie, você precisa entender que eu estava prestes a dizer mais, a dizer como você tinha ficado incrível, e precisa saber que, para mim, foram apenas palavras bestas e sem sentido.

— Mas para mim não foram.

Atrás dela, uma guarda de trânsito se aproximou do meu carro alugado e começou a digitar o número da placa.

Winnie começou a olhar para trás, para ver o que tinha me distraído, mas eu precisava que ela soubesse que ela era meu universo, por isso estendi os braços sobre a mesa e envolvi suas mãos com as minhas.

Isso a fez voltar a cabeça, e ela observou nossas mãos por um longo momento. Eu não sabia o que ela via ali, mas torcia para que fosse um futuro e todas as palavras certas que eu não conseguia dizer. Porque, quando eu pensava que poderia perder Winnie, meu cérebro se transformava em um ruído sem fim.

Respirei fundo. Eu precisava de uma segunda chance. *Meu Deus, permita que essa criatura perfeita me dê uma segunda chance.*

— Nunca digo as coisas certas — falei, por fim. — Pode perguntar para toda a minha família. Pode perguntar para Nolan. Qualquer pessoa. E, com você, é ainda mais difícil, ainda mais agora que estamos de volta ao mundo real, e tudo que quero é que o que tivemos seja verdadeiro. Eu disse uma coisa idiota para Teddy. Eu... Tá, é constrangedor, mas fiquei meio deslumbrado quando o vi. O cara é um rei do pornô, e digamos apenas que a obra dele foi muito formativa para um jovem Kallum. Por isso, o que eu deveria ter dito era: "Você me deixou estrelar um filme com a mulher dos meus sonhos e a memória dessa experiência vai ser a última coisa em que eu vou pensar antes de dormir pelo resto da vida." Eu teria dito que foi sorte a nossa trabalhar com Winnie Baker, que é gentil, e inteligente, e brilhante, e surpreendentemente safada. Mas eu disse uma coisa infeliz para caralho, e nunca vou deixar de me arrepender.

Ela olhou para mim, depois de volta a nossas mãos. Nossas mãos perfeitas, aninhadas a nossa frente como se tivessem sido feitas para envelhecerem juntas.

— Gosto tanto de você, Kallum. Até demais. Você é engraçado, carinhoso e me fez sentir coisas que eu nem sabia que poderia sentir. Em, hum, mais de um sentido. Mas não combinamos. — Ela balançou a cabeça antes que eu pudesse interromper. — Você sabe que é verdade. Você é despreocupado, e divertido, e tem uma vida ótima cheia de madrinhas de casamento e pizza, e eu sou alguém que precisa ter aulas de sexo emergenciais, e simplesmente não fazemos sentido. Por isso, obrigada pelo pedido de desculpa. De verdade. Eu me sinto ridícula por ter ficado tão magoada, mas seu pedido de desculpa é muito importante para mim, e só saber que estamos numa boa vai tornar a refilmagem muito mais fácil.

— Refilmagem?

De todas as coisas devastadoras que ela acabara de dizer, a única coisa que ouvi foi *refilmagem*.

Ela puxou as mãos de volta ao colo e minhas mãos vazias pareciam cavernosas sem ela.

— É, vamos voltar para Christmas Notch na semana que vem. Steph não te ligou nem te mandou e-mail?

— Eu não diria que sou o melhor em olhar meus e-mails.

Ela sorriu um pouco.

— Bom... Surpresa!

Addison saiu da casa de sucos com dois copos nas mãos e rosnou para mim.

Winnie se levantou.

— É melhor eu ir, mas vejo você de novo em Christmas Notch. — Ela mordeu o lábio, o que teve um efeito previsível em minhas partes íntimas, depois acrescentou, hesitante: — A gente precisa conversar quando estiver lá. Sobre algumas coisas.

Mas, antes que Winnie pudesse dizer mais, Addison entregou a bebida a ela, passou o braço ao redor do ombro dela e latiu para mim mais uma vez.

Fiquei olhando para a cara dela, confuso, sabendo que, se fosse qualquer outro dia, eu acharia isso engraçado.

— Vejo você em Christmas Notch! — gritei para Winnie.

Ela olhou para trás e abriu um sorrisinho.

Eu me virei e andei de volta até o carro, onde uma multa estava esperando no para-brisa. Tá, eu tinha merecido.

Guardei a multa no bolso e dei a volta até a porta do motorista quando notei uma trava amarela enorme no pneu dianteiro. Mas que...

Olhei ao redor em busca da guarda de trânsito. Ela estava alguns carros à frente, andando na frente de uma Range Rover.

— Moça! — gritei.

Ela ergueu a mão para me interromper antes que eu pudesse começar, mas eu precisava chegar ao estúdio e duvidava que o Detran de Los Angeles metesse uma trava num carro por uma única multa.

— Moça, desculpa, mas acho que aconteceu algum engano.

— Engano nenhum — respondeu ela. — Você tem nove multas pendentes.

— Nove! Nove? Esse carro é alugado. Estou com ele há dois dias.

Ela passou para o carro seguinte.

— Parece um problema para a locadora.

Abri a boca para argumentar mais um pouco, mas sabia que aquilo não me levaria a lugar nenhum.

Tirei o celular do bolso e chamei um Uber. Bem quando Dylan confirmou que estava a caminho, recebi uma mensagem de Justin, o assistente de produção de *Shark Tank*.

Justin 🦈**:** Encerramos por hoje e só voltamos daqui a um mês. Te liguei quatro vezes.

Olhei a hora. Era para eu estar lá havia uma hora. Chegou outra mensagem.

Steph: Como foi o Shark Tank? E você recebeu meu e-mail sobre as refilmagens?

Eu me recostei no capô do carro alugado.

Tinha estragado tudo. Perdido a gravação. Dito para Winnie que a amava da pior maneira possível.

Era para tudo parecer desolador. Mas eu só conseguia ver Winnie se virando para olhar para mim e seus lábios se curvando num leve sorriso.

Estávamos voltando a Christmas Notch. Um lugar cheio de magia cinematográfica e história entre Winnie e Kallum.

Tinha falado para Winnie que a amava e, se houvesse algum lugar em que eu poderia convencê-la de que era verdade, era Christmas Notch, Vermont.

CAPÍTULO VINTE

Winnie

A primeira coisa que notei quando entrei pela porta do Bola de Neve Suja na semana seguinte foi o fedor. O ar estava inteiramente tomado pela fragrância venenosa de cerveja choca, e o fantasma de todas as sobras de nachos, frango à passarinho e picles empanado pairava como uma névoa.

Minha boca se encheu de água daquele jeito esquisito de quando eu estava prestes a vomitar, e eu apertei os lábios com firmeza. Na-na-ni--na-não. Ali, não. *Naquele* banheiro, não.

A segunda coisa que notei foi a ausência de certa pessoa alta de barba — não que eu me importasse, claro que não me importava! Minhas questões eram apenas logísticas, porque precisávamos conversar sobre aquele bendito bebê, e seria mais fácil fazer isso ali, durante a confraternização de "bem-vindos de volta a Christmas Notch", e não enquanto filmássemos sexo de mentirinha com o Papai Noel numa chaminé ou algo assim.

E o fato de que Kallum tinha me dito na Pura Polpa que me amava… Aquela palpitação estranha em meu peito sempre que eu pensava em seus olhos azuis suplicantes quando tinha me dito aquelas palavras… Isso não tinha nada a ver com nada. Não mudava a situação. Não mudava o fato de que, apesar de todo o seu charme jovial, ele tinha a capacidade de me magoar de novo.

Não mudava o fato de que, dali em diante, meu coração estava reservado apenas para a criatura do tamanho de um limãozinho que crescia dentro de mim.

— Winnie! — chamou uma voz ao meu lado. — Bem-vinda!

Eu me virei e vi Gretchen e Pearl ao lado da porta, Gretchen segurando uma cerveja artesanal e Pearl com uma garrafa de kombucha em uma das mãos e, na outra, uma cesta cheia de garrafinhas de uísque de canela.

— Eu te ofereceria um uísque, mas Steph nos contou do bambino — comentou Gretchen. — Parabéns, aliás.

— Lembre-se de tomar muito chá de folha de framboesa agora que está no segundo trimestre — confidenciou Pearl. — Deixa o útero mais forte.

— Obrigada — falei, respirando quase só pela boca para evitar o cheiro horrível ali dentro. — Ainda está bem no início, então vocês são parte de um grupo bem pequeno de pessoas que sabem. E estou torcendo para isso não impactar muito as refilmagens.

— Imagina — interrompeu Gretchen rapidamente. — Mal dá para ver, e não é nada que não dê para resolver com ângulos e figurino. Além disso, as pessoas engravidam. Está na hora de pararmos de punir as atrizes por isso. — Sua expressão se suavizou um pouco, um sorrisinho curvando a boca. — Sem falar que bebês são incríveis. Mal posso esperar para conhecer o seu.

— Obrigada por ser tão compreensiva — respondi, sincera.

Até então, todos tinham sido tão mais gentis do que eu previa... Até Steph, que eu tinha certeza de que me demitiria, porque havia caos *sexy*, como Nolan Shaw, e caos *nada sexy*, como ser uma ex-atriz mirim grávida. Mas ela não tinha me demitido; pelo contrário, ficara estranhamente encantada. ("Está sentindo esse cheiro?", havia perguntado. "Que cheiro?", eu tinha respondido, confusa, porque não sentia cheiro ruim nenhum, apesar de ter me tornado um cão farejador humano. "Todas aquelas revistas *People* saindo da gráfica, Winnie!", exclamara ela com alegria incontida. "Com seu rosto luminoso e maternal na capa!")

Pelo visto, o novo posicionamento de Steph D'Arezzo em relação aos clientes era *quanto mais caóticos, melhor*, e ela já tinha alguns projetos em mente que se encaixariam no estilo gestante. E agora que Gretchen, Pearl e Teddy estavam cientes formalmente, assim como Jack Hart e Luca, que precisavam saber por questões de coordenação de intimidade e figurino, faltava apenas contar para meus pais e Kallum.

Eu estava fazendo um ótimo trabalho em não pensar na reação dos meus pais. Na de Kallum? Nem tanto. Queria dar a ele a chance de ser parte da vida do bebê… mas também me perguntava se um homem tão relaxado como Kallum gostaria de ter um bebê e uma mãe neurótica e narcoléptica bagunçando seu mundo.

Claro que não, certo? Claro que o homem famoso por fazer pizzas e transar com madrinhas de casamento não ia querer ser incomodado por vômito, mastite e todas as partes nada glamorosas de criar um filho, certo?

Portanto, eu tinha que me preparar para que essa responsabilidade fosse majoritariamente — se não inteiramente — minha, e tinha que abandonar todas as fantasias que havia nutrido em meu coração. Fantasias de ser abraçada enquanto cuidava de um bebê recém-nascido. Dos meus pais agora distantes vindo passar um tempo comigo, de minha mãe embalando o bebê enquanto eu cochilava. De uma casa cheia de pessoas prontas para um abraço ou uma chupeta limpa ou braços abertos para levar um bebê amado que mal conhecia o próprio berço de tanto tempo que passava no colo.

Mas tudo bem, eu sou valente e, embora não tivesse a intenção de fazer Addison trocar fralda às três da manhã só porque a Winnie do Passado não tinha sido inteligente o bastante para esperar por uma camisinha que não tivesse sido assada como uma pizza na bateria do celular, eu não estava sozinha. Tinha tia Addy, Steph não havia me demitido, Gretchen me apoiava, e ficaria tudo bem.

Eu só tinha que contar para Kallum, só isso.

— Não tem de quê — respondeu Gretchen ao meu agradecimento, quando alguém esbarrou em mim.

Eu me virei e vi Nolan Shaw com os braços cheios de cestas vermelhas de plástico forradas de papel, repleta de itens como pimentas recheadas e bolinhos de batata cobertos por um queijo amarelo-vivo gosmento.

Meu estômago subiu imediatamente pela garganta e se preparou para saltar da língua como se fosse um trampolim.

— Winnie Baker! — gritou Nolan, o cabelo desgrenhado escapando do gorro enfiado até a testa. — Bem-vinda à minha espelunca favorita de Vermont, onde os martinis são sujos e os pisos, imundos.

— Oi, Nolan — falei, um pouco confusa. — O que veio fazer em Christmas Notch? Não está morando em Los Angeles?

— Nolan e Bee vieram filmar *O salão do duque 2: Um casamento ducal,* que vai começar depois das nossas refilmagens — comentou Gretchen atrás de nós. — Achamos que seria divertido reunir a família toda aqui hoje.

— Além disso, o Bola de Neve Suja está reservado pela próxima semana inteira para um torneio de perguntas e respostas sobre filmes originais do Disney Channel, então não dava para fazer confraternizações de elenco separadas — acrescentou Pearl.

— Ah, os originais do Disney Channel — comentou Nolan com um suspiro nostálgico. — Quase filmei um com um dos Jonas Brothers. Mas me flagraram dando uns beijos no príncipe Eric logo antes das filmagens, e o Mickey não curte escândalo. Nem escândalos muito, mas muito compreensíveis.

Ele balançou a cabeça e abriu um sorriso tão cafajeste e malicioso que corei. Não era de admirar que Bee Hobbes tivesse se apaixonado por ele enquanto gravavam um filme juntos. Se ele era charmoso numa espelunca com o gorro cobrindo as orelhas, eu mal imaginava como ficaria vestido de sr. Darcy e me lançando olhares sedutores.

— Mas que falta de educação a minha — disse ele de repente. — Quer uma pimenta recheada?

Ele enfiou uma das cestas de plástico na minha cara, e o miasma de queijo e pimenta me envolveu.

Saliva encheu minha boca enquanto meu estômago dava seu primeiro solavanco trêmulo. Com um grunhido, cobri a boca com a mão e passei correndo por Nolan na direção do banheiro feminino, onde felizmente uma cabine pichada estava aberta.

Não tive tempo de fechar a porta antes de me jogar no chão na frente do vaso e vomitar, com mãos apoiadas no assento e o cabelo caindo perigosamente próximo da ação.

Foi difícil no começo, durando muito mais do que deveria, e, quando finalmente passou, eu estava lacrimejando um pouco, o que era noventa por cento uma reação fisiológica ao vômito e dez por cento pena de mim mesma. *Odiava* vomitar, e embora minha mãe não tenha acertado muito no quesito maternal, cuidar de mim quando eu estava mal era algo em que ela tinha sido carinhosa de verdade. Queria que ela estivesse ali, segurando meu cabelo para trás, me obrigando a tomar xarope e me fazendo companhia até passar. Eu nem ligava que era para que eu ficasse bem o bastante para trabalhar, o que sempre era o objetivo final quando eu era mais nova; ficava tão desesperada pelo consolo que não me importava se vinha aliado a segundas intenções, o que minha terapeuta não aprovaria. Mas não era ela quem estava com os joelhos amassados de tanto se abraçar o vaso por um trimestre inteiro.

— Oi, não pude deixar de notar que você estava chamando o Hugo — trinou uma voz atrás de mim, e me virei, tentando secar as lágrimas do rosto.

Uma deusa alta estava parada no batente aberto da cabine, o cabelo castanho caindo ondulado sobre os ombros. Ela usava um vestido azul-bebê com as mangas muito bufantes e uma saia curtíssima, que revelava as coxas grossas com um punhado de sardas pontilhando a pele bronzeada. Ela mexia distraidamente no piercing dourado no septo enquanto olhava para mim.

— Você é Bee Hobbes — falei, rouca de tanto vomitar. — Oi. Sou Winnie Baker. Eu apertaria sua mão, mas...

— Mas ela tocou o chão mais nojento deste lado da estrada? — completou outra pessoa, surgindo ao lado de Bee.

Não a reconheci, embora tivesse certeza de que, se já a tivesse visto antes, lembraria, porque ela era deslumbrante. Cabelo preto, pele marrom-clara, tatuagens aparecendo através da meia arrastão e um suéter caído em um dos ombros. Botas pretas gigantes e uma bola de chiclete verde-vivo na boca completavam a visão.

— Tudo bem, Winnie Baker — acrescentou ela. — Se existe um lugar em que a etiqueta normal está suspensa, é no chão de um banheiro de bar.

— Estou bem — afirmei, o instinto de uma vida tentando garantir às pessoas que eu estava bem assumindo o controle. — Superbem. E desculpa por não ter fechado a porta. E por vocês terem me ouvido... sabe...

— Fazendo um arroto visual? — sugeriu a mulher. — Hakuna matata, querida. Estamos aqui para ser suas fadas madrinhas do banheiro.

— Não precisa mesm...

Mas, antes que eu pudesse terminar de recusar, eu estava debruçada no vaso de novo, com ânsia.

Exceto que, dessa vez, meu cabelo foi puxado para trás. E alguém deu descarga, então pelo menos havia água limpa enquanto meus hormônios da gravidez faziam seu lance. A mão quente de alguém fez um carinho relaxante em minhas costas, e estava tão gostoso que, mesmo depois de vomitar, não saí do lugar, só fiquei com a cabeça apoiada no braço e os olhos fechados enquanto elas me mimavam.

— Você comeu as quesadillas de camarão? — perguntou Bee gentilmente. — Eles precisam mesmo tirar aquilo do cardápio.

— Não — respondi, rouca. — São os hormônios.

E então quis rebobinar a fita e tentar de novo, porque não pretendia dizer aquilo. Abri os olhos e, ao me virar, vi dois pares de olhos arregalados piscando, um verde-garrafa e outro de um castanho muito escuro.

— Você está grávida? — perguntou Bee.

— Estou, e é uma longa história, e não são muitas as pessoas que sabem. — Sentindo-me um pouco melhor, consegui me sentar com as costas eretas e me virar para olhar direito para as duas. Uma preocupação súbita me atravessou. — Você não vai contar para Nolan, vai?

— Claro que não — me tranquilizou Bee.

Vi a dúvida em seus olhos, mas não estava pronta para explicar tudo ali, não no chão do Bola de Neve Suja.

Mais alguns minutos se passaram, durante os quais a outra mulher saiu e voltou com um copo de gelo do bar, que mastiguei devagar até ficar claro que meu estômago tinha se vingado o suficiente. Eu me levantei e abri um pequeno sorriso.

— Obrigada.

Meus olhos ainda estavam lacrimejando e precisei fungar, e as duas fizeram barulhinhos sentimentais ao mesmo tempo. Fui puxada para um abraço apertado, depois solta abruptamente.

— Você agora é nossa bebê — anunciou Bee, e a outra mulher concordou.

— Pode chamá-la de mamãe. Eu sou o papai, obviamente.

Bee revirou os olhos.

— Sunny, você não pode simplesmente se *chamar* de papai. Não é assim que funciona.

Sunny estourou uma bola de chiclete.

— Fala isso para a mãe de Jack Hart — disse ela, e me lançou uma piscadinha sem vergonha.

Mãe de Jack Hart?

Fiquei pasma, e Bee balançou a cabeça para a amiga.

— Ele nunca vai te perdoar se você continuar falando disso.

— Não sei por que ele ainda fica tão nervoso com isso. — Sunny bufou. — Rebecca é a *madrasta* dele, ou melhor, *ex*-madrasta, na verdade, sem falar que você viu como ela é alta? A culpa não é minha!

Bee não estava impressionada pela defesa de Sunny, mas ignorou o assunto para revirar a bolsa gigante da amiga, o que parecia acontecer com frequência, já que Sunny nem se incomodou.

Bee tirou um objeto embrulhado em papel e o entregou para mim. O objeto se revelou uma escova de dentes de bambu descartável.

— Você simplesmente anda com uma dessas na bolsa? — perguntei a Sunny, mas então acrescentei com sinceridade: — Que bom. Obrigada.

— De nada, e é óbvio que eu tinha uma escova de dentes de emergência na bolsa. Tenho várias, assim como lenços umedecidos e camisinhas, porque nunca se sabe quando uma oportunidade de conteúdo vai aparecer!

— Sunny é atriz pornô — acrescentou Bee, ao ver minha cara de quem não entendia as palavras *oportunidade de conteúdo*.

— Ahhhh.

— Exceto nas próximas semanas, quando vou cuidar da maquiagem de *O salão do duque 2* — disse Sunny alegremente. — Trabalho em várias frentes, sabe? E em várias costas também.

Bee e Sunny me ajudaram a terminar de me limpar, depois me guiaram de volta ao salão do bar, fazendo um grande alarde sobre me levar de volta ao hotel e também me deixar *em decúbito* — ou *decu* para abreviar — na cama para eu poder descansar. Mas, enquanto a porta do banheiro se fechava atrás de nós, eu o vi.

Kallum.

Kallum tão casualmente bonito, de pulôver de zíper e calça jeans, com a barba um pouco mais comprida que o normal e os olhos refletindo as luzes da máquina de pinball com temática de vovó atropelada por uma rena. Kallum perscrutava o salão, quase como se estivesse procurando por mim, como se toda a sua atenção estivesse dedicada a me encontrar.

Meu coração parecia se expandir, planar, ocupar o peito todo e a barriga, e eu não conseguia respirar, e ele estava tão lindo, e seu bebê estava dentro de mim e, ai, meu Deus, isso era demais, tão mais complicado do que eu poderia ter imaginado. Como poderia dizer a ele de maneira calma e neutra que estava carregando seu filho e que poderíamos encontrar um relacionamento coparental platônico sendo que tudo que eu queria era puxá-lo para cima de mim e morder seu pescoço enquanto ele enfiava aquele pau gigante entre minhas pernas e metia em mim sem parar?

Não! Eu *não* estava pronta para conversar com ele, não até meus sentimentos estarem em ordem, e não até controlar minha vagina desgovernada.

— Eu, hum, preciso de ar fresco — disse de uma vez só para Sunny e Bee, antes de fugir em direção à porta sem dizer outra palavra, sem ligar para como devia parecer estranha.

Eu precisava sair dali *imediatamente*, antes que ele me visse. Antes que falasse comigo com aquele barítono forte, antes que me dissesse de novo que me amava. Antes que todos os sentimentos que eu vinha contendo viessem à tona e eu também dissesse que o amava.

Abri a velha porta rangente que dava para o beco pacato atrás do bar. Era começo de junho e a noite estava amena — fresca o suficiente para ser gostoso em minhas bochechas coradas, mas morna o bastante para o suéter fino e a calça jeans me manterem confortável. O ar fresco da montanha logo revigorou meu estômago temperamental, e agradeci a Deus e Sunny por aquela escova de dentes descartável, porque, com zero náusea e a boca limpa e mentolada, quase me sentia humana de novo.

Inspirei fundo, erguendo o rosto para a lua e tentando encontrar a energia para voltar a meu quarto de hotel como uma boa covarde e, então, a porta rangente se abriu de novo.

Eu me virei e vi Kallum parado no beco, seu rosto meio na sombra, suas mãos nos bolsos.

Não falamos nada.

Depois de um longo momento, ele se aproximou, devagar, e recuei até meu calcanhar acertar a parede de tijolos do prédio atrás de mim. Ele parou bem na minha frente, seus olhos azuis escuros sob o luar.

— Winnie — falou com a voz áspera.

Então levou a testa à minha, sua respiração descendo a meus lábios. Eu estava trêmula.

Ele também estava tremendo.

Não consigo resistir, constatei, atordoada. Era demais, um ataque súbito, uma cavalaria prestes a me pisotear, e, com ele tão perto, tão quente, tão *Kallum*, eu nem queria resistir. Eu desejava Kallum, e dane-se o que ele tinha dito num corredor na última primavera, ele estava ali, trêmulo só por estar tão perto de mim e, quando encostei as mãos em seu peito, ele soltou um barulho gutural, algo entre uma súplica e um rosnado.

— Kallum — sussurrei. — Me leva para o seu quarto.

Senti o quanto ele queria aceitar. Senti ele se inclinar para a frente, seus braços envolverem meus ombros, o calafrio que o percorreu como se ele já estivesse se imaginando entre minhas pernas.

Então ele se afastou de repente, passando as mãos no cabelo enquanto se virava para me olhar.

— Não — disse ele. — Não, não vou encostar em você até resolvermos nossa situação.

Ele tinha razão, mas eu não estava nem aí.

— Nem um beijo? — perguntei, sabendo que estava fazendo beicinho.

O rosto de Kallum era um estudo de agonia, e dei o golpe de misericórdia: mordi o lábio.

Com um grunhido áspero, ele partiu para cima de mim de novo, as mãos em meu cabelo e a boca quente e urgente, descendo dos meus lábios para meu maxilar e meu pescoço. Eu me esfreguei nele como uma gata no cio e ronronei em seu ouvido quando uma de suas mãos passou do meu cabelo ao meu seio e apertou de leve. Eu ainda estava um pouco sensível ali, mas, com sua mão grande e quente, ainda era uma sensação gostosa, e a sensação gostosa se espalhou para minha barriga, até o anseio entre minhas pernas, e eu sabia que era sem vergonha, mas fiz isso mesmo assim. Peguei a mão de Kallum e a guiei para a cintura da minha calça.

— E isso? — murmurei, e ele recuou para olhar para mim.

— Vai achando que não conheço seu jogo, Winnie — comentou ele com a voz sinistra enquanto seus dedos abriam com facilidade o botão e o zíper. — Vai achando que não vou ganhar mesmo assim.

Choraminguei quando seus dedos entraram em minha calcinha e encontraram meu clitóris, rodeando-o até eu ofegar e depois deslizando mais para baixo até ele conseguir entrar em mim. Nós dois expiramos quando ele entrou em mim, massageando habilmente até eu estar caçando seu toque, tentando cavalgar em sua mão. Eu não tivera energia para me masturbar desde que fora embora de Christmas Notch, e meu corpo estava subitamente consciente de como fazia tempo que eu não gozava. Parecia uma eternidade, e eu precisava compensar meu déficit de orgasmo. De preferência, com muitos, muitos orgasmos.

— Caralho, que delícia — grunhiu Kallum, e sua outra mão ainda estava enroscada em meu cabelo.

— Por favor — gemi, sem saber nem o que eu estava pedindo.

Para gozar? Ser levada de volta a seu quarto de hotel para um sexo mais completo?

Não importava, porque Kallum não me deu nem um nem outro. Em vez disso, ele esperou até eu estar tremendo, *bem* à beira do clímax, com pés afastados, peito arfando, tão molhada onde Kallum me dedava que a calcinha estava encharcada, e, naquele momento, ele tirou a mão.

Eu o encarei enquanto ele levava os dedos a minha boca e os chupei obedientemente, meu corpo em estado de choque. E, quando ele não voltou a me dedar — quando, em vez disso, deu um passo para trás e ajustou a ereção armada em sua calça jeans —, soltei um balbucio que de elegante não tinha nada.

— Você...você... mas...

Ele acenou com a cabeça, como um sábio com uma ereção gigante.

— Eu te falei, Winnie. Precisamos resolver nossa situação primeiro. E talvez isso te dê um incentivo.

Incentivo! Que tortura!

Lancei um olhar fulminante para ele e, então, como uma gatinha irritada, mordi os dedos dele ainda na minha boca.

Ele os tirou e me lançou um olhar sério que fez meus dedos dos pés se encolherem. Uma fantasia muito vívida de deitar no colo de Kallum — de calça jeans arriada e bunda exposta, esperando por uma punição — passou pela minha cabeça.

Eu queria isso? Que Kallum me batesse?

Todos os sinais das minhas zonas erógenas diziam *SIM, SIM, SIM*.

— Cuidado, querida — alertou Kallum. — Na próxima vez, posso morder de volta.

A ameaça erótica em suas palavras era inebriante — talvez para nós dois, porque, de repente, ele balançou a cabeça e passou a mão não mordida no rosto.

— Certo, talvez eu tenha que encontrar um incentivo diferente para você falar comigo, porque esse também está me deixando excitado, e isso é o contrário do que a gente precisa.

A culpa se insinuou, densa e pesada. Eu não precisava ser refém de orgasmos como um incentivo; não quando o único incentivo de que precisávamos estava desenvolvendo cordas vocais geneticamente abençoadas em algum lugar vagamente ao norte da minha bexiga.

Kallum estava certo. Eu era tarada e egoísta e ele estava certo.

— Não — falei enquanto fechava a calça jeans. — Acho que você tem razão. A gente precisa conversar primeiro.

Sua voz tinha se suavizado um pouco quando ele acrescentou:

— *Quero* resolver isso. Não foi da boca para fora o que eu disse em Los Angeles, querida. Eu te amo.

Minha garganta se apertou. Pisquei e mantive o olhar em minhas mãos enquanto subi a calça jeans até a barriguinha que mal dava para ver do nosso bebê do tamanho de um limão.

— Não precisa dizer que me ama — afirmou Kallum, e de uma maneira tão gentil, tão vulnerável, que cobri o rosto com as mãos.

— Quero dizer — murmurei.

Era a verdade. A verdade horrível e gloriosa.

Eu também o amava.

Mas como poderia dizer isso quando ainda tinha que falar do bebê? Quando ainda não sabia se poderia confiar que ele não me magoaria com um comentário impensado ou um momento de descuido? Porque, se ele tinha me achado constrangedora antes, só Deus sabia o que ele pensaria de uma Winnie em frangalhos entrando em pânico com a hora marcada para a instalação de uma cadeira no carro e com folhas de repolho enfiadas no sutiã… e eu não sabia se aguentaria se ele fosse descuidado comigo nesse momento.

Ou, Deus me livre, descuidado com o bebê.

Talvez o justo fosse nenhum dos dois dizer até não haver mais segredos, até eu ter certeza de que estava pronta para aquele passo.

Ergui os olhos e vi Kallum me observar como um homem sedento.

— Amanhã — disse ele de repente. — Já chega por hoje. Vamos dormir e começar de novo amanhã, e vamos dar um jeito na nossa relação.

O cronograma de refilmagens era bem apertado e, mesmo quando não estivéssemos no set, estaríamos trabalhando com Jack e Gretchen para coreografar as novas cenas de amor, então eu não sabia quanto tempo teríamos.

Mas não havia escolha — não quando o futuro da nossa relação envolveria mais uma pessoa.

CAPÍTULO VINTE E UM

Kallum

Fiquei sentado no meu quarto completamente acordado. Era quase uma da manhã e tudo que eu queria era reviver aquele encontro de mais cedo com Winnie. Até eu o interromper feito um adulto responsável.

Fazia duas horas que eu e Winnie tínhamos voltado à Pousada Edelvais e eu ainda estava excitado. Mas tentava pensar com o cérebro, e meu cérebro sabia que não havia um futuro com Winnie sem que resolvêssemos nossa história feito adultos. Com o resto do mundo transformado em silêncio toda vez que nosso corpo se encostava, parte de mim se perguntava se não teríamos mais sorte conversando com uma parede no meio.

Enviei uma mensagem muito atrasada para minha mãe, dizendo que eu tinha chegado bem, e outra para Tamara, prometendo ver se estava tudo certo com Topher várias vezes ao dia.

Por incrível que parecesse, depois da minha falta ao *Shark Tank*, os investidores ainda estavam interessados. Estavam decepcionados — e, porra, essa era uma palavra que eu andava ouvindo até demais nos últimos tempos —, mas interessados em reestruturar o plano de expansão, então até lá eu estava em modo de espera. Ficava dizendo a mim mesmo que, depois que tivesse tudo resolvido, poderia convencer Topher a voltar aos estudos e conversar com Tamara sobre a situação (se tudo desse certo) breve dele como desistente da faculdade.

Bem quando apertei o interruptor do abajur, uma batida soou na porta.

Ergui os olhos para o teto escuro e inspirei fundo. Se fosse Winnie batendo na porta do meu quarto de hotel no meio da noite, eu diria o mesmo que tinha dito para ela horas antes. E, em segredo, por mais que odiasse deixá-la insatisfeita, eu também curtiria. Mas se pudéssemos apenas conversar. Se pudéssemos resolver as coisas, teríamos toda uma vida de joguinhos safados pela frente.

Outra batida na porta.

Eu me atrapalhei para acender a luz e vesti a calça jeans que tinha deixado no chão antes de abrir a porta.

— Oi — emiti o grunhido mais grave possível.

Falei para ela que conversaríamos primeiro, mas nunca disse que jogaria limpo, muito menos depois daquela mordida no lábio que ela me lançou hoje.

— Você está doente? — perguntou a pessoa no corredor, que definitivamente não era Winnie Baker. — Porque faz seis meses que não saio de casa por mais de uma hora, e não vim até aqui para pegar o que quer que você tenha.

— Isaac? — perguntei. — Isso é... é verdade? Estou alucinando?

Isaac Kelly, meu amigo recluso e o terceiro membro do INK, estava usando uma calça jeans folgada enfiada dentro de botas pretas e uma camiseta branca em gola V pela qual dava para ver um pouco da corrente prateada por baixo. Seu cabelo estava diferente da última vez que eu o tinha visto, não mais o típico penteado bagunçado de galã que ele exibira no enterro de Brooklyn, mas ondas fartas e soltas que caíam até o queixo. Era tão descuidado e melancólico quanto o resto de seu visual e, claro, como tudo mais em Isaac Kelly, ficava tão bonito que chegava a ser injusto.

Olhei mais adiante no corredor e vi uma guarda-costas alta de cabelo preso num rabo de cavalo alto e óculos escuros na cara, embora fosse meio da noite. Ao lado dela estava Donna, a assistente que ele tinha desde que o INK acabou e ele seguiu carreira solo.

— E aí, Donna? — cumprimentei do outro lado do corredor.

Ela não desviou os olhos do celular enquanto suspirava e dizia:

— Kallum.

— Legal — falei para Isaac. — Então ela ainda me odeia.

Ele voltou os olhos para Donna e deu de ombros.

— Não só você. Nolan também.

— Ah, que alívio. — Ela queria que Isaac ficasse longe de nós dois, ainda mais depois do escândalo de Nolan. — Então, o que é que você veio fazer aqui?

Ele inclinou a cabeça para o lado.

— Você perguntou se eu queria companhia para ficar triste.

Pisquei. Uma. Duas vezes.

— Na mensagem que você mandou.

— Isaac, isso faz meses.

— Bom, estou aqui agora. — Ele passou por mim e entrou no quarto. — E estou pronto para ficar triste com você.

Eu me inclinei para fora da porta.

— Prometo não manchar o nome dele, Donna. Pode ir para a cama.

Donna revirou os olhos e se virou no corredor com uma chave na mão enquanto a guarda-costas de aparência muito intensa seguia na direção da minha porta.

— Hum, sua guarda-costas vai fazer companhia pra gente? — perguntei a Isaac, que já tinha aberto meu minibar, pegado uma cerveja de pecã torrada e se sentado na cama.

— Krysta vai esperar no corredor. Ou averiguar o andar ou fazer uma coisa tática dessas. Não sei. Faz o que você tem que fazer, Krysta! — gritou ele para ela.

Bati continência para ela antes de fechar a porta.

— Essa mulher tem cara de quem poderia me dar uma surra.

— Eu poderia — disse ela através da porta.

— Bom saber! — falei enquanto me sentava na cama ao lado de Isaac.

— Então, por que está triste, Kallum? Eu nem sabia que você ficava triste.

— É isso? — perguntei. — Não vamos falar de que porra você está fazendo em Vermont? Ou por que não atende a nenhuma ligação minha há mais de um ano? Porra. Eu não deveria pelo menos arrastar Nolan para cá?

— Ele está aqui?

— Filmando *O salão do duque 2*.

— Ah, isso explica por que não dava para alugar a mansão.

— Você tentou alugar *a mansão*?

— Eu a vi no primeiro *O salão do duque*. Parecia muito... — Ele gesticulou com a mão elegante. Não estava usando a aliança de casamento, o que eu não sabia dizer se era bom sinal ou não. — Muito tranquilo, lá na montanha. Isolada. Enfim, não conta para o Nolan que estou aqui ainda. Ele está tão feliz e apaixonado. — Ele baixou as pálpebras até os cílios de um tom dourado-escuro pousarem nas maçãs do rosto. — Não tenho estômago para isso hoje.

Inclinei a cabeça para trás para apoiar na cabeceira.

— Eu também não. — Dei um soquinho nele. — Meninos tristes para sempre.

— Então o que foi? — perguntou ele de novo. — O que neste mundo poderia deixar Kallum Lieberman para baixo?

Então contei. Contei todos os detalhes de mim e Winnie. Contei da foto do Teen Choice Awards, de Michael aparecendo no set de *Papai Noel, baby* como se fosse o bonzão, que eu vinha me apaixonando por Winnie Baker lentamente nos últimos vinte anos e de repente tudo aconteceu de uma vez. E que eu tinha feito merda e dito a coisa errada e precisava provar para ela que poderia ser o homem que ela merecia.

Quando a história toda foi exposta de maneira claríssima, ele se virou para mim com os olhos cheios d'água.

— Addison Hayes latiu mesmo para você?

— Latiu. Foi assustador.

Ele fungou.

— Sempre gostei dela.

— E você? Eu e Nolan estamos preocupados. A última vez que ele te viu foi um ano e meio atrás. Se você não tivesse atendido quando liguei no...

— No aniversário da morte de Brooklyn. Você nunca esquece.

— Eu estava totalmente preparando para pegar um voo para Los Angeles e escalar o portão para ver se você estava bem.

— Você teria sido eletrocutado — disse ele antes de deixar a cerveja na mesa de cabeceira. — Eu estava me sentindo inquieto. E então me sentia culpado por me sentir inquieto. Não deveria estar simplesmente feliz por estar vivo? Estou respirando. Posso ver a vista favorita dela toda manhã. Não deveria ser o suficiente? Mas às vezes acordo naquela casa e não consigo respirar. É como se... o luto estivesse sentado em cima do meu peito. Eu não conseguia sair, mas não conseguia ficar.

Apertei sua coxa.

— Estou feliz que esteja aqui.

— Vi sua mensagem e, sim, sei que era de meses atrás, mas odeio ter um celular. Por muito tempo, toda vez que olhava para ele, eu pensava que veria uma mensagem ou ligação dela e, então, quando parei de sentir essas expectativas, eu me senti um idiota. Como se estivesse desistindo de parte dela... Mas, enfim, recebi sua mensagem e pensei: "Vermont parece o tipo de lugar em que dá para simplesmente desaparecer."

— Você não é uma pessoa escrota por seguir em frente — declarei. — Por exemplo... Se acontecesse alguma coisa com Bee, Nolan com certeza lidaria com isso transando com todo mundo da falha geológica de San Andreas. Você praticamente entrou num mosteiro e fez um voto de silêncio.

— Cheguei a considerar isso.

— Não devo estar em posição de dar conselhos para ninguém... mas Brooklyn ia querer que você saísse de casa e vivesse sua vida. Ela curtia um drama, claro, então seu luto seria apreciado, mas ela gostaria que saísse e encontrasse uma pessoa gostosa para você, ou algo assim.

Ele passou uma das mãos no cabelo, que voltou a ser uma bagunça exuberante digna de revista assim que ele terminou.

— Brook gostava, sim, de umas pessoas gostosas... e eu baixei uns aplicativos de relacionamento.

— Talvez seja bom tomar cuidado com eles. Mesmo os que precisam de convite para entrar, nunca se sabe quem as pessoas são de verdade e...

— Sei dos perigos da internet, Kallum. Já vi *Catfish*.

— Sei lá, cara. A internet mudou a maneira como os relacionamentos funcionam, e você ficou com Brooklyn quando a gente ainda era moleque. — Mudei de assunto: — Então, se você não vai ficar na mansão, vai ficar hospedado onde?

— Aqui. Donna reservou a suíte presidencial, se não me engano.

Dei risada.

— Tenho quase certeza de que a única coisa diferente na suíte presidencial da Pousada Edelvais é um sofá dobrável.

Ele se levantou com o tipo de elegância que me fazia lembrar que tinha os melhores passos de dança de todos nós.

— Bom, acho que é melhor eu ver que luxos me aguardam. Imagino que você tenha que acordar cedo. Estou totalmente aceso. Ainda no horário da Califórnia. — Ele sorriu consigo mesmo. — Os meninos do INK todos sob o mesmo teto.

— Donna deve estar enlouquecendo.

Quando ele colocou a lata de cerveja artesanal na lixeira de recicláveis — ele sempre tinha sido terrivelmente consciente em relação a reciclagem quando estávamos na estrada, e eu e Nolan nunca tivemos coragem de dizer a ele que a maioria dos hotéis simplesmente jogava tudo no lixo —, a corrente que ele usava por baixo da camiseta escapou e vi o que estava na ponta.

Sua aliança de casamento. Fina e com um brilho de platina. Reluzindo, como se tivesse acabado de ser polida.

Ele me viu olhando e abriu um sorriso como os de antigamente.

— Prometo que vou ouvir seu conselho, tanto sobre as pessoas gostosas quanto sobre ter cuidado. E não tenho nenhum conselho para você, talvez só não fique triste para sempre, porque essa é a *minha* praia.

Ele saiu para o corredor, onde — dito e feito — Krysta estava esperando por ele.

— Milorde — disse ela com um sorriso irônico.

Isso tirou uma risada de Isaac e, como Donna era um demônio dos infernos, eu ficava agradecido pela guarda-costas colocar um sorriso no rosto dele.

Na manhã seguinte, Winnie e eu nos sentamos em lados opostos de um longo sofá de veludo à frente de Jack Hart no segundo andar da antiga casa vitoriana transformada em escritório de produção.

Jack tomou um golão de água quente fumegante, gargarejou e engoliu.

— Desculpa... Estou com um gosto horrível que não consigo tirar da boca.

Winnie fez um barulho solidário.

— Entendo completamente.

Jack foi até a mesa de café e voltou a encher o copo de água quente antes de se sentar de novo na lareira grande de tijolos.

— Tá, vocês viram o que Pearl reescreveu?

Nós dois respondemos que sim. O roteiro original era bem interessante, mas a versão nova... Bom, as coisas tomaram um rumo diferente.

— Precisamos coreografar essa cena de boquete. E, Winnie, vamos ter que deixar claro que você engoliu — afirmou Jack, enquanto a cadela, que mais parecia um esfregão sujo, procurava o quadrado perfeito de luz do sol onde pudesse se deitar.

— Por causa do sêmen mágico de hortelã? — perguntou Winnie.

— Exatamente. E é como você vai descobrir que o sêmen do Papai Noel é o combustível secreto blá-blá-blá que pode abastecer o trenó do Papai Noel por toda uma noite de Natal.

— Espera — interrompi —, então não é a crença no Papai Noel que abastece o trenó?

— Bom, sim, era isso. — Jack parecia estar fazendo uma ginástica mental enquanto folheava as páginas novas. — Mas pouca gente acredita no Papai Noel e parte de você assumir a função do Papai Noel Sênior é encontrar uma maneira de abastecer o trenó quando a crença está mais em baixa do que nunca.

— Então é por isso que acrescentamos uma maratona sexual no fim? — perguntei.

— Sim — respondeu Jack. — Quer dizer, o único motivo por que as pessoas vão assistir a isso é para ver vocês transarem por todo esse paraíso invernal, então, se a maneira de chegar lá é com sêmen de hortelã-pimenta, é o jeito.

— Por mim tudo bem — disse Winnie com a voz esganiçada.

— Mesmo? — perguntei.

O roteiro novo tinha saído tanto dos trilhos que eu estava totalmente preparado para rejeitar qualquer coisa com que Winnie não se sentisse à vontade.

— E Winnie — disse Jack —, soube que precisamos disfarçar a...

— Estou bem — disse ela rápido.

Jack parou por um momento.

— Certo, então. Agora, trouxe um tapetinho de joelho para você, Winnie, que você também vai ter no set, e...

— Toc, toc — chamou uma voz do batente.

Eu me virei e vi Sunny Palmer parada na entrada da sala. Tínhamos nos visto apenas algumas vezes, mas ela era engraçada e linda, e eu estaria mentindo se dissesse que não tinha desfrutado de seu conteúdo de vez em quando.

— Sunny! — Winnie e eu dissemos em uníssono.

— Como vocês se conhecem? — perguntei, confuso.

A cor se esvaiu das bochechas de Winnie.

— Temos toda uma história — respondeu Sunny, e Winnie assentiu. Hum.

— Fora — ordenou Jack antes de engolir mais água escaldante. — Este é meu local de trabalho.

— Seu local de trabalho? — perguntou Sunny do corredor. — Você não é o tal coordenador de intimidade? E preciso lembrar que este também é meu local de trabalho pelas próximas quatro semanas? Além disso, a gente precisa falar da noite de ontem. Quer dizer, tecnicamente, a manhã de hoje.

Eu e Winnie trocamos um olhar rápido. Ela deu de ombros, então imaginei que estávamos os dois no escuro.

— Hum, podemos aguardar vocês — sugeriu Winnie.

Sunny fez uma mesura.

— Obrigada, Winnie.

Jack virou o resto da água quente e então fez um som de ânsia de vômito enquanto se levantava e saía batendo as botas chiques de bico fino porta afora.

— Você faz alguma ideia do que está acontecendo? — perguntei a Winnie quando os dois desapareceram pelo corredor.

— Não — respondeu ela. — Acho que me lembro vagamente de ouvir alguma coisa sobre Sunny ficar com a ex-madrasta de Jack.

Meus olhos se esbugalharam.

— Preciso saber mais.

— Kallum Lieberman... — sussurrou ela. — Fofoqueiro?

— Herdei minha sede de fofocas da família da minha mãe — admiti enquanto me levantava e me dirigia à porta na ponta dos pés.

— Você não precisava ficar — ouvi Sunny dizer. — Eu teria o maior prazer em cuidar dele sozinha.

— Não me venha com essa — retrucou Jack.

Winnie estava tão debruçada sobre o sofá enquanto tentava ouvir que estava prestes a cair, então fiz sinal para ela se aproximar de mim. Um instante se passou até ela ceder e vir atrás de mim, com o ouvido encostado na parede.

Eu senti o calor de sua respiração em minhas costas e, se não tivesse que ficar de olho na porta, eu me viraria para pelo menos olhar para ela, se não podia encostar nela. Não ainda, pelo menos.

— Ele estava tão triste — disse Jack. — Como eu poderia negar um ménage?

— Não é como se ele tivesse ficado magicamente feliz depois — retrucou Sunny para ele, bufando.

Esbugalhei os olhos ainda mais.

— Mas ele ficou feliz por um tempinho.

— Viu! Não foi tão ruim assim — concluiu Sunny. — Somos como a Cruz Vermelha, só que sexy. Bons samaritanos gostosos trazendo alegrias a uma celebridade triste de cada vez.

— Isso não muda o fato de que escovei o sabor da sua vagina da minha boca e ainda estou sentindo seu gosto. É nojento.

— Não vou fazer uma piada de *sua mãe*. Não vou fazer uma piada de *sua mãe*. Não vou fazer uma piada de *sua mãe*.

— Quer saber, Sunny? Vai se foder. Tomara que você só faça sexo medíocre pelo resto da vida.

— Não finja que não se divertiu — zombou Sunny.

— Claro que me diverti — afirmou Jack. — Quem não ama uma foda de ódio?

— Então o que você está dizendo é que teve bons momentos? Comigo?

— Já chega. Tenho um trabalho de verdade a fazer, beleza?

— Jack Hart se divertiu comigo — cantarolou Sunny.

Jack resmungou e ouvimos os passos de suas botas enquanto Winnie e eu corríamos de volta ao sofá.

Ela olhou para mim e eu olhei para ela enquanto nós dois nos dávamos conta de que tínhamos trocado de lugar.

Enquanto Jack voltava a encher o copo de água quente, peguei o celular para mandar mensagem para Isaac. Ele estava em Christmas Notch havia menos de oito horas àquela altura.

Eu: Humm

Eu: Quando eu disse para encontrar uma pessoa gostosa, eu estava me referindo a uma transinha divertida. Não a um ménage com dois atores pornô!!

Três pontinhos apareceram enquanto eu esperava pela resposta.

Isaac: Sou novo nesses aplicativos. Deslizei para o lado e de repente os dois estavam lá e sexo grupal era uma das opções e... Brooklyn sempre quis fazer um ménage.

Comecei a digitar: *Então você teve um ménage em homenagem a Brooklyn?* Mas deletei. Isaac tinha saído não apenas de casa, mas do estado da Califórnia. Quem era eu para acabar com sua alegria?

— Tudo bem? — perguntou Winnie.

Olhei para Jack, que estava com o olhar perdido à frente, como um homem mudado.

Sorri para Winnie.

— Ótimo.

Jack voltou a abrir o roteiro, com um suspiro.

— De volta a boquetes fictícios de hortelã.

CAPÍTULO VINTE E DOIS

Winnie

Sempre fui boa em fazer planos — um presentinho da narcolepsia, imagino, considerando que eu tinha que estar sempre pronta para salvar um dia descarrilhado por dormir demais ou um cochilo de emergência — e tinha melhorado ainda mais durante o divórcio. Qualquer tarefa, por mais aterrorizante que fosse, poderia ser dividida em partes menores se fosse bem planejada. Parar de chorar. Entrar no quarto ao lado. Pegar o telefone.

Etc.

Portanto, à noite, eu finalmente tinha um plano para contar a Kallum sobre o bebê: escolher um lugar onde, por mais que eu quisesse, não teria nenhum jeito, mas nenhum *mesmo*, de trepar nele como se ele fosse uma árvore; mandar mensagem para ele me encontrar no lugar determinado com a justificativa de falar de *nós*; e, então, andar até lá sem me acovardar.

Não que eu fosse me acovardar. Daria tudo certo! Kallum era bem tranquilo. Era provável que ele absorvesse a notícia com a mesma naturalidade com que tinha absorvido o fato de que o sêmen do Papai Noel era mais potente do que combustível líquido de foguete, e me diria que, o que quer que eu quisesse, por ele tudo bem. Ele diria o que eu tinha me preparado emocionalmente para ouvi-lo dizer, que não estava pronto para ser pai, mas que toparia desembolsar o dinheiro para ajudar, e pronto. Com todos os segredos revelados e meu dever de grávida cumprido, talvez ele concordasse que não faria mal fazer o máximo de sexo possível enquanto estávamos em Christmas Notch. (Eu explicaria, de maneira corajosa e madura, que mais uma aventura sexual temporária não me induziria a esperar mais do que ele quisesse me oferecer em termos de paternidade, e ele ficaria grato.)

Juntando o máximo possível de otimismo, saí do quarto e me dirigi ao saguão, passando a mão na barriga enquanto esperava o elevador.

Vamos conseguir, bebê, eu disse para a minha barriguinha. *Aconteça o que acontecer, temos um ao outro.*

Engraçado como o amor funcionava, às vezes rápido, às vezes lento. Às vezes, exatamente como a ideia de amor que você tinha na cabeça e, às vezes, bem diferente. Sempre quis ser mãe e sempre imaginei que, assim que soubesse que estava grávida, estaria resplandecendo de amor como uma estrelinha maternal. Mas não tinha sido assim. Tinha levado mais tempo, fora interrompido por náusea e exaustão, atravessado por preocupações com dinheiro, imagem e como eu lidaria com a narcolepsia e um bebê ao mesmo tempo.

Mas ali estava. Diferente de como eu tinha esperado, talvez, mas ali estava.

E teríamos uma linda vida juntos, independentemente do que acontecesse com Kallum.

Passei por uma mulher que fazia check-in na recepção e voltei para olhá-la. Ela estava com óculos escuros gigantes e um lenço de seda ao redor da cabeça como uma estrela do cinema dos anos 1950, mas eu reconheceria aquele combo de pérolas e terninho em qualquer lugar.

— Steph? — perguntei, confusa.

Ela me deu as costas, abaixando a cabeça e tamborilando as unhas na madeira surrada do balcão, até eu dar um passo para perto e ela se virar de volta para mim.

— Winnie, oi — respondeu ela, tirando os óculos escuros como se tivesse acabado de entrar no saguão. — Exatamente quem eu estava procurando.

— Eu?

— Si-i-im — disse ela, nada convincente. — Eu queria avisar que decidi passar a semana em Christmas Notch, já que você e Kallum estão aqui e *O salão do duque 2* vai começar. Fazia sentido estar onde tantos dos meus clientes estão.

— Todo o sentido — respondi. — Eu não fazia ideia de que você estava planejando vir.

— Foi uma decisão espontânea. Uma decisão profissional espontânea. Totalmente profissional.

Meu celular vibrou na mão e olhei para baixo, então vi uma mensagem de Kallum.

> **Kallum:** Acabei de tomar banho depois de filmar a cena da punheta na sauna! Chego em dez!

— Ah, preciso ir — falei para Steph. — Mas estou feliz que esteja aqui!

Ela colocou os óculos de sol de volta.

— Eu também. Até mais, Winnie Baker.

E então Stella, a dona da pousada, veio e entregou a Steph as chaves do quarto. *Chaves.* No plural.

Humm.

A Boneco de Neve estava vazia quando cheguei — junho não era a época que a maioria dos trilheiros frequentava a região, muito menos dos turistas que vinham ver as folhas de outono, comer maçãs ou curtir o Natal —, e escolhi uma mesa no canto mais afastado, pegando um cardápio e lembrando de respirar. Eu tinha estado com Kallum naquela manhã mesmo! Ele tinha metido os dedos em mim na noite anterior! Daria tudo certo.

O sino tocou em cima da porta, e ergui os olhos para ver o jovem Papai Noel em pessoa se dirigindo a mim, de calça jeans e camisa de flanela com as mangas arregaçadas para expor os antebraços. Seu rosto estava levemente rosado e luminoso, como se ele tivesse acabado de sair de um banho quente e, quando chegou mais perto, percebi que, em algum momento entre nossa reunião de coordenação e suas cenas na sauna, seu cabelo e sua barba tinham sido aparados e estavam um pouco mais curtos, um pouco mais asseados. Eu via perfeitamente seu lábio inferior, uma tentação suave e curvada por si só.

Eu queria lamber aquele lábio. Queria senti-lo deslizando no meu clitóris.

Ergui os olhos para os dele, minhas bochechas ardendo quando vi sua sobrancelha erguida. O que significava que ele notou que eu já estava com pensamentos sacanas. Maravilha.

Ele se sentou à mesa e pegou o cardápio laminado que estava encaixado entre o frasco de ketchup e porta-guardanapos.

— Que bom que você topou me encontrar hoje — disse ele, sorrindo para o cardápio.

Era um daqueles sorrisos clássicos de Kallum, um sorriso como se não pudesse haver dia melhor do que esse, momento melhor do que esse. Pisquei e desviei os olhos. Sua ternura e sua doçura às vezes eram quase dolorosas, de um jeito que eu não conseguia explicar nem para mim mesma. Elas faziam com que eu me sentisse merecedora e não merecedora ao mesmo tempo; eram como presentes, sendo que eu não tinha oferecido nada em troca.

— Vai pedir o quê? — perguntou ele, sem notar seu efeito sobre mim. Seus olhos ainda estavam no cardápio. — Vim poucas vezes aqui, mas tudo que comi estava bom.

Voltei a baixar os olhos para o cardápio, e meu estômago se embrulhou descontente enquanto eu passava os olhos pelas opções. Fazia meses que nada parecia bom para comer. Até sanduíches de pasta de amendoim e sucos verdes tinham perdido o brilho — eu vinha me obrigando a comer bananas e barras de proteína para sobreviver. (E diziam que o enjoo matinal melhorava no segundo trimestre.)

— Qual é o problema? — perguntou Kallum, e percebi que eu estava fazendo um biquinho visível para o cardápio.

Fiz um esforço para ser madura em relação a me tornar a pessoa mais fresca com comida do mundo.

— Acho que não estou com tanta fome, na verdade. Só vou pedir uma água gelada. Mas pode pedir o que quiser.

— *Winnie* — disse ele, com a gravidade de um neurocirurgião. — O que você gostaria de comer?

— Sério, eu só…

— Não no cardápio — esclareceu ele. — Tipo, na vida. Se pudesse comer qualquer coisa agora, o que seria?

Seu tom era muito firme para Kallum: menos fofinho e mais *Vou deixar você debruçada em meu colo até se comportar.*

E, nossa, Kallum Mandão mexia muito, mas muito *mesmo*, comigo, porque sua voz estava me fazendo me contorcer no assento.

Decidi obedecer a Kallum Mandão. Fechei os olhos e pensei.

— Xarope de bordo — falei. — E, hum… Bacon. Queijo palito, talvez? E uma pera! Uma pera parece deliciosa.

Abri os olhos e vi Kallum saindo da mesa e se levantando. Ele estendeu a mão galanteadora para mim e me puxou para me levantar.

— Espera, o que estamos…

Ele não respondeu, mas começou a me puxar para os fundos da lanchonete, passando pelas mesas vazias e pelo balcão vermelho baixo e entrando na cozinha, onde um cozinheiro entediado estava fazendo uma garrafa de água cair em pé em cima da mesa de preparo de aço inoxidável.

Kallum tirou algumas notas da carteira e as colocou na mão tatuada do cozinheiro. O cozinheiro — mais velho do que um universitário, porém com menos de 25 anos — piscou para nós com os olhos turvos de confusão, depois piscou para o dinheiro em sua mão.

— Acho que você merece um descanso — sugeriu Kallum e, então, o menino entendeu o recado.

— Sim, claro — disse o cozinheiro, enfiando o dinheiro no bolso e tirando o avental. — Mas, se alguém entrar enquanto eu estiver fora, vocês precisam fazer a comida. E provavelmente servir também, porque faz um tempo que não vejo Linda. Às vezes ela sai para cuidar do papagaio quando não tem muito movimento.

Depois disso ele saiu, e Kallum me ergueu e me sentou na bancada de preparação.

— Fica aí — pediu ele e, então, foi atrás de um avental limpo, que amarrou com a intensidade de um cavaleiro se preparando para a batalha.

Depois, começou a revirar as geladeiras e, por fim, as prateleiras.

— Pode me dizer o que vamos fazer? — perguntei.

— *Você* vai ficar sentada aí com essa carinha linda — afirmou ele, tirando uma bola de massa embrulhada em plástico de uma prateleira e a apertando com o nó do dedo. O que quer que ele visse o fez suspirar, mas ele colocou a massa na bancada mesmo assim. — E *eu* vou preparar o jantar para você.

— Ah, Kallum, não precisa...

— Eu quero — disse ele com firmeza. O olhar que ele me lançou foi algo entre Kallum Mandão e o Kallum que me deu seu casaco no teleférico de esqui. — Você precisa jantar. E quero ver você comer minha comida. A pior parte de estar no set é nunca ter tempo para cozinhar. Então fica quietinha aí.

Sorrindo, mordi os lábios em uma promessa visual de fazer o que ele ordenou. Satisfeito, ele se voltou para a cozinha e, assobiando, começou a reunir os ingredientes. Um frasco de xarope. Um pacote de bacon e dois recipientes de queijo em tons diferentes de branco.

E uma pera. Verde-clara e tão linda que me deu água na boca.

Kallum cobriu um balcão próximo de farinha e colocou a massa no meio, achatando-a com habilidade em um disco com os dedos. Em seguida, ele usou os dedos para amassar e abrir a massa devagar — de uma forma que não era intencionalmente sugestiva, mas, em meu estado privado de orgasmos, era praticamente pornográfica. (Outra coisa que também era pornográfica? A maneira como os músculos e tendões em seus braços se flexionavam enquanto ele apertava a massa em um formato familiar.)

— Você está fazendo uma pizza pra mim?

— Simarguerita marguerita, baby.

Ele foi até o fogão e, com alguns movimentos tranquilos, colocou uma frigideira numa das bocas e alinhou tiras rosadas de bacon na superfície. Elas começaram a fritar.

— Ah, o som da delícia proibida — declarou ele, limpando o pacote e indo até a pia para lavar as mãos.

De repente eu me senti negligente por nunca ter perguntado a Kallum sobre comida.

257

— Você mantém uma cozinha kosher em casa? Acho que seria difícil para uma pizzaria ser kosher, porque não seriam só as receitas em si, mas o equipamento e os ingredientes também, né?

— Até as passas de Tudo Passa, minha segunda pizza de café da manhã mais vendida — confirmou Kallum. — Mas não. Muitas famílias reformistas são praticantes, mas nunca foi parte da nossa vida familiar. Por isso, decidi não seguir meu novo caminho como feiticeiro de pizzas com um restaurante kosher, porque é bem complicado começar e fazer do jeito certo. Mas tenho um food truck de pizza kosher sem carne que vai alternando entre minhas diferentes unidades da SSB uma noite por semana. É chamado Quem Vai Ficar com Queijo. Um rabino veio e kosherizou os equipamentos do food truck com um maçarico. Foi demais. E minha mãe gosta de se gabar disso, então todo mundo sai ganhando.

Ele virou o bacon e apertou o botão do forninho de pizza elétrico perto dele, lançando um olhar nefasto para o aparelho.

— Prefiro assada à lenha — afirmou ele quando notou meu olhar questionador. — Mas dá *pro gasto*, eu acho.

Ele voltou à massa de pizza, cantarolando um pouco enquanto polvilhava queijo sobre ela e depois passava para o bacon, regando xarope de bordo na frigideira ao som de uma grande fanfarra de chiados e jogando tudo em cima de uma tábua de madeira.

Ele continuou cantarolando enquanto picava o bacon e o espalhava pela pizza, acrescentando um segundo tipo de queijo, e depois colocou a coisa toda em cima da bandeja de metal do forno e ajustou o timer. Dez minutos. Fiquei olhando enquanto ele guardava todos os ingredientes, lavava a frigideira, a tábua, a faca e as mãos e passava um pano no balcão.

Por fim, ele lavou a pera e voltou até mim. Ele abriu minhas pernas com seu quadril e, com uma faquinha, começou a cortar uma fatia finíssima da fruta.

— Estava me perguntando quando a pera faria uma aparição — murmurei enquanto ele erguia a fatia.

— Abre — disse ele, sua voz um estrondo caloroso, e obedeci sem pensar duas vezes, abrindo os lábios e deixando que ele colocasse a pera na minha língua.

Era doce, brilhante, aquela textura perfeita entre macia e crocante que peras maduras tinham, e suspirei de felicidade enquanto comia.

— Obrigada — falei, e ele sorriu para a pera enquanto cortava outra fatia para mim.

Suas mãos eram tão seguras com a faca e a fruta, exercendo o mínimo de pressão, cortando no ângulo perfeito, e me ocorreu que Kallum era muito mais do que piadas bobas, e abraços gostosos, e stripteases em salas reservadas. Eu o tinha visto ter o cuidado de fazer uma pizza para mim porque nada mais me parecia bom; ele não apenas tinha feito isso, como também lavado tudo depois, até a frigideira suja e gordurosa do bacon. E estava me dando uma pera na boca como se fosse um privilégio fazer isso.

E talvez... talvez eu tivesse sido dura demais com ele em relação a toda a conversa com Teddy. Talvez fosse apenas um deslize isolado — como Kallum tinha dito, um lapso resultante de acordar muito cedo e estar deslumbrado.

Talvez eu pudesse confiar que ele seria cuidadoso comigo. Esse era o motivo por que eu tinha me recusado a nem sequer considerar a ideia de um relacionamento antes, certo? Porque estava com muito medo de que alguém fosse descuidado comigo de novo?

Kallum me deu outra fatia, e algo em meu peito se partiu como gelo fino sob um sol quente de primavera.

Mordi, engoli. Olhei em seus olhos.

— Estou grávida — sussurrei.

O silêncio se estendeu, seus lábios se abrindo enquanto ele tomava ar, seus olhos como espelhos de safira refletindo meu rosto nervoso e esperançoso.

— É seu — acrescentei, talvez inutilmente.

— Eu...

Ele perdeu a voz. Atrás dele, o forno de pizza apitou com um barulho abrupto que deu um sobressalto em nós dois.

Pigarreando, ele se afastou de mim e deixou a pera e a faca na banca-da antes de colocar a pizza quente num quadrado de papel vermelho e branco e usar o cortador de pizza para fatiá-la. O cheiro era divino; eu tinha me esquecido da sensação de sentir o cheiro de alguma coisa e querer essa coisa imediatamente em minha boca.

Bom, exceto por Kallum, claro. Que ainda não estava olhando para mim.

— Kallum — chamei, minha voz trêmula, um pouco rouca. — Fala alguma coisa.

Ele respirou fundo e ergueu os olhos para os meus.

Ele estava chorando.

O pânico arranhou minha garganta, mas, antes que eu pudesse dizer alguma coisa, ele estava de volta entre minhas pernas e me envolvendo com aqueles braços fortes. Ele afundou o rosto em meu pescoço: as bochechas úmidas e a barba áspera.

— Ai, meu Deus — murmurou ele. — Ai, meu Deus.

— Você está... — Eu não conseguia nem pensar. Ele estava tão devastado assim? Ele estava imaginando sua vida toda arruinada, seu futuro destruído? — Kallum, eu deveria ter começado com isso, mas não espero que você me ajude, não espero que seja um pai ou coisa assim, só achei que deveria saber...

— Do que está falando? — perguntou ele, recuando.

Suas sobrancelhas grossas e retas estavam franzidas, sua expressão genuinamente confusa.

— Quero dizer que — inspirei fundo para me acalmar — não estou tentando dar um golpe da barriga nem nada. Não estou pedindo nada de você.

— Winnie — falou ele, balançando a cabeça e fazendo um som que era algo como uma risada, algo como uma súplica engasgada. — Por que você não pediria nada de mim?

Eu não tinha uma boa resposta a isso. Porque o que parecia *maturidade nobre e lúcida* até alguns minutos antes estava começando a parecer *esperar o pior de alguém*.

Ele inspirou fundo, trêmulo, antes de se endireitar. Pegou minhas mãos e olhou no fundo dos meus olhos.

— Nunca ouvi uma notícia melhor em toda a minha vida. E só para deixar claro: quero que você peça, Winnie. Não quero nada além de que me peça para ser o pai desse bebê.

Era como se eu estivesse naquele brinquedo do barril em que o chão cai, pairando em pleno ar sem nenhuma rede de segurança em vista.

— Sério? — perguntei em um sussurro.

Ele me abriu um sorriso emocionado, lágrimas cintilando nos cílios e na barba.

— Sim. Sério.

— Você não está… chateado? Decepcionado? Lamentando o fantasma do seu eu futuro?

Mais uma expressão confusa.

— Há?

— Sabe, porque não foi planejado, e nós não…

Procurei as palavras certas. Porque, embora fosse mais fácil dizer o que *não éramos* do que o que *éramos*, eu de repente não quis dizer nenhuma dessas coisas em voz alta. Não queria que fosse verdade que não estávamos juntos, que não tínhamos um futuro, que aquilo entre nós fosse apenas sexo ou pesquisa.

Eu o amava.

Ele me amava.

Por que não poderia ser um começo?

— Porque não sabemos ainda o que somos — completei baixo. — Essa é uma coisa gigantesca para jogar no meio disso.

— Uma coisa gigantesca e linda — afirmou ele com fervor, levando minhas mãos aos lábios e beijando meus dedos. — A melhor coisa.

— A melhor coisa?

Ele acenou com solenidade, e então seu rosto úmido de lágrimas se abriu num sorriso imenso.

— Um bebê — comentou ele, quase maravilhado. — *Nosso* bebê.

Eu sabia que meu sorriso estava mais trêmulo, mais incerto, mas ainda era bom sorrir de volta para ele, como se fôssemos duas crianças se metendo em encrenca juntos, e não dois adultos que estavam prestes a ser responsáveis por um ser humano.

— Ah! — exclamou ele. — Sua pizza!

Ele me soltou e escolheu uma fatia para mim. Ainda estava quente quando ele a colocou em minhas mãos e, ao mordê-la, era a coisa mais deliciosa, gosmenta e cheia de xarope de bordo que eu já havia experimentado.

Gemi com a fatia na boca.

— Ai, meu Deus, essa pizza esquisita é a única coisa gostosa para mim em meses.

Kallum arregalou os olhos de fascínio.

— É meu bebê mesmo — murmurou ele e então me observou com um olhar reverente enquanto eu devorava mais três fatias de sua pizza, as mãos dele em minha barriga.

Depois eu diria para ele que o bebê estava um pouco acima do meu osso púbico e que ele não o sentiria mexer ainda.

— Sei que a gente tem muito mais que conversar — comentou ele enquanto eu deixava no prato a borda da última fatia e dava um suspiro sonhador de barriga cheia. — Mas queria muito, muito comer você sem dó agora.

Isso deveria soar terrível — eu tinha acabado de comer um monte de pizza de xarope de bordo e bacon e ainda tínhamos *muito* a resolver —, mas, em vez disso, eu me sentia energizada e valente, e ainda estava subindo tanto pelas paredes que poderia gritar. Transar sem dó parecia o único passo lógico, na verdade.

— Mostra o caminho, papai Kallum — pedi, e ele grunhiu antes de me puxar para fora da lanchonete e de volta à pousada.

CAPÍTULO VINTE E TRÊS

Kallum

Quando a porta do elevador se fechou atrás de nós, eu já tinha jogado Winnie contra a parede, puxando suas coxas ao redor do meu quadril. Eu estava duro como rocha havia pelo menos dois quarteirões, enquanto tropeçávamos a caminho da Pousada Edelvais, entrando e saindo de sombras, ofegando na boca um do outro e beijando cada parte de pele exposta.

No corredor, Winnie meteu a mão na bolsa em um gesto frenético.

— Meu quarto é mais perto.

Uma risada atravessou meu peito enquanto ela pegava a chave, rebolando o quadril em mim.

— Winnie, eu te comeria neste corredor se pudesse.

Ajeitei seu cabelo por trás do ombro, beijei seu pescoço e a puxei para mais perto de mim, estendendo a mão para abrir o botão da sua calça, até que a chave finalmente virou e entramos no quarto escuro.

Ela se virou para mim enquanto a porta se fechava, e a ficha caiu de novo quando a vi se mover sob a faixa estreita de luar que entrava pela janela. Winnie estava grávida de um filho meu. Um filho *nosso*.

Ergui as mãos e segurei seu rosto. Ela inclinou a cabeça para o lado, se aninhando na palma da minha mão, enquanto andávamos devagar para trás na direção da cama. O quarto exalava seu cheiro, carregado de canela e laranja cítrica.

— Quero contar para todo mundo — falei. — Preciso ligar para minha mãe. Você precisa conhecer minha mãe. E meu pai! Podemos mandar um daqueles cartões-postais de anúncio com o esqueleto do bebezinho?

Devo ter pelo menos cinco desses na porta da geladeira, recebidos de amigos e parentes.

Ela riu baixo.

— Você quer dizer um ultrassom?

— É! Isso.

Ela mordeu o lábio, e não consegui mais resistir. Nossas bocas colidiram, minha língua se mesclando à dela antes de eu recuar apenas o suficiente para que eu mesmo pudesse morder aquele lábio macio.

Ela puxou a cintura de minha calça jeans e, com uma só mão, envolvi seus dois pulsos com os dedos.

— Não antes de você sentar na minha cara.

Ela se contorceu em minhas mãos e soltou um gemido longo e baixo.

Meu pau pulsou com esse sonzinho lindo, e praticamente arranquei o zíper da calça jeans dela antes de puxá-la para baixo. Esperei por um momento enquanto ela tirava o suéter para revelar o sutiã azul-claro de renda transparente e a calcinha combinando.

Passando a mão distraída na barriga, ela ergueu os olhos para mim, e senti meu peito inflar, como se meus olhos fossem transbordar de lágrimas a qualquer momento. Nada em Winnie parecia muito diferente e, se eu não soubesse o que procurar, nunca notaria, mas havia um leve aumento em sua barriga.

Dei um passo à frente e fiquei de joelhos.

Um leve gemido escapou dos seus lábios enquanto eu abraçava seu quadril e me aninhava em sua barriga.

— Você é perfeita — sussurrei tanto para Winnie quanto para a pequena magia dentro da barriga.

Ela passou a mão em meu cabelo, e amei tudo naquele momento. Estar ajoelhado diante daquela mulher que olhava para mim. Eu nunca tinha sido religioso, mas aquele momento era o mais próximo que eu poderia imaginar de acreditar num poder superior.

Eu queria carregar Winnie no colo e trepar com ela até quebrar a cama, mas parte conflitante de mim queria fazer aquilo de forma lenta, constante e sem fim.

Arrastando o nariz por sua barriga, inspirei o aroma dela, ansiosa, pronta e já encharcada através da calcinha delicada.

Ela me deixou despi-la e eu baixei aquela renda linda, que caiu a seus pés. Eu me recostei no chão e a puxei para cima de mim.

— Senta na minha cara, querida — pedi, minha voz áspera.

Ela pestanejou por um momento, um leve pânico brilhando em seus olhos, com a boceta nua montada em meu quadril.

Dei uma estocada para cima para que o volume duro da minha calça roçasse em seu clitóris ansioso.

— Winnie, eu falei: senta na porra da minha cara.

Ela jogou a cabeça para trás, com um gemidinho, enquanto tentava roçar, mas eu já estava com as mãos embaixo das suas coxas e puxando-a sobre meu corpo, ao mesmo tempo que ela se balançava para a frente e se apoiava no chão logo acima da minha cabeça.

Sua abertura cintilante estava bem acima de meus lábios. Tudo que eu precisava fazer era passar a língua e possuir aquela boceta, mas eu sentia seu corpo ficando tenso, relutante a se afundar em mim.

— Por que sentar no colo do Papai Noel quando pode sentar na cara dele? — perguntei.

Uma risadinha saiu engasgada de seu peito enquanto suas bochechas coravam.

Com um grunhido, cravei os dedos em seu quadril e a puxei para mim, minha boca voraz e pronta enquanto eu a devorava.

— Ca-ra-lho — disse ela sem fôlego. — Eu estava com tanta saudade disso. — Ela soltou um gemido tão fundo que vibrou em minha língua. — Muita.

Quando ela estava completamente acomodada, usei as mãos para abri-la ainda mais. Com o polegar, encontrei a protuberância sensível do clitóris, rosa, intumescido e pronto.

Ela se apoiou ainda mais em mim, tirando as mãos do chão e afundando os dedos em meu cabelo, puxando com tanta força que quase gozei na calça, como se fosse um sonho erótico adolescente.

Mexi a boca para o lado, me afastando da sua boceta apenas o bastante para dizer:

— Me usa, Winnie. Ah, caralho, cavalga na minha cara.

Ela abaixou a cabeça e olhou para mim, com um brilho selvagem, antes de jogar a cabeça para trás e cavalgar na minha língua enquanto eu circulava seu clitóris furiosamente.

— Estou quase… — disse ela, ofegante.

Com a mão livre, passei os dedos por sua boceta, que escorria de tão molhada, e fui subindo para deslizar dois dentro de sua boca aberta, que gemia.

— Seu gosto é tão bom — falei. — Seu gosto é tão bom, amor.

Ela soltou meu cabelo e segurou meu punho, mantendo meus dedos na boca e chupando enquanto gozava na minha barba. Tentou se inclinar para trás à medida que as ondas a atingiam uma após a outra, mas a segurei com firmeza enquanto continuava chupando seu clitóris ardente.

— Eu não achava que fosse possível gozar tão forte assim — disse ela enquanto voltava a deslizar por meu corpo e se acomodava em minha ereção coberta pela calça jeans.

Eu não tinha gozado, mas me sentia satisfeito como nunca. Se passasse o resto da vida fazendo essa mulher se dissolver em minha cara, tudo bem por mim.

Mas Winnie já estava pronta para mais. Ela ronronou ao passar a mão entre as minhas pernas e pegar o pau duro através do jeans. Erguendo minha camiseta, ela se abaixou e deixou um rastro de beijos na minha barriga.

Eu não pensava muito na minha barriga — ou corpo de pai de família, como a mídia chamava depois que a *sex tape* vazou. E, embora as mulheres adorassem meu jeito de trepar ou "amassar pãozinho", meu corpo nunca tinha sido inteiramente apreciado por ninguém até Winnie aparecer. Ela sempre queria ver mais de mim. Tocar minha barriga e passar os dedos nos pelos do meu peito. Ver as mãos dela me explorar quebrava algo dentro de mim que eu nem tinha me tocado que vinha guardando. Era algo com que convivi por tanto tempo que pensava que fosse apenas… eu. Mas não. Os sentimentos que eu tinha por ser o terceiro, e menos importante, membro do INK, ou ser o grandão, o engraçado ou o cara para quem você dava antes de encontrar o Cara Certo… Winnie atravessava isso tudo e me via exatamente como eu era. Porque todas as coisas com que o mundo havia me definido eram, sim, parte de mim, mas eu não me resumia a elas.

Eu me sentei, com Winnie aninhada em meu peito, me levantei com ela no colo e a levei para a cama.

Ela engatinhou até a beirada.

— Quero seu pau na minha boca.

— Na próxima — prometi, embora a visão dela erguendo os olhos para mim enquanto levava a mão ao meu zíper fosse pornográfica. — Ou na outra, ou na outra, mas agora, Winnie Baker, preciso te comer gostoso. Fica de quatro e mostra para mim que é uma boa menina.

Por fim, abri o zíper da calça jeans e meu pau saltou para fora enquanto Winnie se virava, exibindo sua bunda de porcelana para mim.

— Winnie, um dia, quando você estiver bem prontinha, vou comer esse rabo e fazer você ver estrelas.

Ela olhou para mim por sobre o ombro, seus olhos sombrios e vorazes, enquanto se empinava, dando-me a visão perfeita de tudo aquilo que era meu.

— Logo depois de eu comer o seu.

Com um rosnado, tirei a calça e dei beijos por sua coluna, começando no alto da bunda.

— Como fui dar tanta sorte? — Rocei o pau em sua boceta. — Só me deixa pegar uma camisinha. Vim preparado desta vez.

— Não fiquei com mais ninguém — disse ela enquanto se apoiava nos joelhos e rebolava em mim. — E não é como se desse para me engravidar de novo…

— Também não fiquei com mais ninguém — afirmei, enquanto envolvia sua boceta com a mão e, com a outra, baixava as taças do sutiã para eu dar a seus mamilos rígidos a atenção que eles mereciam.

Para ser sincero, bastava pensar em transar com qualquer outra pessoa para fazer meu estômago se revirar. Aqueles meses deviam ter sido meu período de maior seca desde o ensino médio.

— Está esperando o que, então?

Enrolei seu rabo de cavalo no punho e inclinei sua cabeça de lado a fim de morder seu lábio inferior enquanto afundava o pau em sua boceta úmida e ansiosa.

— Mais fundo — implorou ela.

Com o cabelo dela ainda na mão, fui empurrando-a para a frente, até esmagar sua bochecha no colchão e eu conseguir deslizar todos os centímetro para dentro dela.

Revirei os olhos de desejo enquanto ela me apertava e começava a deslizar para a frente e para trás, rebolando na minha pica.

Por mais sexy que fosse, eu precisava que ela parasse. Precisava lembrá-la do que ela tinha perdido nos últimos meses. Apertei seu quadril, imobilizando-a.

— Minha safadinha não consegue se conter, hein? — perguntei ao mesmo tempo que estocava dentro dela.

Ela arqueou as costas e gemeu enquanto eu entrava nela, encontrando o ritmo perfeito.

— Se masturba, Winnie.

Obediente, ela levou a mão entre as pernas e fez círculos com dois dedos. Minhas bolas ficaram duras enquanto ela gemia, e nosso corpo produzia sons úmidos e obscenos que eu nunca esqueceria.

Sem avisar, eu a virei de costas na cama e, quando meu pau a deixou vazia por um breve momento, ela soltou um ruído condoído e frenético.

— Me fode, me fode.

Eu me ajoelhei entre suas pernas abertas. Se eu não visse aquela imagem todos os dias da minha vida, não saberia o que fazer. Eu me inclinei para a frente, meu pau deslizando pela abertura dela enquanto eu tirava uma mecha rebelde de cabelo da sua testa úmida. Nossos lábios pairaram tão perto que estávamos simplesmente trocando oxigênio entre nós, como se a única coisa que nos mantivesse vivos fosse nossa respiração compartilhada.

— Me preenche — suplicou Winnie enquanto abraçava meus ombros.

Estoquei dentro dela e ela abafou o grito em meu pescoço.

— Não para, Kallum. Por favor.

Meti nela em um ritmo curto e rápido, para meu pau fazer um atrito constante no clitóris.

— Vou… vou gozar — ofegou ela. Seus músculos se contraíram ao redor do meu pau enquanto ela cravava os dedos em meus bíceps. — Continua — disse enquanto seu corpo tremia. Ela fixou os olhos nos meus. — Goza dentro de mim.

A gestação foi completamente não planejada e totalmente acidental, mas eu não conseguia deixar de sentir que, naquele momento, ela estava me escolhendo.

Então minha garota safada abaixou a mão entre nós e deixou os dedos bem molhadinhos antes de passar a mão ao redor do meu quadril e deslizar os dedos por entre minhas nádegas, até que um dedinho sacana pressionou meu cu.

— Ah, puta que pariu, Winnie — gemi enquanto ela envolvia meu quadril com as pernas, puxando-me ainda mais para dentro dela enquanto seu dedo me penetrava.

Com isso, gozei dentro dela, alternando o olhar de seus olhos fechados para onde nossos corpos estavam unidos enquanto eu continuava a entrar e sair. Ela se contraiu ao meu redor, o que fez meu leite chegar a vazar da boceta.

Ainda dentro dela, eu a puxei para o meu colo.

— Eu te amo, Winnie Baker. Amo o monstrinho com fome de pizza dentro de você. Amo isso que a gente tem.

— Ah, Kallum. — Ela suspirou com os braços em volta do meu pescoço. — Também te amo.

Meus olhos se turvaram de lágrimas e meu coração transbordou de gratidão e alegria, e um pouquinho de medo também, porque isso era bom demais e eu não conseguia imaginar uma versão de mim sem Winnie. Isso me apavorava, mas da maneira mais apaixonante possível.

Passamos uma hora, ou talvez duas, no box apertado do chuveiro do hotel, apenas tocando o corpo um do outro e lavando um ao outro até eu ficar duro de novo, e transamos silenciosa e lentamente como se alguém estivesse do outro lado da porta do banheiro. Eu me perguntei rapidamente com que frequência transaríamos assim depois que nosso bebê não fosse mais um bebê. Sexo silencioso e voraz em momentos roubados. Os pensamentos me deixaram nostálgico por um tempo que eu ainda nem tinha vivido.

Depois que saímos do banho, Winnie estendeu toalhas sobre a cama.

— O que está fazendo? — perguntei. — Está se preparando para uma terceira rodada especialmente suja?

— Não, não… Quer dizer, quem sabe amanhã cedo, mas isso é para nos deitarmos pelados na cama enquanto nos secamos.

— É um ritual de banho diário?

Ela se deitou de lado e deu um tapinha na cama.

— Ah, sim. Um soninho pelado pós-banho é um especial de Winnie Baker.

— Apoio essa causa — falei enquanto me recostava no travesseiro e a puxava para o meu lado. — Eu não estava brincando sobre os cartões-postais de esqueleto — acrescentei.

— Ultrassom — ela me lembrou. — E eu sei que não.

— Podemos ligar para os meus pais amanhã cedo?

Ela ergueu a cabeça para mim.

— Acho que tudo bem.

— E Steph? Deveríamos falar com ela sobre fazer um anúncio.

— Verdade. — Ela soltou um suspiro pesado em meu peito. — Em algum momento.

— Qual é o problema, Winnie? — perguntei, recusando-me a ignorar sua hesitação. — Você está tímida. O que há para esconder? Somos dois adultos.

— Eu sei — concordou ela. — Eu sei disso. Logicamente, faz todo o sentido.

Ela se sentou e arrastou a bunda um pouco para eu poder passar o braço ao redor do quadril dela.

— Então o que foi?

— Sei que a cultura da pureza é um lixo — começou ela depois de um minuto. — Mas ainda tem alguma coisa dentro de mim que hesita a fazer um grande anúncio chamativo de que engravidei fora do casamento.

— A gente pode falar de casamento, Winnie. Isso não me assusta.

Ela baixou os olhos para mim com um sorriso agradecido.

— Eu sei, Kallum. Agora eu sei. E talvez possamos falar disso em algum momento, mas há muitas coisas para pensar. Você mora no Kansas, para começar. É onde sua família e sua empresa estão. Eu moro na casa de piscina de Addison, poxa. E essas são coisas grandes, sabe? Mas não falamos nem sobre que tipo de pais queremos ser.

Eu estava pronto para ser tudo que Winnie precisasse que eu fosse, mas não podia ignorar o peso desconfortável no peito quando a realidade entrou em foco.

— Vamos dar um passo de cada vez — falei. — Você amaria o Kansas, e a Califórnia deve precisar de uma ou outra Slice, Slice, Baby.

Ela fez que sim, mas não olhou diretamente para mim.

— E religião? — perguntou ela. — Acho que eu não conseguiria voltar a uma igreja tão cedo, mas ainda sinto uma conexão com Deus. Acho que quero que meu filho viva isso também.

— Não acredito em papai do céu — comecei. — Mas, para mim, ser judeu sempre teve a ver com tradição, família e uma… sei lá… conexão com os avós que morreram antes que eu pudesse conhecê-los e até com as gerações de Lieberman que vieram antes de mim.

— Acho isso lindo — disse ela em voz baixa enquanto uma lágrima descia por sua bochecha.

Ergui a mão para secá-la.

— Então por que nosso filho não pode ter as duas experiências? Talvez ele queira as duas ou nenhuma ou algo completamente diferente. O filho mais velho da minha irmã virou satanista por um mês no ano passado.

Winnie riu.

— Sabia que eles não acreditam de verdade em Satanás?

— Soube só quando ele me explicou. Eles meio que só estão trollando todo mundo em nome da liberdade de expressão.

Ela voltou a se deitar ao meu lado e meu coração se acalmou um pouco só de tê-la por perto.

— É meio genial — disse ela e deu um bocejo. — Não precisamos ter todas as respostas hoje.

— Graças a Deus.

— Você se refere ao "papai do céu"? — perguntou ela.

Puxei o cobertor sobre nós com as toalhas ainda embaixo de nosso corpo.

— Eu te amo — sussurrou ela de novo. — Acho que eu soube disso assim que você deixou escapar em Los Angeles, mas eu não conseguia confessar naquela hora.

Dei um beijo na testa dela.

— Tudo bem. Valeu a pena esperar.

CAPÍTULO VINTE E QUATRO

Winnie

—Como foi? — perguntou Kallum na cadeira de maquiagem. Ele estava esperando a tinta branca temporária do cabelo e da barba secar, com as pernas compridas esticadas e cruzadas nos tornozelos e o celular no colo aberto em um vídeo do YouTube sobre carne vegetal.

A equipe de maquiagem e cabelo não estava por perto, então me sentei na cadeira ao lado dele e respondi com sinceridade.

— Acho que correu da melhor maneira possível, considerando que contei para meus pais religiosos que engravidei.

Deixei o celular em cima da mesa e apoiei a mão no ventre, sentindo a curva pequena e firme ali.

— O que quer dizer que eles não atenderam, então deixei uma mensagem de voz dando a notícia.

Kallum estendeu o braço e apertou minha mão.

— É?

— É. Mas não pedi desculpa nem me justifiquei. Só contei que estava grávida e que queria que eles soubessem. E que, se eles quisessem saber mais, poderiam me ligar para conversar, mas que eu me recusaria a ouvir qualquer coisa que me culpasse ou me julgasse.

— Sua terapeuta ficaria muito orgulhosa. Eu estou!

Sabia que *eu* também deveria estar orgulhosa, porque fazia dois anos que comunicar limites era um projeto meu, e eu tinha finalmente conseguido. Mas eu não me sentia orgulhosa nem madura. Sentia como se estivesse representando todas aquelas coisas na TV em vez de realmente sê-las.

Apertei a mão de Kallum em resposta e sorri para ele.

— Fico contente que seus pais tenham sido legais.

Só de lembrar os gritos e berros do outro lado do celular de Kallum depois que ele tinha contado para os pais, eu sorria ainda mais; ouvir a felicidade deles me fizera sentir como se eu tivesse acabado de chegar perto de uma fogueira calorosa.

— Eles estão nas nuvens — disse Kallum, soltando minha mão para tocar com cautela a barba recém-pintada de branca com a ponta dos dedos. — Minha mãe sabe há um total de doze horas e já comprou pomada de lanolina para você, seja lá para que serve isso.

— Ela é ótima.

Era como eu queria que minha própria mãe reagisse, mas essa era uma fantasia que eu precisava superar.

Ele abriu um sorriso largo.

— Ela não parava de falar de um monte de cremes e remédios e eu só, tipo, "bota uma fralda na criança e pronto". Não deve ser tão difícil, certo?

— Acho que é bem famoso por ser muito difícil — afirmei, o fim da frase soando como uma pergunta.

Aquela não era a primeira vez que eu me questionava se ele achava que um bebê era como um Nintendo Switch: algo com que brincar quando você estava entediado, algo com que dava para tirar um cochilo no sofá, mas não algo que mudaria toda a forma como você levava a vida.

Mas deixei isso para lá. Eu e Kallum ainda estávamos nos conhecendo. Ele provavelmente era muito mais confiável e maduro do que transparecia enquanto estávamos fazendo um filme hot natalino. Ele tinha uma empresa! Isso implicava impostos e folha de pagamentos e descobrir como comprar rolos gigante de papel higiênico para banheiros públicos! Eu estava procurando pelo em ovo.

— Ei, você está bem? — perguntou Kallum. Ele se inclinou para a frente, seus olhos de um azul brilhante e preocupado. — Sei que cuidar de criança pode ser complicado.

Apesar do comentário da fralda, ele parecia muito sábio com a barba e os cabelos brancos, e quase senti que estava conversando com o Papai Noel *de verdade*. Quer dizer, se o Papai Noel de verdade fosse do tamanho de um viking e adorasse que eu sentasse na cara dele.

Abri a boca para falar e então me interrompi, porque eu nem sabia como expressar o que queria dizer.

Kallum esperou em silêncio, sem nunca desviar a atenção de mim, e decidi me arriscar, mesmo que meus sentimentos não fizessem qualquer sentido.

—– Tive o privilégio de participar de uma família perfeita na TV, uma família fictícia da qual as pessoas *ainda* falam, vinte anos depois. Uma família de mentira que se resumia a vinte e dois minutos de filhos adoráveis e pais amorosos, de discursos motivacionais e abraços na cozinha, de pessoas cometendo erros e sendo perdoadas, tudo no formato previsível de um único episódio. Era minha função garantir que todos que assistiam à série vivessem indiretamente, através de mim, como era crescer naquela família saudável e amorosa, mas até *indiretamente* é a palavra errada, porque eu mesma não vivia aquilo.

— Pois deveria — disse Kallum. Sua voz era grave, calorosa. Um pouco frustrada, o que era muito, mas muito validador. — Acho que nenhuma família é perfeita, mas toda criança merece discursos motivacionais e abraços na cozinha, Winnie. Espero que saiba disso.

— Eu sei, eu sei — respondi. — Mas ainda sofro um pouco por isso. Porque, por mais que meus pais *parecessem* pais de TV, com seus cabelos brilhantes e sorrisos largos cheios de dentes de porcelana, não havia abraços na cozinha para mim. Nunca vai haver. Passei a infância criando algo que eu mesma nunca pude ter. Acho que isso é ainda mais solitário, em certo sentido, porque consigo imaginar como teria sido. Porque me faz cogitar se tudo é falso, no fim. Se ninguém realmente vive a fantasia da família leal e amorosa. Tenho 32 anos, e está na hora de aceitar isso.

— Nenhuma família é igual à da televisão — replicou Kallum. — A minha é uma bagunça às vezes e totalmente caótica, e todo mundo vive se metendo nos problemas uns dos outros, e não resolvemos os problemas em vinte e dois minutos. Mas leal? — acrescentou. — Amorosa? Isso, sim. E só quero que saiba que você é oficialmente uma Lieberman agora. Já deve estar registrado em cartório se depender da minha mãe.

Sorri. Eu mal podia esperar para conhecer a mãe dele, assim como o restante da família de Kallum, embora estivesse um pouco nervosa também. E se eles não gostassem de mim? E se *gostassem*, mas eu e Kallum terminássemos e eu perdesse mais uma chance de uma família?

— E, ei — continuou ele, gesticulando ao redor para a loja de brinquedos e Christmas Notch como um todo —, isso é meio que uma família também, não?

Pensei em Kallum, e Gretchen, e Pearl, e até Jack Hart e Luca, e Sunny, e Bee. Pensei nas noites até tarde no set e nos ombros trombados à mesa do bufê e nas camadas de piadas internas que se construíam ao longo dos dias. Pensei na sensação de estar ali, de ser a Winnie que não era a Velha Winnie nem a Nova Winnie, mas a Winnie de Agora, e pensei em como a Winnie de Agora era feliz com a turminha excêntrica, melodramática e supersexual de Christmas Notch.

— É — concordei, felicidade desabrochando um pouco em meu peito, como uma flor ao sol. — É como uma família aqui.

Três dias depois, eu estava suada e bocejando quando a van parou para me deixar junto a vários duendes de roupão na loja de brinquedos para tirarmos o figurino. (Não que houvesse muito *figurino* para os duendes tirarem — o pano de fundo da grande briga entre Papai Noel e Holly era uma orgia élfica regada a gemada alcoólica, e os figurantes não estavam usando nada além de tapa-sexos e base à prova d'água.) Kallum tinha saído do estúdio assim que encerramos o dia, precisando atender uma ligação sobre um carregamento extraviado de caixas de pizza, e eu estava torcendo para me trocar e voltar para o quarto a tempo de transarmos antes de eu capotar de cara na cama. Estávamos trabalhando sem parar para filmar todas as cenas e transições novas para a reescrita de Pearl, e esta grávida narcoléptica estava exausta.

Minha obstetra tinha recomendado parar com os remédios de narcolepsia porque a pesquisa sobre o impacto fetal era limitada e no lugar me prescrito "todo o café que você quiser". Embora grávidas fossem aconselhadas a evitar cafeína, no meu caso era mais seguro do que as alternativas, e clinicamente necessário para me manter em pé enquanto eu trabalhava.

Não que adiantasse — mesmo tomando café com a mesma velocidade que o bufê conseguia passar, eu ainda estava tão cansada que às vezes pegava no sono entre uma tomada e outra. Em certa vez memorável, com Kallum seminu em cima de mim enquanto reajustavam as luzes. (Ele teve que me acordar fazendo barulho de peido com a boca em meu pescoço.)

Dei um bocejo tão grande que meu maxilar doeu enquanto os duendes entravam na loja de brinquedos e eu saí cambaleando da van para a calçada. Jack Hart, que tinha aproveitado a carona para voltar do set para o centro, estava se preparando para amarrar Miss Crumpets no canguru ergonômico quando a porta da loja de brinquedos se abriu e Luca saiu a passos largos.

— Você é tão alto — reclamou Jack, erguendo a cabeça e olhando para Luca com os olhos semicerrados. — Para com isso.

Luca apontou um dedo com nada menos do que três anéis.

— Um dos duendes está com um tapa-sexo preso nos pentelhos. Você precisa resolver isso.

— Eu? — retrucou Jack, seu rosto de boneco Ken cheio de irritação. — Por quê?

— Porque são seus tapa-sexos esquisitos! — respondeu Luca. — Se alguém sabe o melhor jeito de tirá-los, é você!

— Eu sou o quê, um especialista em adesivos, por acaso? Tenta passar manteiga de amendoim, sei lá!

Luca fungou.

— Tenho alergia a amendoim. E, se você não entrar, vou trazer o duende aqui fora, e Christmas Notch inteira vai ver o que você faz com os pentelhos das pessoas.

Jack lançou um olhar fulminante.

Luca retribuiu o olhar fulminante.

— Ainda não acredito que Angel aceitou se casar com você — cedeu Jack, com um resmungo.

Luca abriu um sorriso beatífico.

— Espera só para ver meu vestido de casamento. Agora *entra*.

Jack se virou para mim e, antes que eu pudesse falar, gesticular ou consentir, Miss Crumpets foi colocada em meus braços como um bebê. Ela se acomodou, soltou um pum, deu uma lambida sem entusiasmo em meu braço e pegou no sono.

— Não dê macadâmias para ela comer — instruiu Jack de maneira funesta e desnecessária antes de desaparecer dentro da loja de brinquedos com Luca, deixando-me sozinha na calçada com um vestido de veludo vermelho que era praticamente uma lingerie.

Após mais um bocejo, comecei a andar com Miss Crumpets de um lado para outro da calçada, deixando que a brisa morna de fim de tarde soprasse seu pelo e secasse parte do suor pegajoso ainda em meu cabelo. Era uma pequena prévia de ter um bebê, talvez; de estar exausta e ter que ninar e embalar uma coisinha flatulenta nos braços…

— Winnie? — chamou uma voz de contralto de trás de mim.

Minha coluna se enrijeceu, meus ombros ficaram tensos. Meu coração deu uma série de batidas rápidas e abruptas, como se meu corpo quisesse fugir. O que era ridículo, porque era óbvio que eu não queria fugir, era óbvio que eu estava feliz em ouvir aquela voz.

Eu me virei e vi minha mãe e meu pai pela primeira vez em dois anos.

Alegria — devia ser alegria — me percorreu, quente e vibrante, e de repente todas as coisas que eu tinha dito a Kallum antes eram mentira. Todos os sonhos, e esperanças, e fantasias dos meus 32 anos ainda estavam enraizados no fundo do meu ser, ainda se esforçando para voltar à superfície.

— Oi, mãe — falei, um pouco tímida. — Oi, pai.

— Oi, meu bem — saudou meu pai com seu barítono grave.

Eu sempre achei que ele tinha a cara e a voz do pai perfeito. Até mais do que meu pai de *Aumentando a família* — mas meu pai da TV mais do que meramente parecia um pai. Ele também era engraçado, brincalhão e gentil com todos no set. Em meus momentos mais sombrios da infância, eu queria que meu pai da TV *fosse* meu pai da verdade... e depois implorava perdão a Deus por pensar algo tão horrível e ingrato. Como eu poderia pensar isso se meu pai de verdade parecia tão perfeito para o papel? Mesmo ali, anos depois, o rosto do meu pai estava franzido em uma expressão que eu encontraria sob *amor paterno* no dicionário.

— Recebemos sua mensagem — afirmou minha mãe. Sua expressão era semelhante, tão cheia de amor, e ela era tão linda, com o cabelo loiro, curto e delicado envolvendo o rosto e o sorriso. Sorriso este que vacilou um pouco quando seu olhar perpassou meu corpo e, com um rubor, lembrei que meu figurino era minúsculo, que eu deveria parecer uma pecadora a seus olhos, mas então seu sorriso voltou. — Winnie, viemos porque odiamos essa distância entre nós. Queremos estar com você.

— Querem? — perguntei, ajeitando Miss Crumpets nos braços. Ela deu um espirrinho e voltou a dormir logo em seguida. — Pensei que vocês estavam bravos.

— Não cabe a nós ficarmos bravos — disse meu pai. — E isso é uma dádiva. Uma bênção.

— E só queríamos garantir que essa benção saiba o quanto ele ou ela é amado — acrescentou minha mãe. — Já fizeram o exame de sangue para descobrir? O sexo?

—— Hum. — Eu me sentia desorientada, quase zonza. A cachorra desgrenhada em meus braços era a única coisa que me parecia real e boa, e eu a aninhei mais perto. — Não sei se já quero descobrir o sexo.

— Humm. — Os *hum*s da minha mãe eram lendários. Tanta informação num som tão pequeno. — Bom, pelo menos é bom estar de volta a Christmas Notch. Vanessa, do Hope Channel, conseguiu reservar nosso quarto de sempre na pousada. Aquela loja de marshmallow gourmet na esquina ainda está aberta? Sempre adorei os presentinhos de lá.

Lembranças de quando eles me visitavam no set ou quando minha mãe me acompanhava por uma filmagem inteira passaram pela minha cabeça. Nosso tempo ali tinha sido uma pequena cápsula em que — por um breve período — éramos quase a família dos meus sonhos. Mas também

279

havia as vezes que minha mãe tinha me acusado de ser preguiçosa por perder a hora das gravações ou por cancelar uma reserva de jantar ou ida às compras porque estava cansada demais.

No momento, porém, era fácil esquecer isso tudo. Mordendo o lábio, estudei suas expressões. Eles pareciam sinceros, amáveis. Estavam dizendo todas as coisas que eu queria ouvir.

Os dois deram passos à frente, e todos os detalhes de seus rostos se revelaram para mim. O prateado nas têmporas do meu pai e a falha no meio de sua sobrancelha esquerda. As veias azuis nas têmporas da minha mãe e a linha sempre imaculada de seu batom — um tom sutil de rosa que a fazia parecer um pouco mais nova sem que fosse muito espalhafatoso.

— Sabemos que temos um longo caminho a percorrer para fazer as pazes com você — disse meu pai. — Sabemos que temos muitas pontes a refazer. Mas estamos empenhados em nos esforçar se você também estiver.

— Queremos conhecer o bebê — acrescentou minha mãe com a voz suave. — Mas não vamos forçar. Viemos para mostrar que estamos aqui para quando precisar de nós. E, quando você voltar a Los Angeles, vai ser a mesma coisa. Vamos estar lá quando estiver pronta.

A porta da loja de brinquedos se abriu, e Jack Hart saiu. Ele pegou Miss Crumpets dos meus braços, e tive uma oportunidade surreal de ver um ator pornô afivelar uma cachorra adormecida no peito enquanto meus pais olhavam.

— Mãe, pai, esse é Jack. Ele é, hum, parte da equipe de produção.

— Prazer em conhecê-lo, Jack — cumprimentou meu pai. — Precisamos fazer o check-in no hotel, mas não hesite em nos ligar, Winnie. Estamos do seu lado, para ajudar no que precisar.

Eles se aproximaram e cada um deles me deu um abraço — um abraço exemplar, com um aperto e tudo — antes de irem embora.

— Eles parecem gente boa — comentou Jack.

Miss Crumpets estava roncando embaixo de seu queixo.

— Pois é. — Observei meu pai ajudar minha mãe a entrar no carro alugado antes de dar a volta para o banco de motorista. — Eles parecem mesmo. Quer dizer, eles são. São gente boa.

E disseram que estavam do meu lado. Para me ajudar.

Não havia nada mais nesse mundo que eu quisesse que fosse verdade, mas, dessa vez, querer não era suficiente. Se eles estivessem sendo sinceros, precisariam me mostrar. Precisariam provar que tinham mudado.

Eles me deviam isso.

CAPÍTULO VINTE E CINCO
Kallum

Eu e Nolan nos sentamos lado a lado no bondinho para o Polo Norte, enquanto Winnie se acomodou algumas fileiras atrás de nós, ao lado de Bee. Da última fileira, Sunny estava inclinada entre elas.

— Foi isso que perdemos nos dois últimos anos de escola? — perguntei a Nolan.

Ele olhou para trás com um sorrisinho.

— Não me lembro de meninas tão gatas no ônibus. — Ele passou a mão no cabelo. — Você vai ser pai, porra!

— É isso aí — falei, sem conseguir esconder a mais absoluta palermice na voz. — É maneiro, né? Tipo, vou ser bom nisso, não vou?

— Não entendo nada de ser pai, mas acho que todo mundo traumatiza os filhos, por mais que se esforce.

Meus ombros se afundaram um pouco enquanto eu concordava.

— Mas — continuou ele — acho que saber isso é metade da batalha. Se soubermos que não vamos ser perfeitos e não temos como criar serezinhos perfeitos, talvez dar seu melhor seja uma boa educação. Assim, quando seu filho for um adulto que faz terapia, ele pode voltar para casa nas festas de fim de ano e jogar a real sobre todas as coisas que você fez de errado… e talvez algumas das que você fez de certo.

Balancei a cabeça, incrédulo, e dei um beijão na bochecha dele.

— Cara, você é um puta sábio da paternidade. Devia apresentar um programa de TV.

— Sei lá. Acho que talvez a gente tenha exagerado um pouco no esquenta no hotel.

— Está me dizendo que Nolan Shaw está bêbado depois de três cervejas? — perguntei.

— Três cervejas, um *Moscow mule* e dois shots de Duende Embriagado.

Dei um tapa na testa.

— Os shots! Me esqueci deles.

Voltando-me de novo para trás, acenei para Winnie nos fundos do bondinho. Ela estava no meio de uma gargalhada quando acenou em resposta. Apontei para a barriga e encolhi os ombros antes de dar dois joinhas. Ela com certeza entenderia minha mímica de código Morse que certamente se traduzia para: *O bebê na sua barriga está bem, gatona?*

Ela riu de novo e me deu dois joinhas.

Eu mal podia esperar pelo resto de nossa vida, e também estava com pavor de que acontecesse rápido demais. Minha mãe estava empolgadíssima. Ela tinha começado a revirar todas as minhas antigas roupas e fotos de bebê e a mandar para mim e Winnie um fluxo constante de fotos de celular desfocadas. Ela mandara mensagem pedindo o número de Winnie assim que encerramos a ligação, e Winnie aceitou passar com o maior prazer, embora eu tivesse contado que minha mãe muitas vezes ligava por FaceTime quando queria fazer uma ligação normal e segurava o celular na orelha, e que todos havíamos tentado explicar para ela a diferença, mas não tinha adiantado.

Tamara chorou quando contei e ela também vinha me mandando um fluxo constante de nomes dados por amigos e parentes a seus recém-nascidos para que escolhêssemos um nome original. Compartilhou nomes de médicos de sua preferência e uma lista de quais hospitais de Kansas City estavam em sua lista suja e por quê. E meu pai, bom, ele me mandou uma mensagem de sete palavras que printei para quando eu não soubesse o que estava fazendo. *Essa vai ser uma criança de sorte.*

A vida era boa.

— Minha namorada é legal pra caralho — comentei enquanto virava de volta para o meu assento.

— Sua namorada, hein? — brincou Nolan e deu um arroto que ele abafou com o punho.

— Assim, nunca falamos que era oficial, mas sou o papai do neném dela e ela é dona desse pau. Se você olhar embaixo dele, está escrito: Made in the USA, propriedade de Winnie Baker.

— Parece bem definitivo.

— Parada eterna — confirmei. — Olha só para nós! Apenas dois ex-cafajestes em relacionamentos estáveis e comprometidos. Somos praticamente um comercial da Home Depot.

— Por falar em eterno — disse Nolan enquanto o bondinho subia as últimas colinas íngremes antes de chegarmos ao nosso destino —, qual é o plano depois dessa festa de elenco hoje? Seu filme de Papai Noel hot está mesmo *finalizado*.

— Por que tem que me mandar a real numa noite como esta, cara?

— É você que está aqui procurando conselhos de paternidade! — gritou ele mais alto do que Luca, que encenava alguma história para Teddy e Steph, os dois sentados o mais longe possível um do outro que duas pessoas sentadas no mesmo banco poderiam estar.

— Tá, tá, tá — falei antes de respirar fundo. Caralho, eu estava bêbado mesmo. — Mandando a real. Vou voltar para Kansas City. Ela vai voltar para Los Angeles. Vou resolver umas paradas… e sei lá… arranjar alguém para cuidar dos restaurantes, porque não sei se Toph está preparado. Muito menos com uma unidade que ainda precisa ser reconstruída depois do incêndio. E Winnie quer muito arranjar mais alguns trabalhos depois do bebê, então vou pegar um avião para Los Angeles e ficar com ela o máximo possível. Poxa, talvez até vender a franquia da Slice, Slice, Baby e só abrir um food truck em Los Angeles ou virar um pai em tempo integral e…

Nolan apertou meu ombro.

— Mano, você ama a SSB. Deu seu sangue por aquela empresa.

— Eu sei… — concordei. — E é tudo um grande talvez, sabe? Mas vou fazer o que for preciso. Não sou mais apenas um papai de pizza. Sou o pai de uma pessoa. E sou o… que Winnie quiser que eu seja dela, sei lá. Futuro marido, se tudo der certo.

O bondinho parou com um solavanco e o condutor, em cujo crachá estava escrito "Ronald", puxou a manivela ao lado do volante para abrir a porta.

Nolan se virou para mim e pegou minhas bochechas, apertando um pouco meu rosto.

— Um dia, quando Isaac não estiver mais triste… ou tão triste quanto ele tem sido… vamos nos reencontrar e…

— Puta merda. Um reencontro do INK — falei, os lábios apertados.

— Vamos fazer um álbum novo chamado *Crescidinhos*, ou algo assim, tudo nos nossos próprios termos. Só não conta para Isaac. Ainda.

— Vamos precisar anotar isso — emendei freneticamente.

— Está no meu diário de sonhos.

Ele abaixou as mãos e começou a se levantar enquanto o resto do elenco e da equipe saía.

— Você tem um diário de sonhos? — perguntei. — É algo que eu deveria estar fazendo?

— Sim, tenho, e, se me perguntar sobre isso quando eu estiver sóbrio, é provável que eu minta. E, sim, você deveria ter um. É transformador.

Saí do bondinho atrás dele e as luzes de neon do Polo Norte iluminaram o céu escuro de verão.

— Sabe o que é bonito? — perguntei. — Somos melhores amigos desde o ensino médio e ainda surpreendemos um ao outro.

Ele passou um braço ao redor do meu ombro.

— Te amo, e não vou mentir sobre isso quando estiver sóbrio. Agora vamos botar para foder como se tivéssemos 21 anos de novo.

Eu, Winnie, Nolan, Bee, Sunny e Luca nos sentamos a uma mesa semicircular enorme com um banquete de aperitivos e bebidas. Steph, Jack Hart, Gretchen e Pearl estavam em outra mesa, e nas outras duas mesas estava nosso elenco secundário e alguns membros da equipe, incluindo um homem muito estranho chamado Ron Alto.

— Alguém chegou a experimentar os picles fritos com molho de mostarda e mel? — perguntou Winnie. — Parece bom, e como não posso beber, acho que tenho que me arriscar um pouco.

Ela sorriu e bocejou. Andava tão sonolenta com o bebê que fiquei um pouco surpreso por termos conseguido convencê-la a sair a essa hora.

— Siga seu coração, querida — sugeri. — O sexto sentido do bebê vai dizer quando for o combo errado de sabores.

— O sexto sentido do bebê? — perguntou Luca.

— Sabe, quando o bebê deixa ela enjoada e fica tipo "ah, nem começa" quando ela sente um cheiro ou come alguma coisa — expliquei.

Winnie riu um pouco e eu a abracei, fazendo algo em meu peito e minha calça reverberar.

Luca deu um gole em sua margarita de limão e cereja.

— *Sì, certo*. Até que faz sentido.

— Se as pessoas soubessem como sou inteligente, ficariam assustadas — falei, sem a menor ironia.

— Valorizo muito essa autoconfiança imerecida — comentou Sunny enquanto balançava a cabeça ao som da música. — Aliás, você não precisa falar em italiano com a gente, Luca. Você não está na Itália.

Um gole desolado de margarita.

— Não me lembra. Meu amado está lá, sofrendo por mim.

Sunny ainda estava balançando a cabeça.

— Você contou para seu amado na Itália que, enquanto ele está dando duro no estúdio novo de animação, você está numa boate de striptease com o *pai* dele?

Todos olhamos para Teddy, que estava pedindo uma taça de vinho branco no bar.

— Contei — respondeu Luca. — Angel me pediu para ficar de olho. Ele acha que Steph pode tentar se aproveitar da inocência de Teddy.

— É difícil pensar no homem que fez *Acampamento Irmão Postiço* como alguém inocente — falei, acariciando o braço de Winnie, que estava com a cabeça apoiada em meu ombro.

— Retira o que você disse! — gritou Bee. — Teddy é um Ursinho Carinhoso gigante!

— Boa gente de Christmas Notch — chamou o DJ do lado do palco. — Hoje temos um presente especial em homenagem à festa do elenco e da equipe do Hope After Dark! Deem uma recepção calorosa a Trovão e Cupido!

Duas meninas de saltos monstruosos e com o tipo de macacão de rena que as pessoas compram para a família inteira usar no Natal subiram ao palco.

— Olá, meninas! — exclamou Bee antes de dar um berro.

— Nossa, amo quando elas saem com uma quantidade ridícula de roupas — disse Sunny. — Se eu tivesse um pau, estaria duraço.

Eu me abaixei e sussurrei para Winnie:

— Não sei se isso é estranho, mas eu teria o maior prazer em levar você para uma das salas reservadas para um bis.

Ela riu baixo. Era um risinho sonolento, algo com que eu tive o prazer profundo de me familiarizar ao longo dos últimos dias.

— Não que eu não queira sempre uma dança particular sua, mas é só que peguei pesado com aqueles nachos irlandeses e não sei por quanto tempo vou continuar no mundo consciente. Sem falar que... é meio sexy estar aqui com você... como uma cliente.

— Gostei — concordei. — Gostei.

— Mas sério. — Ela bocejou. — Talvez eu precise voltar para a pousada.

— Ah, querida — falei, apertando-a. — A festa está só começando. Viu?

Trovão e Cupido assumiram uma barra vertical em cada lado do palco, deixando a do meio vazia enquanto a música passava para uma voz suave e sedutora cantando "Santa, baby".

A mesa toda perdeu o fôlego como se fosse a coisa mais chocante do mundo que duas strippers batizadas em homenagem a renas do Papai Noel num bar com temática natalina estivessem dançando ao som de uma música que por acaso tinha um nome tão parecido com o do filme que tínhamos acabado de finalizar.

As meninas baixaram o zíper dos macacões e, sem dificuldade, tiraram-nos e os jogaram no colo de espectadores entusiasmados, revelando fantasias de Mamãe Noel por baixo, que consistiam em partes de cima de biquíni triangulares cobertas de paetês, calcinhas de fio-dental combinando e aventais tão minúsculos que caberiam nas antigas bonecas de Tamara.

— Talvez eu tenha que comprar uma dessas fantasias para mim — sussurrou Winnie, com um bocejo.

— Ah, confia em mim quando digo que este cara cem por cento judeu aqui desenvolveu uma verdadeira tara natalina.

Ela ergueu os olhos para mim.

— Você pode ser meu ho, ho, ho.

Sorri e dei um beijo em seus lábios. Como uma pessoa poderia ser tão inteligente, e divertida, e deslumbrante, e perfeita ao mesmo tempo?

Bee se inclinou para a frente sobre a taça de Ponche Grinch.

— Vamos lá, Papai Noel! Mostra a que você veio!

— Papai Noel, Papai Noel, Papai Noel! — começou a entoar nossa mesa, exceto por Winnie, que estava segurando meu braço.

— Alguém disse Papai Noel? — perguntou o DJ enquanto Trovão e Cupido subiam e desciam pelas barras. — Será que o Papai Noel está passando as férias de verão em Christmas Notch e precisa se soltar um pouco?

— Sobe lá, seu gostoso — ordenou Nolan.

Baixei os olhos para Winnie, e ela abriu um sorriso cansado. Eu a interrompi antes que ela pudesse dizer qualquer coisa.

— Sei que está pronta para dormir, mas, poxa, não quer me ver lá no palco?

— Tipo, *em cima* do palco? — perguntou ela, surpresa.

— Em cima do palco, sim! — Nolan riu. — Você nunca viu o Kallum festeiro, mas confia em mim: ele é um *monstro*. Uma vez, ele cravou um bastão de hóquei numa porta enquanto me perseguia durante uma partida de pôquer.

— Tipo, durante os tempos do INK? — perguntou Winnie, com os olhos arregalados.

— Não, foi no ano passado — falei, orgulhoso.

Acabamos deixando o bastão de hóquei na porta, de tão encaixado que ficou.

— Entendi — disse Winnie com a voz fraca.

Bee sorriu com sarcasmo.

— Você vai criar duas crianças, Winnie. Divirta-se.

Winnie mordeu o lábio, mas não de um jeito fofo. Quer dizer, ainda era fofo, mas ela parecia um pouco preocupada, como se estivesse pensando que houvesse certa verdade nas palavras de Bee.

Mostrei o dedo carinhosamente para Bee e me voltei para a linda mãe do meu bebê.

— Depois que o Papai Noel tiver a chance de conhecer seus meninos e meninas travessos, podemos voltar para a pousada, se quiser.

— Está aí um bom plano. — Winnie abriu um sorriso. — É só não chupar ninguém além de mim numa sala reservada, *capisce*?

— Na verdade, é *capisci* — interveio Luca com o ar condescendente. Eu o ignorei.

— Winnie Baker, você acabou de me mandar um *capisce*?

— Acho que sim — respondeu ela, com as bochechas rosadas e sonolenta e perfeita pra caralho.

— Nossa, você é gata pra cacete — falei enquanto deixava a mesa.

Luca resmungou algo sobre estarmos proibidos de visitar a casa dele e de Angel em Milão.

Enquanto eu corria para o palco, algumas pessoas estenderam as mãos pedindo tapinhas, incluindo Teddy.

Steph balançou a cabeça com um sorriso acanhado. Parei por um momento e ergui a mão dela para um toca-aqui.

— Não queria que você se sentisse excluída — comentei, antes de deslizar sobre o palco e, felizmente, parar pouco antes de sair voando para o outro lado. Eu logo me levantei e gritei: — Estou bem!

A plateia toda irrompeu em gritos e aplausos. Puxa vida, tinha me esquecido que a adoração era como uma droga. Mesmo numa relíquia embolorada como aquela boate de striptease.

Estreitei os olhos sob as luzes do palco e vi Nolan levar dois dedos aos lábios e soltar um assobio. Pensei ter visto Winnie sorrir ao lado dele.

E, com mais autoconfiança do que qualquer adulto racional deveria ter, comecei a me esfregar na barra livre no meio do palco.

— Arrasa, Papai Noel! — gritou Cupido enquanto desamarrava a parte de cima do biquíni para revelar tapa-mamilos de purpurina verde.

Ou talvez fosse Trovão.

— Dá uma voltinha — disse a outra.

Talvez porque minhas articulações estivessem bem lubrificadas pela bebida, ou talvez porque meus tempos de INK estivessem voltando a mim, dei um giro tão forte na barra que ela tremeu.

Um pouco tonto pelos meus passinhos sensuais, parei por um momento, peguei a gola da minha camiseta de Slice, Slice, Baby com as duas mãos e a rasguei o mais forte que consegui.

A plateia foi à loucura e rasguei o resto da camiseta e a joguei para Winnie, que estava erguendo as mãos e gritando como se eu fosse um Beatle.

— Essa é para minha Mamãe Noel! — gritei.

Apertei a barra e dei uma bela deslizada e uma reboladinha ou duas para meus fãs. *Merda. Meus joelhos não são mais os mesmos.* Depois de voltar a subir — deu literalmente para ouvir meus joelhos estalarem —, ergui os pés, apertei a barra e dei algumas giradas.

Tá, talvez eu até que mandasse bem naquilo. Todos aqueles anos sendo o mandachuva nos trepa-trepas do primário e toda a minha experiência de dança com o INK me levaram àquele momento.

Olhei para Trovão e Cupido, que estavam penduradas pelos joelhos, de cabeça para baixo, nas barras. Elas faziam parecer tão fácil.

Sem pensar muito em como fazer isso, fui trepando pela barra e soltei os braços de maneira a exibir, orgulhoso, minha barriga.

Exceto que a gravidade tinha planos diferentes... e, antes que eu desse por mim, meu corpo caiu na beira do palco.

De cara.

Ai, meu Deus.

Caí com um baque. Minha cabeça começou a girar e minha boca estava cheia de um calor acobreado.

Com um grunhido, rolei de barriga para cima e encontrei duas dançarinas de peitos de fora pairando sobre mim e Winnie correndo até a beira do palco.

— Kallum! — chamou ela enquanto apertava meus ombros. — Kallum, você está bem? Que dia é hoje? Consegue soletrar seu nome? Ou contar de dez a zero?

Eu me sentei devagar enquanto o resto do elenco e da equipe nos cercava. Nada doía para valer, o que significava que eu me sentiria um caco pela manhã.

— C-A-L-L-U-M. Humm, terça ou talvez quarta, se for muito tarde, e dez, nove, oito...

Winnie jogou os braços ao redor do meu pescoço.

— Seu tonto, você não conseguiu nem soletrar seu próprio nome!

Eu a puxei para mais perto e afundei o rosto ensanguentado em seu cabelo, embora eu não quisesse sujá-la.

— Não estava brincando quando disse que foi tudo para você.

— Bom, esta Winnie aqui não aprov... — Seus braços ao redor do meu pescoço apertaram por um breve momento e então ela recuou. — Preciso... Já volto.

— Winnie, o que houve? — perguntei enquanto me levantava, mas cambaleei para trás na direção do palco e Nolan me segurou para me estabilizar.

O grupo de rostos preocupados me cercou enquanto as luzes da casa se acendiam e Winnie desaparecia.

CAPÍTULO VINTE E SEIS

Winnie

—Winnie? — chamou a voz de Sunny através da porta do banheiro. — Não, volta *você* — ordenou ela, provavelmente para alguém perto. — Eu cheguei primeiro.

— Bom, Nolan *me* nomeou para entender o que está rolando — ouvi Bee dizer — e, por mais gata que você seja, eu sou a xerife do banheiro agora.

— Se alguém for a xerife desta cidade, sou eu — anunciou a voz pragmática de Steph. Então veio uma batida firme e abrupta na porta muito oca do banheiro do Polo Norte. — Winnie? Tudo bem?

Eu não estava nada bem. Estava sentada no banheiro, com o vestido da Ralph Lauren erguido até a cintura e a calcinha ao redor dos joelhos. Estava encarando algo que até quatro meses atrás teria sido normal, inteiramente banal: uma mancha de sangue na calcinha. Carmesim. Brilhando sob a luz amarelada do banheiro.

Eu estava rindo pouco antes? Aplaudindo Kallum? Não conseguia acreditar nisso; não conseguia acreditar que havia alguma versão de mim que não fosse aquela: encarando uma calcinha ensanguentada com as mãos trêmulas e a respiração curta e arrítmica.

Mas fiz tudo certo, era tudo em que eu conseguia pensar. *Fiz tudo certo*.

— Winnie está bem? — veio uma voz grave através da porta.

Até a voz de Teddy parecia ter um bigode, o que não fazia sentido, mas o que fazia sentido, afinal? Nada. Nada fazia sentido.

Mas eu não queria ser um problema, isso eu ainda sabia. Bagunças narcolépticas não tinham muitas segundas chances, e eu não podia deixar que meu produtor pensasse que eu era uma catástrofe constante.

— Estou ótima — gritei através da porta. Torci para que eles não conseguissem notar como minha voz estava fraca. Como tremia. — Teddy, estou bem, juro. Pode ir!

— Teddy se vira bem em emergências — informou Sunny com um tom reconfortante. — Uma vez, quando eu estava no set, uma atriz começou a sangrar pelo cu durante uma cena, e Teddy não hesitou! Ele cobriu o banco da perua com uma toalha e a levou para o pronto-socorro imediatamente.

Pelo cu??? Minha nossa.

— Ela ficou bem?

— Ah, sim — respondeu Sunny. — Na verdade, ela nem estava sangrando, só tinha comido muita beterraba no dia anterior. Enfim, meu ponto é que Teddy é um bom apoio numa crise, não é, Ted?

Teddy ignorou Sunny e disse para mim através da porta:

— Winnie, estou bem aqui se precisar de alguma coisa. Pode me contar o que há de errado? Precisamos voltar ao hotel? Tem algo que eu possa fazer para ajudar?

Havia algo tão paternal em seu tom que senti meu semblante se encher de tristeza.

— Pode chamar Kallum? — consegui dizer. Eu estava bem perto de perder a cabeça. — Só quero Kallum.

Houve uma convocação de sussurros e chiados, e a porta bateu um pouco no batente, como se alguém estivesse se acotovelando para voltar ao salão principal. Depois, houve mais sussurros — pensei ouvir a voz rouca de Nolan no meio —, e Bee disse:

— Hum, Winnie? Kallum ainda está um pouco zonzo. Acho que as renas estão tentando fazer o sangramento no lábio dele estancar. Mas, quando ele parar de sangrar, posso falar para ele entrar?

Certo. Kallum estava sangrando porque tinha tentado fazer pole dance numa festa. E eu estava sangrando porque poderíamos perder nosso bebê.

Olhei para o sangue e tentei pensar. Eu não estava com cólica, não tinha nenhuma dor. Quando me sequei com o papel higiênico, o sangue estava vivo e fino, sem nenhum coágulo à vista. Poderia não ser nada. Poderia ficar tudo bem. Eu só precisava falar. Só precisava pedir ajuda, porque a pessoa em quem eu mais confiava *não* podia ajudar.

— Estou sangrando — sussurrei e então respirei fundo. Eu precisava falar mais alto. — Estou sangrando — repeti mais alto, e ouvi o murmúrio reverberar pelo grupo do outro lado da porta.

— Porra — disse Bee depois de um minuto.

— Merda! — exclamou Sunny.

Houve mais murmúrios, seguidos pelo som dos saltos de Steph recuando ao longe.

— Winnie, precisamos levar você para um hospital — falou Teddy. — Steph está vendo se alguém tem um carro. Acho que, por mais longe que a gente esteja, vai ser mais rápido levar você do que esperar por uma ambulância.

— Alguém está bem para dirigir? — ouvi Bee perguntar.

— Ai, meu Deus — disse Sunny. — Sei que eu e você, não, e Nolan menos ainda. Teddy?

Ouvi o tipo de suspiro pesado que só pode vir de baixo de um bigode.

— Não sei se estou bem para dirigir ou não e, se não sei, quer dizer que não é seguro o suficiente. Talvez alguém da equipe?

— Estou pedindo um Uber agora — decidiu Bee. — Caso Steph não consiga encontrar um carro ou alguém para dirigir.

— E estou pedindo um Lyft — acrescentou Sunny. Em seguida: — O mais próximo está a quarenta e cinco minutos de distância.

— O Uber mais próximo está em Montpelier — acrescentou Bee. — Está de sacanagem com a minha cara?

— E olha que eu já ofereci muita sacanagem com a sua cara mesmo — respondeu Sunny. — Winnie, você ainda está bem aí dentro?

Se eu estava bem? Eu estava paralisada no vaso, com medo de me mexer ou mesmo respirar e acabar sangrando mais. Medo de sentir algo pior do que sangue, como dor ou cólicas.

— Não sei — respondi, em estupor.

Era como estar na parte funda de uma piscina; em um daqueles tanques de privação sensorial que Addison defendia de pé junto. Tudo parecia estar vindo de mais de um milhão de quilômetros de distância.

— Certo, vamos entrar — disse Bee. — Juramos que não vamos deixar Teddy entrar a menos que você comece a sangrar pelo cu também.

— Na verdade, tenho uma ideia — sugeriu Teddy. — Volto em dois minutos.

Ouvi suas passadas rápidas e pesadas se afastarem do banheiro.

— Sai! Sai! — gritou Sunny atrás dele, e então a porta se abriu.

— Ai, meu bem — disse Bee, vendo-me com a calcinha ao redor dos joelhos. — Certo, certo. Estamos com você.

Ergui os olhos para ela e Sunny, os rostos gentis e preocupados, e em seguida me debulhei em lágrimas.

— Shh. — Sunny tentou me acalmar. — Shh. Estamos aqui agora.

E, em pouco tempo, fui levantada, minha calcinha foi pega e dobrada em um papel-toalha para mostrar a um médico e, então, fui presenteada com uma calcinha de paetê e um absorvente.

— Raposa nos deu uma calcinha de reserva e Cupido nos deu o absorvente — informou Bee, endireitando meu vestido enquanto Sunny estendia um lenço para eu assoar o nariz.

Teddy chegou à porta bem naquele momento.

— Consegui uma carona para o hospital — avisou ele. — Mas precisamos sair agora.

— E Kallum? — perguntei, esperançosa. — Ele vem com a gente?

— Vai — respondeu Teddy gentilmente. — As dançarinas estão pegando uma bolsa de gelo para ele e ele vai estar pronto para ir.

A carona de Teddy era nada menos do que o bondinho, guiado por Ronald, e a bolsa de gelo com que Kallum apareceu era um mix de coquetel instantâneo congelado que ele estava segurando diretamente no lábio cortado.

— Querida — chamou Kallum assim que entrou no bondinho. — Você está bem? Teddy disse que você estava sangrando? Isso quer dizer...?

A confusão em seu rosto era difícil de olhar, e fechei os olhos e encostei o rosto em seu ombro.

— Não sei — sussurrei.

Ele cheirava a cerveja e, como tinha rasgado a camiseta, estava usando uma que o Polo Norte vendia detrás do bar. Dizia LEVEI UMA BLITZ DE TROVÃO NO POLO NORTE.

Ele estava prestes a falar quando Sunny e Bee entraram no bondinho, seguidas por Teddy e Steph. Eles pararam em nosso banco.

— Não precisam... — comecei. — Quer dizer, não quero que ninguém perca sua noite de diversão...

— Pode parar — disse Steph, seca. — Você é mais importante do que porções com desconto. Vamos garantir que fique bem.

Nesse momento, mais pessoas foram enchendo o bondinho. Nolan. Luca e Jack Hart. Gretchen e Pearl.

— Gente — falei. — Por favor, não percam a festa só por causa disso. É tão bobo, e não deve ser nada...

— Você precisa estar cercada por boas energias e carinho amoroso — afirmou Pearl, séria. — E a medicina ocidental...

— ... é ótima para emergências — interveio Gretchen. — Estamos aqui para dar apoio moral.

— Quer que eu ligue para seus pais, Mamãe Noel? — perguntou Jack Hart.

Ele estava sem Miss Crumpets e usava uma camiseta de tule sob uma camisa com alguns botões abertos. Tinha batom vermelho em todo o seu pescoço.

— Seus pais estão aqui? — perguntou Kallum, confuso.

Corei um pouco. Não tinha contado a ele, e tentei racionalizar comigo mesma que era pelo fato de estarmos prestes a ir embora de Christmas Notch, então não havia por que tentar marcar um encontro entre eles. E, se eu o convencera a subir de escada para o quarto, se vasculhara o saguão do hotel antes de entrarmos, era apenas uma reação instintiva. Não era porque eu estava com pavor das possíveis consequências de meus pais o conhecerem.

— Sim — afirmei, e passei meu celular para Jack. — Minha mãe está no contato de emergência: Jessica Baker.

— Não gosta de correr riscos, hein?

— E é melhor mandar mensagem em vez de ligar.

O bondinho já estava ficando tumultuado atrás de nós, com Luca criando caso por se sentar perto de Nolan e Pearl entoando uma nota alta que serviria para acalmar meu chacra sacral.

— Acho que não daria para explicar este bondinho para meus pais — concluí.

— Ai, meu bem, consigo explicar qualquer coisa se você me der uma hora, um quarto escuro e um vibrador totalmente carregado — disse Jack. — Mas vamos de mensagem. Kallum, você está sangrando de novo.

Kallum olhou para baixo e depois para cima, e finalmente pensou em tirar a mão da boca, onde o sangue tinha começado a escorrer do lábio pelo sachê de mojito para seus dedos.

— Merda — murmurou ele, e Jack suspirou.

— Tem uma luz em cima do meu banco — informou Jack. — Vem para o fundo comigo, e vou ver se consigo descobrir de onde é o sangramento.

— Não quero deixar Winnie — protestou Kallum ao mesmo tempo que me agarrei a seu braço.

— Eu me sento com ela — disse Gretchen de trás de nós, levantando-se enquanto o bondinho ganhava vida. Diante da minha expressão patética, ela abriu um sorriso caloroso. — Dou um abraço muito gostoso, juro. Talvez até melhor do que Kallum.

Ergui os olhos para Kallum, cujo sangue escorria pelo queixo como se ele fosse um vampiro vegetariano que tinha acabado de comer um cervo.

— É melhor você ir com Jack — sussurrei, embora eu o quisesse perto.

Mas também era difícil relaxar no abraço enquanto ele sangrava pela boca e estava grudento de cerveja derramada e suor.

Ele soltou um grunhido condoído, como se doesse se afastar de mim.

— Tá, querida, mas volto para este banco assim que o dr. Jack me medicar.

Abri um sorriso abatido para ele, e ele e Gretchen trocaram de lugar enquanto o bondinho avançava.

Gretchen se acomodou pertinho e pegou minha mão.

— Você está bem?

O problema de quebrar o lacre de *estou bem* era que, depois que ele estava quebrado, era difícil voltar atrás.

— Não — admiti. — Estou com medo. Quero que o bebê fique bem. E queria...

Perdi a voz enquanto olhava pela janela. Estava escuro lá fora, exceto pelas raras casas entre as árvores, iluminadas pelo círculo de luz amarela dos alpendres.

— Queria o quê? — perguntou Gretchen gentilmente.

— É idiota — confessei. — Mas eu meio que quis sair mais cedo, e, se tivesse saído, talvez eu estivesse de volta na pousada quando isso acontecesse. Com meus pais, e não...

Parei. Eu não queria nem dizer isso em voz alta.

— Não com um Kallum que encheu a cara? — completou Gretchen.

Eu me virei para olhar para ela.

— Assim, não estou brava que ele tenha bebido nem mesmo que ele tenha subido no palco — afirmei, com a voz tão baixa que só ela ouviria. — Era uma festa! E ninguém imaginou que eu teria uma emergência de sangramento. Mas... mas...

Não sabia o que eu estava tentando dizer, nem mesmo o que eu sentia. Kallum tinha todo o direito de aproveitar a noite; se eu não tivesse encontrado sangue na calcinha, teríamos voltado para a pousada com sorrisos no rosto e roncado a noite toda em paz.

Gretchen apertou minha mão.

— Você sabe que tudo bem sentir duas coisas ao mesmo tempo, certo? Você pode achar que tudo bem ele se divertir e mesmo assim desejar que ele estivesse pronto para ajudar quando acontecesse alguma merda.

Suspirei.

— Sei.

— E não conheci Michael muito bem, mas imagino que ele quase sempre se colocasse em primeiro lugar. É compreensível que, depois de tudo por que já passou, você queira alguém de confiança.

— Kallum é de confiança — falei, na defensiva. E então precisei acrescentar, porque ele estava sentado nos fundos do bondinho com um sachê congelado de mojito e um dente quebrado: — Às vezes.

— Winnie — disse Gretchen, com um sorriso. — Todos crescemos juntos, e posso dizer que Kallum às vezes ainda é um menino gigante de 19 anos. E isso é ótimo para ele: ele está levando a vida dos sonhos de alguém com essa idade, com sua rede de pizzarias e sua reputação de *sex tape*. Ele é divertido, e leal, e fofo pra caramba, e um amigo incrível. Acho que ele vai ser um pai divertido. Mas como parceiro de vida? Como namorado ou marido? — Ela deu de ombros, ainda segurando minha mão. — Talvez só não seja da personalidade dele, sabe? Sossegar e levar a vida a sério.

O hospital surgiu no campo de visão, um oásis de luzes embaçadas na escuridão, e Gretchen apertou minha mão de novo para me tranquilizar. Mas suas palavras estavam se revirando em minha cabeça, trombando na lembrança do que ele dissera a Teddy no corredor da pousada, na lembrança dele arrancando as roupas e caindo bêbado do palco.

Eu odiava admitir isso a mim mesma, mas, no momento, eu queria que Kallum fosse... diferente. Que fizesse escolhas diferentes.

E isso não era justo com ele. Ele tinha todo o direito de beber e dançar e fazer striptease em público e o que mais quisesse fazer. Mas havia mais coisas em jogo do que meu próprio conforto, e o que era justo comigo também importava.

Eu só não sabia o que era justo, no momento.

Ou o que significaria depois daquela noite.

Foi um caos quando chegamos ao hospital, todos saindo do bondinho em um grupo único, nos trombando e falando ao mesmo tempo para tentar explicar à enfermeira perplexa o que estava acontecendo. Depois de um tempo, eu e Kallum fomos parar na salinha de triagem, e a enfermeira colocou as luvas.

— Certo — disse ela com um tom vigoroso de "sou uma enfermeira de emergência desde antes de vocês nascerem". — Abaixa esse mojito congelado para eu ver o que temos que resolver.

Kallum apenas a encarou, um bonito retrato de perplexidade de barba, e entendi o que estava rolando. Pelo visto, uma horda de astros pornôs e ex-membros de boy band bêbados não eram muito bons em comunicação.

— Não, não, sou eu que preciso ser examinada — intervim. — Estou grávida de quatro meses e tive um sangramento. Ele é o pai.

A enfermeira parou, recalibrou. Depois acenou com a cabeça.

— Certo, meu anjo — afirmou ela. — Vamos fazer um exame básico, entender um pouco do histórico e colocar você deitada. Já você, não tira esse mojito congelado daí.

Em poucos minutos, fui pesada e examinada e recebi uma pulseira do hospital, depois eu e Kallum fomos levados ao pronto-socorro de fato, deixando a horda para trás enquanto eles discutiam e saqueavam as máquinas automáticas atrás de comida.

— A enfermeira e a médica já vão te atender — disse a pessoa que nos guiava, e tirou um roupão hospitalar dobrado do armário. Era azul, com uma estampa geométrica vibrante que me fazia pensar nos copos de papel dos anos 1980. — Depois de vestir isso, se deite, por favor. Queremos manter você o mais horizontal possível.

Fiz que sim. A essa altura, eles poderiam me pedir para ficar de ponta-cabeça e recitar a letra de "Albuquerque", de Weird Al, e eu teria feito. Eu faria qualquer coisa, por menor ou mais possivelmente inútil que fosse, qualquer coisa para manter meu bebezinho no lugar.

A assistente de enfermagem saiu, e eu vesti o roupão e me deitei na cama, sentindo calafrios nos lençóis gelados. Eles tinham colocado uma almofada descartável embaixo, para absorver qualquer sangramento — e um pavor arrepiante ameaçou atravessar meu estupor. Estavam considerando que eu sangraria mais. Precisavam acompanhar o quanto eu sangraria.

Não havia nenhum universo em que isso não fosse assustador.

Kallum me viu tremendo e se levantou da cadeira. Ele foi acariciar meu braço para me esquentar, mas sua mão estava da temperatura de um mojito congelado semiderretido e só me deu mais calafrios.

— Tenho certeza de que não é nada de mais — falou. — Vai dar certo, Winnie. Juro.

— Estou com medo — admiti num sussurro. — Não posso perder nosso bebê. É um bebê que já amo tanto e eu só…

— Não precisa ter medo — interveio Kallum, como se fosse fácil não sentir esse receio. — Você vai ver. A médica vai entrar e sair, e vai ser como se isso nunca tivesse acontecido.

Pensei que ele estava tentando ser tranquilizador, lembrar que havia uma forte possibilidade de que tudo poderia ficar bem, mas, com sua voz um pouco enrolada demais e sua camiseta do Polo Norte, não parecia reconfortante. Parecia que ele não queria ser incomodado com preocupação; parecia que eu o estava incomodando por me preocupar.

Eu *odiava* me sentir como um incômodo.

Mas também, se não naquele momento, quando?

E, mesmo se tudo corresse bem, era assim que Kallum seria sempre que algo desse errado? Se nosso bebê ficasse doente? Se nosso filho se machucasse jogando futebol, trepando numa árvore ou andando de bicicleta?

Não. Não, eu tinha que parar de pensar no pior. Não era porque Michael tinha sido tóxico e egoísta que Kallum também seria, e era claro que Kallum levava a situação a sério. Eu me lembrava de sua alegria quando ele descobrira que eu estava grávida, de como tinha ficado ansioso em contar para o mundo todo. Ele ficaria devastado se acontecesse alguma coisa com o bebê.

Havia um pedacinho de sangue seco em sua barba e, quando ele mudou o ângulo do sachê de mojito já derretido, vi a ponta afiada de seu dente quebrado. Dava a ele um ar um pouco perigoso, parecia um pouco com um pirata, e, se eu não estivesse sangrando num leito de hospital, teria achado fofo.

— Você ainda está bem? — perguntei. — Você levou um tombo enorme naquele palco.

Kallum abaixou a bolsa de gelo improvisada e seu rosto se abriu em um sorriso instantâneo digno de revista. Não havia como não notar o dente lascado, na frente e no centro.

— Estou ótimo, de verdade. Estou achando até que esse pode ser um novo visual para mim. Caipira chique.

Tentei retribuir o sorriso, mas meu rosto não estava respondendo direito. Meus músculos de sorrir estavam quebrados.

— Você não está zonzo nem nada? Estava com dificuldade para soletrar seu nome lá.

Uma ruga se fincou em suas sobrancelhas.

— Como assim?

Talvez, quando a enfermeira entrasse, eu precisasse pedir para ela dar uma examinada em Kallum também.

— Lembra? Você soletrou seu nome com *C: C-A-L-L-U-M*.

— Ahhh — disse ele, a compreensão iluminando seus olhos. — Não, esse é meu nome de verdade. Emocionalmente, é meu nome de verdade, digo. Nasci Callum com *C*, mas troquei o *C* por *K* quando formamos o INK, para que nossos nomes combinassem com as letras.

— Ah, tipo um nome artístico.

Fazia sentido. Eu tinha nascido Winifred Baker, mas era creditada como Winnie Baker desde meu primeiro trabalho (como uma bebê secreta de uma gêmea secreta em uma novela de longa duração).

Kallum sorriu — um sorrisão embriagado que parecia ainda mais jovial pelo dente lascado.

— Pois é, eu não sabia como nomes artísticos funcionavam na época, então, quando nosso gerente sugeriu que eu atendesse por Kallum com *K*, pensei que isso significava que eu tivesse que mudar legalmente. Então mudei!

— Ah — falei. Minha voz era fraca, até para mim. — Legal.

Era legal, ou, pelo menos, totalmente normal. Trocar de nome era muito comum na nossa área!

Mas eu não conseguia ignorar a sensação de que talvez mal conhecesse Kallum…

— Isto não é um hospital, mal passa de uma clínica — soou uma voz refinada de trás da porta, que se abriu para revelar meus pais.

Minha mãe estava com uma blusa e um suéter combinando, e meu pai, com uma camisa de botão e blazer, embora fosse quase meia-noite.

— Querida — disse minha mãe, chegando perto para pegar minha mão. Tanto ela como meu pai ignoraram Kallum. — Estamos aqui agora e vamos garantir que você e o bebê recebam o melhor cuidado possível. E vamos organizar uma transferência. Boston, talvez. Albany, se for preciso.

Meu pai se aproximou e deu um aperto caloroso em meu pé.

— Vou fazer algumas ligações e ver em quanto tempo conseguimos colocar você num hospital de verdade, meu bem — informou ele. — Volto em um segundo.

— E vou arranjar um cobertor para você — comentou minha mãe, fazendo *tsc* ao me ver tremendo na cama. — Isso é ridículo.

Ela saiu alvoroçada do quarto, e Kallum encarou as costas dela.

— Esses são seus pais?

Fiz que sim, mas, antes que eu pudesse dizer mais alguma coisa, minha mãe já estava de volta com um cobertor quente. Ela me cobriu e me ajeitou, e isso me deu uma sensação tão deliciosa que uma onda súbita de sonolência me tomou. Precisei me esforçar para voltar a abrir as pálpebras a cada piscada.

Meu pai voltou com uma enfermeira com cara de quem foi ameaçada, que me colocou em soro intravenoso sob os olhos vigilantes dos meus pais e prometeu que uma médica e um ultrassonografista viriam logo mais. Depois que a enfermeira saiu, Kallum pareceu decidir que estava na hora de agir. Ele se levantou da poltrona no canto e se dirigiu a minha mãe com a mão estendida.

— Senhor e sra. Baker, é um prazer.

Hesitante, minha mãe colocou a mão fina de unhas no estilo francesinha na dele e a puxou de volta imediatamente. Eu via a meleca de mojito dali; a bolsa de gelo de Kallum devia estar vazando, pelo visto.

Ele pareceu se dar conta disso ao mesmo tempo que nós.

— Ai, merda, desculpa — disse ele, dando uma das gargalhadas calorosas de Kallum, e tentou se dirigir à pia no canto para lavar as mãos... só que tropeçou no suporte do soro intravenoso, arrancando a agulha fixada em mim e derrubando tudo com um estrondo alto.

No mesmo momento, a médica entrou e então paralisou, a mão no cabelo no meio do ato de prendê-lo em um rabo de cavalo. Ela assimilou a cena: eu apertando a dobra do cotovelo, meus pais rodeando minha cama, o homem com a camiseta de boate de striptease se debatendo com um suporte de soro. A bolsa de gelo de mojito estava no chão, vazando gosma verde-clara devagar.

— Certo — disse a médica com vigor, concluindo o rabo de cavalo, posicionando as mãos embaixo do dispensador de espuma esterilizante e as esfregando. — Apenas uma pessoa pode estar aqui durante o exame e o ultrassom. — Ela voltou o olhar para mim. — Quem você gostaria que fosse?

Olhei para Kallum, que ainda estava tentando endireitar o suporte de soro, seu lábio sangrando um pouco de novo depois de toda a comoção, uma mancha brilhante de gosma pegajosa de mojito ainda aparecendo no limite da barba.

Olhei para minha mãe, que era o mais distante possível de pegajosa, que já tinha me trazido um cobertor quando viu que eu estava com frio. Ao meu lado, Kallum finalmente colocou o suporte em pé e voltou até a poltrona, onde se afundou com um grunhido zonzo e bêbado.

— Minha mãe — falei. — Quero que minha mãe fique.

Kallum ergueu a cabeça.

— Como assim?

— Ela já esteve grávida e, sabe, vai ser mais fácil sem…

Parei. Eu não queria explicar que ele estava bêbado e sujo e não se mostrava um pouco útil.

Embora fosse a verdade.

Seu semblante se encheu de tristeza.

— Tá. Se é o que você quer mesmo…

Minha mãe encostou a mão em meu ombro e acariciou com delicadeza.

— Podem aguardar na sala de espera. Assim que soubermos o que está acontecendo, podemos abrir o quarto para mais visitas — informou a médica.

— Acho que ele precisa ser examinado também — intervim. — Ele sofreu uma queda e tanto, e estou com medo de que possa ter uma concussão.

— Bom, nesse caso — orientou a médica assim que Kallum abriu a boca para protestar. — Acho que você precisa esperar com a enfermeira de triagem e pedir para ela dar uma olhada em você. E não adianta discutir comigo: com a possibilidade de concussão não se brinca. Sério.

Kallum me lançou um olhar imperscrutável e caminhou até a porta, e eu soube que era o momento em que eu deveria dizer alguma coisa, chamar seu nome. Mas havia uma ardência em meu peito, queimando junto com o medo, que me impediu de dizer qualquer coisa para fazê-lo se sentir melhor.

Eu queria tanto contar com Kallum; tinha me convencido a confiar que ele não seria descuidado ou egoísta quando o assunto fosse eu ou o bebê… e era ali que tinha ido parar. Assustada e sangrando em uma almofada descartável enquanto ele tropeçava e praticamente arrancava o acesso intravenoso do meu braço.

Talvez Gretchen estivesse certa. Talvez levar a vida a sério não fosse da personalidade dele. E, se esse fosse o caso, quem era eu para pedir que ele fosse diferente?

— Eu te ligo — foi o que consegui dizer.

Ele não voltou a se virar.

Quando a porta se fechou, eu estava começando a fungar de novo, enquanto minha mãe me puxava em um abraço apertado com cheiro de Chanel.

— Agora — começou meu pai, dando mais um tapinha em meu pé —, sobre levar minha filha e meu neto para um lugar com um pronto-socorro de mais alto nível…

Mensagem de voz deixada por Winnie Baker no celular de Kallum Lieberman no dia seguinte, 9h13.

Hum, oi. Sou eu. Desculpa por ter demorado um pouco para ligar — aconteceu tudo muito rápido. O exame inicial e o ultrassom voltaram com boas notícias: não estou em nenhum tipo de parto prematuro, e o batimento do bebê ainda está bem forte. Meu pai conseguiu o que queria e me fez ser transferida para um hospital muito maior em Boston, onde vão fazer um ultrassom mais detalhado e realizar vários exames, mas agora parece que o motivo do sangramento é que a placenta está pousada um pouco em cima do cérvix. Conforme o bebê for crescendo, a placenta deve se deslocar, então o único tratamento de verdade para isso é tempo. E talvez um pouco de repouso também.

Soube por Steph que você não sofreu nenhuma concussão nem nada pior do que um dente lascado. Fico contente. Espero que você esteja conseguindo todo o repouso de que precisa.

Olha, Kallum, sei que não tivemos a chance de nos despedir, mas parte de mim se pergunta se não foi melhor assim. Se talvez não precisemos de certa distância, para pensar em como realmente queremos que seja nossa vida. Não quero que se sinta arrastado para a maior responsabilidade que uma pessoa pode ter e, quanto mais penso nisso, mais acho que não é justo que você precise ser. Você é um amigo e amante incrível e sei que vai ser muito divertido e carinhoso com nosso filho. Mas a noite de ontem me fez notar que não estou pronta para confiar em alguém que também não está pronto para ser confiável. Já fiz isso antes, e foi muito ruim.

E acho que... acho que talvez sejamos incompatíveis, sabe? Quem somos, os estágios de nossa vida... E isso não é culpa de ninguém, é só como as coisas se desenrolaram. Mas talvez seja bom aprendermos isso agora, antes que o bebê chegue aqui, e não depois, quando tudo já estiver confuso e difícil. Mas eu queria...

Não importa. E vou te ligar de novo quando souber mais do bebê. Tchau, Kallum. E desculpa.

CAPÍTULO VINTE E SETE

Kallum

Dormi no hospital até a ressaca passar e, graças ao soro intravenoso que me deram, meu corpo estava ótimo. (Fora o dente da frente lascado, que era o símbolo universal de *fiz merda*.)

Quando voltei à pousada, tinha uma mensagem de Isaac.

Isaac: Fui pesquisar uns imóveis hoje. Nolan me atualizou sobre o que perdi ontem à noite. Espero que Winnie esteja bem. Meu jatinho está no aeroporto e já liguei para avisar que você pode pegar para ir aonde precisar. Winnie. Casa. Você que sabe.

A essa altura, eu já tinha escutado a mensagem de voz de Winnie, que dava muito a sensação de que ela estava terminando tudo entre nós. Mas eu só precisava pedir desculpa. Fui bêbado e idiota, e um bom pedido de desculpa resolveria isso. Ainda mais se eu pudesse encontrá-la cara a cara.

Boa parte daquela noite estava difusa, mas eu me lembrava bem dos pais dela, de suas roupas impecáveis e os rostos sem rugas de tanto Botox. Poxa, até eu queria deixar que eles assumissem o controle naquele momento. Eu tinha perdido muitas mulheres para seus verdadeiros amores, mas nunca para os pais.

Quando cheguei ao aeroporto particular, liguei para Winnie por FaceTime, mas recebi apenas uma mensagem de texto como resposta dizendo que ela estava no processo de receber alta e seria liberada para viajar. Ela voaria de volta a Los Angeles, e poderíamos conversar mais quando ela chegasse em casa.

Portanto, peguei o jatinho de Isaac, e nem senti o gosto do ceviche e do filé que me serviram de almoço, porque meu cérebro estava atormentado tentando entender como as coisas foram de totalmente perfeitas a um forno de pizza tomado pelas chamas mais rápido do que o tempo de duração da minha carreira de pole dance.

Lar é onde a pizza está. E, para mim, lar era o apartamento em cima da matriz da Slice, Slice, Baby no centro de Kansas City. Quando a abri, joguei tudo que eu tinha nesse lugar. Comprei o imóvel à vista. A localização era boa, até. Um espaço de esquina com uma metragem legal, então comprei uma cama *king-size*, um sofá e uma TV tão grande que caberia num cinema pequeno. Reformei o apartamento e até contratei uma das amigas de Tamara para decorar. Tenho obras de arte, jogos de lençóis e um bidê. Só faltava um quarto de bebê.

Quando entrei pelos fundos, o forno de pizza ainda estava morno, então o acendi de novo. Eu precisava arrumar as ideias, mas primeiro tinha que fazer pizza. Apertar os dedos na massa e me permitir descontar um pouco de raiva nela.

Entrei no escritório e folheei algumas das correspondências enquanto meu computador ganhava vida. Esperando por mim estavam dois e-mails de Ian. Assim que cliquei no mais recente, ouvi um estrondo em cima de mim.

— Que porra é essa? — sussurrei antes de pegar o presente de casa nova que ganhei do meu pai quando me mudei, um bastão de beisebol que eu deixava atrás da porta do escritório.

Ergui o bastão, pronto para golpear um intruso, enquanto subia a escada.

Parecia que a TV estava ligada. Na verdade... não era apenas a TV, mas o som muito familiar de *Mario Kart*. Mas que...?

Abri a porta.

— Chupa, cabramafia33.

— Topher? — chamei.

Mas ele não se virou. Porque estava com meu fone enorme de cancelamento de ruído. Ele estava esparramado no sofá de couro extralongo cor de camelo e largara em cima do pufe uma pizza pela metade que devia ter todos os sabores que oferecíamos misturados.

Balancei a cabeça. Aí estava uma forma de comprometer a integridade da minha borda impecável.

Como o bom tio que eu era, cheguei por trás dele de fininho e, devagar, tirei um fone de sua orelha.

— Bu.

Topher deu um pulo e se virou, atirando o controle do Nintendo Switch na minha cabeça. Acertou com um *tum* antes de cair no assoalho de madeira em mais peças do que deveria.

— O que está fazendo aqui? — perguntou ele. Estava usando uma samba-canção de bolinha, uma das muitas camisetas que eu tinha ganhado por patrocinar uma corrida na cidade e meu roupão de flanela, que o engolia por inteiro. — E com o bastão do escritório? Eita. O que rolou com seu dente?

— Hum, a pergunta certa é o que *você* está fazendo aqui — retruquei. — E este é meu bastão de defesa pessoal para, sabe, intrusos.

— Não sou um intruso — disse ele, inocente.

— Mas parece. E o dente é uma longa história.

Dei uma olhada rápida para ver o estado do apartamento. A pia transbordava de pratos e a pilha de caixas da Slice, Slice, Baby era tão alta que daria para fazer uma mansão de cartolina.

Pão ergueu os olhos da caminha no parapeito da janela e saltou na minha direção. Eu a peguei no colo e deixei que ela afagasse minha barba antes de me virar para Topher.

— Você está ocupando meu apartamento?

Ele se encolheu.

— Por que você tem que dizer assim? Pão precisava de companhia!

Conhecendo Pão, era difícil de acreditar.

— Lembra que eu tranquei a faculdade e você levou a culpa por mim?

— Eu não esqueci.

— Muito legal da sua parte, aliás — comentou ele. — Bom, eu talvez tenha prometido para minha mãe que faria um curso de verão. E estava prestes a me inscrever, mas tive uma oportunidade bem bacana de investimento. Então peguei o dinheiro do curso e investi.

— Você investiu o dinheiro do seu financiamento estudantil federal?

Não sabia dizer se o garoto era ou não um gênio, mas, nos últimos tempos, eu estava tendendo mais para o não.

— Não era um financiamento federal — corrigiu ele. — Foi um empréstimo particular.

— Se você for embolsar o dinheiro do financiamento, não deveria pelo menos ser dinheiro do governo? E quem te deu um empréstimo?

— O Rei da Vasectomia de Kansas City em pessoa.

— E com o que você torrou a grana do seu padrasto?

— Minha amiga Riley teve uma ótima ideia: colocar ofurôs na traseira de caminhonetes e dirigir as pessoas pelo centro... que nem charrete, mas sem a crueldade animal. E com hidromassagem.

Puxei uma cadeira da mesa de jantar e me afundei nela enquanto meu corpo finalmente sentia o choque das últimas vinte e quatro horas.

— Me deixa adivinhar. Sua mãe descobriu?

Ele fez que sim.

— E você veio se esconder aqui? Ótimo.

— Ela sabe onde estou — disse ele. — Ela tem rastreador no meu celular.

Eu conseguia imaginar que, se tivesse 14 anos, gostaria de torrar um monte de dinheiro numa empresa de charrete de hidromassagem. Mas Topher não tinha 14 anos. Tinha 20. E estava torrando dinheiro que nem pertencia a ele enquanto outras pessoas — como eu! — levavam a culpa.

Eu sabia o que precisava fazer, mas isso não tornava as coisas mais fáceis. Eu era o tio divertido. Não o tio rígido. Mas devia isso a Topher. Eu o amava o bastante para saber isso.

310

— Você está demitido.

— Como assim? — Topher deu a volta pelo sofá e avançou na direção da mesa de jantar. — A Slice, Slice, Baby é minha vida! Basicamente administrei o lugar por quatro meses!

— Eu sei — afirmei. — E isso é culpa minha. Pedi demais de você. Eu deveria ter feito isso antes, mas, nossa, Toph, vou fazer agora.

Ele começou a andar de um lado para outro.

— O que vou fazer? Eu estava tentando economizar para alugar um apê.

— Estava? — questionei.

Ele deu de ombros.

— Estava pensando nisso.

Puxei a cadeira ao meu lado.

— Senta aqui, amigão.

Ele fungou, seus olhos úmidos de lágrimas.

Passei um braço ao redor do ombro dele, o puxei para perto e dei um beijo na testa dele como tinha feito tantas vezes quando ele era criança. Depois de um momento, soltei-o, para olhar nos olhos dele.

— Amanhã, eu e você vamos falar com sua mãe. Vamos contar tudo para ela. Vou confessar minha parte e você vai confessar a sua.

Ele jogou a cabeça para trás.

— Que saco.

— É — admiti. — É um saco, mesmo. E escuta: não ligo se você não fizer faculdade, embora talvez sua mãe possa ligar e possa ser preciso certo tempo e persuasão, mas quero que você descubra o que curte, e vou fazer todo o possível para ajudar nisso. Então, se quiser ser um chef, vou mandar você para a escola de culinária de estrelas Michelin que quiser. Ou, se quiser trabalhar de mecânico ou professor de coral ou...

— Bufê de filmagens — completou ele, sem nem pensar. — Sempre quis trabalhar em bufês de filmagens em Hollywood.

— Sério? — perguntei.

— Sei que adoro trabalhar com comida — acrescentou ele enquanto esfregava os olhos e bocejava. — E sempre quis trabalhar em sets de filmagens.

Seu bocejo despertou o meu e me levantei para me espreguiçar.

— Não sei se tem curso disso, mas a oferta está de pé, garoto. O que você quiser, te ajudo a chegar lá. E isso inclui falar com sua mãe.

— Essa é a parte mais difícil.

— Ei — retruquei enquanto investigava sua pizza de tudo um pouco. — Sua mãe é incrível. Você sabe disso, né? Ela passou a vida toda amando você, e sonhando por você, e batalhando por você. Antes dos seus irmãos e do seu padrasto, eram só vocês dois. Ela não é perfeita, mas você está crescendo numa direção com a qual ela não sabe como lidar.

— Eu sei — admitiu ele. — Não vou virar um advogado ou um professor universitário como ela quer, mas posso deixar ela orgulhosa mesmo assim.

— Sei disso — falei. — E ela também sabe.

Peguei um pedaço da pizza e o dobrei ao meio antes de dar uma mordida cheia de abacaxis, azeitonas e anchovas.

— Topher, isso é ruim para cacete — falei enquanto dava outra mordida.

Ele sorriu.

— Mas como você saberia se não tivesse experimentado?

Depois de fazer uma pequena cirurgia no controle do videogame, jogamos algumas partidas de *Mario Kart* e dividimos sua pizza Frankenstein enquanto Pão andava em círculos, esperando que eu fosse para a cama.

Não demorou até Topher estar lutando para manter os olhos abertos. Arrumei o sofá com cobertas e travesseiros para ele antes de descer para desligar o forno da pizza, guardar meu bastão e verificar todas as portas.

Meu celular estava brilhando na escrivaninha com uma mensagem de Winnie.

Winnie Baker: Cheguei em Los Angeles. Vou ficar nos meus pais e tenho consulta com médico amanhã. Atualizo você depois.

Queria responder e dizer que a amava e amava nosso bebê, e queria pegar um voo para Los Angeles para estar lá com ela. Mas não era isso que ela precisava que eu fizesse.

Eu: Que bom. Voltei para Kansas City. Me avisa como for amanhã. Estou feliz que você e o bebê estão bem.

No dia seguinte, encarei meu notebook aberto, mal me atrevendo a acreditar em minha sorte.

Caro sr. Lieberman,

Espero que esteja bem.

Faz tempo que estamos devendo esta correspondência, mas eu e meu cliente agradecemos sua paciência enquanto reavaliávamos nosso plano de negócios. Por mais que meu cliente tenha ficado decepcionado por você não ter conseguido participar do *Shark Tank*, ele agradece seu pedido de desculpa e chegou à conclusão de que este novo plano é muito mais interessante e vantajoso para ambas as partes.

Veja nossa proposta oficial em anexo.

Atenciosamente,
Ian Ker

Cem novas filiais no decorrer de dois anos, e eu abriria cada uma pessoalmente. Eles me ajudariam a vender um livro contando tudo. Produtos de merchandising da Slice, Slice, Baby. Todo um império de pizza. Mas isso me custaria 51% da empresa. A empresa que abri com o pouco dinheirinho que me restara do INK. A empresa que transformei em quatro unidades movimentadas e que me garantiu reconhecimento como um empresário de confiança. Uma instituição de Kansas City. Algo de que meus pais se orgulhavam de verdade. Uma empresa tão bem-sucedida que eu poderia comprar uma mansãozinha num bairro nobre para Winnie e mandar meu sobrinho para qualquer faculdade ou formação que fosse necessária para realizar seus sonhos sem que ele ficasse em dívida com o governo federal ou o padrasto.

Mas a previsão de negócios nessa proposta... Puta que pariu. Mesmo se estivesse apenas meio certa, eu poderia comprar uma ilha para Winnie.

Poderia dar a nossa criança todas as oportunidades do mundo. Poderia comprar a casa dos sonhos para meus pais. Duas até.

Custaria mais de 51%, ou seja, o controle da empresa. Custaria os dois primeiros anos — talvez três — da vida do meu filho. Mas Winnie nunca teria que se preocupar em depender dos pais ou fazer projetos que ela não amasse de verdade.

Fiquei sentado à escrivaninha, memorizando cada página daquele PDF e sonhando com a vida que ele poderia proporcionar a mim e a todos que eu amava.

Topher desceu a escada, virando para entrar em meu escritório, de cabelo ainda molhado do banho e seu corpo todo vibrando com uma energia de agora ou nunca.

— Ela chegou.

Os funcionários chegariam em uma hora e meia, mas, se não conseguíssemos resolver a situação nesse período, nossos problemas seriam maiores do que o tempo.

Tamara estacionou na rua e ficou uns bons três minutos lendo a placa de estacionamento antes de entrar.

Ela deu um abraço e um beijo no ar em cada um de nós, o que queria dizer que estava puta. Se estivesse de bem conosco, teríamos recebido beijos de verdade. Mas tudo bem. Merecíamos isso. Quando voltei para casa depois do incêndio, fiquei tão enrolado com o seguro, as inspeções e o drama do investidor que eu e ela não tivemos nem um momento para a conversa que eu tinha prometido a ela, então eu estava em dívida com minha irmã.

Tamara e Topher se sentaram à mesa, um de cada lado, então puxei uma cadeira para me sentar na ponta.

— Demiti Topher — falei, antes que o garoto pudesse escavar ainda mais aquele buraco.

Ela olhou para mim, depois para ele.

— Deve ser melhor assim.

Topher concordou com a cabeça como se soubesse que merecia.

— E menti sobre trancar a faculdade. Não foi ideia do tio Kallum. Foi ideia minha.

Minha irmã olhou para mim, e vi todas as coisas que corriam por sua cabeça. *Por que ele mentiria? Por que Kallum entraria na onda? Conheço mesmo meu filho? Ou meu irmão, por sinal?*

Ela respirou fundo e as linhas duras em sua expressão começaram a se suavizar.

— Comecem do começo.

Apontei com a cabeça para Topher, que deu um gole de uma das minhas canecas de café. (Estava cheia de refrigerante da máquina.) E ele começou a falar. Ele nos disse como ficava claustrofóbico na faculdade, como se sentia sem rumo e que tinha a impressão de que havia algo para ele em algum lugar, mas que se sentia amarrado à educação tradicional... e àquela cidade. Isso foi difícil para Tamara engolir. Eu tinha visto a mesma expressão no rosto da minha mãe quando me mudei para Los Angeles pela primeira vez. Era admiração e medo ao ver o filho finalmente se dar conta de que o mundo era vasto.

Contei para Tamara da minha oferta de ajudar Topher a encontrar algo que o fizesse vibrar. Seu lábio tremeu, e isso foi suficiente para fazer com que eu e Topher chorássemos como bebês, porque os homens Lieberman são sentimentais para cacete. Meu pai podia parecer calmo e estoico, mas era só ligar *Alma de herói* para ver aquele homem se transformar numa criança chorona.

Quando os funcionários começaram a chegar, Reuben, o gerente da unidade, se aproximou.

— Estou sem um funcionário hoje — informou ele. — Devemos ficar bem, mas temos um grande pedido de almoço daquela agência de publicidade no fim da rua, então acho que vou ter que desativar os pedidos on-line até conseguirmos enviar as pizzas deles.

Topher olhou para mim e depois para Tamara, que respondeu com um aceno leve.

— Topher pode ajudar — informei a Reuben —, mas, só para você saber, eu o demiti ontem à noite. E, se você sabia que ele estava dormindo no meu apartamento aqui em cima e não me contou, precisamos ter uma conversinha.

Topher balançou as mãos.

— Reuben não fazia ideia. Eu estava voltando escondido depois que eles fechavam a loja.

Reuben riu.

— Eu gosto desse moleque, mas não o bastante para colocar meu emprego em risco por ele.

Ofereci um toca-aqui a Reuben.

— Muito bem.

Topher seguiu Reuben de volta à cozinha e pegou um avental no caminho.

Depois que ele estava longe, Tamara deu um gole da caneca do filho.

— Juro, ele é um menino de 8 anos preso no corpo de um homem.

— Como assim? Você não começa seu dia com uma caneca gasosa de refrigerante?

Ela deu mais um gole e sorriu.

— E não é que você pode virar um bom pai um dia?

Apertei a mão no peito.

— Desculpa. Mas você acabou de me elogiar?

— Eu não chamaria de um elogio. Está mais para um elogio em potencial.

Eu me recostei na cadeira, equilibrando-a nos dois pés de trás.

— Justo.

— Mas talvez seja bom você arrumar esse dente antes de o bebê chegar.

Sua cara ficou ainda mais apavorante.

— Seu amor é tão caloroso — falei e, depois de um momento, acrescentei: — Desculpa. — Devia ser a sexta vez que eu pedia desculpa desde que ela chegou. — Não só como tio de Topher. Mas como seu irmão. — Deixei a cadeira balançar para a frente de novo sobre os quatros pés. — Eu e Winnie… não sei. Não sei o que somos. Mas ela me disse algo que me bateu com força. Ela disse que não estava pronta para confiar em alguém que também não está pronto para ser confiável.

— Uau! — exclamou Tamara. — Preciso marcar essa mentalmente.

— Acho que fui seguindo a vida a esmo. E às vezes faço umas merdas que parecem inofensivas, mas nada nunca acontece num vácuo, certo? Tudo afeta alguma coisa, e acho que estou começando a entender que às vezes ser adulto significa assumir as merdas que você causou, mas especialmente as merdas que não quis causar.

— Lições grandes para um menino grande — brincou Tamara, mas sua voz era gentil enquanto colocava a mão em cima da minha. — Agora, que história é essa de você não saber o que está rolando com Winnie? Porque vocês vão ter um bebê juntos. É isso que está rolando.

— Acho que ela me ama do jeito dela. Mas não acho que ela queira a vida que teria comigo. Não sei. Ou talvez ela só consiga enxergar o grande imbecil que sou no fundo. Tipo, eu faço pizza para ganha a vida.

— Certo, já chega de autodepreciação. Odeio te animar. Deixa minha pele literalmente arrepiada, mas vou fazer isso para lembrar que você é um artista indicado ao Grammy que tem tantos prêmios que já perdi a conta. Você é um empresário bem-sucedido e um bom filho e um bom irmão. E é possível que eu vomite dizendo isto, mas as mulheres parecem ser... suas fãs. Ela teria sorte de ter uma vida com você, Kallum.

— É muito gentil da sua parte...

— Não me agradeça ainda — avisou ela. — Porque tem o outro lado da moeda. Vocês vão ser pais. Você acha que já esteve cansado ou frustrado antes? Espera até estar tentando esquentar uma mamadeira tendo dormido trinta e seis minutos nas últimas quarenta e oito horas, e mexer no aquecedor de mamadeira parece trigonometria. Quero que você e Winnie sejam felizes... e talvez até fiquem juntos, mas a verdade é: vocês precisam encontrar uma maneira de resolver todos os problemas que estão tendo. Quando chegar o bebê, não vai importar se estiverem tentando destrinchar sentimentos e passado. Vocês ainda têm que encontrar uma maneira de se comunicar como adultos sobre as coisas tangíveis que importam. Consultas médicas. Seguro. Creche. A porra da textura do cocô do bebê, pelo amor de Deus!

— Seguro — repeti com um rosnado.

Mas ela tinha razão. Winnie e eu tínhamos muito a resolver. Mas de uma coisa, uma coisa incrivelmente simples, nós dois sabíamos. Em poucos meses, seríamos pais. E, independentemente de estarmos vivendo em harmonia romântica ou tentando criar um filho juntos em dois estados diferentes, teríamos toda uma prioridade nova e transformadora a considerar.

Eu queria ser tudo para Winnie. O homem com quem ela pudesse contar em todas as situações. Mas eu cumpriria todos os papéis que ela quisesse. Portanto, eu daria tempo e espaço para ela… quando o assunto fosse nós.

Mas nosso filho? Era só me dar um tênis de pai da New Balance, uma churrasqueira, um cartão de crédito da loja de materiais de construção e me chamar de pai.

CAPÍTULO VINTE E OITO

Winnie

Era de se imaginar que repouso forçado seria incrível. Mas nossa... Não era nada incrível.

Em vez de finalmente viver meu sonho de passar o dia dormindo sem culpa, eu estava encarando as paredes do meu quarto de infância — o rosa da adolescência substituído por um tom de verde da Farrow & Ball que parecia caro — e pensando na saudade que eu sentia de Kallum Lieberman.

Tinha saudade de seu sorriso e sua risada grave. De como ele parecia perder o fôlego por um instante sempre que eu fazia algo simples: pegava sua mão ou beijava sua bochecha. Mordia o lábio.

Tinha saudade de ele tornar o mundo mais leve, deixar as pessoas à vontade e felizes. Enquanto eu crescera com pavor de ser exagerada demais para alguém — qualquer pessoa, o mundo todo —, ele parecia ver o *exagerado demais* de alguém como uma coisa boa. Como punhados de doce no Halloween ou pilhas de presente na festa de aniversário. Como se todas as pessoas devessem ser mais elas mesmas.

Como se o mundo fosse um lugar melhor, mais divertido e doce por isso.

Eu não conseguia pensar em nada que eu quisesse mais na vida do meu bebê.

Mas então eu pensava naquela noite no hospital, em como tinha me sentido solitária por ser a única com medo, a única com a cabeça no lugar, a única *focada* no problema, e minha saudade de Kallum se esfarelava em algo mais complicado, algo que eu não sabia reconstituir.

Eu tinha dito a ele que precisávamos de distância, mas sentia saudade dele.

Eu não sabia ao certo se podia confiar nele, mas ele poderia ser o melhor pai do mundo para nosso filho.

Eu o amava, mas ele me decepcionou.

... E talvez tivesse sido injusto da minha parte depender dele, para começo de conversa?

Eu não sabia o que fazer com todos aqueles sentimentos contraditórios, porque o que poderia fazer? Eu não poderia esquecer que ele tinha armado uma grande confusão quando eu mais precisava dele — mas ele só tinha armado uma grande confusão porque estávamos num evento em que armar confusão era aceitável. Não podia culpá-lo por curtir uma festa. Só que a questão não era apenas a festa, porque, antes disso, tinha o que ele dissera a Teddy e, poxa, antes disso, tinha a minha foto dormindo no carro. E, sim, cada situação teve circunstâncias atenuantes, mas quantas circunstâncias atenuantes haveria ainda? Quantas vezes explicações e desculpas seriam necessárias?

Eu não sabia a resposta e, nesse caso, não saber a resposta era uma resposta por si só. Não, eu não achava que poderia confiar nele com o caos assustador e árduo que vinha com um bebê. O único passo lógico era encontrar uma maneira de incluí-lo na vida do nosso filho... sem nos fadar ao fracasso.

Mas por que *lógico* ainda parecia *péssimo*? Isso era algo que minha terapeuta tinha deixado de mencionar quando me explicara como impor limites.

A porta do meu quarto se abriu, e minha mãe entrou com uma xícara de chá de hortelã e uma garrafa de água para mim. E, como ela tinha feito todos os dias desde que eu havia chegado em casa, trouxe uma fatia de pizza de bacon com xarope de bordo, que era entregue anonimamente todo dia no mesmo horário. Sabíamos que Kallum era responsável por isso de alguma forma; meus pais toleravam o fato porque era a única comida sólida que eu sempre comia.

Mesmo que viesse com um acompanhamento de sentimentos extraconfusos, tristezas e esperanças.

— Vamos receber uma visita hoje — disse minha mãe enquanto eu me sentava e ajeitava o cabelo.

Meus pais vinham insistindo que eu me *mantivesse produtiva* até a ordem de repouso expirar na semana que vem, mas sua ideia de produtividade era escrever no diário para explorar o que Deus queria que eu aprendesse desta vez... ou ler roteiros de filmes que eles queriam que eu considerasse. Desde que Michael e eu tínhamos nos casado, eles trabalhavam na empresa de mídia dos Bacher, a True Vine, fazendo desenvolvimento de propriedade intelectual, e eu sabia que queriam que eu me dedicasse a um projeto da produtora quase tanto quanto queriam que eu voltasse com Michael. Inclusive, dois dos roteiros que eles tinham carregado em meu iPad eram para versões diferentes de uma sequência de *Tesouros do paraíso*: uma sequência direta e um spin-off sobre os filhos dos protagonistas.

Eu não sabia muito mais do que isso; não tinha lido.

— Certo — falei, aceitando a bandeja de almoço. — Vou tomar banho e me vestir depois de comer. — Eu tinha permissão de me mexer um pouco por dia, o suficiente para tomar banho e passar do sofá para a cama e voltar para o sofá, mas não mais do que isso. Meu próximo ultrassom estava marcado para a semana seguinte e, se a placenta prévia estivesse melhor até lá, eu poderia me formar na Universidade do Repouso. — Quem é?

— Uma velha amiga — respondeu minha mãe, enigmática, e se recusou a dizer mais.

A velha amiga se revelou ser minha antiga agente, Jackie Lipps, que tinha me dispensado sem cerimônia menos de dois anos antes e, no momento, sorria para mim como se fôssemos amigas do peito.

— Winnie, que maravilha ver você — saudou Jackie, levantando-se e estendendo a mão para eu apertar, o que fiz de forma automática antes de nós duas nos sentarmos. Jackie parecia a mesma da última vez que eu a tinha visto: cabelo curto pintado de castanho e penteado. Traços bege-claros com maquiagem demais. Um sorriso tão falso que fez minha pele se arrepiar. — Estou tão feliz que tenha aceitado me encontrar.

— Não aceitei — respondi com sinceridade. — Só soube que era você quando entrei na sala.

— Winnie — repreendeu meu pai, como se eu fosse uma adolescente mal-educada.

Mas aquilo não funcionava mais em mim. A reprovação, o uso da culpa para me fazer me comportar de certa forma. Engraçado como tinha levado menos de uma semana para voltarmos àquelas rotinas antigas.

O sorriso fingido de Jackie não vacilou nem por um milímetro.

— Não tem problema. Sei que você passou por momentos difíceis nos últimos meses, Winnie. Seus pais se preocupam muito com você.

Não respondi. Eles se preocupavam, sim, comigo, nisso eu acreditava, mas sempre tinha sido nos termos deles. Eu achara que talvez eles tivessem mudado, que talvez um neto representaria um tipo diferente de amor entre nós, mas, juntando os roteiros com a visita de Jackie, eu tinha cada vez menos certeza disso.

— Agora, sei que tivemos nossas diferenças profissionais — continuou Jackie —, e você se encontra na posição em que tantas jovens se encontram quando se desviam do amor dos pais.

Cobri a pequena elevação de meu ventre com a mão, me protegendo, como se pudesse impedir que suas palavras chegassem a meu útero.

— Nossas diferenças profissionais foram que você me demitiu.

Eu odiava que aquelas palavras tivessem o poder de me deixar defensiva, mas tinham.

Jackie também sentiu isso, como uma predadora farejando sangue ao vento, e se inclinou para a frente.

— Porque eu não tinha como ajudar você na época. Mas tenho como ajudar agora, Winnie.

— Ajudar com o quê? — perguntei, desconfiada.

— Nós — disse Jack, olhando para meus pais e depois para mim — encontramos uma maneira de deixar esse aborrecimento para trás e dar a você uma nova chance na carreira que você nasceu para ter.

Apertei as mãos na barriga ao ouvir *aborrecimento*. Eu mal tinha passado pelo pior da fadiga e do enjoo matinal; mal tinha sentido o bebê se mexer, mas enfrentaria um exército por essa criança. Cruzaria desertos e escalaria montanhas, e com certeza jogaria um porta-copos da Crate & Barrel em Jackie Lipps se ela disse mais coisas horríveis sobre mim e meu bebê.

— Isso é sobre a sequência de *Tesouros do Paraíso*? — perguntei. — Ou voltar para os filmes normais do Hope Channel? Porque acho que essa porta está fechada depois de *Papai Noel, baby*.

O sorriso de Jackie ficou ainda mais largo; a ganância brilhou em seus olhos verde-claros.

— É aí que você se engana. Falei com os executivos do Hope Channel, e eles estão dispostos a enterrar *Papai Noel, baby* se dermos algo ainda melhor em troca. Como uma entrevista exclusiva ao lado de Michael.

Fiquei encarando-a.

— Não quero enterrar *Papai Noel, baby* — falei devagar. — Adorei trabalhar naquele filme. Tenho orgulho dele. Tenho orgulho do trabalho de todos nele.

Meu pai bufou ao meu lado.

— Você não pode estar falando sério.

— O que ele quer dizer — interveio Jackie com a fala mansa — é que vamos encontrar um trabalho gratificante para você dentro da sua marca antiga. Sabemos que você quer sentir orgulho do que faz, e é por isso que vamos garantir que tenha muita liberdade criativa nos projetos que escolher.

Balancei a cabeça.

— Não — respondi. — Não vou enterrar *Papai Noel, baby* e não vou fazer nada para agradar a True Vine. E, por mais que queiram que eu volte a me encaixar em minha marca antiga, não tenho como fazer isso agora. Vou ter um bebê com alguém que não é meu marido. Não tem nada mais contrário à marca antiga do que isso.

— Na verdade. — Minha mãe pigarreou. — Temos uma forma de contornar isso.

Eu ri. E então parei, porque ela estava completamente séria.

— Não tem como contornar o fato de que vou ser mãe — afirmei. — É meio que inevitável a esta altura.

— E se — prosseguiu Jackie — você não fosse virar mãe, mas, sim, irmã?

— Desculpa, acho que...

Parei, olhei para meus pais. Eles me olharam de volta, meu pai colocou a mão no ombro da minha mãe por trás da cadeira em que ela estava sentada, e então as peças se encaixaram.

— Vocês querem pegar o bebê — constatei, torcendo para estar errada. — Querem criar o bebê como se fosse de vocês.

— Uma solução elegante para um problema espinhoso — concluiu Jackie. — E não vai haver necessidade de que o mundo saiba nem que você esteve grávida. Vamos pedir para todos que já sabem assinarem um acordo de confidencialidade e garantir que esses acordos sejam incontestáveis. De fora, vai parecer que seus pais decidiram acolher uma criança nova na família, e você é a irmã atenciosa e amorosa. E, de dentro, bom, vai poder ver seu bebê o quanto quiser, brincar de casinha o quanto quiser. A marca *e* o bebê em sua vida. Todo mundo sai ganhando.

Jackie se recostou, toda satisfeita.

Eu estava tão abalada que mal conseguia respirar.

— E, antes que você diga não por um impulso, pensa bem nisso, Winnie — disse minha mãe. — O que seria melhor para esse bebê? Ter uma mãe que vai ser famosa por filmes vulgares e um pai que ganha dinheiro com os mesmos filmes vulgares *e pizza*, ou nos ter como pais? Se poderíamos dar a essa criança muito mais estabilidade e orientação?

— Não quero isso — falei com firmeza. Sem hesitação. — Não quero nada disso.

Palavras que eu não conseguiria pronunciar até dois anos antes. Palavras que ainda conseguiam ser uma surpresa para todos que as escutavam. Mas ao menos elas vinham com facilidade. Ao menos eu não tinha que ensaiá-las, moldá-las de antemão, juntar cada gota de coragem em mim para proferi-las.

Elas vinham com a mesma naturalidade de respirar. *Não quero isso.*

Meu pai se crispou e, quando falou, sua voz estava cheia de frustração tensa e raivosa. Ele não esperava que eu tivesse uma opinião, e por que esperaria? Até o divórcio, eu tinha feito tudo que ele e minha mãe queriam.

— Essa rebeldia já não durou tempo demais, Winifred? — questionou ele. — Quanto mais você pode mudar, você pode cair, até admitir que foi o orgulho que levou você para o mau caminho?

Eu me levantei, com as mãos tremendo. Meu corpo todo tremendo. Mas não de medo, não de incerteza.

De uma clareza nítida e furiosa.

— E o seu orgulho? — perguntei a eles. — Vocês preferem mentir para o *mundo* inteiro a admitir que têm uma filha que não conseguem mais controlar? Preferem me ver infeliz a oferecer seu amor de graça? É assim que sei que mudei, pai: não acho que existe um caminho *pior* que o de vocês.

E, sem dizer mais uma palavra, saí da sala, deixando-os sozinhos com seus planos horríveis.

— *LA roadsss, take me hooome* — cantava Addison ao entrar com o G-Wagon na garagem à tarde. — *To the place! Where I belong!*

Ela continuou cantando enquanto estacionava e os portões altos de metal se fechavam atrás de nós. Tivemos uma briga rápida sobre ela carregar minha mala, que ela ganhou, e fomos para a casa da piscina, onde ela me mandou sentar assim que possível.

— Obrigada por me buscar, Addy — eu disse enquanto me afundava no sofá e puxava uma almofada junto ao peito. — Eu não conseguia ficar mais.

Eu tinha fugido da casa dos meus pais pela janela, o que não foi muito *repousante* da minha parte... nem muito digno de alguém de 32 anos. Mas pensei que, no fim das contas, era menos estresse para o bebê se eu estivesse de volta em casa. Minha casa de verdade, por menor que fosse e por mais que tecnicamente não fosse minha.

— Pode crer — concordou Addison. Ela se jogou ao meu lado no sofá, derramando um pouco do suco gelado de romã. Ela o lambeu dos dedos como um gato. — Você está bem?

Estranhamente... eu estava bem, *sim*.

— Ainda estou um pouco nervosa — admiti. — Mas, dois anos atrás, um dia como hoje teria me destruído. Em vez disso, eu me sinto... mais forte? Precisei dizer *não* às duas pessoas a quem eu nunca dizia não, e precisei fazer isso sem nenhum aviso prévio, e mesmo assim consegui.

— Você é uma máquina de *nãos* agora — afirmou Addison com aprovação.

— Eu queria tanto que eles estivessem em minha vida, mesmo antes do bebê. — Olhei para a almofada. — E, bem quando eu tinha aprendido a parar de querer isso, eles apareceram de novo. Estavam lá quando precisei de alguém do meu lado. Acho que criei esperança...

— De que viveria o conto de fadas familiar, afinal? — perguntou Addison.

— Eles tinham viajado toda aquela distância, e foram para o hospital no meio da noite, e pensei que fosse porque eles se importavam comigo. E não porque queriam algo de mim.

— Relacionamentos não deveriam ser reuniões comerciais de grande pressão. Você não deveria se sentir obrigada a dizer sim a uma casa de praia só porque te dão taças de champanhe. Exceto que, neste caso, a casa de praia é abrir mão do seu bebê e o champanhe grátis é o mínimo do mínimo. — Addison terminou o suco e colocou o copo na mesa enfaticamente. — Mas você recusou a oferta horrível deles e agora está aqui! Com a tia Addy, onde é seu lugar! O que vem agora, mozim?

Pois é, o que vem.

— Acho que vou voltar aonde estava antes das refilmagens. Steph acha que vou conseguir trabalho de sobra, ainda mais se me apoiar na narrativa de *santinha rebelde*. E, quanto a mim e ao bebê, vamos dar um jeito.

— Você sabe que pode se mudar para a casa principal quando quiser — disse Addison, subitamente séria. — Decidi que não ligo se as pessoas souberem que você está morando aqui. Foi escroto da minha parte ligar para isso no começo, e quero pedir desculpa.

— Mas preciso que você financie minha maternidade solo com aquela sua marca imaculada da Wishes of Addison — falei com um sorriso. E então, para mostrar que eu estava falando sério, curvei a mão ao redor do punho dela e apertei de leve. — Eu entendo, Addy, e entendia na época. Não fiquei magoada. Não existem variáveis boas com que trabalhar quando a resposta à equação é a ideia dos outros de perfeição.

— Mesmo assim — disse ela, com uma fungadinha. — Quero que você e o bebê estejam onde vocês se sentirem melhor, e tem mais espaço na casa principal.

— Mas é aconchegante aqui — afirmei, com sinceridade. — Sem falar que ainda não sei como vai ser dividir a guarda com Kallum. Pode ser que eu precise passar muito tempo em Kansas City.

Bastava dizer seu nome para meu peito doer. Tirando Addison, Kallum era a única pessoa que entenderia todos os sentimentos emaranhados e confusos que eu tivera naquele dia. Como era difícil deixar de querer que minha família fosse o que eu precisava, ao mesmo tempo que era libertador saber que eu era forte o suficiente para fazer isso.

— Tá, mas o que vem agora *agora* para você? — perguntou Addison. — O que você quer agora?

Eu tinha a impressão de que só sabia o que *não* queria, e isso não ajudava muito a descobrir o que vinha no futuro imediato. Repassei todos os meus sentimentos, sobre meus pais, sobre Kallum, sobre o bebezinho que estava desenvolvendo órgãos e ossos logo abaixo do meu umbigo.

— Acho que quero ter certeza de que meus pais não conseguem tentar me atrair para o lado deles de novo. Confio que consigo dizer não, mas...

— Mas você já disse não uma vez e não deve precisar fazer isso de novo.

— Certo.

— Sabe — disse Addison, sua voz aguda em uma fala mansa e lenta que eu sabia por experiência que indicava encrenca, vodca ou ambas as coisas —, sei um jeito de fazer isso acontecer.

— De deter meus pais? Sério?

— Basta um post no Instagram, benzinho. Você tem uma foto de ultrassom?

Arregalei os olhos enquanto absorvia o que ela queria dizer.

— Está me dizendo que eu deveria... anunciar que estou grávida?

— Sim, menina. Lança a notícia desse bebê que nem Taylor lança um álbum. As pessoas vão à lou-*cu*-ra!

E assim, quarenta minutos, quatro tentativas de filtro e um suco vermelho recém-entregue depois, o ato foi consumado. Eu tinha um post com uma foto muito fofa de mim em Christmas Notch vestida de Mamãe Noel que, deslizando para o lado, dava para meu ultrassom mais recente.

Este ano, a Mamãe Noel vai pendurar uma meia a mais na lareira! Obrigada ao Hope Channel, a @officialgretchenyoung e @stephdarezzo por fazerem de Papai Noel, baby um lugar seguro para esta mamãe grávida, e obrigada ao meu parceiro @pizzapartykallum e a toda a equipe por tornarem tão divertido gravar este filme maluco! Mais atualizações de mini-Winnie em breve!

Cliquei em Compartilhar e deixei o celular em cima da mesa. Eu e Addison observamos a primeira notificação aparecer na tela, e depois a segunda e a terceira, e então mais e mais até meu celular dançar alegremente pelo vidro de tanto vibrar.

Não tinha como voltar atrás. O mundo sabia que Winnie Baker, ex--queridinha da família tradicional, tinha não apenas se divorciado em meio a rumores de traição, como também estava grávida sem que seu marido estivesse em qualquer lugar da cena. A decadência escandalosa estava completa.

Eu estava muito aliviada.

Em meio à efervescência das mensagens de redes sociais veio uma mensagem de texto de Steph. Era um emoji de joinha e nada mais, mas isso era basicamente um abraço de cinco minutos com os peitos esmagados e tudo quando se tratava de Steph D'Arezzo.

E então uma segunda mensagem apareceu logo em seguida.

De Kallum.

— Ai, caceta — disse Addison com os olhos arregalados. — Você acha que ele ficou bravo?

Peguei o celular.

— Não sei — admiti.

Ele queria anunciar aos quatro ventos enquanto estávamos em Christmas Notch, mas, como as coisas não estavam muito claras, ele poderia não estar tão empolgado. Eu tinha tomado cuidado para não o mencionar como pai nem nada, mas talvez mencioná-lo na legenda levantasse suspeitas mesmo assim?

— Ahhh, é uma mensagem de voz — afirmou Addison, debruçando-se para olhar a tela. — Quer que eu escute para você primeiro?

— Não, não. Não precisa.

Mas eu estava feliz que ela estivesse lá para escutar comigo.

Dei play, e a voz calorosa e grave de Kallum encheu a sala. Era fácil esquecer, às vezes, como aquela voz era maravilhosa. Como vibrava tão intensa e profunda.

— Oi, Winnie — falou ele. — Acabei de ver seu post, e queria dizer que estou orgulhoso de você. Sei que, com seus pais e todas as coisas da sua criação, deve ter sido difícil contar para as pessoas, e que vai ter gente que vai falar exatamente aquilo que você tem medo que digam. Então queria lembrar, caso ninguém mais tenha dito isso, que você é uma pessoa superbacana, incrível, corajosa e muito gata, e que estou orgulhoso de você. E hum… — Uma pausa, e ele continuou: — Estou aqui se precisar de mim. Mesmo que seja para conversar sobre qual marca de cadeirinha comprar para o carro. Ou se precisar de alguém para brigar por você nos comentários do Instagram. Até minha irmã está pronta para começar se precisarmos formar uma equipe para brigar com as pessoas na internet. Eu só… estou aqui…

E, bem nesse momento, quando ele disse *estou aqui*, senti uma leve vibração delicada abaixo do meu umbigo. Tão leve que mal dava para notar, mas *dava* para notar.

Pela primeira vez, eu tinha sentido o bebê se mexer, e isso tinha acontecido enquanto eu ouvia a voz de Kallum. Enquanto nós *dois* ouvíamos a voz de Kallum.

— Acho que o bebê gosta de ouvir o Kallum — murmurei, apertando a mão na barriga e fechando os olhos.

— Então vamos colocar a playlist do INK patrocinada pelo Spotify, bebezinha — disse Addison. — E pedir mais um suco vermelho, porque temos listas de presentes a fazer.

CAPÍTULO VINTE E NOVE

Kallum

O celular se iluminou em minha mão e fez meu coração galopar.

Winnie Baker: Obrigada. Isso é muito importante para mim, Kallum.

Comecei a digitar uma resposta, mas, antes que eu pudesse mandar qualquer outra coisa, apareceu mais uma mensagem de Winnie.

Winnie Baker: Acabei de sentir o bebê chutar. Pela primeira vez. Agorinha.

Perdi o fôlego. Dei risada. Estava prestes a chorar. E tudo que eu queria era ver o rosto dela se iluminar quando ela sentiu o pequeno movimento em sua barriga pela primeira vez.

Eu: Puta merda! Como foi a sensação? Parece tão legal e emocionante, mas esquisito também. Não acredito que você está criando um ser humano, assim, de boa.

Reuben colocou a cabeça para dentro do escritório.

— Tudo certo, chefe?

— Mais do que certo — falei. — Pronto para dar uma olhada nas outras unidades comigo?

Reuben fez que sim antes de desaparecer para avisar os funcionários da matriz que ele sairia por algumas horas.

Winnie Baker: Tenho uma consulta amanhã e, se você quiser, posso tentar ligar por FaceTime durante o ultrassom.

Eu: Eu adoraria. Já liberei a agenda.

Eu me levantei e peguei as chaves do carro da gaveta de cima da escrivaninha, parando por um segundo para mandar uma mensagem rápida para um amigo pizzaiolo que eu conhecia em Los Angeles. Tinha feito um acordo com ele para mandar uma pizza de bacon com xarope de bordo para Winnie todos os dias, usando minha receita. Não devia ser exatamente a mesma coisa, mas era quase.

Fazia uma semana que eu estava em casa e grandes mudanças aconteceriam com a Slice, Slice, Baby. Depois de demitir meu sobrinho, sabia que, quer aceitasse o acordo de investimento, quer não, eu precisaria de um gerente regional para manter as coisas funcionando. Mesmo se fosse apenas para promover *Papai Noel, baby* ou talvez outros trabalhos que surgissem — ou apenas para passar tempo em Los Angeles com o bebê e, se eu tivesse sorte, com Winnie também —, eu precisaria de alguém com um lóbulo frontal um pouco mais formado do que Topher poderia oferecer para administrar o lugar.

Por isso me sentei, olhei as finanças e preparei uma oferta para Reuben, que já trabalhava para mim fazia seis anos. Ter escolhido Topher foi um erro. Reuben era divertido e, assim como eu, adorava alegrar as pessoas com comida boa. Ele e a esposa tinham uma filha de 2 anos que tinha se fantasiado de entregadora de pizza para seu primeiro Halloween. Se eu não pudesse estar ali para administrar minha empresa, Reuben era a melhor opção.

Ele fez uma contraproposta, pedindo mais dinheiro e uma semana a mais de férias, e eu aceitei. Ele era confiável, inteligente e conhecia a empresa. E estava bem embaixo do meu nariz aquele tempo todo.

Também era a única pessoa que não tirou sarro de mim por lascar meu dente, e esse era o tipo de amor pelo qual eu estava disposto a pagar.

— Como foi seu voo? — perguntou Nolan enquanto eu andava de um lado para outro da sua cozinha fazendo meu prato mais famoso sem ser pizza: frango ao molho de limão e gengibre com arroz de coco.

— Foi ótimo. — Topher se meteu na conversa. — Exceto quando meu próprio tio me trocou pela classe executiva, como aqueles pais horríveis de *Esqueceram de mim*.

Bee parou por um momento e apontou para ele com uma colher de servir.

— Você tem razão. Ninguém nunca fala de como aqueles pais eram péssimos. Especialmente o tio!

— Ele era o pior — confirmei. — Por falar em conteúdo de festas, ainda estou triste que nunca fizemos um álbum de Hanukkah. Não é certo que Adam Sandler seja o artista mais bem colocado na playlist de Hanukkah do Spotify.

Passei o frango da frigideira para um tigela vintage de Bee e o servi na mesa da cozinha.

— Qual é o plano para a próxima semana e meia? — questionou Nolan enquanto colocava um pedaço de frango na boca e se arrependia imediatamente da decisão ao perceber como estava quente. — Quentequentequentequentequentequente — repetiu ele num silvo.

Bee soltou um *hunf* e continuou a colocar a mesa enquanto eu tirava o arroz da panela.

— Bom, preciso encontrar um apartamento. Nada grande demais. Apenas o suficiente para quando eu estiver na cidade, com espaço para um berço e todas as outras coisas de bebê de que eu precisar. Vou para uma consulta e uma aula com Winnie. Temos que finalizar a lista de presentes. E nomes. Temos que conversar sobre nomes, porque tenho algumas novas opções. — Pus a tigela de arroz na mesa e me sentei ao lado de Topher. — Além disso, Topher vai acompanhar a equipe de bufê do seu set de filmagens enquanto estamos aqui e vou olhar lugares para uma unidade de Los Angeles da Slice, Slice, Baby.

O queixo de Nolan caiu até o prato.

— Não brinca comigo, cara.

— Estou só pesquisando — eu disse. — Mas está nos meus planos.

Ele se afundou na cadeira com as mãos na barriga.

— Slice, Slice, Baby em Los Angeles? É tudo que sempre quis.

— Não sei, não — murmurou Bee. — Tenho certeza de que ouvi você implorando coisas que não eram pizza ontem à noite.

Topher franziu a testa. Nós três não éramos velhos e parentais a ponto de ele sentir nojo por nossa vida sexual, mas era uma zona intermediária confusa.

— Bom, adoraríamos uma unidade na nossa rua, Kallum — disse Bee. — Porque ir a qualquer outro lugar leva quarenta e cinco minutos para chegar.

Dei risada.

— Anotado, madame.

— Então quer dizer que o grande acordo de investimento em franquias não vai rolar?

Topher bufou ao meu lado.

— Dinheiro jogado fora.

— Sim, agora estou ouvindo conselhos de negócios do meu sobrinho, que acabou de torrar o dinheiro da faculdade em caminhonetes de hidromassagem.

Nolan ergueu a mão.

— Fala mais.

Topher se empertigou na cadeira, totalmente pronto para propor o desastre para Nolan, quando enfiei um rolinho-primavera em sua boca aberta e disse:

— Nolan, guarda seu dinheiro. E, sim: revisei a proposta com meu advogado… e Tammy Tortas também, porque ela é ainda mais feroz que meu advogado. Mas eu não conseguia me imaginar perdendo os dois primeiros anos de vida do bebê Kallum-Winnie. Quero ser o pai presente, sabe? Não quero ser o tipo de pai que não está lá para os grandes recitais ou os jogos importantes. Quero as coisas pequenas. Quero conhecer os amigos dele e saber que crianças do refeitório são as meninas malvadas.

Bee fez um coração com as mãos.

— Acho que quero bebês.

Nolan pegou a mão dela e começou a se levantar com um sorriso malicioso no rosto.

— Não neste momento — disse ela com uma gargalhada.

Nolan deu um beijo na testa dela enquanto voltava a se sentar.

— Você não viu Winnie ontem, amor?

Ela fez que sim com a boca cheia e ergueu um dedo enquanto mastigava.

Não conseguia deixar de sentir uma inveja profunda dela. Nas últimas quatro semanas desde o anúncio de Winnie, eu tinha feito todo o possível para colocar o *bebê em primeiro lugar*. Mas Winnie era sempre meu último pensamento à noite e meu primeiro pensamento de manhã.

Felizmente, tínhamos criado o hábito de conversar todos os dias. Fazia quatro semanas que Winnie tinha anunciado nas redes sociais que estava grávida. Desde então, ela me mandava fotos semanais da barriga e eu tinha baixado um aplicativo para acompanhar o tamanho do bebê. Ficávamos horas no celular falando de nomes e em que tipo de esportes poderíamos inscrever nosso filho, ou se ele curtiria alguma coisa metida como equitação. Trocávamos listas de carrinhos e cadeirinhas e recalls de móbiles de berço que tínhamos considerado na *Consumer Reports*.

Estava esperando o momento perfeito para perguntar para ela quanta distância era suficiente, mas também não queria estragar a pequena bolha em que estávamos. E talvez ela estivesse disposta a conversar naquela semana. Quando quer que chegasse a hora, eu estaria esperando.

— Eu a vi, sim — respondeu Bee finalmente com o tipo de olhar que se recebe da boa amiga de uma mulher que dizia *Sei de uma coisa que vocês não sabem*.

E eu amava Bee, mas, nossa, isso me fez me sentir totalmente irracional.

Nolan deu uma cotovelada de leve nela.

— Escondendo coisa de nós, é?

— Ela está bem! — afirmou Bee na defensiva. — Está até… feliz. — Ela deu uma garfada enorme de arroz e acrescentou: — E isso é tudo que vou dizer.

Nolan me lançou um olhar enfático, erguendo as sobrancelhas.

Eu poderia ter me levantado naquela hora e saído correndo para a casa de Addison e feito um grandessíssimo gesto de amor.

Mas estava sendo paciente. Estava pegando o caminho mais longo. E esse era o maior gesto que eu poderia oferecer.

E era o que Winnie, assim como nosso futuro filho, merecia.

Olhei cinco apartamentos a três quarteirões da casa de Addison e escolhi o único com um chuveiro em que eu conseguia ficar em pé sem me agachar como Gru de *Meu malvado favorito*. A corretora, que dirigia um Porsche tão pequeno que preferi ir atrás dela em outro carro para ver as opções, olhou para mim como se eu estivesse pregando uma peça complicada nela quando disse que aquele apartamento serviria.

Depois que assinei meu contrato e depositei a caução, encontrei o primo de Steph que por acaso trabalhava em uma imobiliária comercial. Era como encontrar Steph se Steph fosse um homem de 58 anos chamado Lenny no corpo de Danny DeVito. Descobri que encontrar um lugar para a estreia da Slice, Slice, Baby na Costa Oeste era muito mais difícil do que encontrar um apartamento.

Visitamos imóveis por três dias seguidos. Se eu visse mais uma cozinha malconservada, eu compraria um furgão de uma vez para vender fatias.

No terceiro dia, acabamos em um lugar que reconheci, na frente da Pura Polpa. Eu não sabia dizer se era um bom ou mau sinal, para ser sincero. Fosse como fosse, dessa vez li as placas de estacionamento.

— Então, sua pizza — disse Lenny enquanto digitava o código na porta. — Não é aquela porcaria de Chicago, né? As pessoas em Los Angeles querem pizza sem glúten, sem gosto e com uma pitada de microverdes e fios do Twitter ou sei lá o quê em cima.

— Olha, Lenny — falei enquanto estacionava. — Não é inteiramente verdade. Carboidratos são universais. Além disso, faço uma salada de acompanhamento de estourar a boca do balão.

Ele resmungou algo baixo. Nunca tinha conhecido um corretor que se esforçava tanto para não vender um imóvel, o que, na verdade, me fazia confiar ainda mais nele.

O espaço era pequeno. Apenas o suficiente para algumas mesas, umas banquetas à janela e uma fila para viagem. Liguei o interruptor enquanto entrava atrás do balcão onde havia um fatiador antigo e uma geladeira de bebidas embolorada. Era um nojo, mas uma das coisas menos ofensivas que eu tinha visto nos últimos dias.

— Era o que aqui antes? Uma lanchonete?

— O que não foi aqui? — apontou ele com um grunhido. — Uma lanchonete, uma casa de bagels sem glúten, uma loja de kebab. Nada vingou mais de um ano neste lugar.

— Mas a localização é boa.

Ele deu de ombros.

— Se é um imóvel comercial em Los Angeles e não está com a estrutura comprometida nem tem um problema com roedores, é uma localização privilegiada.

Atravessamos a cozinha, que precisava de reforma, mas dava para usar.

— O que tem aqui atrás? — perguntei enquanto passávamos por um corredor estreito com um banheiro de baia única.

Passando pela porta dos fundos, pensei que encontraria um beco escuro, mas, em vez disso, havia um pátio enorme cheio de mato com trepadeiras subindo pela traseira do prédio.

— Ah — respondeu Lenny. — Um jardim de cerveja. Seja lá o que isso quer dizer.

Dei uma olhada ao redor. Móveis quebrados. Mato. Luzinhas penduradas tão baixo que chegava a ser perigoso.

Mas eu via exatamente o que o espaço poderia ser. Podia ouvir minha família ali. O som de pezinhos pelo corredor, saindo para o pátio onde eu colocaria um balancinho e uma casinha de brinquedo para as crianças, enquanto os adultos tomariam uma cerveja gelada acompanhada de uma das minhas pizzas.

Ali nos fundos, mal dava para ouvir o caos da cidade. Era perfeito.

— Sabe, não é muito inteligente abrir um negócio em um lugar que já foi uma porção de empresas. Tenho mais um espaço para mostrar para você hoje.

— Gostei deste.

E ele estava certo sobre a porção de empresas. As pessoas começavam a passar reto quando um lugar vivia trocando de mãos, mas, de certo modo, isso me lembrava de meu fluxo constante de ficadas com madrinhas de casamento. Toda vez, eu pensava que seria diferente e que talvez tivesse encontrado A Pessoa Certa. Mas, se eu tivesse desistido do amor, nunca teria me aberto para Winnie e a ideia de que poderíamos ter algo mais do que diversão.

E, claro, Winnie não estava pronta para mim. Mas eu estava construindo uma vida para nós… e eu estaria ali, servindo pizzas, quando ela estivesse pronta.

Eu me voltei para Lenny.

— Vamos fazer uma oferta.

CAPÍTULO TRINTA

Winnie

— É gelado? Parece gelado — comentou Kallum enquanto a técnica em ultrassonografia apertava uma gosma cristalina no transdutor e o encostava na minha barriga.

— Foi aquecido — garantiu ela enquanto apertava minha bexiga muito cheia. Ela deve ter notado minhas coxas ficarem tensas embaixo do lençol, porque disse: — Você está com vinte e quatro semanas, acho que vai ser o último ultrassom que vamos precisar de uma bexiga cheia. Ah, olha! Está aqui.

Na tela, imagens intermitentes do bebê surgiram — cabeça, pernas, coluna —, até conseguirmos vê-lo quase todo de uma vez.

— Ai, meu Deus — murmurou Kallum, o olhar fixo na tela. — Esse é mesmo o bebê? Agora? É isso que o bebê está fazendo agora?

O bebê não estava fazendo nada além de chutar as perninhas bem no meu cérvix, mas Kallum parecia estar vendo o primogênito pintar a Capela Sistina dentro do meu útero.

— Olha esses chutes! — falou, empolgado, apontando. — Dá até para ver os dedinhos dos pés! E, minha nossa, aquele é o coração? O coraçãozinho pequenininho? Dando batidinhas pequenininhas?

— É, sim — disse a técnica, com a ternura de alguém que ouvia muitos pais gritarem por coisas que ela via por oito horas seguidas todos os dias. — Ah, querido — afirmou ela, esticando a mão para trás para dar a Kallum um dos lenços que eles mantinham para secar o gel de ultrassom da minha barriga. — Toma.

Ele aceitou o lenço, mas mesmo assim secou os olhos com a manga da camiseta do Royals.

— Obrigado. É minha primeira vez.

O rosto da técnica se manteve neutro — imaginei que ela tivesse visto configurações de relacionamento pré-parto mais estranhas em sua vida —, mas puxou um pouco a cadeira para que Kallum visse melhor a tela. Ele se esticou, com lágrimas incontidas escorrendo pela barba, e encarou a tela como se estivesse assistindo à partida esportiva mais intensa da história.

Da minha parte, eu não conseguia decidir o que queria olhar mais, nosso bebê ou Kallum olhando para nosso bebê, e queria ter uma memória fotográfica, para me lembrar para sempre de seus olhos arregalados quando o bebê começou a chupar o dedo, ou da boca aberta em um sorriso contagiante quando a especialista confirmou que as pequenas contrações eram soluços do bebê.

O último ultrassom ele tinha visto por videochamada, e o sinal estava tão ruim que eu achava que ele não vira nada, e era difícil não me lamentar por isso. Não me lamentar por ele já ter perdido momentos que nunca teríamos como recuperar.

E não tinha nada a ver com o bebê, ou talvez tivesse tudo a ver com o bebê, mas ele estava tão alto e lindo sentado naquela cadeira, o lencinho parecendo tão pequeno naquelas mãos de lenhador que poderiam tão facilmente segurar um recém-nascido ou a alça de uma cadeirinha de carro ou montar um berço, e ele olhava para mim com aqueles olhos brilhantes, o rosto cheio de fascínio, e pensei em como ele se entregava facilmente, como entregava seus sentimentos, sua vulnerabilidade. Como era fácil para ele ser generoso, me dar casacos, ou pizzas personalizadas, ou *lap dances*, me conceder esses presentes de tempo, ou cuidado, ou diversão com tanta generosidade, sem esperar nada em troca.

— Bom, vou deixar para a médica dizer com certeza — afirmou a técnica, parando para capturar algumas imagens —, mas acho que está tudo bem, em termos de placenta prévia.

— Ai, graças a Deus — murmurei.

Isso significava o fim do repouso de vez, e também a chance de um parto vaginal.

— Mandou bem, querida! — comemorou Kallum, como se minha placenta liberar meu cérvix fosse uma conquista pessoal minha e não apenas a mecânica uterina.

Mas era gostoso ser encorajada, e retribuí o sorriso.

— Agora, vi nas anotações que vocês ainda não sabem o sexo do bebê — disse a técnica. — Querem manter assim? Posso marcar na ficha para não revelar.

Olhei para Kallum.

— Na verdade, quero saber, sim — admiti. — Mas não parecia certo descobrir sem você. Isto é, se você quiser saber o sexo.

— Fico feliz de qualquer jeito — disse Kallum, e eu sabia que ele estava sendo sincero. Apesar das falhas e fraquezas dele, era sempre sincero. — Adoro a ideia de descobrir com você agora, e adoro a ideia de esperar para o beber nascer.

Mordi o lábio.

— Quero saber, mas não quero que isso mude o que pensamos sobre nada. Tudo bem?

Claro, o sexo biológico do bebê jamais garantiria seu gênero. Mas as meninas tinham que carregar o fardo da pureza, da vergonha e da perfeição no mundo em que fui criada... Parte de mim sempre teria certo medo disso. Que isso pudesse me puxar de volta; que eu me pegaria não apenas voltando a encaixar minha vida em uma caixa rígida cheia de vergonha, mas também encaixando uma criança nessa caixa.

Essa sensação tinha ficado pior desde que eu publicara o anúncio da gravidez. Meus pais pararam de falar comigo — de novo —, mas enviaram um e-mail curto, assinado por ambos, dizendo que eu sempre poderia voltar para casa quando estivesse pronta e que eles teriam o maior prazer em fazer parte da vida do neto quando eu voltasse. De fora, parecia um e-mail até que gentil, mas eu conseguia ler facilmente todas as coisas que eles não disseram — que era o motivo de eu ter tanto medo. Poderia ser tão invisível, tão sutil. Tão presente no que *não* era dito quanto no que era dito, e poderia tirar fôlego se não se tomasse cuidado.

Os comentários nas redes sociais, as manchetes de revista e os artigos escandalosos de Dominic Diamond já eram ruins o bastante. Mas ter pessoas que deveriam me amar colocando condições nesse amor...

Bom, esse não era o tipo de mãe que eu queria ser.

Kallum estendeu o braço e pegou minha mão.

— Tudo mais do que bem. E o quarto de bebê na minha casa vai ser com temática de pizza, de um jeito ou de outro.

Abri um sorriso tímido para ele.

— Obrigada.

— Prontos? — perguntou a técnica, balançando a cabeça de um lado para outro, como se também estivesse ansiosa.

Kallum retribuiu meu sorriso e apertou meus dedos.

— Sim — respondeu ele, sem tirar os olhos de mim. — Estamos prontos.

— Cara, mal posso esperar para conhecer minha priminha — comemorou Topher um mês depois, dentro do espaço praticamente reformado que estava se tornando a unidade de Los Angeles da Slice, Slice, Baby. — Que demais. Temos meninos demais na família. Você sabe dos trigêmeos, Winnie? Kallum contou? São tipo os trigêmeos de *Valente*, só que vivem na forma de urso. É aterrorizante.

Eu estava sentada num banco de vinil recém-entregue — ainda embrulhado em plástico — enquanto Kallum supervisionava a instalação de um forno de pizza nos fundos. Ele tinha planejado me deixar na casa de Addison depois da última consulta, mas, quando mencionou a instalação, me ofereci para ir à unidade nova de modo que ele não corresse o risco de se atrasar.

E, bem nesse momento, ele voltou ao que seria o salão para ver como eu estava.

— Precisa de água ou alguma coisa? — perguntou ele, chegando perto da mesa.

— É verdade — disse Topher—, você mijou tanto quando chegou aqui. Tipo, demais. Estou preocupado que você acabe que nem o cara no fim de *Indiana Jones e a última cruzada*, sabe? O velho que bebe do Santo Graal falso e fica parecendo uma múmia?

— Às vezes — comentou Kallum, que tinha ido buscar uma garrafa de água na geladeira atrás do balcão surrado —, eu me pergunto por que você não pega ninguém. E aí você abre a boca.

— Como se você fosse muito sedutor — retrucou Topher. — Lembra aquela vez…

— Kallum! — interrompi, acenando para ele vir. — Ela está chutando! Você vai conseguir sentir desta vez!

Só nas últimas semanas, mais ou menos, que eu tive quase certeza de que dava para senti-la chutar de fora, e Kallum ainda não tivera a chance de sentir. Ele correu, praticamente derrubou a garrafa de água no caminho, se ajoelhou e encostou as duas mãos na minha barriga.

— Aqui embaixo. — Dei risada, guiando suas mãos a um ponto abaixo do meu umbigo. — Está sentindo?

— Sim — respondeu ele, o fascínio estampado no rosto. — Estou sentindo.

Ele olhou nos meus olhos bem quando ela chutou de novo, e apertei minhas mãos sobre as dele, e, de repente, era como se nenhuma das coisas confusas tivesse acontecido. Éramos apenas ele e eu e nossa bebê, a mais pura alegria… e então nós dois parecemos nos dar conta ao mesmo tempo de que ele não me tocava tanto assim desde aquela noite fatídica em Christmas Notch.

Eu não queria que ele parasse.

E, pela maneira como ele abaixou a cabeça e olhou para nossas mãos entrelaçadas sobre minha barriga, tive a sensação de que ele também não queria parar de me tocar.

— Nunca agradeci a você — murmurei.

— Nunca me agradeceu pelo quê? — perguntou ele, desviando o olhar de nossas mãos.

— Pelas pizzas — falei. — As de bacon com xarope de bordo. Não faço ideia de como você conseguia me mandar uma fatia todo dia, lá de Kansas City.

— A máfia da pizza me deve alguns favores — brincou ele, e dei risada, embora eu notasse que sua risada em resposta fosse um pouco tensa.

Acrescentei isso à lista mental pequena, mas fascinante, de mistérios de Kallum Lieberman.

— Kallum — falei, sem fazer ideia do que dizer ou por quê, mas sabendo que eu tinha que dizer para ele o que sentia com seu toque. — Acho que talvez eu...

— Precisamos de você nos fundos, chefe! — gritou uma voz da cozinha. — A conexão para gás não está onde você disse que estaria!

Com um suspiro pesado, Kallum se levantou.

— Aguenta aí e não sai daí.

— Não posso ir a lugar nenhum sem você, lembra? Você é meu chofer hoje.

Ele deu um sorriso radiante.

— Ah, sim. Às vezes fico surpreso em como penso em tudo.

E então saiu para resolver a crise da conexão para gás.

Topher se afundou ao meu lado no banco depois que Kallum tinha desaparecido pela abertura de tijolos que dava para a cozinha.

— Ele está se esforçando muito, muito mesmo com essa história toda da bebê, sabe.

— Eu sei — concordei, com um sorriso.

Ele estava no apartamento novo do tio quando passamos lá para ver o berço que o próprio Kallum havia montado. Os dois se acotovelaram para me mostrar todas as coisas de bebê que Kallum já havia estocado: um aquecedor de mamadeira e todo um corredor da Target de mamadeiras, um balde de fraldas com sacolas suficientes para durar um inverno nuclear e um móbile para o berço da bebê que tinha pedaços de pizza pendurados.

("É personalizado", Kallum tinha me dito com orgulho. "De uma loja da Etsy. Até toca o jingle da Slice, Slice, Baby quando liga.")

Topher parecia igualmente orgulhoso de todas as coisas de bebê — ele escolhera todos os gorrinhos com Kallum — e tinha ajudado a montar o berço. Estava hospedado no apartamento de Kallum enquanto esperava caírem os primeiros salários de seu trabalho novo, mas já estava de olho em um lugar perto de Studio City e estava ganhando um valor razoável de hora extra como atendente de bufê no estúdio de TV que produzia o programa de Nolan, *Academia de Boy Band*.

— E estou muito feliz por ele estar disposto a se mudar para Los Angeles, mesmo que parcialmente — acrescentei. — Embora essa unidade da Slice, Slice, Baby pareça precisar de bastante trabalho.

— Pois é, imagina se ele tivesse aceitado aquela proposta do *Shark Tank* ou sei lá — disse Topher, esticando as pernas.

Com sua altura, sua barba e seu cabelo loiro-escuro, ele era como uma versão mais jovem de Kallum, e isso me fazia imaginar como um filho nosso poderia ser algum dia.

— Proposta do *Shark Tank*? — ecoei, ainda pensando em filhos homens e como talvez eu os quisesse.

Com Kallum.

— É — respondeu Topher. — Eles colocariam *tanto dinheiro* na SSB para expandi-la. Todos os cinquenta estados e internacionalmente também.

— Colocariam? Eu não fazia ideia.

Kallum não tinha dito nada daquilo, o que era estranho. Sim, nossa rotina estava se desenvolvendo lenta e cuidadosamente, com os dois cautelosos sobre o quanto confiávamos um no outro e o quanto compartilhávamos, mas, ao longo das últimas oito semanas, fomos nos tornando algo como... bom, como amigos. O que provavelmente deveria ter vindo *antes* da parte de amantes e pais de uma criança, mas eu e Kallum parecíamos destinados a fazer as coisas fora de ordem. Mesmo assim, eu ainda estava surpresa por ele não ter mencionado uma oportunidade tão grande para mim.

— Parece que teria sido imenso — comentei.

— Teria sido épico — pronunciou ele com solenidade. — Ele teria virado um imperador da pizza! Mas teria envolvido muito tempo longe de você e da bambina, então ele não aguentou a ideia. Ele disse não, obrigado, para o tanque de tubarões e decidiu que expandiria de uma maneira que lhe desse o maior tempo com a bebê. E você.

E você.

E era isso, não era? Quando eu tinha dito a Kallum que precisava de distância, ele não tinha me pressionado nem me atropelado. Mas também não tinha fugido. Ele tinha me dito que estaria ali para ajudar com tudo que eu precisasse — que estava ali para ser um pai quando chegasse a hora —, e isso exigiu muita paciência e generosidade. E isso sem nem contar do que ele tinha aberto mão para a Slice, Slice, Baby, que, ainda que metaforicamente, também era sua filha.

Ele desistira de tudo isso por uma *chance*. Pela esperança de que conseguiríamos resolver as coisas e criar um filho em paz. Pela esperança de que eu aprenderia a confiar nele de novo.

E comecei a me dar conta de que confiava, *sim*, nele. Tinha começado devagar, discretamente, uma maré lenta a cada ligação e mensagem e carona para o consultório. Com seus aluguéis assinados e baldes de fraldas e listas do *Consumer Reports*. Com sua segurança doce e contente de que tudo ficaria bem, porque ele faria ficar bem.

Eu tinha tanto medo de oferecer a ele minha indulgência, porque muitas pessoas em minha vida tinham obtido isso — tinham obtido sem merecer e ainda exigiam mais e mais, infinita e eternamente. Mas Kallum não exigia nada. Ele doava e doava e se esforçava.

Eu queria ser mais como ele, na verdade. E queria mais dele em *minha* vida, não apenas na de nossa filha, e isto estava tão óbvio que estava quase me chutando junto com a bebê.

Eu ainda amava Kallum Lieberman.

E estava na hora de descobrir se ele ainda me amava.

CAPÍTULO TRINTA E UM

Kallum

Minha família não acreditava em hotéis. Desde que eu me entendia por gente, toda vez que visitávamos uma cidade ou um país onde vivia um parente, ainda que distante em um raio de oitenta quilômetros, ficávamos com esse parente em vez de num hotel. Tanto é que, antes das turnês do INK, minha mãe me mandava uma lista de nomes e telefones de todos os parentes em que ela conseguia pensar e a cidade correspondente em que eles moravam, por mais vezes que eu a lembrasse de que tínhamos hotéis reservados e um verdadeiro ônibus de turnê com camas para dormir.

Por isso, acho que eu não deveria ter ficado surpreso quando minha irmã me ligou um dia antes de ela e o restante da família pegarem o avião para Los Angeles rumo à grande inauguração da Slice, Slice, Baby a fim de saber se eu tinha um secador de cabelo.

— Não — avisei —, mas tenho certeza de que seu hotel vai ter um.

— Se eu pudesse estender a mão pelo telefone e te dar uns sopapos, eu daria — retrucou ela. — Você sabe que a mamãe morreria se ficássemos num hotel.

— Tam, meu apartamento tem dois quartos e um banheiro. E uso o termo *quarto* em um sentido amplo. Está mais para um sofá-cama e um guarda-roupa.

Ela suspirou enquanto uma criança gritava ao fundo.

— Você acha que não quero ficar num hotel onde pessoas gentis trazem toalhas limpas infinitas e os baderneiros dos meus filhos podem pular de barriga na piscina e comer waffles de graça?

— Bom — comentei, parecendo mais presunçoso do que merecia —, que bom então que fui à Target e comprei todos os colchões de ar e toalhas que eles tinham. Também guardei minha máquina de café da Keurig e comprei uma daquelas cafeteiras antigas da Mr. Coffee que a mamãe ama.

— Te contei que ela colocou uma na mala para levar para o cruzeiro?

Resmunguei. Eu ainda estava chateado de ficar longe da família no Hanukkah, mas pelo menos a bebê teria chegado até lá e eu estaria mergulhado em fraldas e macacõezinhos. E Bee e Nolan supertopariam passar uma noite acendendo a menorá comigo. Talvez até Isaac.

— Winnie vai à inauguração? — perguntou Tamara.

— Ela foi convidada.

Minha irmã vinha fazendo o ótimo trabalho de evitar as perguntas dos meus pais sobre minha relação com Winnie, mas eu sabia que todos estavam curiosos. Eu queria dar a eles algum tipo de resposta, mas dizer a verdade em voz alta, que éramos apenas amigos, era algo que eu não estava exatamente preparado para fazer.

A família inteira veio de avião e, dito e feito, ficamos todos amontoados no apartamentinho aconchegante que eu (temporariamente!) dividia com Topher. Montei uma barraca para as crianças "acamparem" na sala. Fiquei com o sofá, Topher ficou com um colchão de ar, enquanto sua mãe e seu padrasto ficavam com o quarto dele e minha mãe e meu pai ficavam com o meu. Organizar quem dormiria onde foi a parte fácil. Era o banheiro que me preocupava, mas eu estava ocupado demais preparando a unidade nova para passar muito tempo em casa.

Topher fez o papel de guia turístico, levando minha mãe para ver os poços de piche e Tamara para um tour pelas casas de celebridades. Ele até passou com todos pela escola de culinária em que estudaria em meio período. Minha mãe ficou fazendo vozinha fofa para o berço que eu tinha montado e meu pai riu do móbile de pizza pendurado no alto.

— Mal posso esperar para conhecer nossa nova netinha — disse meu pai enquanto me dava um tapinha nas costas.

— Eu também — sussurrei enquanto observava o berço vazio, com risos, família e uma gata muito rabugenta atrás de mim.

O apartamento estava cheio de coisas boas, mas ainda parecia vazio.

Cheguei cedinho ao restaurante para a preparação. Não tinha mais trabalho a fazer, na verdade, mas eu não conseguia dormir. Ou era nervosismo ou eram os trigêmeos quase botando fogo no meu micro-ondas quando decidiram ver se o controle remoto era inflamável.

Mesmo assim, fui para o restaurante e conferi a massa antes de picar alguns ingredientes extras e confirmar pela terceira vez se a máquina de refrigerante estava em ordem. Quando os funcionários chegaram, o trabalho deles já estava feito.

Quando me sentei no escritório, meu celular tocou com uma mensagem.

Winnie Baker: Boa sorte hoje!

A decepção se instalou em meu peito. Ela não iria. Tudo bem. Se tudo desse certo, estaria cheio, e eu mal teria tempo de falar com ela. E ela ainda teria a chance de conhecer minha família antes de eles irem embora.

— Hum, chefe? — chamou Samantha da porta. Seu piercing duplo no nariz cintilou sob a luz fraca. — Estamos com uma fila. Tipo, uma fila grande. E alguns paparazzi também.

— Quê? Está falando sério? Deve ser um dia fraco para fofocas.

Nunca ficara feliz em saber que paparazzis esperavam por mim à porta de um prédio, mas entendia o bastante para saber que às vezes a atenção dos tabloides não era sempre ruim.

Eu me levantei e tirei o avental sujo de farinha antes de ir até a cozinha. Tinha contratado uma equipe de doze funcionários, e estavam todos dentro do cronograma. Eles eram bons, e inteligentes, e trabalhadores, e jovens demais para dar a mínima para o INK, e era melhor assim.

— Certo, time, não sou muito bom com discursos inspiradores — falei enquanto olhava para o relógio digital na parede. — Mas sou ótimo em pizza, e o restante de vocês também. Nosso único trabalho hoje é deixar as pessoas felizes com comida boa. Vai ser um pouquinho caótico, então vão na manha. Peçam ajuda quando precisarem. Não deixem os clientes maltratarem vocês, porque, nesta casa, o freguês nem sempre tem razão.

Isso garantiu algumas risadas secas.

— Posso ser do Meio-Oeste, mas tenho uma política de tolerância zero com cuzões.

Apontei para as regras pintadas na parede do salão, que dava para ver da cozinha.

Os mandamentos da pizza:

1. Não curtiu? Deixa que a gente arruma.
2. Abacaxi? Ketchup? Coma sua pizza do jeito que você quiser. Esta é uma zona de pizza livre de preconceitos.
3. PROIBIDO SER CUZÃO.

Depois que todos tiveram um segundo para se acomodar em suas estações, corri para as portas e dei uma olhada rápida em volta antes que o salão estivesse cheio e movimentado demais para eu sequer pensar.

Como em todas as minhas unidades, tínhamos o logo pintado na parede com bancos de vinil e piso quadriculado, mas também tínhamos incluído alguns toques de palmeira, além de uma lamparina incrível que encontrei no eBay.

Abri a porta e encontrei uma multidão animada. Rapidamente chamei minha família para entrar, seguida por Bee e Nolan, que me deu um tapão na bunda como uma forma de me encorajar.

— Obrigado por esperarem tão pacientemente aqui fora, pessoal! Agora, vamos fazer algumas Slice, Slice, Baby para vocês!

Acenei para as câmeras, sentindo-me bobo e enferrujado, mas o momento passou num piscar de olhos enquanto a multidão ia entrando e formando uma fila constante.

Corri para os fundos e fiz um pedido para minha família e meus amigos enquanto Topher os guiava para a areazinha no pátio dos fundos que reservei para eles.

Quando as pizzas deles estavam prontas, eu as levei para os fundos pessoalmente enquanto meu pai deixava Bee encantada com suas histórias constrangedoras sobre mim e Nolan no auge da puberdade.

— Você precisa calar a boca do seu velho — pediu Nolan enquanto eu colocava sua favorita, pepperoni e pimenta-banana, na frente dele.

Sorri.

— Pai, não esquece de contar para ela da vez que Nolan ficou bêbado no baile da escola e mijou na fonte de passarinhos da mamãe.

Meu pai bateu a mão no peito, rindo tanto que começou a arfar.

— Ele fez o quê? — perguntou minha mãe com uma repulsa chocada. — Na minha fonte?

— Ah, tenho quase certeza de que essa é só a ponta do iceberg — comentou Bee. — Ainda mais pelo que vi na festa de elenco de *Papai Noel, baby*.

— Uma noite da qual não falamos! — exclamei, nem tão de brincadeira assim.

Os trigêmeos estavam no meio de um jogo sério de bobinho no trepa-trepa com um dos chapéus promocionais de espuma em forma de pizza que eu tinha feito para o dia.

— Vovó Jo! — gritou um deles para minha mãe. — Vovô! Olha aqui.

Todos nos viramos para ver Toby empurrar Tristan pelo escorregador… de cabeça. Tucker, que estava com Talia adormecida no colo, correu para pegar Tristan, mas fui mais rápido que ele, jogando-o em cima do ombro e dando um giro rápido com ele.

Tristan deu um gritinho encantado enquanto batia os punhos gordinhos nas minhas costas. Theo e Toby desceram pelo escorregador, pousando nos meus pés e puxando minhas pernas.

Para sua mais absoluta alegria, caminhei com eles pendurados em minhas panturrilhas e Tristan ainda a tiracolo antes de deixar todos perto de Tamara, que estava esperando para servir a eles fatias da melhor pizza de queijo de Los Angeles.

— De novo! — gritou Theo.

— Só depois que vocês comerem parte dessa pizza! — disse minha mãe a eles.

— Preciso entrar — falei.

Quando abri a porta, senti um toque delicado na lombar.

— Meu menino — suspirou minha mãe enquanto eu me virava.

Clientes passavam ao nosso redor e minha mãe me abraçou, com a cabeça pousada em meu peito antes de erguer os olhos para mim.

— Seu pai e eu estamos muito, mas muito orgulhosos mesmo. Você sabe disso, né, filho?

Fiz que sim em silêncio, minha garganta apertada e meu peito se expandindo. Eu sabia que eles tinham orgulho. Tinham dito isso várias vezes antes, mas, naquele momento, me senti alguém digno de seu orgulho.

— Agora vai lá para o seu ganha-pão! — incentivou ela com uma piscadinha.

— Mãe! Olha só você com o trocadilho.

Ela sorriu.

— Não se esqueça de onde vêm todo esse charme e humor. Do seu pai é que não foi.

— Chefe! — gritou Samantha. — A gente precisa de você!

Minha mãe fez sinal para eu me abaixar e obedeci para ela poder me dar um beijo na bochecha e me mandar embora.

Corri para a cozinha, pensando que encontraria um caos, mas todos estavam fazendo seu trabalho, ouvindo a playlist de cozinha que eu tinha preparado para eles.

Preparando-me para um cliente insatisfeito, saí para o salão.

— O que está…

— Oi, Kallum — disse Winnie, sentada em uma banqueta entre os clientes.

Ela mordeu o lábio inferior e se levantou com um braço pousado na barriga, como andava fazendo nos últimos tempos.

— Winnie.

Meu coração acelerou como sempre fazia quando eu a via. O último mês tinha passado no que pareciam relances. Conversávamos muito, e eu passava cada vez mais tempo em Los Angeles, mas às vezes parecia que éramos melhores amigos de trabalho e que nosso serviço era o bebê. Vê-la ali, fora da função bebê, era emocionante e parecia ir um pouco contra as regras.

Ela estava usando um vestidinho rosa leve que combinava perfeitamente com os lábios e o rubor em suas bochechas... e outras partes do seu corpo que não estavam à mostra. Certo, talvez a grande inauguração não fosse o melhor momento para ficar excitado pela mãe da minha bebê, que na verdade era apenas uma amiga.

— Posso, hum, anotar seu pedido? — perguntei.

— Já pedi — respondeu ela. — Mas gostei do acréscimo no cardápio.

Olhei para o cardápio enorme sobre o balcão atrás de mim, que era basicamente um santuário à pizza. Bem ali, entre as pizzas especiais, estava a Winnie. Mozzarella, xarope de bordo, fatias de pera e bacon.

— Eu tinha que batizar em sua homenagem.

— Vou aceitar um pedido de almoço diário como pagamento dos meus royalties — comentou ela, muito séria. — Quero o tour do palácio da pizza.

Ergui o braço para ela, que colocou a mão em meu bíceps enquanto eu a guiava pelo salão muito pequeno e depois para o escritório que seria sobretudo para Samantha, mas também para mim quando estivesse ali. Winnie tinha entrado e saído várias vezes no último mês, no caminho para consultas ou visitas a hospitais, mas mostrar o lugar para ela assim parecia um pouco inadequado. O ex de Winnie era um babaca desgraçado, mas tinha poder naquela cidade de uma forma que eu nunca poderia oferecer a ela, e ali estava eu, exibindo minha pequena pizzaria encravada entre um escritório de contabilidade e um salão de manicure.

— É perfeito — disse Winnie enquanto olhava pelo escritório, seu olhar pousando no ultrassom emoldurado na parede.

Ela respirou fundo como tinha feito muitas vezes no set para se acalmar.

— Preciso que você se sente — pediu ela de repente. — Pode se sentar?

Eu me acomodei na cadeira assim que Samantha bateu no batente.

Abri a boca, prestes a perguntar se estava tudo bem, quando ela se virou para Winnie e disse:

— Pepperoni pequena para Baker.

— Chegou na hora certa — falou Winnie enquanto pegava a caixinha da Slice, Slice, Baby.

— Pepperoni, hein? — perguntei enquanto ela colocava a caixa na cadeirinha dobrável à frente da minha escrivaninha.

Ela acariciou a barriga, nervosa, e se sentou na ponta da escrivaninha à minha frente.

Ergui os olhos para ela e me lembrei de que gostava até demais daquela visão.

— Alguns meses atrás, eu pedi distância. Pedi... pedi tempo.

— Eu sei — falei. — E sei que o apartamento e montar a pizzaria aqui... deve parecer muita coisa. Não quero que você se sinta pressiona...

Ela balançou a cabeça e se abaixou, seus lábios encontrando os meus com tanta força que ela poderia deixar uma marca. Fogos de artifício explodiram dentro de mim e o instinto tomou conta enquanto eu a puxava para meu colo.

Meu cérebro voltou a si depois de um momento.

— Espera, Winnie, espera. O que está rolando... Não quero... — Encostei a testa na dela, tentando respirar. — Não quero uma amizade colorida. Ou uma transa só.

— Não, não — disse ela, agitada. Eu sentia sua respiração em meus lábios. — Não, eu... preciso que você cale a boca. Porque tenho que botar isso para fora e tudo que quero é beijar você. — Ela respirou fundo de novo enquanto eu ajeitava uma mecha de cabelo atrás da orelha dela. — Eu queria distância, mas não quero mais. Você me deu o que pedi e mesmo assim conseguiu encontrar um jeito de estar aqui, por mim e pela bebê. Você me deu o que eu precisava sem nenhuma obrigação ou expectativa. Você me amou, Kallum. Você me amou exatamente como eu precisava.

— Ainda amo — falei, as palavras engasgadas na garganta. — Winnie, eu te amo. Nunca deixei de amar.

— Também te amo. Agora mais do que nunca. Kallum, quero tudo com você. Quero filhos. E uma casa. E férias na Disney e fins de semana em competições de ginástica ou de debate. E desculpa por... Ah, ah, espera!

Ela saiu do meu colo para dar a volta e pegar a caixa de pizza do outro lado da escrivaninha. Curvou os lábios em um sorriso esperançoso ao abrir a tampa. Lá, em uma das minhas próprias pizzas, li DESCULPE escrito com pepperoni.

Ela era a mulher perfeita por muitos motivos, mas, nossa, ela sabia falar minha língua.

— Desculpe — disse ela de novo. — Desculpe por ter afastado você e não ter te dado a... indulgência que você merecia. A graça que você dá aos outros tão livremente.

— Graça — repeti, com um sorriso e lágrimas começando a transbordar. — Grace.

Era o nome pelo qual tínhamos nos decidido finalmente. Grace. O nome de algo pelo que Winnie tinha lutado tanto.

— Grace — sussurrou ela com um sorriso sábio.

Eu me levantei e peguei a pizza dela, deixando-a em cima da escrivaninha.

— Preciso te mostrar uma coisa.

Pegando a mão dela, sabendo que ela era minha para sempre, eu a guiei para os fundos, onde minha família estava.

Winnie perdeu o fôlego, reconhecendo todos imediatamente, mas, antes que pudéssemos fazer as apresentações e trocar abraços, virei Winnie de frente para a parede dos fundos do restaurante. Eu tinha planejado mostrar a ela de um jeito ou de outro, mas o momento não poderia ser mais perfeito nem se eu tentasse.

Em lindas letras pintadas à mão estava escrito na parede: QUINTAL DA GRACE.

Porque, sim, eu estava em um apartamentinho minúsculo por enquanto, e Winnie ainda estava na casa de piscina de Addison, mas aquele lugar seria sempre para nossa filha. Para Grace.

Winnie ergueu a mão à boca enquanto a ficha caía e lágrimas começavam a encher seus olhos verde-azulados.

— Para ela. — Virei Winnie para aquele pequeno oásis com mesas de bistrô e bancos de piquenique e playground com luzes cintilantes penduradas que sempre me lembrariam de Christmas Notch, onde tudo começou. — Para nós.

Winnie jogou os braços ao redor do meu pescoço enquanto se virava para mim e meus braços subiram por suas costas. Eu a puxei ainda mais para perto, sua barriga redonda e cheia entre nós, maior do que estava na última vez que eu a abraçara assim.

Ela baixou os olhos e riu.

— É só aprender a se virar com ela.

— Aprendo rápido — falei em um grunhido, abaixando-me para dar um bom beijo de verdade nela.

Subi a mão a seu pescoço, puxando-a ainda mais para perto.

Sua língua dançou ao longo da minha, e ela deu uma leve puxada em minha língua com os dentes. Recuei apenas o bastante para sussurrar:

— Se não pararmos, minha família toda vai me ver me esfregando em você aqui e agora.

Ela deu um gritinho, corando.

Tentou dar um passo para trás, mas a puxei ao lado do corpo enquanto nos virávamos para minha família, que estava toda lacrimejando — até meu pai. Mas os trigêmeos, não. Eles pareciam prestes a vomitar.

— Mãe, pai — falei, mais verdadeiramente orgulhoso do que jamais havia estado. — Essa é Winnie.

— Senhor e sra. Lieberman — disse Winnie. — Estava louca para conhecer vocês.

Minha mãe passou por Nolan e lhe deu um abraço apertado e caloroso, e vi Winnie se dissolver nos braços dela, uma alegria indescritível em seu rosto.

— Eu sou a mãe ou vovó Jo — sussurrou minha mãe. — E aquele palhaço lá atrás é o pai ou vovô.

— Ou Josephine e Jacob, também funcionam — complementei.

Winnie secou uma lágrima.

— Nossa pequena Grace mal pode esperar para conhecer sua vovó Jo e seu vovô.

Tamara se enfiou no meio e roubou Winnie de mim, mas não me importei. Adorei ver minha família espevitada absorvê-la como se ela sempre tivesse feito parte. Porque ela fazia. Sempre fizera.

Eu não sabia o que aconteceria com Winnie e seus pais, e sabia que sempre haveria uma fissura criada pela ausência deles e que a mágoa que eles lhe causaram sempre viveria dentro dela como um eco, mas faria meu melhor para preencher os espaços vazios e aliviar a dor. Winnie tinha uma família. Sempre teria.

Tucker passou Talia, que estava se contorcendo, para minha mãe e veio me dar um soquinho sem jeito.

— Você conseguiu tudo, cara. O trampo. A garota.

— Pois é — concordei, pela primeira vez sem me irritar com sua energia de dr. Mano.

— Eu e Tamara estamos muito felizes por você. E ei, cara, quando estiver pronto para aquela vasectomia, é por conta da casa.

Passei um braço ao redor de seu ombro.

— Tenho quase certeza de que Winnie e eu estamos apenas começando.

EPÍLOGO

Teddy Ray Fletcher

Três meses depois

Teddy deixou o presente do chá de bebê na mesa do hall da mansão de Addison em Sherman Oaks e hesitou por um momento. Ele ouvia risos e conversas da sala de estar, onde a maior parte das festividades estavam rolando, e sabia que deveria se juntar a elas... mas e se *Steph* estivesse lá?

E se ela estivesse lá e, mais uma vez, Teddy tivesse que encontrar um jeito de dizer oi depois de vários meses desagradáveis de distância? Será que seu velho coraçãozinho cascudo aguentaria passar por aquilo tudo de novo?

Antes que ele pudesse se decidir por uma coisa ou outra, ele ouviu um estrondo à porta da frente e, como era o único no hall, cabia a ele investigar.

Ao abrir a porta, encontrou Sunny Palmer equilibrando quatro caixas de fraldas nos braços, e foi por pouco que conseguiu pegar a caixa de cima quando ela escorregou da pilha.

— Você acha que trouxe fraldas suficientes? — perguntou Teddy com ironia enquanto ela entrava e finalmente conseguia deixar seu carregamento no chão.

— Teddy, sua vadia ignorante — ofegou Sunny enquanto usava a ponta do pé do sapato boneca com salto plataforma para chutar uma caixa de fralda para mais perto da parede. — Esse é apenas o começo.

Teddy nem teve a chance de dizer *começo do quê* antes de uma fila de homens de macacão surgirem a caminho da porta, cada um empurrando um carrinho cheio de caixas de fraldas, de todos os tamanhos, de recém--nascido ao tamanho grande. Ele segurou a porta aberta, boquiaberto, enquanto os homens entravam um a um e cercavam o corredor de caixas até parecer uma trincheira da Fralda Guerra Mundial.

Depois de três viagens, Sunny agradeceu aos homens e eles saíram, voltando a seja lá que trem de carga de fraldas pertecessem.

— Todas essas fraldas são suas? — perguntou Teddy. — De onde você tirou tudo isso?

— Não se preocupe — replicou Sunny, despindo o casaco e o cachecol e os pendurando no cabideiro da Wishes of Addison (apenas 129,99 dólares em QVC.com).

Teddy encarou o que deviam ser dezenas de milhares de dólares em fraldas.

— Não se preocupe?

— Não pergunto como você paga o jantar — respondeu Sunny. — Vamos, senão eles vão comer todo o molho de queijo com pimentão de Bee sem nós.

E havia muito pouco que Teddy poderia dizer àquilo, porque ele gostava muito do molho de queijo com pimentão de Bee.

Depois que eles entraram, Teddy ficou ao mesmo tempo aliviado e arrasado ao ver que Steph não estava lá.

Não que ele achasse que Steph seria tão obcecada por ele como ele era por ela. Seria apenas bom saber que ela *gostava* dele, só isso.

As primeiras duas vezes que eles se pegaram, ele entendeu o sumiço depois, porque poderiam ter sido como quaisquer outras ficadas frutos de conveniência. Mas eles tinham passado uma semana juntos em Christmas Notch durante as refilmagens de *Papai Noel, baby*, mal saindo do quarto de hotel, subsistindo apenas à base de sexo e serviço de quarto, e tinha sido um sonho. Conversas preguiçosas, programas deliciosamente ruins de TV. Abraços com uma brisa de cheiro doce soprada para dentro do quarto, os dois ignorando o celular.

Talvez Teddy estivesse ficando velho, ou talvez ele sempre tivesse sido um pouco antiquado, mas sair sem dizer uma palavra depois de tudo aquilo não parecia legal, né?

Ah, o amor não correspondido. A droga que batia mais forte, mesmo perto dos 50.

Não que Winnie e Kallum soubessem algo a respeito disso. Eles estavam sentados espremidos no sofá, uma bebezinha burrito no braço de Kallum enquanto Winnie abria os presentes. Bee tinha dito para ele que Winnie se mudara para o apartamento de Kallum no outono e que eles estavam procurando juntos uma casa em Los Angeles. Sobretudo para acomodar o cronograma de produção de Winnie — ela fora contratada para mais um filme do Hope After Dark no próximo ano e para um novo sitcom ousado sobre mães solos tentando namorar —, mas também para facilitar as filmagens do novo reality show de Kallum, *Uma fatia de Kallum*. Pelo jeito carinhoso como Bee e Sunny falavam dos dois, Teddy tinha a impressão de que, por menos convencional que tivesse sido o começo entre Kallum e Winnie, seu futuro era mais reluzente do que uma chama num forno de pizza. Sem mencionar aquela aliança de noivado brilhando no dedo de Winnie que Teddy tinha quase certeza de que era nova...

— Não sabia que o bebê estaria presente no chá — comentou Teddy ao se sentar na cadeira atrás de Addison, que se virou e olhou feio para ele.

— Desculpe, mas isso é um *beba e veja*.

— Quê?

— Você bebe — disse Addison, apontando para o balcão de drinques com ou sem álcool na janela oposta e claramente muito irritada por ter que explicar algo tão básico. — E depois você *vê*. Você *vê* o bebê. Está no nome.

— Além disso, a gente sabia que seria mais fácil reunir todos em um único lugar em dezembro — completou Bee. — Sem contar a família de Kallum, que está num cruzeiro de Hanukkah. Então era a melhor época para um chá...

— Beba e veja! — interveio Addison.

— ... e por acaso podemos todos pegar a pequena Grace no colo enquanto estamos aqui.

Winnie se levantou, com certa cautela em seus movimentos, o que o fez pensar que talvez ela tivesse feito cesárea. Ela pegou Grace de Kallum e atravessou as pilhas de macacões e babadores até Teddy.

— Quer segurar Grace no colo? — perguntou ela. — A gente meio que a vê como sua afilhada cinematográfica, sabe. Porque ela não estaria aqui se não fosse você e *Papai Noel, baby*.

O queixo de Teddy doeu de tanto tremer sob o bigode, e ele se perguntou se todos veriam que ele precisou engolir em seco várias vezes antes de falar.

— Eu adoraria segurar minha afilhada cinematográfica — disse ele com a voz áspera e pegou nos braços a bebezinha enrolada em uma mantinha azul feito um burrito.

Grace, por sua vez, não pareceu se importar com a troca, porque estava dormindo profundamente. Enquanto Teddy a segurava junto ao peito, ela virou um pouco a cabeça, como se procurasse leite materno mesmo inconsciente, mas então voltou a ser um montinho inerte, ressonando.

Teddy continuou a aninhar a bebê enquanto Winnie voltava a abrir presentes e o grupo começava a falar de ir mais tarde à casa de Kallum e Winnie para acender a menorá. Teddy começou a cantarolar baixo e dar leves batidinhas na bebê burrito, hábitos de quando Angel e Astrid também eram bebês burritos. Ele sentia saudade disso às vezes, da doçura aconchegante daqueles tempos, quando ele achava que tinha a permissão de bloquear o mundo todo e se concentrar apenas nas pessoas que mais precisavam dele. Mas, claro, os dias atuais também eram ótimos. Ver seu filho apaixonado, mesmo que fosse pelo — *ai, ai* — extremamente intenso Luca. Ver sua filha seguir seus sonhos ecológicos, por mais fora da caixinha que fossem.

Kallum e Winnie estavam à beira de algo lindo, e difícil, e transformador; e o mais bonito era que o amor deles se aprofundaria mais e mais a cada marco, a cada centímetro riscado naquela parede especial na cozinha reservada para acompanhar os humanos em crescimento. Sim, os anos de burrito eram aqueles que recebiam *ohs* e *ahs* e bebas e vejas, mas o restante dos anos eram ainda mais preciosos e gratificantes, e aqueles que faziam os pais se lembrarem que estavam criando seus humaninhos para serem as pessoas mais interessantes, e curiosas, e bondosas possíveis. Pessoas que eles ficariam felizes e gratos em dividir com o mundo.

Teddy estava animado por eles, embora também torcesse para que tivessem muitas séries de TV na fila para ver enquanto embalavam um bebê, porque os próximos meses não seriam fáceis.

— Então eu disse *sim* para o cruzeiro, mas agora tenho um monte de coisa para resolver — dizia Addison ao grupo.

Bee e Sunny estavam examinando as novas bombas de leite de Gretchen e Pearl enquanto Addison falava, testando-as em seus próprios peitos.

— Que coisas? — perguntou Gretchen, mergulhando um talo de salsão em um monte do molho de queijo com pimentão e usando-o para apontar. — Como eles vão convidar *você* para um cruzeiro de Addison Hayes e mandar você pensar na logística?

— Bom, para começar, tenho que levar meus próprios seguranças — comentou Addison, com um suspiro. — Não tenho uma equipe própria de segurança desde meu último show em estádio, quatro anos atrás, e nem sei por onde começar.

— Acho que Isaac está bem feliz com a equipe dele — interveio Bee —, e está reduzindo os funcionários agora que vai se mudar para Vermont, então eles vão estar livres.

Sunny devolveu uma bomba de seio. Pegou-a de novo. Parecia não saber o que fazer com as mãos.

Teddy se lembrou abruptamente que, apesar das habilidades incríveis de, *hum*, performance de Sunny, ela nunca tinha sido fantástica em atuar sem um roteiro.

— Isaac vai se mudar para Vermont? — perguntou Sunny, fingindo naturalidade, e provavelmente enganou apenas a bebê Grace e mais ninguém. — Quando?

Kallum deu de ombros, erguendo um macacão de bebê do Royals e dando um aceno satisfeito ao ver o número nas costas.

— Eu não sei. Acho que em breve? Ele comprou a mansão do duque em Christmas Notch.

Teddy também se interessou.

— Ele comprou o quê?

— Sabe, a mansão — respondeu Kallum enquanto dobrava o macacão junto ao peito com uma habilidade admirável. — Lá em cima das montanhas? Onde Bee e Nolan gravaram os filmes do duque? Ele disse que queria um lugar para se esconder que tivesse menos luz do sol do que a Califórnia.

Nolan, que Teddy não tinha nem se tocado de que estava ali, entrou da cozinha com um prato de ovo cozido e temperado. Logo ficou aparente que aqueles não eram os ovos do grupo, mas o prato particular de Nolan.

— Isaac ainda deve um álbum para a gravadora — falou Nolan com a boca cheia de gema e mostarda. — Mas ele está com bloqueio criativo desde a morte de Brooklyn.

— O que não é exatamente a questão — comentou Bee. — O que importa é que a equipe de segurança de Isaac vai estar pronta para ser roubada.

— Ai, cara, ele vai tirar até Krysta da jogada? — perguntou Kallum. — Ela é incrível. É como Brienne de Tarth, mas talvez sem a parte do *coração de ouro*. Na verdade, acho que o coração dela deve ser feito de bronze de canhão e gelo.

— *Sexy* — disseram Sunny e Bee ao mesmo tempo.

— Humm — considerou Addison, e anos de dramas complicados de cinema adulto tinham treinado Teddy a reconhecer aquele tom de voz.

Era um tom de voz que dizia que algo incrivelmente caótico estava prestes a acontecer.

Mas então uma voz firme anunciou:

— Desculpe o atraso.

E o coração de Teddy deu uma cambalhota. Depois outra cambalhota. Porque lá estava Steph D'Arezzo, parada constrangida no batente, segurando um cartão de presente que não estava nem embrulhado, nem guardado dentro de um envelope, nem nada.

— Hum, toma — disse ela, dando o cartão para Kallum e, bem naquele momento, Grace começou a fazer os barulhinhos de cabra que precediam uma Grande Birra.

Querendo dar tempo suficiente para Kallum e Winnie terminarem de abrir os presentes, e talvez escapar de Steph, Teddy se levantou e carregou Grace para a cozinha, onde ele empregou seu combo exclusivo de embalar-ninar-cantarolar. Em poucos minutos, Grace voltou a dormir.

— Você é bom nisso — comentou Steph atrás dele.

Teddy se virou, e lembrou a si mesmo que a divindade de terninho na frente dele vinha partindo seu coração lentamente pelos últimos dois anos.

— Minha ex-esposa me chamava de estraga-birra — respondeu ele. — Mas, na verdade, está tudo na psicologia do bebê. Um útero é um lugar barulhento que não para de se mexer. Você só tem que fazer o bebê sentir que está de volta em sua antiga casa.

A mão de Steph subiu para girar as pérolas. Teddy teria dito que ela parecia nervosa, exceto que achava que Steph D'Arezzo nunca esteve nervosa na vida.

— Eu *era* a antiga casa da minha filha e, mesmo assim, nunca fui boa com coisas de bebê. Mas sei cuidar do cronograma de futebol ou vôlei como ninguém. — Ela pigarreou, soltou as pérolas. — O que eu queria mesmo dizer era que gostaria de encontrar você mais tarde. Depois que o beba e veja acabar. Meu hotel não é muito longe daqui.

De onde veio a coragem, Teddy nunca saberia. Talvez viesse de estar na casa dos 40 e pronto para joguinhos melhores do que *Você lá gosta de mim?*. Talvez viesse de Bee e Nolan e Winnie e Kallum no cômodo ao lado, todos desesperadamente apaixonados.

Ou talvez viesse da bolinha em seus braços, uma bolinha que ressonava baixo e o fez lembrar que ele era bom em mais coisas além de fazer filmes baratos.

Em vez de dizer *Sim, por favor*, como ele teria dito alguns meses atrás, Teddy ergueu o queixo e disse, corajoso:

— Quero mais do que uma visita a seu hotel, Steph.

Os dedos longos dela puxaram as pontas do terninho.

— Mais? — perguntou com a voz fraca.

— Mais — afirmou Teddy. — Eu gosto de você. Para ser completamente sincero, é muito mais do que gostar, a esta altura. E, se formos continuar a fazer isso, quero mais do que momentos esporádicos quando estivermos na mesma cidade. Quero momentos de propósito. Quero *você* de propósito.

Steph abaixou as mãos. Respirou fundo e devagar.

— Não tive nenhum relacionamento desde o divórcio — afirmou ela. — E vou ser sincera com você, eu não era lá muito boa em relacionamentos nem *antes* do divórcio. Daí a parte de ser divorciada.

— Não ligo para nada disso — afirmou Teddy. — Desde que você esteja disposta a tentar. — Ele fez uma pausa. — Você gostaria, Steph? — continuou. — Tentar algo de propósito comigo?

Ela abaixou a cabeça, corando. Parecia mais jovem e vulnerável do que Teddy já a vira.

— Sim — respondeu ela depois de um momento. — Eu gostaria, sim. Mas provavelmente não vai dar certo. Só para você saber.

Teddy ignorou a última parte, focando apenas na parte que o fazia sentir como se pudesse sair flutuando.

— Sério?

O sorrisinho ácido que ele amava tanto ergueu os cantos da boca de Steph.

— Nunca questione um bom negócio quando ele estiver na sua frente, Teddy.

Ele não tinha o hábito de fazer isso, felizmente para quatro das pessoas na sala ao lado.

E, logo em seguida, depois de ter devolvido Grace aos pais dela, se despedido e lançado um último olhar intrigado para a verdadeira fortaleza de caixas de fralda no vestíbulo, Teddy levou seu bom negócio de volta ao hotel e mostrou a ela o que *de propósito* significava para alguém que estava falando sério. Mostrou que *de propósito* se assemelhava muito a prazer e muito a amor.

Muito, por incrível que pareça, a um felizes para sempre.

AGRADECIMENTOS

Santa pizza de bacon e pera! Kallum e Winnie estão aqui mesmo, de verdade, e estamos nos beliscando!

Gostaríamos primeiro de agradecer a nosso agente paciente até demais, John Cusick, por nos acompanhar até a terra de Papais Noéis pizzaiolos, e por manter tudo em ordem para podermos desaparecer de novo no mundo de Christmas Notch.

Devemos nossa gratidão, nosso afeto e pilhas de chocolate a nossa editora incrível, May Chen, que mergulhou sem medo conosco na história de Kallum e não pensou duas vezes quando enfiamos madrinhas de casamento, cães velhinhos e tributos a *Magic Mike* na história.

Também somos profundamente gratas à família Avon/Harper-Collins: Jeanie Lee, Justine Gardner, Allie Roche, Brittani Di-Mare, DJ DeSmyter, Julie Paulauski, Kelly Rudolph, Jennifer Hart, Erika Tsang e Liate Stehlik.

Gostaríamos de agradecer a Farjana Yasmin e Jeanne Reina por mais uma capa deslumbrante, com Kallum, Winnie e Christmas Notch representados com perfeição! E gostaríamos de agradecer a Diahann Sturge por tornar o interior do livro o mais perfeito e adorável possível.

Também agradecemos a todos os membros do sindicato da Harper-Collins, e homenageamos sua energia e sua visão no último ano enquanto lutam para tornar a editoração um setor mais igualitário e justo.

Obrigada a todas as nossas queridas amigas, especialmente as que secaram nosso suor enquanto tentávamos destrinchar as minúcias da fabricação de pizza, da cosmologia Noel e da coreografia de lap dances — Tessa Gratton, Natalie C. Parker, Kristin Trevino, Lauren Brewer, Nana Malone, Kenya Bell, e nossas Ashleys (tanto Lindemann como Meredith). Também queremos agradecer às pessoas que nos mantiveram de pé e deram uma de *Morto muito louco* conosco quando mais precisávamos: Mary Kole, Len Cattan-Prugl, Serena McDonald, Melissa Gaston e Candi Kane.

Nosso muito obrigada ao Clan Couch — Ian, Josh, Noah e Teagan (assim como Margo, Opie, Rufus, Max e Bear) — e nossas famílias: Gail e Bob; Bob e Liz; Emma e Roger, bem como Vivienne e Aurelia; Doug, Dana, Lizzie, Kathie e Milt.

E, finalmente, gostaríamos de agradecer a você, leitor, acima de tudo! Obrigada por se juntar a nós no passeio caótico de trenó que foi este livro; obrigada a todos que pediram que o Papai Pizzaiolo Kallum ganhasse seu próprio livro; obrigada por nos acompanharem a uma cidadezinha onde todos têm sua própria aventura feliz e safada de fim de ano.

Garantimos que nenhum papai pizzaiolo de verdade foi ferido na criação deste livro.

Este livro foi impresso pela Vozes, em 2024, para a Harlequin.
O papel do miolo é avena 70g/m², e o da capa é cartão 250g/m².